U0551859

海倫·費爾汀 Helen Fielding —— 著　陳重亨 —— 譯

Bridget Jones:
Mad About the Boy

BJ 單身日記 3
—— 為愛痴狂

獻給達許 Dash 與羅米 Romy

目次

序幕	007
PART 1──處女重生	041
PART 2──為愛痴狂	159
PART 3──陷入混亂	299
PART 4──大樹頂天	399
結局	451
致謝	454

序 幕
Prologue

2013 年 4 月 18 日星期四

2:30 p.m. 塔莉莎打來電話,用她那種謹慎小心又一貫戲劇化的急切語氣說:「親愛的,我只是想告訴妳,5 月 24 日是我的 60 歲大壽。當然我不是要宣告自己 60 歲,而且也不會對每個人都講,所以請妳保持安靜。我只是要叫妳把那一天空下來。」

我嚇了一跳。「那真是太好了!」我不太確定地脫口而出。

「布莉琪,妳絕對不能缺席。」

「喔,可是⋯⋯」

「可是什麼?」

「那天晚上剛好也是羅克斯特 30 歲生日。」電話那頭一片沉默。

「我的意思是,到那時我們也許已經不在一起了,不過要是我們還在一起的話,那⋯⋯」我停嘴沒再繼續說下去。

「我剛剛在邀請函上寫明『不准帶孩子來』。」

「他那時候就 30 歲了!」我生氣地說。

「我只是在開玩笑嘛!親愛的。妳當然要把妳的小男友帶來。我會買座充氣城堡!我要回去開播了。先掛,愛妳,掰!」

我打開電視,想看看塔莉莎是否真的跟過去一樣,在電視直播現場偷空打電話給我。我拿著遙控器亂戳,就像猴子拿著手機一樣迷惑。為什麼現在看個電視就得操作三個遙控器,而且上面都有

九十個按鍵？到底是為什麼？我懷疑這是 13 歲科技狂在自家斗室相互競爭才設計出來的，讓大家以為只有自己不懂這些按鍵是在幹嘛，從而對平民大眾造成全球規模的心理傷害。

我氣沖沖把那些遙控器甩在沙發上，電視反而打開播放，螢幕上的塔莉莎看起來裝扮完美，叉著性感兩腿，採訪一位黑髮利物浦足球員，看似有情緒管理問題好像會咬人。雖然現在不在球場上，但他看起來好像想咬塔莉莎。

好，現在不必驚慌。只要冷靜而成熟地評估帶羅克斯特參加塔莉莎生日宴會的利弊問題：

帶羅克斯特參加晚會的優點

* 不參加塔莉莎的生日會就太過份了。她從《早安英國》時代就是我的朋友，當時可是非常漂亮的新聞主播，而我只是個非常無能的小記者。

* 帶羅克斯特去會很有趣，也能讓人感到得意，因為 30 歲／60 歲的生日組合，可以終結對「特定年齡」單身女性的居高臨下的同情 —— 彷彿她們注定單身到老，同齡的單身男性卻連離婚手續都還沒辦妥就被搶走了。而羅克斯特是這麼一顆令人垂涎的亮麗桃子，因此能讓人在某種程度上否認自己衰老的現實。

帶羅克斯特參加晚會的缺點

* 羅克斯特有他自己的想法,當然反對自己被視為某種喜劇或對抗衰老的工具。

* 最至關重要的是,在 60 歲生日派對上被一群老人包圍,可能會讓羅克斯特對我感到厭煩,並且對我的年紀產生某種完全不必要的想法;即使我確實還比塔莉莎年輕許多。坦白說,我也拒絕相信自己真正的年齡。就像王爾德(Oscar Wilde)所說的,35 歲對女性來說就是個完美的年紀,所以很多女人決定一生都是 35 歲。

* 羅克斯特可能正在籌備自己的生日晚會,到時會有很多年輕人擠在他的陽台上,邊烤肉邊聽著 70 年代的迪斯可,感受「復古」的諷刺娛樂,說不定現在他正在找藉口,想著如何不邀請我參加派對,以免朋友們發現他正在和年紀可以當他媽的女人約會。事實上,以技術面來說,也許當牛奶中的荷爾蒙導致青春期提前,我也可以當他祖母了。天啊!我心裡幹嘛要這麼想?

3:10 p.m. 啊啊! 20 分鐘後要去接美寶,我的米菓還沒準備好。哎呀,電話又來了。

「我幫妳找到布萊恩・卡森伯格了。」

這是我的新經紀人!真正的經紀人。但我現在如果繼續講電話,美寶那邊就要遲到到爆了。

「我可以晚一點再打電話給布萊恩嗎?」我尖聲細語地問道,一

邊在米菓上抹人造奶油，兩片兩片黏在一起，然後單手裝進密封塑膠袋。

「只是要談妳的那個劇本。」

「我……正在……開會嘛！」我怎麼可能正在開會，又在電話上說自己在開會呢。大家都是由助理回覆說他們正在開會，不是自己講的。畢竟你如果正在會議上，就什麼也不能說吧。

我現在出發去學校，又很想回電話，聽聽到底狀況如何。到目前為止，布萊恩已經把提案發送給兩家製作公司，但都遭到拒絕。現在也許有人上鉤了？

我克制住回電給布萊恩的強烈衝動，聲稱「會議」突然結束，但還是決定準時去接美寶更重要：我就是那種關心孩子、優先考慮小朋友的母親。

4:30 p.m. 學校一片混亂，就像《威利在哪裡？》的圖片上有幾百萬個棒棒糖太太，推著嬰兒車裡的嬰兒；開著白色小車的男人，和開休旅車受高等教育的太太互不相讓；騎車背著低音提琴的男人；愛地球媽媽騎著自行車，前方的鐵籃裝滿孩子。整條路堵得水洩不通。突然有個慌亂的女人跑來大喊：「退後，退後！快點！這裡沒有人要讓一讓嗎！」

一想到前方可能發生重大事故，我跟大家一樣開始把汽車瘋狂靠邊開上人行道和花園，為救護車讓路。等到道路暢通後，就小心翼翼凝視前方，尋找救護車或血跡現場。可是沒有救護車啊。只有一個非常漂亮的女人跳進黑色保時捷，然後沿著剛剛清理出來

的道路狂踩油門咆哮而去,前排座位上是一個穿制服的小孩,得意洋洋地坐在她旁邊。

當我到達幼兒班時,除了最後一個落後的賽洛尼斯正要和他媽媽一起離開,美寶是台階上唯一剩下的孩子。

美寶用她嚴肅的大眼睛看著我。

「來吧,老朋友。」她和氣地說。

「我們都在猜妳去哪裡了!」賽洛尼斯的媽媽說:「妳又忘記了嗎?」

「沒有,」我說:「是路上全塞住了。」

「媽咪 51 了!」美寶突然喊道:「媽咪 51 了。她說她 35 歲,但其實 51 了。」

「噓,哈哈哈!」賽洛尼斯的媽媽瞪著我,我跟她說:「我得趕快走了,還要去接比利!」

好不容易把美寶帶進車裡,她還在「媽咪 51」喊個不停。我雖然只是傾斜身體,平常的轉身扭曲動作,也隨著年紀變得越來越笨拙,我在一陣混亂晃動中伸手扣上安全帶。

到達比利的少年班,看到完美的妮可萊,少年班的模範媽媽(完美的房子、完美的丈夫、完美的孩子:唯一就是名字有點不完美,大概是過去吸菸流行時代父母選的),正被一群少年班的普通媽媽圍在中間。完美的妮可蕾[1]穿著完美、頭髮吹整完美,拎著一

個大包包。我氣喘吁吁地側身閃過,想看看能不能逮到什麼最新關注的獨家消息,這時妮可萊正生氣地晃著頭髮,她那個大包包的一角差點把我的眼珠子挖出來。

「我問他阿迪克斯為什麼還留在足球 D 組,我是說,阿迪克斯真的是哭著回家,然後沃勒克先生只是說,『因為他踢得很爛,還有別的原因嗎?』」

我看向大家關注的對象,新來的體育老師:身材高大,體格健壯,比我年輕一點,留短髮,長得像丹尼爾・克雷格[2]。他略顯憂慮地看著一群不守規矩的男孩,突然吹了一聲口哨,大吼一聲:「喂!你們大家現在都進更衣室,不然小心一點。」

「你們看到了嗎?」妮可萊繼續說。那些男孩們排成一條混亂的隊伍,慢跑回學校,像被徵召來倉促起義的鄉下人,跟著沃勒克愚蠢的哨音,邊跑邊喊著口令:「一、二!一、二!」

「不過,他很性感!」法齊亞說。法齊亞是我最喜歡的學校媽媽,她總是能選好自己關注的優先目標,不會搞亂。

「性感也已經結婚了!」妮可萊很快反駁:「而且還有孩子,妳想不到吧!」

「我想他是校長的朋友。」另一位媽媽大膽地說。

---

[1] 布莉琪的內心獨白將妮可萊(Nicolette)唸作妮可蕾(Nicorette),與戒菸藥品「尼古清」同字,才會有後文寫錯名字的情況發生。
[2] 丹尼爾・克雷爾(Daniel Craig, 1968-),英國演員,以在《007》系列電影中的詹姆斯・龐德角色而廣為人知。

「這是沒錯。但他受過訓練嗎？」妮可萊說。

「媽媽！」我四周看看，看到比利穿著西裝小外套，黑髮凌亂，**襯衫攤在褲子外**。「我沒有被選上西洋棋隊。」那雙眼睛、同樣的黑眼睛，充滿了痛苦。

「有沒有選上或有沒有獲勝並不重要，」默默地抱著比利，我說：「只有你才是最重要的。」

「獲勝當然很重要。」哎呀！是沃勒克先生：「他必須多加練習，一定要贏！」當他轉身離開時，可以清楚地聽到他還在嘀咕：「這間學校的媽媽對成績名次的想法令人難以置信。」

「練習？」我高興地說：「為什麼我都沒想到這一點！你一定非常聰明，沃勒克先生。我是說，老師。」

他用冰冷的藍眼珠看著我。

「不過這和體育部有什麼關係嗎？」我繼續甜甜地說。

「我也指導西洋棋隊。」

「真的啊！太好了！也會吹哨子嗎？」

沃勒克先生顯得有些困惑，然後說：「艾羅絲，不要踩進花壇，現在就出來！」

「媽媽，」比利拉著我的手說道：「那些選上的隊員可以請假兩天去參加西洋棋比賽。」

「我和你一起練習吧。」

「可是媽媽妳的棋下得很差。」

「沒有喔,我下得不錯喔!我真的很會下棋。我贏過你嘛!」

「才沒有。」

「我有啦!」

「妳沒有啦!」

「好啦,我讓你贏是因為你還小嘛。」我突然說:「而且因為你正在上課學棋,這也不公平啊。」

「達西太太,也許妳也可以來參加西洋棋課程?」天哪,沃勒克先生怎麼還在聽我們說話?「雖然年齡限制是七歲,但如果我們以心智年齡來衡量,相信妳沒問題的。對了,比利告訴妳他的其他消息了嗎?」

「啊!」比利笑著說:「我長蝨子耶!」

「蝨子!」我驚訝地盯著他,手本能地伸向自己的頭髮。

「是的!蝨子。他們全都有。」這時沃勒克先生往下看,眼中閃過一絲看好戲的表情:「我知道這可能讓北倫敦的媽媽們和她們的髮型師陷入恐慌,變成國家緊急狀態,但其實只要用密齒梳梳一梳就可以了。當然妳自己也要梳。」

天啊,難怪比利最近一直在抓頭,是我疏忽了,但這原因實在超乎我的預期。當我還在思慮翻滾時,也感覺我的頭上有蝨子在爬。如果比利有蝨子,那美寶可能也有,而我有蝨子,這表示

著……。

羅克斯特也有蝨子。

「妳還好吧？」

「還好，不對，超級好！」我說：「一切都很好，非常好，那麼再見，沃勒克先生。」

我牽著比利和美寶的手走開，聽見手機傳來簡訊的聲音。我趕緊戴上眼鏡看看，是羅克斯特。

〈親愛的，妳今天早上遲到多久？要我今晚跳上巴士，帶一盒牧羊人派過去嗎？〉

媽啊！今晚我們全家都要梳頭而且清洗所有枕頭套，不能讓羅克斯特過來。因為全家都長了蝨子，就找藉口叫小男友別過來，這肯定不太尋常吧？為什麼我總是會發生這種亂糟糟的事情？

5 p.m. 我們匆忙趕回雙層公寓，帶著平常那堆亂七八糟的東西：背包、皺巴巴的畫作、壓扁的香蕉，還有一大袋從藥局買來的除頭蝨產品，晃晃噹噹地經過一樓的「客廳兼辦公室」（這裡除了沙發床和空的約翰劉易斯[3]盒子，幾乎沒別的用途了），然後下樓進入溫暖凌亂的地下室、廚房兼客廳，這是我們平時待著的地方。我叫比利先寫作業，讓美寶玩森林小兔子玩偶，而我忙著加熱速食義大利麵。現在我完全不知道今晚該對羅克斯特發什麼簡

---

[3] 約翰劉易斯（John Lewis）是英國著名的百貨公司品牌。

訊，還有我應該告訴他蝨子的事情嗎。

5:15 p.m. 也許不該講。

5:30 p.m. 天啊，剛剛好不容易傳了簡訊：〈我也希望你過來，但今晚必須工作，所以最好不要〉，美寶突然站起來開始對比利唱他最不喜歡的歌曲：「佛吉德包德，媽妮、媽妮、媽妮！」[4] 這時電話就響了。

我撲向電話時，比利正跳起來大喊：「美寶，別再唱潔西‧J了！」這時電話上的溫柔嗓音說道：「布萊恩‧卡森伯格要和您通話。」

「嗯，我可以等一下再回電給布萊恩嗎──」

「巴伯林、巴伯林！」美寶一邊唱著，一邊繞著桌子追比利。

「現在換布萊恩說話。」

「不行！妳能不能──」

「美寶！」比利哀嚎：「不要唱唱唱唱唱唱了！」

「噓，我正在打電話！」

「嗨！」布萊恩的聲音輕快歡樂：「哎呀！好消息！綠燈製片希望妳的劇本能做點修改。」

「什麼？」我心狂跳地說：「這表示他們願意拍成電影嗎？」

---

[4] 原歌詞為「Forget about the price tag…… money money money」，出自英國歌手潔西‧J（Jessie J）的歌曲〈Price Tag〉。

布萊恩開懷大笑:「我們不就是在談電影嘛!但他們只給妳一點點錢來做開發,而且——」

「媽咪,美寶有一把刀!」

我把手按在話筒上,急急開口:「美寶!把刀給我!現在!」

「喂?喂?」布萊恩說:「蘿拉,我想布莉琪離線了?」

「沒有!我還在!」我邊講電話邊向美寶撲去,她現在正揮刀追著比利。

「他們希望週一中午開會探索討論一下。」

「週一!太好了!」我邊說邊跟美寶搶刀子:「探索討論一下是像面試嗎?」

「媽咪!」

「噓!」我把他們兩個趕到沙發上,開始跟遙控器戰鬥。

「在他們決定繼續之前,會先對劇本的一些問題做些檢討。」

「是、是。」我頓時感到心痛又憤慨。我的劇本有一些問題?到底是什麼問題?

「所以,記住,他們不想——」

「媽咪,我流血了!」

「要我待會兒再打來嗎?」

「不用！一切都好！」我急忙說，這時美寶大喊：「快叫救護車！」

「你剛剛是說？」

「他們不想要一個很難相處的菜鳥寫手。妳要想辦法滿足他們的要求。」

「是、是。所以別太難搞？」

「妳說對了！」布萊恩說。

「我哥哥快死了！」美寶抽泣著。

「呃，妳那邊一切還──」

「沒問題，都很好，超級好，週一的 12 點！」我說，這時美寶正在嚷嚷：「我殺了我哥哥！」

「那好吧，」布萊恩說，但聽起來很緊張：「我會叫蘿拉 email 給妳詳細訊息。」

6 p.m. 一場騷動平息後，我在比利膝蓋上的小傷口貼上超人 OK 繃，在美寶的聯絡簿畫上黑星星，再把義大利麵塞進他們的胃裡。我腦海中閃過許多事情，彷彿快要溺水的人，但還是偏向樂觀的。我要穿什麼衣服去開會？我會贏得奧斯卡最佳改編劇本獎嗎？但美寶週一提早放學，我要怎麼去接他們？我要穿什麼去參加奧斯卡頒獎典禮？我要告訴綠燈製片團隊，比利長了蝨子嗎？

8 p.m. *蝨子 9 隻，2 隻成蟲、7 個蟲卵（非常好）*

幫孩子們洗澡，再用密齒梳梳頭，結果證明滿有趣的。在比利的頭髮裡發現兩隻蝨子，耳朵後面有 7 個蟲卵，一側耳後有 2 個，另一側是 5 個。看到白色密齒梳上梳出小黑點真是太令人滿足了。但美寶很沮喪，因為她沒有頭蝨，但當我讓她幫我梳頭，發現我也沒有的時候，她就高興了。比利揮舞著密齒梳，高聲嚷著：「我有 7 個！」結果惹得美寶大哭，於是他貼心地把自己的 3 顆蟲卵放進她的頭髮，這下我們又得重新幫美寶梳一次頭髮了。

9:15 p.m. 孩子們都睡了。我對即將到來的會議感到異常興奮。又要變回職業婦女了，我要去開會了！雖然該死的沃勒克先生好像看不起髮型設計師，但我還是要去吹整一下，穿上海軍藍絲綢連身洋裝。雖然隱隱覺得女性一定要整理頭髮的習慣，正讓我們變得像 18 世紀（還是 17 ？）的那些男人一樣，在公共場合一定要戴上假髮才會覺得自在。

9:21 p.m. 喔，不過如果我可能還有在七天孵化週期內、肉眼無法發現的蟲卵，跑去吹整頭髮是否在道德上不太妥當？

9:25 p.m. 是的，這確實不太妥當。也許最近也不該帶美寶和比利跟其他小朋友玩？

9:30 p.m. 我覺得還是跟羅克斯特說一下蝨子與蟲卵的事，因為說謊對戀愛關係來說很不好。但在這種情況下，也許說謊比蝨子好？

9:35 p.m. 蝨子大軍似乎正在拋出許多難以解決的現代道德問題。

9:40 p.m. 咦,剛剛翻遍整個衣櫃(就是堆在健身飛輪上的那堆衣服)和真正的衣櫃,都找不到海軍藍絲綢洋裝。現在開會沒衣服穿了。什麼都沒有。為什麼衣櫃裡塞滿這麼多衣服,只有海軍藍絲綢洋裝是唯一可以穿出去參加重要場合的?

今後要下定決心,晚上不要再喝酒、吃起司,而是平靜地檢查所有衣服,把一年沒穿過的捐出去,好好整理一下衣櫃,讓衣服穿搭變成一種平靜的快樂,而不是歇斯底里的混亂。然後騎健身腳踏車20分鐘。健身飛輪不是衣櫃,是運動器材。

9:45 p.m. 但或許一直穿那件海軍藍絲綢洋裝也沒什麼問題,就像達賴喇嘛總是穿著長袍袈裟。但要先把衣服找出來。我猜達賴喇嘛有好幾套袈裟,或者有隨叫隨到的乾洗服務,不會把長袍袈裟塞在衣櫃底層,和那些從Topshop、Oasis、ASOS或Zara買來的,但根本沒穿過的衣服混在一起。

9:46 p.m. 也許來騎一下健身飛輪。

9:50 p.m. 剛剛上去看一下孩子們。美寶已經睡著了,跟往常一樣披頭散髮蓋著臉,頭朝後仰,手裡抱著莎莉娃(Saliva)。莎莉娃是美寶的洋娃娃。比利跟我都覺得這名字是美寶把「少女巫師薩布麗娜」和「森林家族」的小兔子搞混了,但美寶認為這樣挺好的。

親吻比利熱熱的小臉頰,他跟馬利歐、霍西奧以及帕芙1號和2號依偎在一起,美寶抬頭說:「現在天氣真好!」然後又躺下睡著了。

我看著他們，撫摸著柔軟的小臉蛋，聽著他們打鼾的呼吸聲——然後，要命的想法「要是……就好了」毫無預警地入侵我的腦袋。「如果……就好了」，黑暗、回憶、悲傷潮湧而來，像海嘯般蒙頭吞噬。

10 p.m. 趕緊跑下樓到廚房。更糟的是：一切寂靜、淒涼、空虛。「如果……就好了」。停！我不該這麼想。開火燒開水。不要走向黑暗面。

10:01 p.m. 門鈴響了，感謝上帝！但這麼晚了，會是誰？

很多討厭鬼

2013 年 4 月 18 日星期四（續）

10:45 p.m. 湯姆和茱德，兩人都喝醉了，跌跌撞撞咯咯笑著地走進門廊。

「我們可以用一下妳的筆電嗎？我們剛剛在 Dirty 漢堡店——」

「我的 iPhone 正在使用約會程式 PlentyofFish，現在沒辦法從 Google 下載照片，所以……」。茱德穿著高跟鞋和上班套裝，劈里啪啦走下樓梯進到廚房，而皮膚黝黑、英俊瀟灑的湯姆，很快樂又誇張地吻了我。

「哇！布莉琪！妳瘦好多！」

（過去十五年來他每次見到我都這麼說，甚至在我懷孕九個月的

時候也是如此。）

「呃，妳家有紅酒嗎？」茱德從廚房往樓上喊。

結果狀況是，如今在金融區當管理者的茱德繼續在情海翻滾，感情生活像在搭雲霄飛車一樣，然後在約會網站上碰到可怕的前任：卑鄙李察。

我們趕忙跑下來到她身邊，湯姆說：「對啊！那個卑鄙的笨蛋李察，一百年來又笨又害怕承諾，把我們的女神搞得一團糟。娶了她，結果十個月又走人，現在還敢發簡訊生氣，說他發現她在約會網站⋯⋯把他找出來！茱德⋯⋯找出來⋯⋯。」

茱德困惑地操作手機。「我找不到他。媽的，他已經刪了。你能刪掉自己的簡訊嗎，如果你──」

「來，交給我，親愛的。不管怎樣，重點是，卑鄙李察發簡訊侮辱她，然後再把她封鎖⋯⋯」湯姆開始大笑：「所以⋯⋯」

「我們要在 PlentyofFish 上弄個假帳號！」茱德說道。

「Plenty of 混蛋啦！」湯姆哼了一聲。

「Plenty of 討厭鬼！然後我們用那個假帳號來耍他！」茱德說。

我們都擠在沙發上，茱德和湯姆開始在 Google 圖片上篩選 25 歲的金髮美女照片，把它們下載到約會網站，同時對那些個人資訊問題隨意輸入回答。一瞬間真希望小雪能在這裡，用她的女性主義立場好好痛罵一番，而不是待在矽谷成了網路奇才，還在高喊

女性主義多年後，出乎意料地有了一個科技新貴老公。

「她喜歡什麼類型的書？」湯姆說。

「輸入『說真的，你在乎嗎？』」茱德說。「男人喜歡女人耍賤，記得吧？」

「或者是『書？那是什麼？』」我這麼建議，又想到：「等等！這不是完全違反約會規則嗎？第四條？使用真實、理性的溝通？」

「對啦！這樣非常不正確而且不健康，」湯姆說，他現在變成資深心理學家：「但是對笨蛋討厭鬼不算數！」

經歷黑暗海嘯又獲救的我如釋重負，全心投入PlentyofFish上「復仇女孩」的創作，讓我幾乎忘了我的好消息。「綠光製片公司要拍我的電影了！」我突然興奮地脫口而出。

他們目瞪口呆地看著我，詳細盤問之後是一陣狂喜。

「向前走啊！小姐。青春小男友、編劇作家，現在一切都有了！」茱德說，我想辦法說服他們回家，我也要準備睡覺了。

茱德跌跌撞撞地走到街上，湯姆遲疑一下，又憂慮地看著我：「妳這樣還好嗎？」

「還好啊，」我說：「我覺得。只是⋯⋯」

「小心點！親愛的，」他突然清醒轉為專業模式：「如果已經開始開會，還有截稿日期之類的事情，那會有很多事情要處理的。」

「我知道,是你說我該重新開始工作,開始寫作,然後──」

「是啊。但妳需要更多幫助才能照顧孩子。妳本來有點困在自己的泡泡中。妳能扭轉一切,實在太棒了!但妳現在的狀況還是滿脆弱的,而且──」

「湯姆!」茱德喊道,她搖搖晃晃地走向路邊的計程車。

「如果妳需要我們,我們隨時都在!」湯姆說:「任何時間,不管白天或晚上。」

10:50 p.m. 想到「真實又理性的溝通」,決定打電話給羅克斯特,告訴他關於蝨子的事情。

10:51 p.m. 雖然有點晚了。

10:52 p.m. 和羅克斯特之間突然從簡訊變成打電話,也太突然了──會不會造成不良影響,讓事情變得太嚴重。還是發簡訊好了:〈羅克斯特〉。他馬上就答覆了。

〈我在,瓊斯?〉
〈我本來說我今晚要工作對吧?〉
〈是啊,瓊斯。〉
〈其實還有一個原因。〉
〈我知道,瓊斯。妳透過簡訊也無法撒謊。其實妳和一個比妳年輕的男人有外遇對吧?〉
〈不是啦,但一樣讓人很尷尬。這跟你熱愛的自然界和昆蟲生活有關。〉

〈床上有臭蟲啊?〉

〈很接近了⋯⋯〉

〈*開始哭出來,歇斯底里地抓頭* 不是⋯⋯是蝨子!〉

〈你能原諒嗎?〉

對方短暫停頓,接著又傳來簡訊聲。

〈我現在過去好嗎?我在卡姆登。〉

被羅克斯特開朗的英勇折服,我回簡訊。

〈好啊,可是你不怕蝨子嗎?〉

〈不怕。我剛 Google 過了,它們對睪酮素過敏。〉

專注的藝術

2013 年 4 月 19 日星期五

62.6 公斤,卡路里 3482(糟),在羅克斯特身上檢查蝨子 3 次,在羅克斯特身上發現蝨子數量 0,在羅克斯特的食物中發現蟲子數量 27 隻,家中蟲災發現的蟲子數量 85 隻(糟),給羅克斯特的簡訊 2 則,羅克斯特回覆簡訊 0;來自學校班級家長群的電子郵件 36 封,查看電郵 62 分鐘,痴心想念羅克斯特 360 分鐘,決定去準備電影會議的時間 20 分鐘,實際準備電影會議的時間 0。

10:30 a.m. 好!要開始認真著手準備劇本簡報,這是契訶夫著名

挪威悲劇《海達‧嘉布勒》（*Hedda Gabbler*）的現代改編版，只是故事背景設定在皇后公園。我在班戈大學（Bangor University）的英語文學課程研習《海達‧嘉布勒》，可惜最後只拿到在及格邊緣的三等學位。現在這一切也許能得到糾正！

10:32 a.m. 最重要的是集中精神。

11 a.m. 剛煮好咖啡，吃完孩子們吃剩的早餐，然後開始回憶昨晚羅克斯特過來的事情：晚上 11 點 15 分，羅克斯特出現，穿著漂亮的牛仔褲和深色毛衣，眼睛閃閃發光，咧嘴甜笑，手上拎著維特羅斯（Waitrose）牧羊人派，兩罐烤豆子和一個牙買加薑餅。

嗯嗯嗯。當他在我身上時，我可以看到美麗下巴上的鬍碴，只有從下往上看才能看見他門牙的細微縫隙，還有裸露的健壯肩膀。半夜迷迷糊糊地醒來，感覺羅克斯特非常溫柔地吻我，我的肩膀、脖子、臉頰和嘴唇，感覺他壓在我的大腿上的部位又硬了起來。哦，天啊！他是如此美麗，如此完美地親吻著我，真是太太太棒了……嗯嗯。好了，要來思考女性主義、前女性主義和反女性主義等等主題……喔，天啊！可是，昨晚真是太好了，讓我如此幸福，就像活在幸福的泡泡中。好吧！要開始工作了。

11:15 a.m. 想起昨晚做愛時的誇張對話，突然大笑起來。

「哦，哦，哦，你好硬。」
「很硬，是因為我想要妳，寶貝。」

「好硬……」

「都是妳讓我變得很硬啊,寶貝。」

然後,我也喘著氣得意地脫口而出:「你也讓我變得很硬!」

「什麼?」羅克斯特狂笑。我們都咯咯咯咯地笑起來,不得不重新開始。

羅克斯特跟平常一樣愉悅,似乎並不擔心蝨子,但我們都同意,要進行負責任的性行為,必須先互相梳理蝨子。羅克斯特太有趣了,他一邊梳理我的頭髮,一邊假裝找到蝨卵還把它吃掉,並且不時親吻我的後頸。輪到我幫他梳頭時,我不想戴上老花眼鏡讓他注意到我的年紀,所以我雖然梳理他那一頭蓬蓬秀髮,其實什麼也看不見。幸運的是,羅克斯特只想趕快梳完頭就進臥房,所以他也沒注意到我看不見蝨子。反正他有睪酮素加持,應該還好啦。只是,因為太愛面子而不肯戴上老花眼鏡幫青春小男友梳頭,似乎也不太對?

11:45 a.m. 好!來看我的劇本。《海達‧嘉布勒》確實跟現代女性很有關係,因為它說的是光靠男人來生活有多危險。為什麼羅克斯特一直沒傳簡訊過來?希望不是因為蝨子的問題。

今天,保母克蘿伊送孩子上學,所以羅克斯特可以跟我一起吃早餐,這種事可不常有。有了孩子之後,克蘿伊一直在幫我,其實她就像我的改良版:更年輕、更瘦、更高、更好、更擅長照顧孩子,還有一個年齡適當的生活伴侶葛萊姆。但我覺得現在這個階段,羅克斯特最好還是不要跟克蘿伊還有孩子們見面,所以他躲在我的臥室,直到他們都去上學。

羅克斯特正高興地吃著他的第一碗牛奶堅果什錦穀物片早餐，突然他把嘴裡的東西吐在桌子上。這種事我家很習慣了，但羅克斯特顯然不太習慣。他把碗遞過來，裡面的麥片和小蟲子一起晃來蕩去，在牛奶中載浮載沉。「這是蝨子嗎？」我驚訝地說。

「不是，」他不高興地說：「是穀物類的象鼻蟲。」

該死的是，這時我反而咯咯咯地笑起來。

「妳知道把一匙小蟲子放進嘴巴的感覺如何嗎？」他說：「我可能會死。更重要的是，牠們也會死。」

然後，正當他把那碗穀物牛奶倒進正確的廚餘回收筒時，他又喊道：「螞蟻！」有一隊螞蟻從地下室門口整齊地排到廚餘筒。當他拉開窗簾想把螞蟻撥出去，一小群飛蛾又飛了出來。

「啊！這簡直是埃及的九場瘟疫！」他說。

雖然他也笑了，而且在客廳給我一個非常性感的吻，但對於這個週末的事情他什麼都沒說，讓我感覺有點不對勁，儘管這次約會對他最熱衷的三件事都犯了禁忌——昆蟲、食物、廚餘回收。

中午。嘎呀！都中午了，我還是沒想出什麼好點子。

12:05 p.m. 還是沒有羅克斯特的簡訊。也許我應該先發給他？按照教科書的說法，紳士在做愛後應該先傳訊息給女士。但涉及蟲害，或許整個社交禮儀體系就崩潰了。

12:10 p.m. 沒錯，還在《海達·嘉布勒》。

12:15 p.m. 剛剛發簡訊：〈對埃及九場瘟疫和笑聲感到非常抱歉。你下次來之前，會對整個房屋和居住者進行水煙熏蒸。你還好嗎？〉

12:20 p.m. 好。幹得好。《海達‧嘉布勒》。羅克斯特沒有回覆。

12:30 p.m. 羅克斯特還是沒有回覆。這不像羅克斯特。

也許應該檢查電子郵件。羅克斯特有時會切換電子媒體，只是為了炫耀。

電子郵件收件匣裡不僅有滿滿的大賣場 Ocado、ASOS、Snappy Snaps、Cotswold Holiday Cottages 廣告信、有趣的 YouTube 剪輯連結、墨西哥威而鋼特價優惠、柯斯瑪塔（Cosmata）手作小熊縫製研習會，還有許多學校家長社群的電子郵件，說阿迪克斯的鞋子不見了。

> 寄件者：妮可萊‧馬丁尼茲
> 主題：阿迪克斯的鞋子
> 阿迪克斯穿著路易吉的一隻鞋子回家，另一隻鞋子也不是他的，也沒有標籤。我希望能找回阿迪克斯的兩隻鞋，它們都有清楚的標籤。

12:35 p.m. 決定參與集體交流，先把工作放在一邊，以表現學校家長的團結。

> 寄件者：布莉琪‧比利媽
> 主題：Re: 阿迪克斯的鞋子
> 只是想搞清楚：阿迪克斯和路易吉游完泳回家，都只

穿著一隻鞋嗎？

12:40 p.m. 哈哈哈，電郵回覆講了好多笑話：關於孩子們回家時沒穿褲子、甚至內褲的笑話。

寄件者：布莉琪・比利媽
主題：比利的耳朵
比利昨晚踢完球回家時只戴著一隻耳朵。有人有比利的另一隻耳朵嗎？它的標籤非常清楚，我希望能趕快歸還。

12:45 p.m. 嘻嘻嘻。

寄件者：妮可萊・馬丁尼茲
主題：回覆：比利的耳朵
有些家長似乎認為，男孩們都會照顧自己的東西，而父母明確貼上標籤，只是好玩而已。其實這對他們培養自立發展也很重要。或許等到孩子的鞋子不見了，他們才會有不同的看法。

12:50 p.m. 哦不，哦不，得罪了班級模範媽媽，恐怕也會嚇壞其他人。必須快點直接寄信跟大家道歉。

寄件者：布莉琪・比利媽
主題：阿迪克斯的鞋子、比利的耳朵等等。
對不起，妮可蕾。我正在寫作，覺得很無聊，只是開開玩笑。真抱歉。

12:55 p.m. 喔喔！

寄件者：妮可萊・馬丁尼茲
主題：布莉琪・瓊斯
布莉琪——叫錯我的名字可能是佛洛伊德式的口誤吧。我想我們都知道妳偶爾會忍不住抽菸。如果是故意的，那就太傷人也太沒禮貌了。或許我們需要跟學校輔導室負責人聊聊這一切。
妮可萊

靠！我竟然叫她「妮可蕾」！啊啊，還是不要越描越黑好了。現在先別管了，集中精神！

1:47 p.m. 這太荒謬了吧！我完全被封鎖了。

1:48 p.m. 全班的媽媽都討厭我，而且羅克斯特也還沒回覆我。

1:52 p.m. 癱倒在廚房的桌上。

1:53 p.m. 啊啊，不要自尋煩惱。清潔人員葛拉齊娜隨時都會來，不能讓她看到我這個樣子。留張紙條說明蟲災的問題，然後去星巴克好了。

2:16 p.m. 現在星巴克有火腿起司帕尼尼。很好。

3:16 p.m. 一大群貴婦媽媽推著嬰兒車佔領咖啡館，大聲談論她們的老公。

3:17 p.m. 這裡太吵了。討厭在咖啡館打電話的人——哦，電話，也許是羅克斯特！

3:30 p.m. 茱德顯然正在開會，她偷偷地低聲說道：「布莉琪。

卑鄙李察徹底迷上伊莎貝拉了。」

「誰是伊莎貝拉？」我也急急低聲回答。

「我們在 PlentyofFish 開的假帳號女孩啊。卑鄙李察決定明天跟她約會。」

「可是她是假帳號嘛。」

「其實就是我啦。他說要在影子酒吧跟我碰面，我是說，跟她碰面，然後放他鴿子！」

「厲害！」我低聲回答，這時茉德突然豪氣地說：「所以只要在 125 下一張 200 萬日圓的限價單，就等著本季獲利。」接著又低聲道：「同時，我在『單身醫師交友網』遇到的人，也約在兩個街口外的蘇荷酒店見面──這個是我真正的帳號。」「讚ㄟ！」我困惑地說。

「我知道，對吧？先走了 bye。」

希望「單身醫師交友網」的那人，不是卑鄙李察編出來的假帳號。

3:40 p.m. 還是沒有羅克斯特的簡訊。無法集中注意力，要回家了。

4 p.m. 一回到家就聞到一股嚇人的老媽子味。葛拉齊娜遵照我的潦草指示卯起來清理房子，扔掉所有食物，噴灑消毒所有一切，在地板、牆壁、門和家具的任何可能縫隙都塞進樟腦丸。我可能要花費整個週末才能挖出這些樟腦丸，甚至這輩子都找不完了。沒有飛蛾能活下來了，更重要的是，我的小男友也活不了。

但反正也沒差了,因為還是沒有簡訊。

4:15 p.m. 啊啊啊!轟然一聲劈里啪啦,大家都回來的聲音。週五晚上,克蘿伊要離開了,我的思緒還沒安頓好。

4:16 p.m. 羅克斯特怎麼可能不回我?我上一封簡訊是問句,對吧?再次檢查我的最後一則簡訊。

〈對埃及九場瘟疫和笑聲感到非常抱歉。你下次來之前,會對整個房屋和居住者進行水煙熏蒸。你還好嗎?〉

傷心失望。那條簡訊不但是個問句,以問號做結尾,還有一個不可否認的自以為是的假設——我跟羅克斯特還會再見面。

6: p.m. 下樓,試圖向比利和美寶掩飾自己的崩潰(幸好週末的他們各自沉迷於電動「植物大戰殭屍」與《比佛利拜金狗2》),並且加熱乳酪義大利麵(其實是沒有義大利麵的乳酪,因為葛拉齊娜把所有麵製品都丟了)。終於吃完晚餐,但要把髒碗盤放在洗碗機又讓我崩潰了一下。傳給羅克斯特一則假裝歡樂的簡訊:〈週末到啦啦啦啦啦啦啦啦啦!〉

然後陷入一陣陣痛苦,悶得我不得不讓比利一直玩殭屍殺死植物,美寶的《比佛利拜金狗2》則看了七次,他們才不會注意到我不對勁。我知道這是不負責任又**懶惰**的養育方式,但還是覺得讓他們看到媽媽為了一個年紀跟他們差不多的對象情緒崩潰,可能會帶來更大的精神創傷——啊!不過羅克斯特的年紀其實更接近美寶而不是我耶?不對,應該是更接近比利。天哪,我到底在想什麼?難怪他不再傳簡訊給我了。

9: 15p.m. 還是沒有訊息。最後只能墜落到缺乏安全感又毫無緩衝餘地的痛苦深淵。和比自己年輕的男人交往，會讓人覺得時光倒流，奇蹟似地重返青春。有時我們坐在浴室的椅子上，我在鏡子中看到我們，不敢相信那就是我，在我這個年紀和羅克斯特一起做這件事。但現在魔力消失了，我像泡沫一樣破滅了。難道我只是拿這段關係來掩蓋對衰老的存在性恐慌，以及可能中風的恐懼？如果我真的中風了，比利和美寶該怎麼辦？

從前他們還是嬰兒時，情況更糟。我一直擔心自己也許會在晚上猝死，或是從樓梯摔下來，沒有人發現。他們只能獨自求生，最後只好把我吃掉。但就像茱德說的：「這總比孤獨死去，然後被德國狼犬吃掉更好吧。」

9:30 p.m. 一定要記住《禪與戀愛的藝術》（*Zen and the Art of Falling in Love*）裡所說的：當他來時，我們歡迎；當他走時，就該放手。禪學弟子打坐是與自身為友，而不是感覺孤獨。孤獨是短暫的，我們所愛的人來了又走，這只是生活的一部分，或者這也許就是孤獨，而孤身一人是……還是沒有簡訊。

11 p.m. 睡不著。

11:15 p.m. 喔，馬克、馬克。我知道我以前也是這樣。在我們結婚之前，當我們要出去約會時，我都會想「他會打電話嗎？還是不會打來？」不過那時候其實也不太一樣。畢竟在我光著身子在他家草坪上亂跑時，我就認識他了。我太了解他了。

他經常在睡覺時跟我說話，那時我才能了解他內心的真實感受。

「馬克？」那張黝黑英俊的臉孔躺在枕頭上。「你好可愛嗎？」

睡夢中嘆口氣，看起來悲傷、羞愧，搖搖頭。

「你媽媽愛你嗎？」

他顯得更加悲傷，似乎想在睡夢中說「不」。馬克‧達西，一位強大有力的人權律師，內心卻是個受傷的小男孩，7歲就被送去寄宿學校。

「我愛你嗎？」我會這麼說。然後他會在睡夢中微笑，快樂、驕傲，點點頭，把我拉到他身邊，單手抱著我。

我們裡裡外外、前前後後都彼此了解。馬克是位紳士，我凡事都完全信任他，從那個安全的地方又走向全世界。就像我們從安全的小潛艇探索可怕的海洋世界。但現在……一切都變得很可怕，一切都不再安全。

11:55 p.m. 我在幹嘛？我在幹嘛？為什麼又要想到這些？為什麼不能保持原來的樣子？悲傷、孤獨、沒工作、沒性生活，但至少是一個母親，並且忠於他們的……忠於他們的父親。

靈魂的黑夜

2013 年 4 月 19 日星期五（續）

五年。真的已經過去五年了嗎？一開始，只單純想著如何熬過每一天。幸虧那時美寶還太小，什麼都不知道。只有比利在房子裡跑來跑去說：「我爸爸沒了！」傑瑞米和瑪格姐站在門口，身後還有一位警察，他們臉上的表情無比凝重。我本能地跑向孩子們，驚恐地緊緊抱住他們：「怎麼了，媽咪？怎麼了？」官方人員在客廳，有人剛好打開電視新聞，螢幕上出現了馬克的臉，標題是：

馬克‧達西 1956-2008

記憶逐漸模糊。我像躲在子宮裡，家人、朋友圍繞著我，馬克的律師朋友們整理一切，遺囑、死亡責任歸屬，真是讓人難以相信，就像一部即將停止的電影。我的夢中，馬克還在裡面。那幾個早上，凌晨 5 點就醒來，睡眠一瞬間被剝得一乾二淨，以為一切都跟以前一樣，然後才又想起：一陣心痛，像被一根巨大的木樁釘在床上，貫穿心臟，全身無法動彈，一旦亂動疼痛就會蔓延到全身。孩子們半小時後就會醒來，我要幫他們換尿布、沖奶瓶，假裝一切安好，至少保持一切如常，直到幫手到來。到時我才能躲在浴室裡哭嚎，然後抹上一些睫毛膏，讓精神再次振作起來。

但有了孩子是這樣的：你不能崩潰。你只能繼續前進，堅持到底。

喪親諮商師和治療師大隊為比利和後來的美寶提供協助：「有所保留的真相」、「誠實」、「討論」、「不隱瞞」，以及處理問題的「安全基地」。但對所謂的「安全基地」——其實也就是我（盡量不要笑）——而言，情況卻全然不同。

我對那些諮商療程最深的記憶，是最基本的問題：「妳能生存下去嗎？」根本沒有選擇的餘地。所有這些想法一起湧入——我們最後在一起的時刻，我穿著睡衣而馬克的外套貼在我皮膚上的感覺，不知道會是最後一次的吻別，試圖重溫他的眼神，門鈴響了，門口出現的幾張臉，各種思緒，「我從來沒有……」，「要是……就好了」，這些都應該排除在外。專家們以柔和的聲音，以及關心卻有些憂傷的微笑，關注著精心策劃的悲傷過程；但還不如搞懂如何在用微波爐蒸魚的同時幫小孩換尿布，這還更有幫助。能讓這艘船至少浮在水面上，即使不完全平穩，也已經是九成的勝利了。馬克早已安排好一切：財務細節、保險單據。我們搬出荷蘭公園那座充滿回憶的大房子，來到喬克農場的小屋子。學費、住房、帳單、收入，所有的現實問題都得到完美的處理。我不需要去工作，只要照顧美寶和比利——我的小馬克——就靠他們來維持生命，讓我也能活下去。一位母親，一位寡婦，邁開雙腳向前走。但我的內心空空如也，飽受摧殘，已不再是過去的我。

然而四年已經過去，朋友們也不再提起這些事了。

PART 1／處女重生
Born-Again Virgin

一年前……

以下是去年的日記摘錄,正好從一年前開始,也就是馬克去世的四年後。從這些記錄可以看出我是如何一步步踏進現在的混亂局面。

2012 年日記

2012 年 4 月 19 日星期四

79.4 公斤,酒精 4 單位(不錯),卡路里 2822(但在夜店吃些真正的食物,比在家裡吃陳年起司和魚柳更好),再次發生或渴望發生性行為的可能性為 0。

「她必須發洩一下。」塔莉莎肯定地說。她一邊喝著伏特加馬丁尼,一邊警戒環顧索迪奇夜店,尋找候選人。

這是我們半定期的晚間聚會之一,塔莉莎、湯姆和茱德堅持要我出門參加,目的是「讓我走出來」,就像帶老奶奶去海邊一樣。

「她知道啦。」湯姆說:「我有沒有告訴過妳們,我在旅遊租房網站 LateRooms.com,每晚只花 200 英鎊就在清邁奇迪飯店租到一間套房。智遊網(Expedia)的普通套房就要 179 美元,而且還沒有陽台呢。」

最近湯姆越來越沉迷於精品飯店度假,並且希望我們大家的生活風格,都像葛妮絲・派特洛的部落格一樣精彩。

「湯姆,閉嘴!」茱德從她的 iPhone 抬起頭,低聲說她正在使

用約會軟體「單身醫師交友網」：「這是很嚴肅的事情。我們一定要做點什麼，她現在已經是重生的處女。」

「你們不懂。」我說：「這完全不可能。我不想要其他人。不管怎樣，即使我做了，事實上我沒做，我也完全沒興趣，完全無欲無求，不會再有人喜歡我，永遠、永遠、永遠。」

我盯著黑色上衣下鼓起的肚子。這是真的。我已經成為重生處女。現代世界的問題在於，我們總是被性和性慾的圖像轟炸——廣告招牌上的手放在屁股上，涼鞋廣告中的情侶在海灘上接吻，現實生活中的情侶在公園纏得一塌糊塗，藥局收銀台旁邊的保險套——這個美妙、神奇的性生活世界，我再也不屬於它，永遠不會。

「我沒有刻意去反抗，這只是身為寡婦的一部分，也是變成小老太太的過程。」我誇張地說，希望他們都會立即堅持我還是像潘妮洛普・克魯茲或史嘉蕾・韓喬森一樣美豔。

「噢，親愛的，別說得那麼可笑。」塔莉莎一邊說，一邊叫服務生再給我一杯雞尾酒：「妳可能真的需要減掉一點體重，注射一點肉毒桿菌，頭髮再做些整理，不過——」

「肉毒桿菌？」我急急插話。

「天哪！」茱德突然喊道：「這傢伙不是醫師嘛。他也在『舞伴情人約會』網站，而且還用同一張照片！」

「也許他是個醫師，也喜歡跳舞啊，只是喜歡各種基本活動？」我正面思考地說道。

「茱德，閉嘴！」湯姆說：「妳現在已經迷失在模糊的網路泥沼，裡面那些人大多數是不存在的，只是隨隨便便地開帳號又消失無蹤。」

「肉毒桿菌會致命喔。」我陰沉地說：「肉毒桿菌中毒很危險。這種菌來自乳牛。」

「那又怎樣？死於肉毒桿菌比孤獨死要好吧。因為妳的皺紋太多了。」

「哎喲，拜託，塔莉莎妳也閉嘴吧。」湯姆說。

突然發現自己又想念小雪了，希望她能在這裡說：「大家能不能他媽的不要再叫別人閉他媽的嘴啊！」

「對，閉嘴！塔莉莎，」茱德說：「並不是每個人都想看起來像一場怪胎表演。」

「親愛的，」塔莉莎把手放在額頭上說道：「我才不是『怪胎』。是布莉琪到現在還沉浸在悲傷之中，她失去了，或者可以說，一時迷失自我的性意識，我們有責任幫助她重新妥善安置。」

塔莉莎甩著她濃密閃亮的頭髮，坐回椅子上，我們三個人默默盯著她看，像五歲小孩一樣用吸管喝著雞尾酒。

塔莉莎再次用力說道：「這個問題不是看年齡，而是要改變『訊號』。身體必須強制拒絕中年的脂肪定位，皺紋完全不必要，還要有一頭飄逸閃亮的健康頭髮──」

「是以微薄的價格，從貧窮的印度處女那裡買來的。」湯姆插嘴。

「——不管是怎麼獲得和擁有的,就是需要這一切讓時光倒流。」

「塔莉莎,」茱德說,「我剛才真的聽到妳說了『中年』和『年紀』這兩個詞嗎?」

「無論如何,我辦不到啦。」我說。

『妳看,這真的讓我非常難過,』塔莉莎說:「我們這個年紀的女性——」

「是妳的年紀吧,」茱德嘀咕。

「——要是只能不斷抱怨四年沒有約會,就為自己貼上從此不再戀愛的標籤,那只能怪自己。吉曼・基爾[1]的『消失的女人』必須被殘酷地謀殺和埋葬。其實我們為了自己和同伴,都需要營造一種神祕的自信和誘惑的氛圍,重新塑造自己——」

「就像葛妮絲・派特洛一樣,」湯姆開心地說。

「葛妮絲・派特洛不是『我們這個年紀』,而且她已經結婚了,」茱德說。

「不是,我的意思是我不能和任何人上床,」我解釋道:「這對孩子們不公平。會有太多事情要做,而且男人是非常需要照顧的麻煩東西。」

---

[1] 吉曼・基爾(Germaine Greer、1939-),澳洲女性作家及記者,第二波女性主義運動的代表人物之一,著有《女太監》(*The Female Eunuch*)等書。

塔莉莎悲傷地打量著我，我習慣的黑色寬鬆長褲和長上衣包裹著我曾經美好身材的殘跡。我的意思是，塔莉莎確實有一定的發言權，她結過三次婚，而從我第一次見到她到現在，身邊總是不乏完全痴迷於她的男人。

「女人也有需求啊！」塔莉莎戲劇性地咆哮：「如果一個媽媽自尊心不足又遭受性挫折，那對她可憐的孩子有什麼好處呢？如果妳不趕快找人上床，妳會徹底封閉。更重要的是，妳就此枯萎，會變得更痛苦。」

「不管怎麼說啦，」我說。
「怎樣？」
「這對馬克不公平。」

一陣沉默。就像晚上談興正濃時，有人扔進了一條巨大又濕漉漉的魚。

後來，湯姆醉醺醺地跟著我走進了女廁，在我用手拍打名牌水龍頭想打開它時，他靠在牆上勉強站著。

「布莉琪，」當我開始在洗臉盆下摸索踏板時，湯姆說。

我從水槽下面抬起頭來：「什麼？」湯姆又進入他的專業模式。

「馬克。他會希望妳再找一個人。他不會想讓妳的生活就此停頓──」

「我沒停頓啊，」我說，費力地站直身子。

「妳需要工作，」他說：「妳需要一種不同的生活。妳需要有人

46 | Bridget Jones: Mad About the Boy

陪伴妳、愛妳。」

「我確實有自己的生活。」我生氣地回答:「我不需要男人,我有孩子。」

「好吧,就算沒有別的事,妳還是需要有人教妳如何打開水龍頭吧。」他伸手到方形水龍頭柱上,從底座轉了一下,水便噴湧而出。「看看古柏[2]的電郵通訊,」他說,突然又變回有趣又輕鬆的湯姆:「看看葛妮絲對性和法式育兒有什麼看法!」

11:15 p.m. 剛剛跟克蘿伊道晚安,掩飾輕微的醉意。

「抱歉,我回來晚了。」我不好意思地說道。

「也才五分鐘啊?」她笑著親切地說:「很高興妳出門玩得高興!」

11:45 p.m. 在床上。很明顯,我穿的睡衣不是跟孩子們一樣,上面有狗狗圖案的那種,而是一件我還穿得下,朦朧性感的睡衣。突然有股充滿希望的感覺湧動,也許塔莉莎說得對!如果我的人生枯萎,變得怨恨不滿,對孩子們又有什麼用呢?他們會變成自我中心、頤指氣使的小霸王;而我則是個消極、粗暴的老傻瓜,撲向雪利酒,咆哮道:「你們又為什麼不為我做點什麼呢呢呢呢呢呢?」

11:50 p.m. 也許已經走過漫長黑暗的隧道,看到隧道盡頭有點

---

[2] 古柏(Goop)是葛妮絲・派特洛自創的品牌,每週發送電郵通訊。

光。或許還是會有人愛我？沒有理由不能帶個男人回到這裡吧。臥室門內裝個暗扣，孩子們就不會走進「我們」創造出的成人感性世界……哎呀！美寶哭了。

11:52 p.m. 衝進孩子們的房間，看見下鋪有個朦朧人影，坐起來，然後迅速彎下腰，又躺平，這是美寶半夜醒來經常做的動作，她晚上通常不會醒來。美寶這時又坐直身子，低頭看著自己嘔吐弄髒的睡衣，又張嘴想吐。

11:53 p.m. 把美寶抱進浴室，脫掉睡衣，撫平她的乾嘔。

11:54 p.m. 幫美寶清洗乾淨，擦乾，讓她坐在地板上，然後去找新睡衣，也把原本的床單卸下，翻找乾淨的床單。

午夜。孩子房間傳來裡哭聲。我手上還拿著髒床單。先繞進房間，但聽到浴室又傳來哭聲。想喝點紅酒。提醒自己是個負責任的母親，現在可不是在酒吧打打鬧鬧。

12:01 a.m. 在孩子房間和浴室之間來來回回。浴室裡哭得越來越大聲。想說美寶會不會玩 Bic 牌剃刀、吃進毒藥或類似的東西，我急忙衝進去，發現她在地板上大便，表情既內疚又吃驚。

一陣憐惜讓我母愛大噴發地抱起美寶。現在大便、嘔吐物不只出現在床單、浴室墊子和美寶身上了，也黏在我這件朦朧性感睡衣上。

12:07 a.m. 去孩子們的房間，仍然抱著美寶和一身汙穢。發現比利也起床了，頭髮濕熱又亂糟糟的，他抬起頭來，彷彿我是仁

慈的上帝,對所有事物都有答案。比利注視著我,像電影《大法師》那樣打嗝,只是頭保持在向前的固定位置,沒有旋轉。

12:08 a.m. 比利也嘔吐沾到睡衣。他困惑的表情讓我母愛再次大爆發,對他非常憐惜。最後變成拉肚子加嘔吐物的加州式「集體擁抱」,擁抱比利、美寶、穢物床單、浴墊、兒童睡衣和朦朧性感睡衣大集合。

12:10 a.m. 真希望馬克還在。突然想起馬克晚上穿著睡袍像律師服,彷彿可以瞥見毛茸茸的胸膛,想起那些照顧嬰兒手忙腳亂的好笑場景,就好像跨越國界的軍事行動要我們大家都團結在一起,然後意識到這一切好荒謬,我們倆最後都咯咯地笑了。

我想,他錯過了所有的微小時刻,錯過了孩子長大的過程。即使是這樣亂七八糟的事情也一樣很有趣,而不是令人困惑和害怕。要是我們兩人都在,一人可以照顧他們,另一人可以整理床單,然後我們又可以再次鑽進上下鋪,為這些混亂咯咯發笑⋯⋯別人怎麼可能像他一樣喜歡那兩個孩子,真誠地愛他們,即使他們到處大便⋯⋯?

12:15 a.m. 「媽咪!」比利突然把我拉回現實。不可否認,現在狀況危急:兩人都在拉肚子兼噁心嘔吐,驚慌失措一直乾嘔。現在最理想的做法是,把孩子們和那些髒衣服、床單和穢物分開,先把兩個孩子放入溫水澡盆,再找到床單來換。但要是泡澡盆的時候,又繼續拉肚子和嘔吐呢?這樣怎麼辦?那盆水會不會變得有毒,也許就像霍亂病菌,像難民營的露天水溝一樣。

12:16 a.m. 想到臨時解決方案：在浴室地板鋪上塑膠墊，再放上枕頭和毛巾。

12:20 a.m. 決定打開洗衣機（也就是去冰箱拿瓶紅酒）。

12:24 a.m. 關門跑下樓。

12:27 a.m. 喝了一大口酒醒醒腦，想到洗床單那些事並不重要。唯一的目標是讓孩子活到早上，而且我最好不會精神崩潰。

12:45 a.m. 發現喝點酒雖然可以醒腦，對胃卻有相反的作用。

12:50 a.m. 換我嘔吐。

2 a.m. 比利和美寶現在都睡在浴室地板上的毛巾上，已經弄乾淨一點了。決定還是穿著沾滿便便和病菌的朦朧性感睡衣睡在他們旁邊。

2:05 a.m. 體驗到令人愉悅的勝利感，就像大將軍從屠殺、血腥的邊緣拉回，重新設計和平解決方案：我甚至開始聽到《神鬼戰士》的主題曲，把自己當作羅素‧克洛，面前斗大標題寫著：「英雄再起！」

但這時候我也無法避免這樣的感覺：在這類事可能發生的情況下，嘗試任何類型的色色情事可能都不是個好主意。

新的開始 —— 全新自我

2012 年 4 月 20 日星期五

78.5 公斤，預留冥想時間 20 分鐘，實際冥想時間 0。

2 p.m. 好，決定好了。我要徹底改變。要回歸禪宗／新時代／自助成長書籍和瑜伽等，從內在開始而非外在，經常進行冥想來減肥。浴室裡的蠟燭和瑜伽墊都已經準備好了，帶孩子去看醫生前我要先安靜地冥想，把心情穩定下來。記得預留時間：(a) 買零食，(b) 找出失蹤的車鑰匙。

另外我要做的事情如下：

我會

- 減掉 15 公斤。
- 使用推特、臉書、Instagram 和 WhatsApp，不要覺得自己老了就不再玩社群網站。因為除了自己之外，每個人都在玩推特、臉書、Instagram 和 WhatsApp。
- 不要再害怕打開電視，只需要找到電視、維京機上盒 DVD 遙控器和各種按鍵的操作手冊，電視就會變成娛樂的快樂源泉，不再讓我崩潰。
- 日常生活定期洗衣，清理家中各種不必要的物品，尤其是樓

梯下的櫥櫃,以佛教禪宗的理念,像瑪莎‧史都華一樣,物有定位,都在它應該的位置上。

— 考慮到上一點,要請媽別再寄給我未使用過的手提包、披肩圍巾、名牌碗盤等等。提醒她,現在缺的不是物資,欠缺的是空間(至少在西方世界是這樣)。

— 開始撰寫《海達‧嘉布勒》改編劇本,以便重返職業生涯。

— 實際花時間來寫劇本,而不是半天亂晃地找東找西,迷迷糊糊從一個房間逛到另一個房間,擔心那些還沒回覆的郵件、簡訊、帳單、小朋友的遊戲約會、跑跑卡丁車聚會、腿蠟除毛、看醫生、家長會、保母時間安排、冰箱的怪聲、樓梯下的櫥櫃、電視為何打不開,然後坐下來,但已經忘了自己到底要找什麼。

— 不要總是穿著相同的三件衣服,而是像出現在機場的名人貴婦一樣,翻遍衣櫃,組合出時尚造型。

— 清理樓梯下的櫥櫃。

— 找出冰箱發出噪音的原因。

— 每天只花一小時查看電子郵件。不要一整天都在無用的電子郵件、新聞報導、日曆紀事、Google 以及購物和度假網站繞圈子,一邊發簡訊,結果一封郵件都沒回。

— 不要一入迷推特、臉書、WhatsApp 和其他什麼,就把它們全加進網路社交圈。

— 立即處理電子郵件,讓 email 成為有效的溝通方式,不要讓信箱塞得亂七八糟,裡面充滿罪惡感和未引爆的時間吸血鬼

炸彈。
- 要比保母克蘿伊更擅長照顧孩子。
- 和孩子們一起建立規律作息，讓每個人在任何時候都知道自己應該在哪裡和做什麼，尤其是我自己。
- 閱讀育兒自助書籍，包括《1、2、3……更好、更輕鬆的育兒方式》（One、Two、Three...Better、Easier Parenting）和《法國孩子不亂丟食物》（French Children Don't Throw Food），讓自己比克蘿伊更會照顧孩子。
- 善待塔莉莎、茱德、湯姆和瑪格姐，回報他們對我的善意。
- 每週一次彼拉提斯，每週跳兩次尊巴（Zumba），健身房每週三次，瑜伽每週四次。

我不會

- 在瑜伽前喝很多健怡可樂，結果整堂瑜伽課都在練習忍著不敢放屁。
- 接送小孩遲到。
- 在學校裡向大家做出Ｖ形勝利手勢。
- 一聽到洗碗機、滾筒式烘衣機和微波爐發出完成任務的蜂鳴聲就生氣，還浪費時間模仿洗碗機，邊跳著舞邊說：「喂，喂，看看我，我是洗碗機，我洗完碗盤了！」
- 對媽、尤娜或完美妮可萊生氣。
- 把妮可萊說成「妮可蕾」。

- 每天咀嚼超過 10 顆戒菸尼古清。

- 把空酒瓶藏起來，不讓克蘿伊發現。

- 直接從冰箱拿出磨碎的乳酪就吃，撒得滿地都是。

- 對孩子們大吼大叫，始終以平靜、平穩、電子語音郵件式的聲音和他們交談。

- 每天喝各超過一罐的紅牛和健怡可樂。

- 每天喝兩杯以上的不含咖啡因卡布奇諾。或者三杯。

- 每週吃三個以上的麥當勞大麥克或星巴克火腿起司帕尼尼。

- 在還沒決定「三」之後要做什麼時，就先警告孩子們：「一……二……」。

- 早上醒來躺在床上光想些病態或色色的事情。應該六點就起床，像史黛拉・麥卡特尼（Stella McCartney）、克勞蒂亞・雪佛（Claudia Schiffer）或其他類似的人那樣，為學校接送做好準備。

- 事情一出錯，就歇斯底里地到處亂衝亂竄。接受現狀，保持平靜——像一棵大樹般，矗立在天地之間。

但我要怎麼接受這一切事情發生？……聽著，我不能……哎呀！該去看醫生了，我還沒準備好點心、寫作、冥想還有找到該死的車鑰匙！

媽的！

社群媒體處女巡

2012 年 4 月 21 日星期六

78 公斤,在健身飛輪花費 0 分鐘,清理櫥櫃 0 分鐘,學習如何使用遙控器 0 分鐘,保持各種祝願的決心 0 分鐘。

9:15 p.m. 孩子們睡著了,室內一片漆黑,十分安靜。天啊,我好孤單!倫敦現在正是大家在餐廳和朋友一起大笑,然後找人做愛的時候。

9:25 p.m. 看,週六晚上我一個人待著也絕對沒問題。只要去清理樓梯櫥櫃,再去騎一下健身飛輪。

9:30 p.m. 剛剛去櫥櫃看了一下。也許不必清理。

9:32 p.m. 打開冰箱看了一下。也許喝一杯紅酒配一包磨碎的起司。

9:35 p.m. 現在好多了。我要去玩推特!社群媒體的出現,任何人都不再需要感到寂寞和孤單。

9:45 p.m. 已經連上推特,但完全看不懂。只看到一些 @ 這個、@ 那個,進行一些難以理解的胡言亂語。大家怎麼知道這是在幹嘛?

2012 年 4 月 22 日星期日

9:15 p.m. 好,現在已經在推特上完成自我設定。需要找個暱稱,要聽起來很年輕:絕對驚豔布莉琪(TotesAmazogBridget)?

9:46 p.m. 可能不好。

10:15 p.m. JoneseyBJ!

10:16 p.m. 為什麼是 @JoneseyBJ?@是什麼?AT?AT 什麼啊?[3]

2012 年 4 月 23 日星期一

將近 79.8 公斤(老天!),推特追蹤者 0。

9:15 p.m. 不知道怎麼貼照片上去,只看到一個蛋形的空白。很好!可以貼上懷孕前的照片。

9:45 p.m. 好。等待追蹤者。

9:47 p.m. 沒有追蹤者。

9:50 p.m. 其實我不會等待追蹤者出現。你看著鍋子它就永遠不會沸騰。

10 p.m. 想知道我是否已經有追蹤者。

---

[3] 符號@的英文發音即 at。

10:02 p.m. 沒有追蹤者。

10:12 p.m. 還是沒有追蹤者。哼,推特的重點是你可以跟別人對話。結果沒有人可以對話。

10:15 p.m. 追蹤者0。感到羞恥和恐懼:也許大家都在推來推去,只有我不受歡迎被排擠。

10:16 p.m. 說不定還有人偷偷在背後推文,說我多麼不受歡迎。

10:30 p.m. 很好!我現在不僅孤立無援,而且顯然也不受歡迎。

2012 年 4 月 24 日星期二

79.4公斤,卡路里4827,瘋狂擺弄科技設備127分鐘,成功讓科技設備完成應該做的事情0。除了吃進4827卡路里、擺弄科技設備之外,好好完成的事情0。推特追蹤者0。

7:06 a.m. 剛剛想起我有推特帳號。感覺自己瘋狂膨脹大爆發!我是巨大的社會革命和年輕人的一部分。昨晚我只是沒有給它足夠的時間!也許一夕之間就出現幾千個追蹤者!百萬粉絲!我的帳號就像病毒一樣散播開來。迫不及待想看看有多少人追蹤我了!!

7:10 a.m. 喔。

7:11 a.m. 還是沒有追蹤者。

2012 年 4 月 25 日星期三

80.7 公斤,檢查推特追蹤者 87 次,推特追蹤者 0,卡路里 4832(是不好,但這都是沒有推特追蹤者的錯)。

9:15 p.m. 還是沒有追蹤者。吃了這些東西:

 2 個巧克力可頌
 7 塊貝比貝爾起司(其中一塊只剩一半)
 1/2 磨碎的莫札瑞拉起司
 2 瓶健怡可樂
 1.5 根小孩早餐剩下的香腸
 冰箱裡 1/2 個麥當勞起司漢堡
 3 個湯諾克(Tunnock)茶蛋糕
 1 條吉百利牛奶巧克力(大的)

2012 年 5 月 1 日星期二

11:45 p.m. 因為一小時內查看追蹤者 150 次,我剛剛被推特列入白名單[4]。

---

[4] 推特可能將某些帳號列入白名單,允許他們使用測試中的高級廣告工具或功能,被列入白名單的標準可能根據推特的政策或商業需求而變化。

2012 年 5 月 2 日星期三

78.9 公斤，推特追蹤者 0。

9:15 p.m. 不會再上推特查看追蹤者了。也許改玩臉書。

9:20 p.m. 剛剛打電話給茱德，問她臉書怎麼玩。「小心點，」她說：「這是跟大家保持聯繫的好方法，但妳最後會看到很多前任男友擁抱新女友的照片，然後發現他們已經跟妳解除好友關係。」

哼，這不太可能發生在我身上。打算玩一下臉書。

9:30 p.m. 在玩臉書前也許再等一下。

茱德剛回我電話，笑說：「真的先不要玩臉書。我剛剛收到通知說湯姆正在查看約會對象的資料。他一定是不小心勾選到什麼功能，現在大家都看得到他在幹嘛，包括他爸媽和以前的心理學教授。」

鬆弛的肚皮

2012 年 5 月 9 日星期三

79.3 公斤，推特追蹤者 0。

9:30 a.m. 緊急！背部消失。我的意思是，其實它沒消失，因為

肩膀底下都還在。只是我正在查看推特追蹤者，然後用力關上筆記型電腦，不屑地搖頭輕蔑說：「呸！」接著整個左上背部突然痙攣起來。好像我以前都沒注意到自己有背部似的，現在好痛！該怎麼辦？

11 a.m. 剛從整脊復健師那裡回來。復健師說這不是推特的錯，而是多年來抱孩子造成的，我應該兩腿蹲下來抱小孩，不能背部彎曲去抱。這樣好像非洲的部落婦女那樣蹲著，看起來有點笨拙。但我不是看不起非洲人，非洲部落的優雅婦女當然也是非常優雅的。

她問我是否還有其他任何症狀，我說：「胃酸。」她摸摸我的肚子，驚呼：「天哪！這是我摸過最鬆弛的肚皮。」

結果是因為年紀的關係，人體中段已經整個回不去原來的樣子，體內的腸子搖來晃去，不受控制。難怪它們一坨坨擠在我的黑色運動褲上。

「那我該怎麼辦？」

「妳要開始鍛鍊腰部，」她說：「而且要減掉一些脂肪。聖凱瑟琳醫院（St Catherine's Hospital）新開設一個很棒的肥胖診所。」

「肥胖診診診診診診診所？」我從醫療床上跳起來，穿上衣服憤怒地說：「我可能是有點嬰兒肥，但我並不肥胖！」

「對！對！」她急忙說：「妳不是肥胖。但如果妳想適當減肥的話，這個門診非常有效。尤其有小孩之後，要減肥非常困難。」

「我知道啊，」我碎唸著說：「我也知道自己應該吃什麼才對，但如果每天晚上五點都會被吃剩的炸魚條和薯條包圍，你就會把它們吃掉，然後又吃自己的晚餐⋯⋯」

「沒錯，所以診所會讓妳吃代餐，這就沒什麼爭論的空間，」復健師說：「妳只要別把其他任何東西放進嘴裡就行了。」

不知道湯姆、茱德和塔莉莎會對那個人說什麼，哼哼哼。

原本是氣呼呼地離開，突然又想回去問她：「妳可以在推特上追蹤我嗎？」

9:15 p.m. 回到家，驚訝地看著鏡中的自己。我現在看起來就像一隻蒼鷺。兩腿和兩條手臂跟過去一樣，但整個上半身就像一隻大鳥，中間有一大圈脂肪，穿上衣服後看起來就像是聖誕節享用的蔓越莓果凍和肉汁；沒穿衣服時，又像是在蘇格蘭稻草鍋裡煮了一夜，即將端上來作為大家庭的除夕晚會後早餐。塔莉莎是對的。祕密是（難以接受的現狀形容來了）中年後自動定位的脂肪必須加以改變。

2012 年 5 月 10 日星期四

78.9 公斤，推特追蹤者 0。

10 a.m. 剛剛和肥胖門診談過。讓人高興的是，有人懷疑我這種肥胖程度應該不會被診所接受！生平第一次對自己的體重說謊，

不是變輕,而是變得更重。

10:10 a.m. 要把自己的身體徹底轉變成肌肉發達的瘦身,肚皮緊繃,緊緊包住腸道。

10:15 a.m. 又反射性地把小孩吃剩的早餐塞進嘴裡。

2012 年 5 月 17 日星期四

79.4 公斤,推特追蹤者 0。

9:45 a.m. 出發到肥胖診所。情緒達到有史以來的最低點。就像在醫療新聞報導看到那些感覺羞恥的人一樣,穿著病人服測量血壓,而一位身材美好的記者在他們面前用嚴厲、關切的語氣報導「肥胖流行病」。

10 a.m. 肥胖診所實在太棒了。一開始不得不越來越大聲、重複向櫃檯人員說「肥胖門診」,讓人覺得有點尷尬。最後到達診所時,看見一個身材魁梧的男人向前行走,彷彿是用手推車推著自己的一身脂肪。然後有個身材只比他小一號的女人,以誘人的聲音搭訕說:「你小時候也是胖胖的嗎?」

大家看我都帶著一種欽佩的眼光,這是我從 22 歲穿著性感襯衫,腰上打一個結,露出平坦小腹,到處亂跑以來,從未有過的欽佩之情。我想他們都以為我是診所塑身「計畫」快結束時取得成功的案例之一。感覺有點不習慣,但令人充滿自信。但這種感受是

錯誤的，對其他患者也是一種不尊重。

此外，親眼看到脂肪像身體的獨立附件，被推車推著走，讓我開始把脂肪當作一種實實在在的事物。我意識到，過去我們都把脂肪視為某種完全不合理、隨機出現的自然現象，而不是我們吃進東西所直接產生的結果。

「名字，」接待處的那個人說道。令人擔心的是他自己也很胖。診所工作人員應該先讓自己瘦下來才對吧？

整個過程是複雜的醫療性質：血液檢查、心電圖和醫師諮詢。當我克服他們以為我是「高齡產婦」的尷尬之後，一切順利進展。看來體重數字並非重點，重點是能縮小衣服的尺寸。非常非常胖的人，例如超重 20 公斤至 45 公斤，可以減掉很多，比如一週內減去 5 公斤的脂肪！那些都是真正的脂肪。但如果你只想減掉 10%、15% 的體重，那麼一次下降超過 1-2 公斤的話，（陰沉地）那就不是在減脂，而是在減……別的東西。

所以你看，最重要的不是體重，而是脂肪與肌肉的百分比。如果你只是急速節食而不做重訓，最後失去的是比脂肪更重的肌肉。因此體重雖然減輕，脂肪卻增加了，或者有其他不良影響。不管怎麼說，結論就是：我應該去健身房。

我的飲食將只是蛋白質巧克力布丁和蛋白質巧克力棒，然後在晚上吃一點蛋白質和蔬菜，其他任何東西都不可以放進嘴裡。（除了陰莖之外——為什麼會冒出這種想法？最好是有這種機會啦。不過在今天之後，突然覺得這似乎也有點可能了。）

改頭換面！

2012 年 5 月 24 日星期四

81.2 公斤（呵呵），體重減輕 0，推特追蹤者 0，攝取蛋白質巧克力棒 28 根，攝取巧克力蛋白質布丁 37 個，用蛋白質巧克力棒或布丁替代的膳食次數 0，每天照樣攝取普通食物與蛋白質產品的平均卡路里 4798。

剛剛去肥胖診所進行第一週的進展追蹤。

「布莉琪，」護士說：「妳應該用蛋白質食品代替正餐，而不是吃了正餐又吃代餐。」

我悶悶不樂地看著圖表，然後脫口而出：「妳可以在推特上追蹤我嗎？」

「我不玩推特，」她說：「現在，下週，忘記推特，只吃代餐。其他不能吃。好嗎？」

9:15 p.m. 孩子們都睡了。天哪，我好孤單！推特上沒有粉絲，又胖又餓，那些該死的肥胖代餐真讓人煩透了。討厭孩子們都去睡覺的時間。這本來是放鬆又有趣的時間，而不僅僅是孤獨一人。好，我不會認輸的。接下來的三個月我要：

減掉 35 公斤
獲得 75 個推特追蹤者

撰寫 75 頁劇本

學會操作電視

找到住處附近有同齡孩子的朋友，這樣整個晚上才會有趣，而不是亂七八糟毫無節制又塞滿磨碎起司。

對！這才是我需要的。對孩子來說，把他們關在屋裡，只有一兩個成年人過度擔心他們的幸福，因為害怕壞人而不敢讓他們去街上玩耍，這是不自然的。在我們成長過程中一定也有戀童癖的存在，但如今大眾媒體對戀童癖的報導而引發的恐懼，已經改變我們養育子女的整個方式。我們需要跟其他爸媽交流、喝酒，讓孩子們一起在旁邊玩耍，就像義大利的大家庭在樹下共進晚餐一樣。俗話說：「養育一個孩子需要全村一起出力。」

此外，讓名人準備好走上紅地毯。

事實上，我見過對面有個很不錯的女人，她好像也有孩子——但「不錯」這個詞可能不太精確。她非常的波西米亞風格，一頭黑色濃密長髮，上面還插滿一些看起來可能更適合出現在花園或寵物店的東西。如果她不是個黝黑又特別的波西米亞美女，整個人看起來或許會很奇怪。我看過她跟一些人來來去去，有孩子，青少年——那是保母嗎？男性保母或戀人？還有一個粗獷英俊的男人，可能是她丈夫，也可能是來訪的藝術家。有時也有嬰兒。也許她也有同齡的小孩？

現在覺得心情好多了。明天會更好。

2012年5月31日星期四

79.4公斤

耶耶！自上週以來已經少了快兩公斤！恢復開始節食的體重。雖然護士說現在減少的不是真正的脂肪，而是「其他東西」。還說我需要開始運動，例如騎自行車，而不是整天坐著不動。

2012年6月7日星期四

77.6公斤

10 a.m. 完全投入我們古怪（即明智）的市長鮑里斯·強森（Boris Johnson）的自行車租賃計畫——買了鮑里斯自行車鑰匙，還借了鮑里斯自行車和所有東西！突然間，感覺自己成了倫敦自行車酷炫之旅的一部分：整個世界都是無憂無慮的年輕人，他們拒絕汽車，精實健康，擁抱環保！我今天要騎車去肥胖診所。

10:30 a.m. 剛騎完車回到家，身心受創。太可怕了。一路上總覺得自己忘了繫安全帶，一看到對向來車就趕快下車。也許沿著運河邊的小路騎車會比較好。

11:30 a.m. 剛從運河邊騎完自行車回來。過程很順利，但好像有人從橋上對我扔了一個雞蛋。也可能是有隻鳥突然早產。清理蛋液和蛋渣。不再騎鮑里斯自行車了，改搭公車去肥胖診所。至

少屁股坐在車上可以乾淨清爽,不會黏糊糊的、全身都是蛋味。

2012 年 6 月 14 日星期四

75.8 公斤!

不斷脫掉衣服,站上磅秤,然後脫下手錶、手鐲等,高興地盯著數字。更有信心節食減重了。

2012 年 6 月 20 日星期三

1 p.m. 剛剛去健身房,這樣很好,但顯然我很醜。另外,到底是有什麼問題,當更衣室只有你一人的時候,馬上就會有人進來,而且他們的置物櫃剛好就在你的正上方?

現在我要回去推特找人。

1:30 p.m.

〈@DalaiLama 就像蛇蛻皮一樣,我們必須一次又一次地擺脫我們的過去。〉

看吧~達賴喇嘛跟我在網路上思想合一了。我也像蛇一樣正在甩掉我的脂肪。

2012 年 6 月 27 日星期三

9:30 a.m. 開始我的《海達·嘉布勒》劇本改編創作。這跟現代確實非常相關，由於它與一個住在挪威的女孩有關，我要把故事場景轉換到皇后公園。她認為「她的跳舞時光結束了」，沒有好對象會想娶她，於是選了一個無聊的人，就像大風吹的音樂停止時，隨便搶到的最後一個座位。或許我還可以讓她狂瘦一圈，然後獲得幾百萬個推特粉絲。

10 a.m. 大概還不行。推特追蹤者 0。

2012 年 6 月 28 日星期四

72.1 公斤，減了 7 公斤！

我的天啊，減掉 7 公斤了！這真是奇怪，多年來成千上百的節食方法都失敗，或者只能持續五天，但這次卻⋯⋯

⋯⋯真的有效！我只是每週去量體重，測量脂肪與肌肉比率，當我想吃烤馬鈴薯或巧克力棒時，知道我不能欺騙自己，我現在正用代餐減肥。我還發現懷孕前穿的衣服（儘管都是帳篷狀）現在又穿得下了，更讓我陷入瘋狂的樂觀。

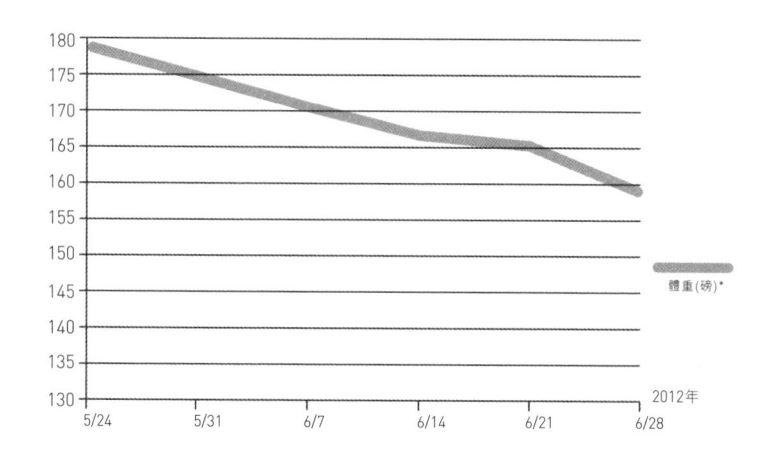

2012 年 7 月 12 日星期四

70.3 公斤,減掉 9 公斤,寫了 10 頁劇本,推特追蹤者 0。

9:15 p.m. 天啊,我好孤單!好,我真的要在推特上開始行動了。

9:20 p.m. 達賴喇嘛有 200 萬名追蹤者,可是他沒有追蹤任何人。沒錯。神不能追蹤別人。想知道他是真的自己發文還是讓他的助理發文?

9:30 p.m. 徹底崩潰。女神卡卡(Lady Gaga)竟然擁有 3,300 萬名粉絲!我幹嘛這麼費心?推特就是一場巨大的人氣競賽,而我

---

* 編按:原書使用的體重單位為磅,內文為方便讀者理解,均已換算成公斤。考慮到圖表若進行單位換算,可能導致圖表的視覺呈現與原書有落差,故圖表均維持以磅為單位不作更動。

注定是最糟糕的。

9:35 p.m. 剛剛發簡訊給湯姆,女神卡卡有 3,300 萬名粉絲,而我的追蹤者為 0。

9:40 p.m. 〈妳要先去追蹤別人啊,不然他們怎麼知道妳在推特上?〉

〈但是達賴喇嘛沒有追蹤任何人。〉

〈親愛的,妳不是神,也不是女神卡卡。妳要自己積極主動。追蹤我吧:@TomKat37。〉

10 p.m. @TomKat37 有 878 位追蹤者。他是怎麼做到的?

2012 年 7 月 13 日星期五。

10:15 p.m. 我有一個追蹤者了!你看。大家開始注意到我的風格。

10:16 p.m. 喔,〈@TomKat37:你看到了嗎?你有一個追蹤者了。現在繼續努力吧。〉

那就是湯姆嘛。

2012 年 7 月 17 日星期二

69 公斤,推特追蹤者 1。

中午。光榮而歷史性的一天。剛去 H&M 買衣服,請店員幫我拿一件 16 號的,她看看我,以為我怪怪的,然後說:「妳穿 14 號就可以了。」

我笑道:「我永遠穿不進 14 號的衣服。」她還是拿來讓我試,結果很合身。

我現在是 14 號了!

而且我還有一位追蹤者!病毒式傳播就要開始了。

2012 年 7 月 26 日星期四

67.6 公斤,劇本 25 頁,推特追蹤者 1。

耶耶,已經突破 150 磅(約 68 公斤)的玻璃地板(儘管可能是單腳站立,並且稍微靠在洗臉檯上)。

編劇寫作也正在進行中。我決定將我的劇本命名為《他頭髮上的葉子》(*The Leaves in His Hair*),這是海達在《海達・嘉布勒》中最著名的台詞。雖然這一句很出名只是因為沒人了解她的意思。

2012 年 7 月 30 日星期一

67.1 公斤,推特追蹤者 50,001。

9:15 p.m. 我又有一個追隨者了！但這位追蹤者有點奇怪。他本身就有五萬名追蹤者。

9:35 p.m. 它是什麼？就像一艘太空船在那裡一直盤旋，靜靜地看著。感覺我應該先開火似的還是怎樣。

9:40 p.m. 它的名字叫「XTC 通訊者」（XTC Communications）。

10 p.m. 剛剛在推特上向湯姆發送奇怪追蹤者的情況，湯姆也回覆了。

〈@TomKat37：@JoneseyBJ 這是垃圾郵件機器人，寶貝。這只是在做行銷而已。〉

10:30 p.m. 嘻嘻。剛剛回覆：

〈@JoneseyBJ：@TomKat37 我已經有一個垃圾郵件機器人了。你應該看看它今天在清晨刺眼陽光下的模樣。〉

2012 年 7 月 31 日星期二

推特追蹤者 50,001。

2 p.m. 50,001 位追蹤者。感覺棒極了！剛買了豐唇霜！感覺有點搞笑，但實際上好像有點效果。

3 p.m. 把豐唇霜塗在手上，不知道會不會導致手指變胖？

2012 年 8 月 1 日星期三

推特追蹤者還是 1。

7 a.m. 哼,垃圾郵件機器人就這樣消失了,帶走它的五萬名該死的追蹤者。哇,孩子們都醒了。

9:15 p.m. 打算查看一下推特。

9:20 p.m. 湯姆「轉推」我的垃圾郵件機器人推文,帶來 7 個追蹤者。

9:50 p.m. 但現在我該怎麼辦?要跟他們打招呼嗎?表示歡迎之意?

9:51 p.m. 我也要追蹤他們嗎?

10 p.m. 因為社群媒體的尷尬而陷入沉默。也許不會再玩推特了。

2012 年 8 月 2 日星期四

64.4 公斤,減輕 15 公斤,肌肉增加 5%(不知道這代表什麼)。

1 p.m. 欣喜若狂!剛剛去了肥胖診所,護士說我現在領先目標,也是患者的模範。然後又去 H&M 查了一下尺碼,是 12 號。

我變瘦了,不再是蒼鷺身材!我是鄔瑪・舒曼(Uma Thurman)!

我是珍美瑪・汗（Jemima Khan）！

2 p.m. 剛剛衝進瑪莎百貨買了巧克力慕斯蛋糕來慶祝，然後像北極熊用爪子猛撲般，吃掉整個蛋糕。

2012 年 8 月 3 日星期五

65.8 公斤（狀況緊急）。

10 a.m. 我發誓，巧克力慕斯蛋糕直接從嘴巴跑到胃裡，現在就安坐在我的皮膚底下，像廉價鋁箔包的紅酒一樣。我必須放棄劇本和事業等等，先去健身房。

12 p.m. 我再也不去健身房了。也永遠不減肥、永遠不在意！我趴在地上，屁股朝上，卻無法靠腳踝舉起槓鈴。好生氣。環顧四周，發現每個人都像耶羅尼米斯・波希（Hieronymus Bosch）畫中的機器一樣，荒謬地扭曲變形。

為什麼身體管理這麼難？為什麼？「哦，哦，看看我，我是身體，我會囤積脂肪，除非你餓死自己，去尊嚴受辱的酷刑中心，不吃任何好吃的東西，也不能喝酒喝到醉。」我討厭節食。這一切都是社會的錯。我乾脆就又老又胖，隨心所欲地吃，再也沒有性行為，然後用手推車推著我的脂肪到處走。

2012 年 8 月 5 日星期日

體重（未知，不敢看）。

11 p.m. 今天吃了這些東西：

 2 個「開始健康」鬆餅（每個 482 卡）
 全套英式早餐，包括香腸、炒蛋、培根、番茄和炸麵包
 披薩快餐
 香蕉船
 2 根羅洛（Rolo）巧克力棒。
 1/2 個瑪莎百貨的巧克力起司蛋糕（事實上，要老實說的話，是整個瑪莎百貨的起司蛋糕）
 2 杯夏多內白酒
 2 包起司洋蔥薯片
 1 包磨碎乳酪
 1 條 12 吋果凍「蛇」，在歐點（Odeon）戲院買的
 1 袋爆米花（大包的）
 1 根熱狗（大的）
 2 根吃剩的熱狗（大的）

哈哈哈該死的啊哈哈哈。我就是要吃好吃滿，這個見鬼的社會！

2012 年 8 月 9 日星期四

69 公斤，自上週以來增加 4.5 公斤（雖然胃裡的巧克力起司蛋

糕也許還完整無缺？）

2 p.m. 幾乎不敢去肥胖診所,因為很羞愧。

護理師看了一眼磅秤,帶我去看醫生,然後讓我進入團體治療室,大家也都在談「食慾復發」。事實上這樣的療程很棒。我的情況絕對是最好的,每個人似乎都覺得我很厲害。

9:15 p.m. 儘管──或者說正好證明了──護理師的訓示(「養成習慣只需要三天,但打破習慣需要三週」),我還是想再吃點蛋糕和起司,然後下週再回去讓大家覺得我很厲害。

9:30 p.m. 剛剛打電話給湯姆,我一邊跟他解釋整個情況,碎起司一邊從我嘴裡掉出來。

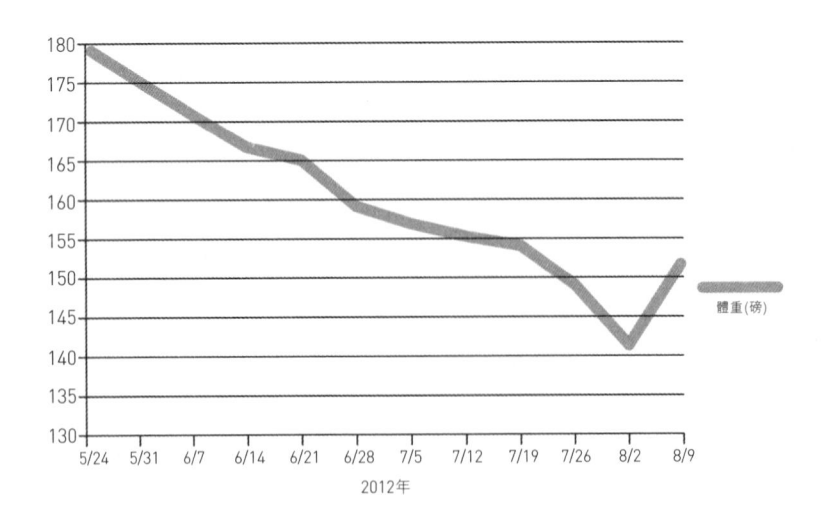

體重(磅)
2012年

「不！不要強制阻止肥胖者復發！」他說：「推特呢？妳追蹤妳的追蹤者嗎？追蹤塔莉莎吧。」

9:45 p.m. 湯姆剛剛在推特發送塔莉莎的推特帳號給我。

9:50 p.m. 塔莉莎 @Talithaluckybitch 有 146,000 名追蹤者。討厭塔莉莎！討厭推特！感覺又想吃起司了，或直接生吞塔莉莎。

9:52 p.m. 剛剛發推給湯姆：〈@JoneseyBJ：@TomKat37 塔莉莎有 146,000 名追蹤者。〉

〈@TomKat37：@JoneseyBJ 別擔心，親愛的，他們大多是她睡過或嫁過的人。〉

10 p.m. 塔莉莎在推特上回覆。

〈@Talithaluckybitch：@TomKat37 @JoneseyBJ 親愛的，在推特上展示妒忌、羨慕真的狠難看！〉

2012 年 8 月 10 日星期五

推特追蹤者數量 75 位，後來變 102 位，然後又變成 57 位，現在可能都沒有了。

7:15 a.m. 一夜之間，75 位追蹤者悄然聲息地神祕出現。

9:15 p.m. 現在增加到 102 位。開始覺得責任沉重：就像我是個什麼小團體的領袖，只要我開口，他們就一起跳進湖裡或其他地

方。也許需要喝杯酒。

9:30 p.m. 必須清楚展現領導風範，對追蹤者說點什麼。

〈@JoneseyBJ：歡迎各位追蹤。我是你們的領袖。非常歡迎你們加入我的團體。〉

〈@JoneseyBJ：但請不要因此做出任何奇怪的事情，例如跳進湖裡，就算是我叫各位這麼做。因為我可能喝醉了。〉

9:45 p.m. 〈@JoneseyBJ：啊啊！41位追蹤者馬上消失了，正如你們不知來自何方。〉

〈@JoneseyBJ：大家快回來吧！〉

2012 年 8 月 16 日星期四

62.1公斤，劇本寫作45頁，推特追蹤者97位。

4:30 p.m. 推特追蹤者激增加倍，就像小木偶皮諾丘的掃把一樣不停增生。這是明顯的訊號或什麼徵兆。體重持續減輕，已經完成劇本第二幕──嗯，差不多算是啦；剛剛看到對面的波西米亞鄰居。

稍早忙著停車。我們的街道很難停車，因為道路又窄又彎曲，而且兩邊都有人停車。剛剛在一個空位上倒進又開出十四次，然後採用點字停車法（Braille Parking），也就是在前後兩輛汽車中來

回碰撞,硬塞進去。我們街上的點字停車法很好用,因為大家都這麼做,然後時不時會有一輛送貨卡車衝過去,刮到每個人的車,只要有人記下車牌號碼,大家就可以為刮痕要求保險理賠。

「媽咪!」比利說:「妳剛剛推撞的車裡有人。」

原來是那位波西米亞鄰居坐在前座,對著後座的孩子們大喊大叫。我就知道我們志同道合。她下了車,身後跟著兩個膚色黝黑、模樣狂野的小孩。他們看起來跟比利和美寶同齡:男孩大一點,女孩小一點!這位波西米亞風格鄰居看著她的保險槓,對我微笑,然後進去她的屋子。

我們已經聯繫上了!我們正在友誼的路上!只要她的行為不像垃圾郵件機器人那樣。

2012年8月23日星期四

61.2公斤,減掉18公斤(真是難以置信),衣服尺寸縮小了3號。

歷史性且歡樂的一天。沒有吃會胖的東西。肥胖診所說現在已經達到健康體重,應該「維持」就好,減輕更多體重只是出於美觀,他們認為我不需要再減了!

為了證明這一點,我又去了一次H&M,我現在穿10號!

我現在劇本已經寫了一半,並且確定鄰居至少有同齡孩子,我的推特還有79位追蹤者,如今也算是沉迷社群網站的一代,而且

我穿 10 號的衣服。或許我並不完全是一無可取的垃圾。

2012 年 8 月 27 日星期一

劇本編寫 2.25 幕，推特追蹤者 87。

美寶太好笑了。她坐在那裡，眼神怪異地瞪著正前方。

「妳在做什麼？」比利說，棕色眼睛專注看著她，看起來也滿好笑的。這是馬克·達西。馬克·達西以兒童形式再次顯現。

「正在進行一場激烈的比賽，」美寶說。

「跟誰比賽？」

「跟椅子啊？」美寶說，彷彿這是世界上最明顯的事。

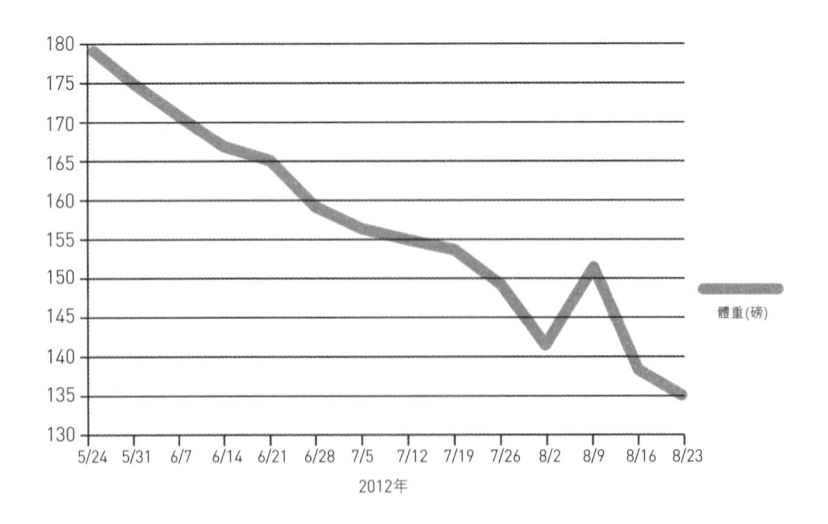

比利和我開始咯咯笑，然後他突然停下來看著我：「妳又笑了，媽咪？」

自鳴得意的婚姻地獄

2012 年 9 月 1 日星期六

61.2 公斤，正面思考 0，浪漫前景 0。

10 p.m. 向後退了巨大一步。剛從瑪格妲和傑瑞米一年一度的聯合生日酒會回來。因為花了 20 分鐘拉上拉鍊，所以遲到了。儘管我花了很多時間練習瑜伽，把雙手放在肩胛骨後面，並且努力不放屁。

站在門口階梯上，回憶再次湧上心頭：那些年跟馬克站在一起，他把手放在我的背上；那一年我剛發現自己有了比利，我們打算告訴大家；又一年，我們把美寶裹進她的汽車兒童座椅。跟馬克在一起的歲月真是太棒了。我從不擔心我穿什麼，因為他會在我們離開前看我試穿所有衣服並幫我做選擇，告訴我看起來不胖，並且幫我拉好拉鍊。如果我做了什麼愚蠢的事，他總會說些友善又風趣的話，對一些風涼話馬上加以駁斥（那種像在一片溫暖的海洋中，不知從何而來令人震驚的言論）。

我聽到裡面的音樂和笑聲，強忍著轉身逃走的衝動。但隨後門打開了，傑瑞米就在那裡。

我發現傑瑞米也知道我的感受：我身邊有個巨大的空虛。他的老朋友馬克在哪裡？

「啊，妳來啦！太好了，」傑瑞米說道，一如既往地強忍著痛楚，故作豪爽，從事情發生的那一刻起，他就是如此。這就是公學教育的風格。「進來，進來！太好了！孩子們怎麼樣？是不是長大不少了？」

「沒有，」我唱反調地說：「他們都很悲傷而發育不良，這輩子都會變成侏儒。」

傑瑞米顯然從未讀過任何禪學書籍，不知道何謂「只是存在，讓對方也能如其所是地存在」。但在那一瞬間，他停下了強裝灑脫的態度，我們就只是彼此陪伴，原原本本地存在著——對同一件事深感悲傷。然後他咳了一聲，若無其事地又恢復原樣，繼續說著方才沒說完的話。

「快點！要來杯伏特加還是通寧水？外套脫下來吧。妳看起來好瘦！」

他招呼我走進熟悉的客廳，瑪格姐在飲料桌邊興奮揮手。我在班戈大學就認識瑪格姐，她是我認識最久的老朋友。我環顧四周，看著所有我從 20 歲出頭就認識的臉孔，過去這些上流階級的酷哥帥妹現在都老了。那些在 31 歲時像一陣骨牌紛紛倒下，一一結婚的夫婦現在都還在一起：科斯莫和沃妮、波妮和雨果、強尼和莫芙蒂。但我一直有這樣的感覺，我就像一隻已經離開水面的鴨子，再也無法融入他們的對話。因為如今的我，處在不同的人

生階段，雖然我們的年紀都差不多。感覺就像發生了一場劇烈的時間錯置，我的人生落在他們幾年之後，而且還走錯了方向

「喔，布莉琪！很高興見到妳。天哪，妳變瘦了。最近還好嗎？」接著眼睛裡突然閃過一絲光芒，想起我守寡的事：「孩子們怎麼樣？他們過得如何？」

沃妮的丈夫科斯莫則不然，他是個自信爆棚但胖得像顆蛋的基金經理人，說起話來卻像個大笨蛋一樣衝鋒陷陣。

「所以！布莉琪！妳還是都靠自己打理嗎？妳看起來精神不錯嘛。我們什麼時候能再喝妳的喜酒呢？」

「科斯莫！」瑪格姐憤怒地說：「閉上你的嘴！。」

守寡跟三十多歲還維持單身不同，這不是妳自己的錯，所以那些自鳴得意的已婚人士可以愛說什麼就說什麼，但通常還是有點節制啦。當然，除非你是科斯莫。

「哎呀，已經夠久了吧，不是嗎？」他繼續說：「不必永遠披麻戴孝穿得像寡婦啊。」

「是啊，但問題是──」

沃妮也加進來：「中年婦女很難認為自己還是單身。」

「拜託！不要說『中年』啦。」我模仿塔莉莎低聲說道。

「……我的意思是，看看賓科・卡路瑟。他也不是什麼美男子。但蘿絲瑪麗一離開他，他就被女人淹沒了！淹沒了！大家都向他

撲過去。」

「撲上去，」雨果打趣地說：「請吃晚餐、送劇院門票，過著被人捧著的好日子。」

「是啊，不過她們也都『有一定年紀』了，不是嗎？」強尼說。

呃，「有一定年紀」比「中年」更糟，有點居高臨下又只適用於女性，暗含貶低的意味。

「什麼意思？」沃妮說。

「喔，妳知道，」科斯莫繼續說道：「小伙子獲得新生命，只想追求更年輕的，不是嗎？豐臀肥乳、生殖力旺盛，而且──」

我注意到沃妮眼中閃過一絲痛苦。她並不是塔莉莎招搖學派的擁護者，她讓中年脂肪自由分布在背部和胸罩下面：她的皮膚精疲力盡地陷入種種經歷的褶皺，沒有特別去做臉部保養、換膚療程或使用光澤粉底。她曾經又長又閃亮的黑髮已經變成灰色，也已經剪短，但這樣只會強調下巴線條的消失（正如塔莉莎所言，頭髮透過一些精心剪裁可以快速掩蓋臉型架構）。她選擇一件 Zara 版的黑色修身洋裝，搭配高高的荷葉邊領子，風格與《唐頓莊園》（Downton Abbey）裡的麥姬・史密斯（Maggie Smith）如出一轍。

我感覺沃妮就是如此，或者更確切地說，就是不做任何「改頭換面」的事，而這應該不是因為「女性主義」。一部分是出於老式英國人的個人誠實感；一部分是因為她懶得管；一部分是出於自信；一部分是因為她不以外貌或性吸引力來定義自己；或者，也許主要的原因是她覺得自己被無條件地愛著──雖然只是科斯

莫，雖然他胖得像顆球，還有黃板牙、光禿禿的頭皮和一團雜亂的眉毛，但他顯然覺得任何能擁有他的女人，都應該感到萬分幸運——並且會無條件地愛著他。

不過就是那麼一瞬間，看到沃妮眼中閃過痛苦，我感到一陣同情，直到她繼續說下去⋯⋯

「我的意思是，以布莉琪這個年紀的單身男人來說，完全是買方市場。沒有人會來敲布莉琪的門啊，有嗎？如果是個中年男子，有自己的房子和收入，還有兩個無助的孩子，想照顧他的人就會蜂擁而至。但你看她。」

科斯莫上下打量著我。「嗯，沒錯，我們應該把她修好，」他說：「但我也不知道誰會，你知道，在某個年紀⋯⋯」

「夠了！」我脫口而出。「我聽夠了！『中年』到底是什麼意思？在珍・奧斯汀的時代，我們早就都死了。但現在我們可以活到 100 歲。這根本不算中年。嗯，啊，是沒錯，嗯，想想現在的確是在中間的年紀。但重點是，『中年』這個詞讓人聯想到某種形象。」這時我有點慌，瞥了沃妮一眼，感覺自己無助地陷入一個越來越深的洞裡：「⋯⋯那是某種、某種⋯⋯過氣感，某種失去價值的狀態。但現在跟以前未必相同吧。我的意思是，為什麼就因為我沒有四處嚷嚷，你們就直接假設我沒有男朋友？說不定⋯⋯我其實有好幾個男朋友！」

他們全盯著我，張著嘴巴，口水幾乎都要流下來了。

「妳有嗎？」科斯莫說。

「妳有男朋友嗎？」沃妮問道，彷彿在說：「妳跟太空人睡過喔？」

「是啊！」我流暢地撒著謊，那些大家以為的，想像中的男朋友。

「那麼，他們在哪裡？」科斯莫說：「為什麼我們沒見過他們？」

「我不想帶他們來這裡，因為他們會認為你們太老，固執己見，而且沒禮貌！」我想脫口而出。但諷刺的是，我沒有這麼做，因為過去二十年或更長的時間裡，我都不想傷害他們的感情。

所以我就用過去二十年來一直非常熟練的社交策略說道：「我先去上個廁所。」

坐在馬桶上，我告訴自己：「好了，現在沒問題了。」我補了一點豐唇膏，又回到客廳。瑪格妲正要去廚房，手裡拿著原本盛香腸的空盤，還真有點象徵意義。

「妳別聽該死的科斯莫和沃妮的話，」她說：「他們現在處境才可怕，因為麥克斯已經去上大學，科斯莫也馬上要退休了，所以接下來的三十年裡，他們只能在柯蘭商店（Conran Shop）70年代風格的桌子邊互相對看。」

「謝謝妳，瑪格妲。」

「看到別人倒楣，自己就覺得幸運。而且他們這樣對妳真是沒禮貌！」

瑪格妲一直都是這麼善良。

「現在，布莉琪，」她說：「那些閒話不要聽那麼多。但身為一

個女人,妳還是要繼續前進。妳必須找到一個人。妳不能繼續像現在這樣。我認識妳很久了,我知道妳可以做到。」

10:25 p.m. 我可以做到嗎?看不出有什麼辦法可以擺脫現況這種感覺。現在似乎不是時候。你看,事情是否美好,與你的外在感受無關,而與你的內在有關。喔,好極了!有電話!也許……是愛慕者?

10:30 p.m.「哦,嗨,親愛的」,是我媽:「我只是趕快打個電話,問問我們聖誕節要做什麼。因為尤娜不想在水療中心做臉部護理,她的頭髮已經做好了,現在還有 15 分鐘的空檔。我也不知道為什麼要做臉部護理和水中有氧運動,還要先去燙髮。」

我困惑地眨眨眼睛,想著她到底在說什麼。自從媽和尤娜阿姨搬進聖奧斯華德之家(St Oswald's House)之後,每次打電話來都像是這樣。聖奧斯華德之家是凱特林附近的高級退休社區,只是我們不可以說它是「退休社區」。

這個「不退休社區」圍繞著一座宏偉的維多利亞式大宅邸,幾乎像是座宏偉的莊園。就像網站上所介紹的,它有一座湖泊,「擁有各種稀有野生動物」(其實就是松鼠)的綠地、「美食區 120」(酒吧和小酒館)、「高級餐館區」和「喝咖啡聊是非」(咖啡吧),再加上多功能聚會廳(用於會議:不是讓大家去上廁所);還有一些為來訪家庭提供的「賓客套房」,一系列「精美布置」的房屋和平房,以及最重要的是「1934 年由羅素・佩吉[5] 設計的義大利式花園」。

這個地方的頂樓有個叫「VIVA」的健身中心——有游泳池、水療區、健身房、美容院和美髮師,以及一些健身課程——正是大部分麻煩的根源。

「布莉琪?妳還在嗎?妳該不會還在自艾自憐吧?」

「在啊!我才沒有自艾自憐。」假裝自己一副健康明亮的樣子,不是在可憐自己。

「布莉琪。妳精神上還是有點低迷。我從妳的聲音就可以聽得出來。」

哎呀,我知道爸過世後媽的確經歷過一段黑暗的時期。從診斷出肺癌到舉行葬禮才短短六個月的時間。唯一的好事是,爸爸在去世前曾抱過剛出生的比利。那時尤娜還有傑佛瑞陪著,媽媽孤家寡人真的很難過。五十五年來,尤娜和傑佛瑞一直是爸媽的好朋友,就像他們不厭其煩地告訴我的,從我光溜溜地在草坪上跑來跑去時,他們就認識我了。但在傑佛瑞心臟病發作之後,媽和尤娜從此再也無拘無束了。現在她們就算心有所感,像是媽忽然想到爸,或者尤娜想到傑佛瑞,也很少表現出來了。那個曾經歷戰爭的世代,似乎天生具備樂觀堅韌、咬緊牙關繼續前行的能力。也許這與他們當年吃的蛋粉和鯨魚肉餅[6]有關吧。

「親愛的,守寡也不必自艾自怨。妳想玩得開心嗎!為什麼不過

---

[5] 羅素‧佩吉(Russell Page, 1906-1985),英國知名景觀設計師,以幽雅的花園設計風格聞名。
[6] 脫水蛋粉和鯨魚肉餅都是英國在二戰時期物資缺乏的克難食品。

來跟我和尤娜一起去三溫暖呢?」

這是媽的善意,但她以為我能做什麼?跑出家門,拋棄孩子,開一個半小時的車,脫掉衣服,把頭髮弄得蓬蓬鬆鬆的,然後「跳進蒸氣室」?

「所以,聖誕節!尤娜跟我都想知道,妳會來找我們嗎?或者⋯⋯」

(注意到了嗎,當人們給你兩個選擇時,第二個才是他們希望你做的?)

「⋯⋯其實是這樣,親愛的,今年有聖奧斯華德遊輪之旅!我們想知道妳願不願意參加?當然是跟孩子們一起來!我們會去加納利群島,而且跟妳同行的不會全都是老人。也會去參觀一些非常時髦的流行景點。」

「喔,喔,遊輪旅行,太好了!」我說,突然想到,如果肥胖診所讓我感覺很瘦,也許七十幾歲的遊輪旅行會讓我變得更年輕。

但我腦子裡想到的是,我在遊輪甲板上追趕美寶,穿過一群髮型蓬鬆,搭電動輪椅的老先生老太太。

「妳會感覺很自在,因為這實際上是為五十多歲的人準備的,」媽媽補充說道,不知道這一瞬間就破壞了整個計畫。

「哎呀,其實我們這裡可能也有規劃!當然,也歡迎妳加入我們,不過會比較混亂,跟在炎熱天氣[7]裡乘坐遊輪比較起來,那麼——」

「哦,不,親愛的。聖誕節我們不想讓妳落單。尤娜和我都很樂意去找妳!跟孩子們一起過聖誕節真是太棒了,這對我們倆來說都是難得的時光。」

哎呀!克蘿伊和葛萊姆要去果阿(Goa)參加太極靜修,到時沒人幫我,我怎麼可能同時應付媽、尤娜和孩子們?我不希望去年的情況再度重演,我想到沒有馬克扮聖誕老人,躲在廚房的料理台後面哭,心破碎成一片片,而媽和尤娜則為醬汁結塊爭吵,並且對我的教育方式指手畫腳,好像我不是請她們來過聖誕節,而是來擔任系統分析師。

「讓我考慮一下,」我說。

「好的,問題是,親愛的,我們必須在明天前就預訂床位。」

「媽,妳先預訂妳們自己的床位吧。老實說,因為我還沒打定主意──」

「那好吧,在 14 天前都可以取消預訂,」她說。

「好吧,那麼,」我說。「就這樣。」

真是太棒了。五十幾歲的聖誕節遊輪。一切看起來都是那麼黑暗陰沉。

11 p.m. 還戴著我有度數的太陽眼鏡。這樣感覺比較好。

也許我現在只是像波浪一樣在積蓄動力,雖然之前我已經崩潰,

---

[7] 加納利群島屬於熱帶島嶼。

但很快就會有另一波大浪出現!就像《男人來自火星,女人來自金星》(Men Are from Mars, Women Are from Venus)說的,女人就像海浪,而男人就像橡皮筋,他們會彈開、躲進自己的洞穴,然後再彈回來。

只是我那條橡皮筋沒有彈回來。

11:15 p.m. 啊,停下來。就像達賴喇嘛在推特說的:
〈@DalaiLama:我們無法避免痛苦,我們無法避免失去。但保持輕鬆而靈活的改變,就能獲得滿足。〉

也許會去做瑜伽,然後變得更加靈活。

或是跟朋友出去喝個爛醉。

計畫

2012 年 9 月 2 日星期日

酒精單位 5(但莫吉托〔mojitos〕雞尾酒要算幾單位很難說——也許是 500 單位?)。

「是時候了,」湯姆邊說,邊在夸維達斯(Quo Vadis)喝第四杯莫吉托:「我們帶她去要塞(Stronghold)吧。」

要塞最近已經成為湯姆小宇宙的常規去處。那是個霍克斯頓美式風格的地下酒吧,由他治療診所的客戶經營。

「就像置身在一部精心指導的音樂錄影帶中，」湯姆興奮地說，眼睛閃閃發亮：「每個年齡層都有：有年輕人也有老人、有黑人也有白人、同性戀和異性戀都有。還有人看過葛妮絲在那裡！那真是『大開眼界』。」

「哦，拜託，」塔莉莎說：「你的『大開眼界』還要興奮多久才會消失啊？」

「不管怎樣，」茱德說：「誰還費心去注意日常生活中的人呢？」

「可是茱德，那裡確實有很多人。還有美式樂團和沙發──你可以聊天、跳舞，還可以認識一些人。」

「為什麼見面之前，不先一鍵查清楚就好？看看對方是否離婚或分居有孩子，是否只想去高空彈跳而不是去看電影，是否知道怎麼拼寫，是否知道不可能沒有諷刺意味地使用『lol』[8]或『特別的女士』；還有──他是不是認為低智商的人不該繁殖，這樣世界才會變得更美好？」

「不過，妳至少能確定他們不是十五年前的舊照嘛。」湯姆說。

「我們走吧，」塔莉莎說。

結論是星期四要去霍克斯頓的要塞。

---

[8]「lol」是顏文字的一種，意指大笑。

2012 年 9 月 5 日星期三

劇本寫作進度 2.5 幕，試著找保母 5 次，找到保母 0。

9:15 p.m. 忘了問克蘿伊明天照顧孩子的事，她要去看葛萊姆的英格蘭南部太極拳半準決賽。

「我很樂意幫忙，布莉琪，但太極拳對葛萊姆來說意義重大。不過我星期五早上絕對可以送他們去學校，這樣妳就可以睡個好覺了。」

我也不能問湯姆，因為他也要去要塞，茱德和塔莉莎也是。而且塔莉莎不管這些，她說她已經帶夠小孩了，現在只在需要牽著孩子出席慈善拍賣會時才用得上他們。

9:30 p.m. 剛剛打了電話給媽。

「哦，親愛的，我很想去，但明天是萬歲晚宴！我們正在用可口可樂醃火腿。現在大家都用可口可樂在幫忙！」

我癱趴在廚房桌子上，努力不去想每個人在萬歲水療中心喝可口可樂的事。這真是太不公平了。我正在盡最大努力重新發現自己是個女人，但現在我還是找不到……對了！丹尼爾呢？

穿著閃亮盔甲的丹尼爾

2012 年 9 月 5 日星期三（續）

「瓊斯！妳這個小惡魔，」當我打電話給丹尼爾時，他大聲吼著說：「妳現在穿什麼？妳的內褲是什麼顏色？我的教子們怎麼樣？」

丹尼爾‧克利弗，我情緒化又像個傻瓜的前「男友」，過去也是馬克的宿敵，值得安慰的是，自從馬克過世後，他確實全力提供幫忙。而他們兩人經歷多年對立，在比利出生後，兩人也終於和好了，丹尼爾其實就是孩子們的教父。

當然，丹尼爾做的好事未必每個人都認同：上次他讓孩子們留下來，結果只是想跟一些女孩吹噓說他有教子，讓大家覺得他是個好男人……要我說的話，他送他們去學校結果遲到三小時，而我去接美寶的時候，看到她的頭髮梳成了很複雜的辮子髮髻。

「美寶，妳的頭髮好漂亮啊！」我說，想像著丹尼爾找了約翰‧佛里達[9]在早上七點半幫美寶做頭髮和化妝。

「是老師編的，」美寶說：「丹尼爾用叉子幫我梳頭，」又補充說：「上面還有楓糖漿。」

「瓊斯？瓊斯？妳還在嗎？」

---

[9] 約翰‧佛里達（John Frieda），知名英國髮型師和企業家，以其同名的髮品品牌聞名於世。其名與高級髮型設計和專業髮品緊密相連。這裡是反諷。

「我在啊，」我嚇一跳。

「是需要保母嗎，瓊斯？」

「你願意嗎……？」

「當然！妳什麼時候需要？」

我畏縮了一下：「明天呢？」

稍微一陣停頓。丹尼爾顯然正在做什麼事。

「明天晚上絕對沒問題。我發現自己陷入了困境，被所有 84 歲以下的人類女性拒絕了。」

「我們可能會到滿晚的，可以嗎？」

「親愛的小女孩，我是夜行性動物。」

「你不會……我是說，你不會帶個模特兒來吧，或者──」

「不會、不會、不會，瓊斯。我自己就是個模特兒。保母的典範。盧多[10]。富含維他命的健康食品。順便問一下……」

「順便什麼？」我疑惑地說。

「妳現在穿什麼樣的內褲？此時此刻？是那種媽媽內褲嗎？媽媽的可愛媽媽內褲？明天晚上妳會秀給爸爸看嗎？」

---

[10] 盧多（Ludo）是一種簡單又受歡迎的桌遊。

我還是愛著丹尼爾，雖然還不到跟他一起說這些垃圾話的程度。

完美的保母

2012 年 9 月 6 日星期四

60.3 公斤（非常好），酒精單位 4，過去 5 年內的性接觸 0，過去 5 小時內的性接觸 2 次，過去 5 小時內令人尷尬的性接觸 2 次。

準備去要塞一遊的日子到了。比利對丹尼爾會來感到非常興奮。「阿曼達也會在這裡嗎？」

「阿曼達是誰？」

「上次一起過來的大胸部女士。」

「不會！」我說：「美寶，妳在找什麼？」「我的梳子，」她不高興地說。

不管怎樣，先在興奮中讓他們去洗澡和入睡，並在丹尼爾抵達前手忙腳亂地做好準備。

我選擇穿牛仔褲（一條叫做「不是你女兒的牛仔褲」的冷酷品牌）和牛仔襯衫，這樣應該很符合美式風格吧。

丹尼爾遲到。穿著他慣常的西裝，頭髮變短了，還是帶著讓人難以抗拒的微笑，看起來非常俊美，手裡拿著一大堆不合適的禮

物——玩具槍、半裸的芭比娃娃、大袋糖果、Krispy Kreme 甜甜圈——還偷偷藏了一張看起來有點可疑的 DVD，我決定當作沒看見。因為我現在也已經遲到了。

「叮咚！瓊斯，」他說：「妳節食了嗎？我以為我再也見不到妳這個樣子了！」

讓人驚訝的是，在你胖的時候和不胖的時候，人們對待你的方式是如此不同。同樣的，當你精心打扮或素顏，他人的態度也完全不一樣。難怪女人這麼沒有安全感。我知道男人也是如此。不過女人要是擁有一些現代女性可以使用的法寶，你可以在短短半小時內判若兩人。

即使如此，你還是認為自己看起來不像你該有的樣子。有時看著廣告看板上那些美麗的模特兒和底下的真人，就會想著這有點像我們生活在這個星球上，所有太空生物都是矮小、肥胖的綠色小人。除了極少數是又高又瘦的黃人。所有廣告都是高大的黃人，還經過修圖處理，讓他們變得更高、更黃。而所有綠色小人終其一生感到悲傷，只因為自己不高、不瘦又不黃。

「瓊斯？妳腦子裡還在盤算些什麼嗎？我想，來一炮應該是不可能的吧？」

「是啊！」我猛然回到現實：「是啊，不可能。但這絕對不代表我對保母缺乏感激之情。」我喋喋不休說了一堆指示和感謝，然後就衝出門了。作為一名女性主義者，丹尼爾對身材胖瘦的另眼看待讓我憤怒，但身為女性又隱隱感到被肯定了。

當我到達塔莉莎家時，湯姆突然大笑起來：「妳認真？桃莉‧巴頓（Dolly Parton）？」

「在我們這種年紀，妳不能指望穿牛仔褲會有什麼豔遇。」塔莉莎輕快地說，端著一盤莫吉托雞尾酒走了進來：「妳要讓一些事情自然發生嘛！」

「我不想看起來像盤羊肉，」我說：「或者是妓女。」

「嗯，是這樣沒錯。但妳需要一些東西來散發性感。看是腿還是胸部。不能兩邊都開放。」

「一條腿和一邊胸部怎麼樣？」湯姆說。

最後我穿上了塔莉莎一件非常昂貴的黑色絲質短上衣，和踩高蹺似的聖羅蘭長筒靴。

我坐在計程車裡開始思考，馬克會有多喜歡這雙過膝長靴。

「別想了！」湯姆看著我的臉說：「他也會希望妳有自己的生活。」

「可是穿這個我不會走路。」

「親愛的，」塔莉莎說：「妳不必走什麼路。」

接下來我又開始為孩子們感到恐慌。塔莉莎從《早安英國》時代就認識丹尼爾了，她拿出手機傳簡訊：

〈丹尼爾。請讓布莉琪放心，孩子們都很好，正在睡覺，如果他們不乖乖睡覺，你會發簡訊過來。〉

沒有回覆。我們都緊張地盯著電話。

「丹尼爾不發簡訊，」我突然想起來，然後笑著補充說：「他太老了。」

塔莉莎把手機設為擴音，打電話給他。

「丹尼爾，你個該死的老混蛋？」

「塔莉莎！我親愛的女孩！一想到妳，我就突然莫名其妙地過度興奮。妳現在在做什麼？妳穿什麼顏色的內褲？」

呃，他本來應該是來當保母的。

「我和布莉琪在一起，」她冷冷說道：「情況如何啊？」

「很好，一切都非常順利。孩子們正在熟睡。我像哨兵一樣在門窗和走廊巡邏。肩負責任無可挑剔。」

「很好。」

她掛斷電話就說：「看到沒？一切都很好。現在別擔心了。」

要塞

要塞在一座磚砌倉庫內，金屬大門毫無標記，只有一個按密碼的電子鎖。湯姆輸入密碼，我們就穿著高跟鞋搖搖晃晃地走上水泥樓梯，聞起來好像有人在裡面吸大麻。

等我們進去之後，湯姆報出預約的賓客名單，我感到一陣不計後

果的興奮。牆壁是磚砌的，還有成捆的稻草和破舊沙發，讓我有點希望自己還是桃莉‧巴頓。角落有支樂團在演奏，酒吧裡一些年輕人緊張地環顧四周，增添不少氣氛，就好像有個警長正在拴馬，很快就要戴著牛仔帽衝進來攪局。我在那些美術燈下很難辨認這些人，但立刻就知道他們並不都是青少年，而且還有一些……

「……這裡有些帥哥，」塔莉莎喃喃說道。

「來吧，女孩，」湯姆說：「騎上那匹馬。」

「我太老了！」我說。

「那又怎樣？反正烏漆嘛黑的。」

「我要跟他們說什麼？」我結巴起來：「而且我不太懂這些流行音樂。」

「布莉琪，」塔莉莎說：「我們現在到這裡，就是為了讓妳重新發現內心的性感女人。這跟要說什麼無關。」

感覺就像回到青少年時期，同時充滿懷疑和可能性。我想起了16歲時經常參加的聚會，父母送我們下車後，燈就熄滅了，每個人都躺在地板上，隨便看得順眼就開始親吻。

「妳看他，」湯姆說：「他在看妳！他在看妳！」

「湯姆，閉嘴，」我撇了撇嘴說道，雙臂抱在胸前，又把外衣向下拉到大腿靴子處。

「振作起來,布莉琪。妳要有點表示!」

我強迫自己看向對面,試著讓自己散發魅力。不過那個可愛的傢伙現在正在和一個穿著超短褲和露肩毛衣的漂亮小寶貝親親熱熱起來。

「天哪,太噁心了──她還是個胚胎,」茱德說。

「你可以說我很守舊,但我確實在《魅力》(Glamour)雜誌中讀過,短褲應該永遠比陰道長。」塔莉莎低聲說道。

我們都垂頭喪氣,信心像紙牌屋一樣崩潰。「喔,上帝。我們看起來像一群變裝秀的老人嗎?」湯姆說。

「事情就是這樣嘛,像我一直擔心的那樣,」我說:「我們最終成了可悲的老傻瓜,只因為牧師談到他的管風琴[11],就說牧師愛上我了。」

「親愛的!」塔莉莎說:「我不准妳繼續這樣低迷下去。」

塔莉莎、湯姆和茱德都去跳舞,我在乾草堆上生悶氣,心想:「我想回家,依偎著我的孩子,聽到他們安靜的呼吸聲,我知道我是誰,我代表什麼。」無恥地利用孩子掩飾我已經老了,風華年代已然逝去。

然後一雙穿著牛仔褲的長腿坐在我旁邊的乾草堆上。當他靠在我的頭髮上時,我聞到一股男性的氣息。親愛的,就像塔莉莎說的

---

[11] 此處為雙關語,「organ」是管風琴,但也有生殖器官之意。

那樣。「妳想跳舞嗎？」

就這麼簡單。不需要特別制定計畫，不必去想要說些什麼才好，或實際做出什麼表示，只是抬頭看著他迷人的棕色眼睛，然後點點頭就夠了。他握住我的手，用他有力的手臂把我拉起來。當我們走向舞池時，他一直扶著我的腰，考慮到我穿著長筒靴，這實在很幸運。更值得慶幸的是，這是一支慢舞，否則我的腳踝就要骨折了。他滿臉笑容，在黑暗中看起來像是休旅車廣告上出現的那種人。他穿著一件皮夾克，伸手扶著我的腰，把我拉近他身邊。

當我伸手搭在他的肩膀上時，我突然意識到湯姆和塔莉莎之前說的是什麼。性就是性而已。

早已遺忘的慾望脈動閃閃發亮地在我身上流動，就像佛蘭克斯坦的怪物接通電流時一樣，只是更浪漫、更性感。我發現自己本能地滑動手指，去感受陌生人衣領上的頭髮，頸背上的肌膚。他把我拉得更近，毫無疑問是想跟人發生關係。當我們隨著音樂慢慢地轉動，我看到湯姆和塔莉莎以敬畏和驚訝的眼神看著我。我感覺自己像是個 14 歲的女孩，正抱著她的第一個男孩。我做了個鬼臉，阻止他們做任何愚蠢的事情，因為我感覺到他正緩慢而不可抗拒地移動他的嘴唇，像言情小說那般來尋找我的嘴唇。

然後我們就接吻了。一切突然變得瘋狂。就像穿著一雙細跟高跟鞋開快車一樣，雖然這輛車已在車庫塵封多年，但一切功能不會停止運轉。有一分鐘，我就這樣被堵著動都不動，轉眼間又似乎什麼約束都沒有。我到底在幹嘛？孩子們會怎樣，馬克又會怎樣？這個無禮的人又是誰？

「我們去找個安靜點的地方吧。」他低聲說。這一切都是一場陰謀，不然他為什麼要請我跳舞？一定是想殺了我，然後吃掉我！

「我現在就得走了！」

「什麼？」

我抬頭看著他，心裡充滿恐懼。當時已經午夜。我是個灰姑娘，我必須回到嬰兒床、保母、無止盡的失眠和完全無性的感覺，面對單身生活，直到我的生命終結……但這還是比被殺死好吧？

「非常抱歉！一定得走了。我很愉快！謝謝！」

「走？」他說：「哦，天啊，看看妳這張臉。」

當我跌跌撞撞地走下散發臭味的樓梯時，我也被他最後一句話攪得心浮氣躁。「那張臉」！我是名模凱特‧摩絲（Kate Moss）！我是名歌手雪莉‧科爾（Cheryl Cole）！但等我坐上計程車，開始解釋這件事時，看了一眼自己狂野的表情和酒後浮腫的臉，眼瞼下塗著睫毛膏，又開始有點心虛。

「他的意思是，他被一位老媽的臉羞辱，因為他先吻了她，所以決定把她殺掉！」湯姆尖叫道。

「然後吃掉她，」塔莉莎補充說，大家都笑了起來。

「妳在想什麼？」茱德一陣狂笑咯咯說道：「他很性感呀！」

「沒關係，」塔莉莎說，她恢復鎮靜，優雅地坐在計程車上，車裡有陣咖哩味：「我拿到他的電話號碼了。」

PART 1／處女重生 | 103

12:10 a.m. 剛回來，溜進屋裡。一切安靜而黑暗。丹尼爾在哪？

12:20 a.m. 踮著腳尖下樓，打開燈。地下室像是遭到炮轟一樣。Xbox 電玩還開著，地板上到處都是森林兔子、芭比娃娃、玩具恐龍和機關槍、墊子、披薩盒、Krispy Kreme 甜甜圈的袋子和巧克力包裝紙，還有一桶哈根達斯巧克力冰淇淋融化地倒在沙發上。他們晚上可能吃到吐，但至少玩得很開心。不過丹尼爾到底在哪裡？

輕手輕腳來到孩子房。他們都睡得很熟，呼吸平穩，但臉上沾滿巧克力。還是找不到丹尼爾，讓我開始恐慌。衝到客廳的沙發床上──什麼都沒有。衝進臥室，打開門，發出一聲響動。丹尼爾躺在床上。他抬起頭，在黑暗中瞇著眼睛。

「天哪，瓊斯，」他說：「那是……長統馬靴嗎？我可以仔細看看嗎？」

他拉開床單，半裸著。

「進來吧，瓊斯，」他說：「我保證不會碰妳一根手指頭。」

微醺的醉意和剛剛那個吻所喚起的性慾，如今半裸的丹尼爾在半昏暗的燈光下惡魔般的感覺，讓我一瞬間似乎又回到三十多歲的單身女子。短暫對視之後，我咯咯地笑著，穿著長靴搖搖晃晃地倒在床上。

「現在，瓊斯，」丹尼爾開始說：「這些是非常非常頑皮的靴子，這是一件非常非常愚蠢的小外衣」──然後一瞬間，我又恢復神

智回到現在……嗯,這一切,都是真的。

「呀,我不能這樣做!非常抱歉。很好!」我嘴上碎唸著,從床上跳開。

丹尼爾盯著我看,然後開始大笑:「瓊斯!瓊斯!瓊斯!妳還是跟以前一樣瘋狂。」

他起身穿好衣服,我在門外等著,然後在我道歉和感謝他照顧孩子的過程中,又有一刻,我感到如此困惑又興奮,我幾乎想再次跳到他身上,開始吞噬他,就像一隻野獸一樣。然後他的手機響了。

「對不起,對不起,」他對著電話說:「不,我的大美女,只是工作有點卡住了,哎,我知道,幹!」現在可以把丹尼爾打叉叉了。「哎喲,老天!我要做個簡報,這對那個專案很重要……好!好!我 15 分鐘後就回來,是……是……嗯……我正在想著妳寶珠般的光芒……。」

寶珠般的光芒?

「……讓我想投入其中……」

我鬆了一口氣,沒有屈服於舊慣例,我送他出門後,好不容易把塔莉莎的長靴脫了下來。先把客廳清理乾淨,以免克蘿伊明天嚇到不敢再來。然後一頭栽進床上。

12:55 a.m. 感覺焦躁不安又興奮不已。似乎只是一夜之間,過去的無人沙漠現在下起了一陣男人雨。

醉酒之後

2012 年 9 月 7 日星期五

7 a.m. 赤身裸體，頭痛欲裂，必須送小孩去學校。

7:01 a.m. 不對！今天不必送小孩去學校。今天早上可以躺在床上享受特殊時光，但不管怎樣都醒了。

7:02 a.m. 哎啊！剛剛想起昨晚和皮衣男的事。還有丹尼爾。

7:30 a.m. 克蘿伊在樓下做我該做的所有事情。聽到這些聲音讓我有點創傷：美寶的早餐麥片可以自己放一匙糖，比利要吃兩片培根加番茄醬，但不要麵包。

7:45 a.m. 感覺非常內疚：就像宿醉的瓊・克勞馥（Joan Crawford）[12]那樣，穿著家居服又搖搖晃晃，臉上塗滿了口紅，說：「哈囉，親愛的，我是你們的媽媽。記得嗎？你說你叫什麼名字？」

8 a.m. 門關上的聲音，噪音停止。

8:01 a.m. 門又打開，噪音重新響起：美寶在找書包。

8:05 a.m. 門又再次關上。

8:15 a.m. 一片寂靜。床又涼又白，光著身體躺在這裡什麼都不

---

[12] 瓊・克勞馥（Joan Crawford, 1904-1977），美國女演員，有著戲劇性的生活。領養了四名女兒，其中一位曾出書控訴她是一位苛刻的母親，還被改編為電影。

做就覺得好舒服。感覺就像有個咒語被打破了，像睡美──好吧，其實不算美人──是有兩個小孩的資深睡美人，被一個吻吵醒了。春天已經來臨，那些枯萎、寒冷的枝條感受到春意。樹葉和花朵紛紛綻放，向左邊、向右邊還有中間全面展開。

8:30 a.m. 簡訊響了。也許是塔莉莎！發簡訊告訴我皮衣男的號碼！也許是皮衣男本人傳簡訊來開個玩笑，解除尷尬，而且要約我出去！我的性能力還在！

原來是幼兒班傳來的。

〈今天下午請記得帶動物園參觀許可單。〉

女人改變主意時

2012年9月8日星期六

家裡煩人的電子設備 74 個，會發出蜂鳴聲的電子設備 7 個，我會操作的電子設備 0 個，需要密碼的電子設備 12 個，密碼 18 個，我記住的密碼 0 個，花在思考性愛的時間 342 分鐘。

7:30 a.m. 剛從丹尼爾和皮衣男混在一起的美妙性感夢境醒來。感覺突然不一樣，感性又充滿女人味，可是又讓我非常內疚，就好像我對馬克不忠一樣……是那麼歡愉的感覺，就像一個滿足的女性，有著感性、愉悅又肉慾的一面……喔，孩子們都醒了。

11:30 a.m. 整個上午都愉悅又平靜。

我們三個人都躺在床上,互相依偎在一起看電視,開始新的一天。然後起來吃早餐。玩起捉迷藏。一起為「莫西怪物」(Moshi Monsters)著色,然後進行障礙訓練,整個早上都穿著睡衣,然後從阿嘉牌(Aga)爐具傳出烤雞的美味香氣。

11:32 a.m. 我是完美的母親又是性感的女人,也有獲得歡愉的可能。我的意思是,也許像皮衣男這樣的人可以加入這個場景,而且……

11:33 a.m. 比利:「今天是星期六,我們可以玩電腦嗎?」

11:34 a.m. 美寶:「我要看《海綿寶寶》。」

11:35 a.m. 突然感到疲憊不堪,渴望在一片寂靜中看報紙。只要 10 分鐘就好。

「媽媽媽咪!電視壞了。」

驚恐地發現美寶已經拿著遙控器了。我開始亂戳那些按鈕,有些按鈕上出現白色光點,並伴隨響亮的劈啪聲。

「下雪了!」正當洗碗機開始嗡嗡叫時,美寶興奮地說。

「媽媽!」比利說:「電腦沒電了。」

「喔,重新插上電源!」我邊說邊把頭伸進電視機底下滿是電線的櫃子。

「晚安!」電視螢幕變黑後,美寶說道,現在連滾筒式烘乾機也

在嗶嗶叫了。

「這個充電器沒電了。」
「好吧，去玩 Xbox 吧！」
「它也不會動。」
「也許是網路連接的關係。」
「媽咪！我已經拔掉機場的電源，我插不回去。」

發現我的脾氣正危險地轉向紅色，我跑上樓梯說：「該穿衣服了，再來是特別招待！我去拿你們的衣服。」為什麼每個人都不能他媽的閉嘴，讓我讀報紙？

突然間驚恐地發現嬰兒監視器打開了！哦上帝，哦上帝，早就應該把它拆下來了，但作為單親家長既偏執，對死亡又懷抱恐懼等等。下樓發現比利在哭。

「哦，比利，我很抱歉，我不是故意的。是因為嬰兒監視器嗎？」

「不不不不不是！」他喊道：「是 Xbox 當機了。」

「美寶，妳在嬰兒監視器裡聽到媽媽的聲音嗎？」

「沒有，」她說，高興地盯著電視：「電視已經修好了。」

它顯示一個頁面，要求輸入維珍電視密碼。

「比利，維珍密碼是什麼？」我說。

「不是跟妳的銀行卡 1066 一樣嗎？」

「好吧，我來操作 Xbox，你輸入密碼，」我正說著時，門鈴響了。

「這個密碼不對。」

「媽媽媽媽咪！」美寶說。

「噓，你們兩個小聲點！」我粗聲粗氣地說。「有人在門口！」

跑上樓梯時，腦子充滿罪惡感——「我是一個糟糕的母親，他們的內心因失去父親而留下了一個空洞，只能玩些科技產品來填補空洞」——然後我把門打開。

喔是茱德，看起來魅力四射，但宿醉未醒，淚流滿面。

「哦，布莉琪，」她說著，倒進我的懷裡：「我實在無法忍受又一個星期六的早晨。」

「發生什麼事……告訴媽咪……」我說，然後想起茱德已經是個成年的金融權威。

「我在約會軟體上認識的那個人，就是在要塞喝酒的前一天一起出去、跟我很親熱的那一個？」

「喔喔，那怎樣？」我說，十分模糊地想著到底是哪一個。

「他都沒有打電話來。結果昨晚他發簡訊通知所有人，也通知了我，說他太太剛剛生下一個 3000 公克的女嬰。」

「我的天啊。這太可惡了。這傢伙簡直不是人。」

「這些年來我都不想要孩子，大家一直說我會改變主意。他們是對的。我要把我的卵子解凍。」

「茱德,」我說:「這是妳以前做的選擇。現在只因為某個人是個傻子,並不代表妳以前的選擇是錯的。妳的選擇很好啊。孩子們是⋯⋯是⋯⋯」我殺氣騰騰地朝樓梯下看了一眼。

她拿出手機展示 Instagram 上那個混蛋抱著孩子的照片:「⋯⋯可愛又甜蜜、粉紅色的 3000 公克,我呢,就是工作和跟他勾搭一夜,結果星期六早上只有我孤單一人。而且——」

「下樓來吧。」我悲傷地說:「我會讓妳看到可愛和甜蜜。」

我們心情沉重地下樓。比利和美寶像小天使一樣站著,拿出一幅畫,上面寫著:「我們愛妳,媽咪。」

「我們正把洗碗機的碗盤拿出來,媽咪,」比利說:「我們要幫妳的忙。」

喔幹,今天是有什麼問題?

「謝謝你們,孩子們。」我嘟噥著說,又把茱德推回到樓上,走出前門到屋外。他們現在說不定就在做更糟糕的事情,例如把回收箱的東西都倒出來。

「我要去解凍我的卵子,」當我們坐在台階上時,茱德哭著說:「當時的技術還很原始,甚至可以說很粗糙。但它可能還是有效,如果⋯⋯我的意思是,如果我可以找到一名精子捐贈者,然後——」

突然,對面房子樓上的窗戶砰地打開,一對 Xbox 遙控器飛了出來,砸在垃圾箱旁。

幾秒後前門推開，波西米亞風格的鄰居出現了，穿著毛茸茸的粉紅色穆勒鞋、維多利亞式睡衣和小博勒帽，手裡抱著一大堆筆記型電腦、iPad和iPod。她搖搖晃晃地走下屋前台階，把那些電子產品全扔進垃圾箱，後面跟著她的兒子還有他的兩個朋友，哭喊著：「不不不不不要扔！我還沒有破關啦！」

「很好！」她喊道：「當我決定生小孩的時候，我可沒有簽約說我要被一堆無生命的黑色物體支配，然後還有一群科技成癮者，除了整天戳戳戳螢幕之外什麼都不肯做，還要我像電腦技術人員外加五星級飯店禮賓服務生一樣伺候他們！我還沒生你的時候，大家整天都說我會改變主意。你猜現在怎樣？我是生下你，也把你帶大了。但現在我改變主意了！」

我盯著她，心想：「我一定要跟這個女人成為朋友。」

「印度街上的流浪兒，在你這個年紀就能活得很好。」她繼續說道：「所以你現在可以坐在家門口，而不是整顆腦袋都泡在電玩遊戲，只想著怎麼破關升級。你還可以用腦袋來改變我的想法，好讓你可以回家。你要是敢去碰那個垃圾箱，我就讓你去參加飢餓遊戲。」

然後，她一甩戴著博勒帽的頭，氣沖沖回到屋裡，砰地一聲關上門。

「媽咪咪咪咪咪咪！」換我家的地下室傳出喊叫聲和哭聲：「媽咪咪咪咪！」

「還要再進來嗎？」我對茱德說。

「不用,不用,沒關係,」茱德邊說邊站起來,她現在心情變好了:「妳說得完全正確。我做了正確的選擇。剛剛只是有點宿醉而已。我要去蘇荷屋吃頓早餐,喝一杯血腥瑪麗,再看看報紙就可以了。謝謝妳,布莉琪。愛妳。再見!」

然後她穿著凡賽斯的及膝羅馬涼鞋搖搖晃晃地走開了,看起來真是個醉美人。

我回頭看一眼對面。三個男孩坐在門口排成一排。

「一切都好嗎?」我說。

黑髮兒子咧嘴一笑:「是的,沒關係。她就是這樣。過一陣子就好了。」

他看了一眼身後,檢查門是否還關著,然後從口袋裡掏出一台 iPod。男孩們開始咯咯笑地彎腰研究 iPod。

我大大鬆了一口氣,如釋重負。高興地跳回家裡,突然想起所有東西的密碼都是 1890 年,契訶夫就是在這一年寫下《海達‧嘉布勒》的。

「媽咪咪咪咪!」

我抓起 Xbox 遙控器和維珍遙控器,兩個都輸入「1890」,螢幕奇蹟般地亮了起來。

「去看吧!」我說:「你們的螢幕。現在不需要我了,你們只需要螢幕。我現在要去。為自己。煮杯。咖啡。」

我把遙控器丟到扶手椅上，然後像波西米亞鄰居一樣猛衝向水壺，比利和美寶都咯咯咯地笑了。

「媽咪！」比利笑道：「妳剛剛又把機器都關掉了。」

8:30 p.m. 最後一切都很舒適美好，比利玩 Xbox 玩得很高興，美寶邊看《海綿寶寶》邊在沙發上抱著我，然後我們都去了漢普斯特德荒野（Hampstead Heath）走走，我一直在想著皮衣男，還有那個吻是多麼華麗、多麼性感，也再次思考湯姆或許說得沒錯，我確實就是要成為一個女人，在生命中再次擁有某個人或許也不錯。說不定會打電話給塔莉莎問他的電話號碼。

大浪來襲

2012 年 9 月 9 日星期日

61.2 公斤，卡路里 3250，檢查來自皮衣男的簡訊 27 次，來自皮衣男的簡訊 0，罪惡感 47。

2 a.m. 一切都很糟糕。傳簡訊給塔莉莎。後來我知道她不僅拿了皮衣男的電話號碼，也給他我的電話號碼。不安全感刺痛我的胃。如果她有給他我的電話號碼──為什麼他都不打電話來？

5 a.m. 我永遠、永遠不該再跟男人發生什麼關係。把那個「他為什麼不打電話來？」的惡夢完全忘掉。

9:15 p.m. 孩子們已經睡了，一切都為週一早上做好準備。但我完全崩潰。為什麼皮衣男都沒發簡訊過來？為什麼？皮衣男顯然認為我又瘋又老。這都只能怪我自己。我只能當個媽媽，孩子們每天回家發現燉鍋冒著泡，還有煮果醬、做布丁。唸唸這本那本童書給他們聽，再哄他們上床睡覺，然後……幹嘛呢？看看《唐頓莊園》追追劇，幻想與馬修發生性關係，然後早上又忙著牛奶麥片，一天又重新開始了？

9:16 p.m. 剛剛打電話給塔莉莎，解釋所有狀況。她正在趕過來。

9:45 p.m. 「準備一杯飲料給我，拜託。」

我為她調製她常喝的伏特加和蘇打水。

「這一切都是因為妳認識五秒鐘的某人沒發簡訊給妳而引起的。如今妳已經敞開自己生命的可能性，但現在似乎又要從妳眼前被奪走。所以為什麼妳不傳簡訊給他呢？」

「永遠不要女追男，這樣只會讓妳不快樂。」我背誦著三十多歲單身生活的座右銘：「安傑麗卡‧休斯頓從來不會打電話給傑克‧尼克遜。[13]」

「親愛的，妳要先搞清楚自己在說些什麼。自從妳結束單身之後，一切都變了。那時候沒有簡訊，也沒有電子郵件，人們才用

---

[13] 安傑麗卡‧休斯頓（Anjelica Huston、1951-）和傑克‧尼克遜（Jack Nicholson、1937-）是美國演員，兩人有一段長達十七年的戀情。兩人認識時，傑克‧尼克遜已是好萊塢知名影星，安傑麗卡‧休斯頓才剛嶄露頭角。他們的關係因傑克‧尼克遜的風流而充滿波折。

電話交流。而現在的年輕女性在性方面更主動了,男性自然就更懶惰。因此妳至少得稍微主動一點。」

「不要傳任何東西出去!」我說,衝向手機。

「我不會啦。但現在一切都很好。當我跟他交換妳的電話號碼時,我謹慎地跟他說了幾句,告訴他妳喪夫守寡的事⋯⋯」

「妳說什麼?」

「守寡比離婚好啊。這是浪漫又原創的梗。」

「所以,基本上,妳是利用馬克過世來幫我找男人?」

樓梯上傳來腳步聲。比利穿著條紋睡衣出現。

「媽媽,我數學作業還沒做。」

塔莉莎茫然地抬起頭,然後又看著電話。

「對塔莉莎說,『妳好!很高興再次見到妳』,並且要看著她的眼睛,」我條件反射地說道。當爸媽的人為什麼都會這樣呢?「要說請!」、「快打招呼!」、「說謝謝你邀請我。」如果在他們進入日常生活前沒先訓練他們做這些事情,那麼在這時候才——

「妳好,塔莉莎。」

「你好,親愛的,」塔莉莎頭也不抬地說:「他很可愛。」

「你的數學作業已經做完了,比利。還記得——那些問題嗎?你週五放學回家以後,我們就做了。」

「好吧,這個怎麼樣?」塔莉莎抬起頭,然後又看向手機。

「可是還有一份作業沒寫，」比利說：「妳看，這個。這是工藝和設計課。」

其實不是工藝和設計。比利在過去的六週用毛氈碎片做了一隻小老鼠，然後他得到「幾張紙」，上面提出一些概念性的神祕問題。我看最上面那張寫著：「你做這隻小老鼠，是想要實現什麼目的？」

比利和我絕望地看著對方。像這樣的問題，他們期待我們從全球性的角度回答什麼，我是說，就哲學上的意義而言？我拿支鉛筆給比利。他坐在廚房的桌子旁寫一寫，然後把那張紙遞給我。

「就是做一隻老鼠。」

「很好，」我說：「非常好。現在我帶你回去睡吧？」

他點點頭，用手拉著我的手：「晚安，塔莉莎。」

「向塔莉莎說晚安。」

「媽咪，我剛剛就說了。」

美寶在下鋪睡得很熟，仰著頭朝後，還抓著小布偶莎莉娃。

「妳能抱抱我嗎？」比利爬上上鋪說。我想到塔莉莎在樓下越來越不耐煩，還是爬上去跟他和帕芙一號、馬利歐和霍西奧躺在一起。

「媽咪？」

「嗯，」我說，心底在顫抖，擔心他會問起爸爸或死亡的事情。

「中國有多少人口？」天哪，他在擔心這些問題時看起來好像馬克。而我還在胡思亂想，要給某個不刮鬍子、穿著皮衣的陌生人發簡訊，這到底是在幹嘛？說不定他──

「媽咪？」

「四億吧。」我隨口胡扯應付一下。

「哦。那為什麼地球每年收縮一公分？」「呃⋯⋯」我想著這個問題。世界每年縮小一公分嗎？是整個星球還是只有陸地？跟全球暖化有關嗎？或者是令人敬畏的波浪力量和⋯⋯然後我感覺比利睡著了，鬆了一口氣。

我趕快跑回樓下，氣喘噓噓。塔莉莎抬起頭來，一臉得意的表情：「好了。希望妳也覺得很好。這真的很棒！」

她把手機遞給我。

〈逃離白馬王子和他的據點好尷尬，我現在終於恢復過來了。這一切都是那麼感性歡愉，我甚至害怕自己會瞬間燃燒成灰或變成一顆大南瓜。你正在做什麼呢？〉

「妳還沒寄出吧？」

「還沒。不過這樣很好啊。妳也要想想他們的自尊嘛。像妳這樣落跑又毫無解釋，妳覺得那個可憐的傢伙會怎麼想？」

「這聽起來不是有點──」

「這就是個問句啊，還會有後續。現在別想太多，只要──」

她握住我的手指，按下「傳送」。

「不行啊啊啊啊，妳說妳不會──」

「我沒按，是妳傳送的。我可以再喝一杯伏特加嗎？」

我心神不寧地走向冰箱，但當我打開冰箱門時，就傳來簡訊回覆的聲音。塔莉莎拿著手機，妝容完美的臉上露出得意的笑容。

〈妳好。是那位灰姑娘嗎？〉

「現在，布莉琪，」她盯著我，語重心長地說：「妳要勇敢跨上馬鞍，這不只是為了妳自己，也為了所有人，包括……」她朝樓上點了點頭。

最終，塔莉莎是對的。但這場與皮衣男的經歷，簡直災難到了極點。正如在血腥的結局過後，當我們坐在沙發上時，塔莉莎所說的：

「這都是我的錯。我忘記提醒妳。當妳剛從一段長期關係走出來，第一個對象總是最糟糕的。因為在那時還有太多事情懸而未決。妳單純地以為妳會被拯救。但其實不會。妳認為彼此的互動代表妳還能不能再回去享受愛情生活──像妳現在就是這麼想。但他們不會向妳證明這一點。」

我跟皮衣男的約會違反了每一條約會法則。但是，各位請聽我說，我當時根本不知道這些約會法則的存在！

誰不想約會

2012 年 9 月 12 日星期三

60.3 公斤（透過拇指發送簡訊減輕 1 公斤），幻想皮衣男 347 分鐘，檢查皮衣男簡訊 37 次，來自皮衣男簡訊 0，檢查還沒爆炸的 email 信箱中來自皮衣男的電子郵件雖然他根本沒有我的電郵 12 次（神經病），學校接送累計遲到 27 分鐘。

2:30 p.m. 嗯。剛剛在櫻草山與皮衣男共進午餐回來。他看起來更像一位汽車廣告明星，這次穿一件棕色皮夾克，戴著飛行員墨鏡。今天反常的溫暖，是個明亮的秋日，天空蔚藍，陽光明媚，我們可以坐在露天咖啡館的座位。

好的是

我愛他。我愛他。

不好的是

他和我差不多年紀，離婚，有兩個孩子。他叫安迪——好酷的名字。

安迪？？

當我在桌邊坐下時，他摘下墨鏡。他的眼睛宛如深邃的水池，一片淺淺的水色，如同熱帶海洋……

不要被迷昏了頭

……嗯只是棕色的而已。我愛他。約會之神已經對我微笑。

盡量保持一點客觀

他非常理解單親家庭的問題。他說了像是「你的孩子多大？」之類的話。

整個午餐時間，我都覺得自己像一隻受到冒險刺激的小狗，開始想去趴在他的腿上。

不要急於下結論或幻想

我想，週日早上一起做愛真是太棒了，然後和所有的孩子們一起吃早餐——充滿了歡笑，一起搬家，賣掉各自的房子，一起買一間大家都能走路去學校的房子。「……那我們就可以只擁有一輛車，而不會遇到停車許可證的問題，」正當我這麼想的時候，他打斷道：「妳想喝咖啡嗎？」

我向他眨了眨眼，暈得不知東南西北，迷迷糊糊地問說：「你認為我們只用一輛車就夠了嗎？」

第一次約會：讓他付錢

當帳單來時，我急急忙忙拿出信用卡，說：「不，讓我來吧！」還有，「我們要分開結帳？」

「我來付吧，」他說，用一種有趣的方式看著我——也許他已經知道他也愛我？

回應實際發生的事，而不是妳期望發生的事

午餐後我還捨不得結束，提議去山上散步。天氣真是太好了。當我們到達他的車時，我滿懷希望，期待他會再次吻我，但他只是在我臉頰上輕快一啄，然後說：「保重。」

我驚慌失措地脫口而出：「你認為我們應該再見面嗎？」。

也許有點超前，但我認為這麼問完全沒問題。

事實並非如此

「當然，」他笑著說：「我只是等著看妳尖叫落荒而逃。」然後，他露出那種像汽車廣告裡的微笑上了車。

他真是太好玩了！

不要讓他擾亂妳的生活破壞平衡

哦，你看，現在正是糟透了。有劇本要寫、有小孩要照顧，不能整天躺在床上自慰。

2012 年 9 月 13 日星期四

開車時不要胡思亂想耽迷幻想

8:30 a.m. 嗯。狀況是我說：「你認為我們應該再次見面嗎？」他沒有說：「不，」而是說：「當然。」

所以這表示「好」,不是嗎?那為什麼在我們告別時,他對下次碰面都沒說點什麼呢?或者他為什麼不發簡訊過來呢?急死人!

9:30 a.m. 拐過一個彎,發現一輛計程車停在我前面,真是完全自私的行為,毫無紀律也無理由。我後面排著一長串車隊。

我繞過那輛計程車,生氣地瞪了司機一眼。這時才發現,前方又有一輛汽車向我駛來,駕駛指著我用嘴型說:「妳退回去。妳、退、回、去!」就像我是個白癡或什麼。

「老實說,這些男人開車啊!」我邊想邊對著那男人做出V形手勢。(除了皮衣男,他一定非常尊重女性。)「喂,喂,看看我們!我們是雄性領袖!就是要對手無寸鐵的女性施加壓力,強迫她們倒車。」

「媽咪,」比利說:「計程車停下來是為了讓另一輛車可以繞過我們。」

我突然理解了比利的意思。對向來車早就在那裡了,而計程車司機畢竟是經驗豐富的駕駛,他停下來並不是要讓對向來車先走,而是在等我倒車讓路。結果反而是我像個霸氣的女王級休旅車駕駛(雖然我開的不是休旅車),一邊繞過經驗豐富的計程車司機,一邊試圖逼迫對向的車子倒退;就像一台憤怒的除雪機,還揮舞著牛津 PPE 一級榮譽學位(雖然實際上只從班戈大學拿了個英語三等學位)。

我邊倒車,一邊努力用嘴型說「抱歉歉歉歉~」,那個男人一副「天啊,這世界到底怎麼了?」的表情,難以置信地瞪著我。

其實我天天接送小孩上下學，這種表情我早就習以為常了。

「好吧！」轉過街角後，我故作輕鬆地說：「今天有什麼課啊，比利？體育課？」

「媽咪。」

我回頭看著他。他的眼神，那個語氣──跟我在狀態不佳時對別人說話的方式簡直一模一樣。

「什麼？」我說。

「妳剛剛那樣說話⋯⋯只是因為覺得自己很蠢吧？」

2012 年 9 月 14 日星期五

不要讓他攪得妳心煩意亂又瘋狂

剛剛和仰慕已久的波西米亞鄰居取得聯繫，結果因為心煩意亂，完全搞砸。我剛下車就看見她走進屋子，戴著一頂有幾個尖頭、末端有毛球的羊毛帽，腳踩馬汀大夫厚底鞋，穿著一件看起來像是結合二戰時期德國軍官大衣與蓬裙，還帶著荷葉邊的服裝。

「妳好！」她突然說道：「我是麗百佳。妳就住在對面吧？」

「是啊，」我高興地說，然後開始緊張的連珠炮：「妳的孩子看起來可能和我的同齡？他們幾歲？好漂亮的帽子啊！⋯⋯」

一切都進行得很順利，最後麗百佳說：「嗯，要不要哪天來敲門，帶孩子來個『遊戲約會』？──光是這個詞本身是不是就讓人想

一槍崩了自己？——找個時間吧。」

「哈哈哈！確實如此。沒錯，」我尷尬地模仿自己爆頭的樣子：「真是太好了。再見！」我們可以成為朋友，也許我可以把她介紹給皮衣男還有⋯⋯

「等等！」麗百佳突然喊道。

我轉過身來。

「這不是妳的女兒嗎？」

喔幹，我完全忘記美寶在身邊。她困惑地站在麗百佳的房子外面，單獨留在人行道上。

注意他給妳的感覺。
這之中應該有「性慾旺盛」、「太緊張必須吃胃藥」
——而且應該還有「快樂」這個詞

9:15 p.m. 還是沒有簡訊。皮衣男讓我整個焦慮起來，胃覺得很不舒服。

約會的第一條重要規則

2012 年 9 月 15 日星期六

喝醉時不要發簡訊

8:15 p.m. 耶，耶，電話！

9 p.m. 「哦,妳好,親愛的!」——是我媽——媽呀!真是心煩意亂,媽打電話來的時候,不知道皮衣男能不能傳簡訊過來。

「布莉琪?布莉琪?妳還在嗎?妳決定來搭遊輪了嗎?」

「嗯,那個,我覺得可能有點——」

「我是想,聖奧斯華德的大家都會跟孫子待在一起。這是一年中的特殊時刻嘛,大家都會跟孫子們一起度過。茱莉·安德伯瑞和麥可要帶全家人去維德角。」

「那麼,尤娜的孫子呢?」我反駁說。

「今年輪到親家那邊。」

「喔喔。」

聯姻親家啊。達西上將和伊蓮其實對比利和美寶非常和善,懂得掌握分寸,總是一次只邀請一個孩子,安排得體、時間不長,而且像是特別的款待一樣。但我不覺得他們能招待我們全家一起過聖誕節。就算是馬克在世的時候,他也都是請他們過來荷蘭公園的大房子過節,但馬克每次都會請廚師來準備聖誕大餐。他說這跟我的廚藝沒關係,只是為了讓大家可以放鬆、享受在一起的時光。喔,不過,如果是我做飯的話,為什麼他們就不能「放鬆」?也許真的跟我的廚藝有關。「布莉琪?妳還在嗎?我只是不想讓妳一個人待著。」媽說:「我的意思是,妳還有時間做決定。」

「很好!那我們現在就可以排除這個問題,」我說:「聖誕節還

早嘛！」

現在她要去跳水中尊巴舞了。真希望爸還在，可以減輕媽的痛苦，和我一起咯咯笑地抱著我。真希望現在能喝下一整瓶酒，喝得爛醉。

9:15 p.m. 哦，剛剛聽到克蘿伊從卡姆登（Camden）回來了。她今晚睡在沙發床，明天好早點去打太極拳。

9:30 p.m. 現在她來了，覺得可以來杯小酒，提振一下精神。

警報！警報！在打開葡萄酒前，千萬要先把手機包起來，註明「不要發送簡訊」，而且把手機高高地放在書架上。

9:45 p.m. 現在好多了。要放音樂。也許放皇后樂團（Queen）的〈玩遊戲〉（Play the Game）。同性戀總是有不錯的觀點，尤其是以音樂形式。嗯。皮衣男。希望他能傳簡訊來，我們就能見面並享受一點歡愉⋯⋯

10 p.m. 也許再喝一杯小酒。

警報！警報！

10:05 p.m. 皇后樂團真好聽。

10:20 p.m. 嗯。跳舞⋯⋯「這就是妳的生活！⋯⋯不要再裝模作樣了⋯⋯」

10:20 p.m. 你看，這是真的。「愛在我血管裡⋯⋯快速流轉。」愛，皮衣男。你不要陷入防禦的泥沼，愛就像一條小溪一樣奔流。

不要用流行歌的歌詞來指導行為，特別是喝醉的時候

10:21 p.m. 你抗？不要再再張模走樣嘛。你幹嘛不傳簡簡簡訊給他呢⋯⋯？

啊啊！你看，這就是現代世界的問題。如果是在過去寫信的時代，我根本不會在晚上 11 點半去找紙、筆、信封和一張郵票，還有皮衣男家的住址，然後出門找信箱，放兩個孩子在家睡覺。但一封簡訊彈指之間就發出去了，就像一顆原子彈或飛魚飛彈。

10:35 p.m. 只需要按鍵送出就好啦。不字很棒嗎！

喝醉時不要發簡訊

約會無能之續篇

2012 年 9 月 16 日星期日

60.3 公斤（內心滿滿的情緒）。

「不！」塔莉莎和湯姆、我、茱德坐在我家客廳，她說：「這樣並不『好』。」

「為什麼？」我奇怪地盯著我的簡訊問。

〈很高興星其三見到你。讓我們很快再欠相聚吧！〉湯姆讀了出來，然後哼了一聲。

「好吧,第一,妳顯然喝醉了,」茱德說,從約會網站 OkCupid 上短暫地抬起頭來。

「第二,時間是晚上 11 點半,」湯姆說:「第三,妳告訴他妳想再次見到他,所以妳聽起來很急切。」

「第四,妳用了一個驚嘆號!」茱德直接明說。

「這在情感上『不真實』,」湯姆說:「感覺是過度熱情又輕鬆自在的語氣,就像女學生吃午餐時向籃網球隊長告白,強迫他成為朋友,又故意裝得很隨意的樣子。」「而且他也沒回覆啊。」茱德補充說。

「我都搞砸了嗎?」

湯姆說:「就像新生兔子在一群貪婪的郊狼中間那麼天真。」

幾乎就在這時,簡訊聲響起。

〈妳的保母行程安排得怎麼樣?比妳的拼字更有條理吧?下週六晚上如何?〉

我看著他們,就像反伊拉克戰爭的示威者聽到沒有大規模殺傷性武器一樣。然後我飄浮在興奮的——非生化武器的——雲彩上。

「妳的保母安排怎麼樣?」我一邊說,一邊手舞足蹈:「他真的很體貼。」

「他只想摸進妳的內褲啦,」茱德說。

「別傻在那邊，」湯姆興奮地說：「趕快回簡訊吧！」

我想了想，然後傳簡訊說：

〈週六晚上完美，只需要找一條結實的繩子來拴住孩子們就可以了。〉

〈我比較喜歡用膠帶綑綁。〉直接傳回來了。

「他很有趣喔，」湯姆說：「而且還有一點 SM 的味道。這樣很好。」

我們都高興地看著對方。一個人的勝利就是所有人的勝利。

「我們再開一瓶酒吧，」茱德說，穿著寬鬆的連身衣和毛茸茸的大襪子，輕快地走向冰箱。途中她停下來親吻我的頭：「幹得好啊，大家，幹得好！」

約會無能之不斷升級

第一次約會──就照他的建議去做

2012 年 9 月 19 日星期三

60.8 公斤，體重增加 0.5 公斤，約會規則打破 2 條。

9:15 p.m. 克蘿伊週六晚上不能來，我沒有努力找保母，反而一

直在夢想晚餐要穿什麼,當我穿著海軍藍絲綢洋裝出現在舞台上,他會如何抬起頭看著我。就這些幻想不斷出現,結果什麼事情也沒搞定。哇,哇,皮衣男的簡訊!〈週六要不要看電影?《亞果出任務》(*Argo*)如何?〉

9:17 p.m. 《亞果出任務》?《亞果出任務》?看電影不算是恰當的約會嘛!《亞果出任務》是一部男性電影!穿海軍藍絲綢洋裝看那齣電影顯得太誇張。不管怎樣,克蘿伊星期六不能來,而且⋯⋯

9:20 p.m. 剛剛寄出:〈一起吃晚餐怎麼樣?想要進一步了解你。〉

不要一切都靠保母

9:21 p.m. 我:〈還有——週六晚上保母有問題。星期五有空嗎?〉

10 p.m. 哦,上帝,哦,上帝。皮衣男沒回覆。也許他出去了?跟別的女人在一起?

11 p.m. 皮衣男:〈星期五不行。下週怎麼樣?星期五?還是星期六?〉

11:05 p.m. 回覆簡訊:〈好的!星期六!〉然後又垂頭喪氣。他又等整整一星期嗎?他怎麼忍受得了呢?

2012 年 9 月 23 日星期日

9:15 p.m. 令人痛苦。皮衣男整個週末都不理我。

他顯然已經離我而去了。如果說我們算是在一起的話。

10 p.m. 我要讓它重新開始。

不要預先安排第一次性行為

〈抱歉做了些調整。週六會穿高跟鞋來彌補！保母會整晚留下來。〉

2012 年 9 月 24 日星期一

61.7 公斤，體重增加 1 公斤，來自皮衣男簡訊 0（可能是體重增加的關係，儘管他還沒看到）。

9:15 p.m. 皮衣男還是沒有回覆。認為我是個絕望的蕩婦。

2012 年 9 月 25 日星期二

61.2 公斤，來自皮衣男簡訊 1（差）。

11 a.m. 剛收到回覆！〈很好。諾丁丘的安諾餐廳如何？7 點 45 分？期待高跟鞋。〉

他一定是討厭我。

2012 年 9 月 29 日星期六

約會換裝 7 次，約會遲到 25 分鐘，約會期間正面思考 0，傳給皮衣男的簡訊 12，收到皮衣男的簡訊回覆 2，違反約會規則 13 次，整個體驗的正面結果 0。

要準時！記住這比換衣服和化妝更重要，就像趕飛機一樣

7 p.m. 花了好長時間穿上衣服又脫下來，那輛計程車就不等我了。現在我在街上找不到計程車。發了一系列歇斯底里的簡訊，但得到的答案只有：〈這裡有很多計程車啊。〉

8 p.m. 在電力酒吧。最後只好自己開車過來，但太晚了，不得不停在住宅區，肯定要吃罰單。皮衣男不在這裡。

確保你們都認為你們會同時去同一個地方

8:10 p.m. 喔，媽的！狗屎！他不是說電力，他說的是安諾。

8:15 p.m. 現在精神錯亂中。剛剛傳簡訊跟他說走錯地方，現在要跑到安諾。

當妳到達時，要放鬆、要微笑，就像光明與平靜的女神一樣

遲到了 40 分鐘才到安諾，門口女服務生顯然認為我是個瘋子，應該被請出店外。

我這時才發現既沒有看到皮衣男，也不記得他叫什麼名字。

最後我才驚訝地發現他專注地坐在一張長桌旁，桌邊都是一些長得很酷，像廣告明星的人，我不得不走過去碰觸他的肩膀才能引起他的注意，這時他想跟大家介紹我，但顯然也記不起我的名字。

他想讓我加入他們。但餐廳無法再多塞進一張椅子進來，所以我們不得不去一張兩人桌，皮衣男不斷看向他那些歷練的老友，顯然認為他們比我有趣得多。

要離開時，那些老友邀請我們去參加一個聚會，我心裡想著：「不不不不要！」嘴上說：「好啊！一定很好玩！」在那個可怕的聚會上我會立刻失去他，只能自己躲在廁所裡。

不要喝醉或吸食其他什麼迷魂藥

我找到他時，他正在吸大麻。我已經十五年沒碰大麻了，上次只是吸了兩口，就害怕得要命，覺得大家無視我，雖然他們其實正在和我說話。儘管如此，還是屈服於皮衣男朋友的邀勸，又跟大家吸了兩口。立即變得完全麻木又偏執。

也許是注意到這一點，他指著一扇關著的門低聲說道：「我們可以進去嗎？」我默默地點點頭。

我們在一間空的臥房，身上還穿著外套。他關上門，把我推到門上，親吻我的脖子，用手撫摸我的裙子，低聲說道：「妳是說妳的保母晚上會留下來嗎？」我默默地點點頭。

在準備好之前不要發生性行為

我不但喝醉了,還變得有點偏執,而且我已經四年半沒做愛了,我絕對感到害怕。如果他認為我沒穿衣服很醜怎麼辦?如果我跟他睡了之後,他再也不打電話給我怎麼辦?如果我忘了該怎麼做要怎麼辦?

「妳還好嗎?」

不要在廁所裡躲太久,不然他會認為妳在吸毒或有消化問題

我默默地點點頭,然後才開口說:「我去一下廁所。」

他奇怪地看我一眼,又坐回床上。

當我再次出現時,他還坐在床上。他站起來,再次關上門,又開始親吻我的脖子,伸手撫摸我的衣服。

「我們去我家吧?」他說。

我默默地點點頭,勉強脫身:「可是⋯⋯」

不要讓他感到困惑

「呃,如果妳不想做的話⋯⋯」

「不、不,我願意,我願意。可是⋯⋯」

是妳決定要不要發生性行為,而不是他。
妳必須做出明確的決定

「妳不是說請保母來過夜了嗎。」

不要製造壓力

「只是我已經四年半沒有跟任何人睡過了。」

「四年半？？天啊。不要覺得有壓力。」

「我知道。只是，終於遇到喜歡的人。」

「我嗎？」

不要暴露妳的弱點。要等到他們足夠認識妳而能理解

「我的意思是，我們雖然見過幾次面，但我幾乎不認識你，如果我脫了衣服而你又不喜歡我，我該怎麼辦？也許我已經不記得該做什麼，而且我是個寡婦，我可能因為覺得自己不忠而開始哭泣，以後又不得不一直等你打電話來，而你可能不會再打來！」

「想知道關於我的什麼？我也遇到喜歡的人啊。」

永遠保持優雅，永遠不要發瘋似地發飆

「你喜歡誰？」我憤怒地說：「過去兩週你還約了別人嗎？她是誰？你怎麼可以這樣？」

「我說的就是妳啊。妳看，從男生這邊來想，就是她希望我打電話過去嗎？她想跟我一起睡嗎？」

「我知道，我知道，我願意……」

「好，那麼……」他又開始吻我。現在他想把我拉到床上，而我尷尬地坐在他的大腿上。

不要讓他感覺受到束縛

「不過，」我的連珠炮再次脫口而出：「如果我們發生關係，你能保證你會再打電話給我，我們還會再見面嗎？或者也許我們現在就可以安排下一次約會？！那就都不用擔心！」

「喔。」有那麼一瞬間我發誓他又記不起我的名字：「妳是個很棒的女孩，不過我認為妳還沒有準備好。我不想讓任何人感到不安。今晚讓我送妳去坐計程車，而且，是的，我會再打電話給妳。」

「好吧，」我痛苦地說，然後跟著他出去，在他告別時默默地點點頭。他把我送上計程車。我轉身揮手道別，只看到他又往聚會的方向走去。

創造美好回憶

在計程車後視鏡裡瞥見自己。我的頭髮亂糟糟的，眼睛的睫毛膏糊了，就跟艾利斯・庫柏[14]一樣，又是一副在要塞餐廳留給他的瘋狂表情。

11:20 p.m. 偷偷地爬進屋子，這樣克蘿伊才不會發現這次約會是一場災難。

---

[14] 艾利斯・庫柏（Alice Cooper, 1948- ），美國搖滾歌手，他的舞台形式包括斷頭台、電動椅、假血、蟒蛇、娃娃玩具、拐杖和劍決鬥，被粉絲和同行一致認為是「休克搖滾教父」。

2012 年 9 月 30 日星期日

60.3 公斤，睡眠時間 0，因壓力和痛苦減輕 1 公斤，停車罰單和拖車費用 245 磅。

5 a.m. 一夜沒睡。我是個糟糕的失敗者，讓男人討厭，又老又垃圾。

8 a.m. 我剛想在車被拖走之前偷偷溜出去取車，卻被從廚房出來準備去公園的美寶、比利和克蘿伊抓個正著。

「媽咪，」比利說：「我以為妳出去過夜了。」

「那麼，進展不太順利嗎？」克蘿伊同情地說，她看起來煥然一新，完美無瑕。

車子還是被拖走了，不得不到 A40 公路和通往康沃爾郡的鐵路線之間的停車場領車，支付的費用比克蘿伊一週的薪水還高。我很傷心，雖然找到一個我喜歡的男人，卻完全搞砸了。我再也找不到任何人來愛我。男人不但討厭我，我還是完全的無能。不過他也許還是會再傳簡訊或打電話來。

2012 年 10 月 5 日星期五

60.8 公斤，來自皮衣男的電話 0，來自皮衣男的簡訊 0。

9:15 a.m. 還是什麼都沒有。

2012 年 10 月 8 日星期一

59 公斤（日漸消瘦，看起來很老），來自皮衣男的電話 0，來自皮衣男的簡訊 0。

7 a.m. 他還是沒有任何訊息。必須全心投入工作，繼續創作劇本。

2012 年 10 月 9 日星期二

發給皮衣男簡訊 1，來自皮衣男簡訊 0，撰寫劇本字數 0，違反約會規則 2 條。

他還是沒消沒息。

如果他要離開，就不要勉強。轉向前進吧！

11 p.m. 也許由我發簡訊給皮衣男。

真實無欺

2:30 a.m. 我：〈嘿。感謝上週六舉辦的盛大派對。我玩得很開心！〉

2012 年 10 月 10 日星期三

來自皮衣男簡訊 0。

沒有回覆。

2012 年 10 月 19 日星期五

來自皮衣男簡訊 1，獲得皮衣男簡訊的任何鼓舞 0，撰寫劇本文字 0。

10 a.m. 皮衣男：〈嘿，不用擔心。我們都很愉快。〉

2012 年 10 月 27 日星期六

跟皮衣男沒有任何聯繫。

2012 年 10 月 28 日星期日

請不要在白天或晚上的奇怪時間發送簡訊像個跟蹤狂一樣

5:30 a.m. 想發簡訊給皮衣男！

〈你好嗎？〉

一個靈魂向另一個靈魂伸出了手，我心想，在這場無意間製造出

的荒謬而混亂的餘燼中,我還傻傻地捨不得放手:就像達文西畫中的亞當,伸手試圖觸及上帝的指尖。[15]

2012 年 11 月 2 日星期五

跟雄性物種再次發生任何事情的可能性 0。

11:30 a.m. 皮衣男的簡訊。

〈很順利,但實在太忙了。明天要去蘇黎世,可能會在那裡待一段時間。祝妳聖誕節愉快。〉事情就這樣結束了。

「妳必須對此一笑置之,」塔莉莎說:「別讓他貶損妳的自尊,或者妳的性能力,或任何東西。」

然而,顯然必須採取一些措施。

深入的約會研究

每天晚上孩子們上床睡覺以後,我就開始學習,就像在空中大學學習如何與人相處一樣。孩子們似乎也感覺到媽媽正在做一件大事,對它保持適當的尊重。美寶半夜衝進我的臥室,抓著莎莉娃,說她做了一個噩夢,她低聲說:「對不起,媽咪,但有一隻巨大

---
[15] 實際上應為米開朗基羅的壁畫。

的螞蟻要吃我的耳朵。」然後從糾結的髮辮中，恭敬地偷看我床上堆滿的史詩巨著。當然，我邊看邊發推文，讓我的推特追蹤者人數增加到驚人的 437 名。

參考書目

我從我的歷史檔案開始，一些我三十多歲時的經典作品：

《男人來自火星，女人來自金星》
《尋找妳想要的愛》
《讓愛找到妳》
《男人要什麼》
《男人偷偷地想要什麼》
《男人真正要什麼》
《到底男人真正想要什麼》
《男人如何思考》
《男人不想色色的時候又是在想什麼》

但這樣似乎還不夠。我上亞馬遜找，總共有 75 頁的約會自助書籍可供選擇。

《單身陷阱：兩招指點妳逃離陷阱並找到持久的愛情》
《網路約會最成功的 3 種個人資料編撰》
《讓妳的約會增加 4 倍》
《只要 5 個步驟：單親媽媽尋找真命天子的指南》
《簡單 6 步，讓他求著做妳男友》

《百分百的愛：科學尋找一生真愛的 7 個步驟》

《無畏的愛：8 個簡單規則改變妳約會、親密和交往的方式》

《愛情法則：9 條基本規則創造充滿愛的持久夥伴關係》

《「慾望城市」中的 10 條約會教訓》

《吸引力磁鐵：12 個約會與搭訕的最佳話題》

《20 條網路交友規則》

《危險訊號規則：決定留下他還是告別的 50 條規則》

《網路約會的 99 條規則》

《新規則：數位時代的約會注意事項》（與前《規則》的作者相同）

《舊約會規則》（與前《規則》作者不同）

《不成文的規則》

《潛規則》

《約會、交往與親密的精神法則》

《改變規則》

《愛情沒有規則》

《打破規則》

《約會、通姦和浪漫：管它什麼規則？》

《反規則——既然已經得到他，又要如何擺脫他？》

《30 天約會排毒斷癮》

《禪與戀愛的藝術》

《藝妓的祕密》

《為什麼男人都愛女人》

《讓人無法抗拒的妳》

《他只是沒那麼喜歡妳》

《約會策略》

《迎接第 2 次約會：初次約會的言行舉止，保證帶來第 2 次約會》

《第 3 次約會》

《約會夢想女孩：第 3 次約會及以後》

《在第 4 次約會和性行為後迎接第 5 次約會》

《現在怎麼辦？克服第 5 次約會的障礙》

《當火星與金星相撞時》

《約會兵法》

《在最壞狀況下死裡求生的約會指南》

《跟死男人約會》

《浪漫自殺》

《約會不複雜》

以上列出這麼多參考書，可能令人困惑，但實際上並非如此！約會大師之間的共識多於分歧。我勤奮學習，在書上做記號、做筆記，尋找全世界偉大宗教和哲學信條之間的共通性，把書中內容提煉成關鍵原則的核心：

約會規則

- 喝醉時不要發簡訊。
- 永遠保持優雅，不要發瘋。
- 一定要準時。
- 真心誠意地進行溝通。
- 不要搞錯約會地點。
- 不要讓對方困惑，保持理性、一致、連貫。
- 不要耽溺沉迷或幻想。

- 開車時更不要耽溺沉迷或幻想。
- 回應實際發生的事,而不是妳期望發生的事
- 第一次約會時,順著他的安排(除非是莫里斯舞、鬥狗比賽、明顯的約炮邀約等)
- 確保他讓你感到開心
- 心裡盡量保留一些客觀性的看法。
- 當他來時,我們歡迎;當他走時,就該放手。
- 不要讓自己醉到不省人事或嗑到茫掉。
- 冷靜、微笑的光之女神
- 讓事物像花瓣一樣按照自己的節奏展開,例如不要在第二次約會的激情時刻,硬是要確定第三次的約會。
- 穿一些性感但讓妳感覺舒服的衣服。
- 保持冷靜、自信和集中注意力──可以考慮冥想、催眠療法、心理治療或一些精神性舒緩藥物等。
- 不要表現得過於強勢,但可以做些性感的舉動,比如來回撫摸酒杯的杯腳。
- 不要預先安排第一次性行為。
- 不要太快發生關係。
- 不要讓他感覺受到束縛。
- 永遠不要提及以下話題:前任、自己有多胖、不安全感、各種生活問題、各種人生課題、金錢、橘皮組織、肉毒桿菌、抽脂、臉部換膚/雷射/微晶磨皮等、調整型內衣、婚後可以共享停車證、婚禮座位安排、保母、婚姻/宗教(除非妳剛好發現他是個一夫多妻制的摩門教徒,在這種情況下,妳可以喝得爛醉、歇斯底里、喋喋不休地談論前述的各種禁忌,然後找藉口離開,理由是你覺得自己太胖

了，得趕回家讓保母下班）。
- 創造美好的回憶。
- 喝醉時絕對不要發簡訊。

當然，這一整套龐大的知識體系完全是理論性的：就像是個端坐在象牙塔裡的哲學家（注意：我說的是一座真正的象牙塔，而不是交友網站 IvoryTowers.net），不斷發展出關於人生應該如何度過的理論，卻從未真正實踐過。

我唯一需要處理的，就是跟皮衣男的這段經驗。從我最近閱讀學到的知識來審視我犯下的錯誤，讓我得以治癒我的無能、粗魯、失敗和不值得被愛的感覺，並重新帶來希望──儘管這一切都已無可挽回。或者說，倘若與皮衣男之間從來就沒有真正得到過什麼，那麼至少，這並不代表我要對所有男性徹底絕望。

不過，我還要整理出另一部分──**獲得約會的規則**──到現在還完全是空的。

自艾自憐沉迷其中

2012 年 11 月 26 日星期一

59.9 公斤，對約會自助書籍和約會規則的知識印象深刻而增加的推特追蹤者 468 位，愛情前景 0。

12:30 p.m. 剛從牛津街（Oxford Street）回來。整條街像是被一

場燈光雪崩吞沒,滿是閃閃發亮的裝飾球、浪漫的櫥窗擺設,以及無限循環的聖誕歌曲,讓人瞬間產生一種聖誕節突然快轉到來,而我卻忘了買火雞的驚恐感。我該怎麼辦?我完全還沒有準備好迎接即將到來的歇斯底里考試——必須思考他人的品味和各種日常必須要做的事,額外再加上一層雙倍繁重的聖誕節任務。更糟的是,這些都讓我想起完美的核心家庭、壁爐與闔家歡樂的場景,對應現在的悲慘情緒,無助地回想過去的聖誕節,還得自己扮演聖誕老人和……

1 p.m. 房子顯得陰暗、孤獨、荒涼。生活在這種感覺之下,我怎麼可能繼續寫劇本?

1:05 p.m. 現在好多了,又戴上了有度數的太陽眼鏡。但仍然無法面對跟馬克一起去買聖誕樹和所有節日裝飾品的想法……至少我們還有聖奧斯華德之家的遊輪之旅可以期待……

1:20 p.m. 天哪。我現在該怎麼辦?只剩不到四週,我就必須通知媽要不要去。孩子們會被壓得喘不過氣,整件事根本不可能順利;但如果我不去,我就要獨自和孩子們一起過節,努力讓這一切順利進行,只靠我一個人。好孤單單單單單單啊!

2012 年 12 月 2 日星期日

9:15 p.m. 剛剛打電話給茱德並解釋心理崩潰。「妳要上網找樂子啦。」

9:30 p.m. 已在單身爸媽約會網站（SingleParentMix.Com）註冊免費試用。我聽從茱德的建議，對自己年紀撒了個小謊，因為誰會想看 50 歲以上的個人資料呢？不過別告訴塔莉莎我這麼想。還沒有放照片或個人資料或任何東西。

9:45 p.m. 哦哦，有一則訊息！一則訊息！已經！你看外面有那麼多人，而且……

哦。一位名叫「一夜五次男」的 49 歲男子寄來的。

嗯，那是……那是……

點擊閱讀訊息：〈HiHi！性感美女！lol :)〉

點擊個人照片。是個胖子，身上一堆紋身，穿著黑色膠皮裙，戴著金色假髮。馬克，請幫幫我。馬克。

9:50 p.m. 好吧，好吧。繼續胡鬧。要鬧就來鬧吧。但我自己必須先克服這一關。不再去想「如果馬克在這裡就好了」。我不能再去想他晚上睡覺時手臂搭在我肩膀上的樣子，那種像是要護衛我一生的身體親密感，腋窩的氣味、肌肉的線條和下巴的鬍碴。當他接起有關工作的電話，進入忙碌而重要的時刻，他會在談話中用那雙棕色眼睛看著我，讓我感覺自己全身發燙又極其嬌弱。或是比利說：「要玩拼圖嗎？」然後馬克和比利會花幾個小時玩非常複雜的拼圖，因為他們都很聰明。我不能再讓孩子們發生的每一件甜蜜的事都帶著悲傷。莎莉娃在美寶的第一部聖誕劇中扮演小耶穌（美寶演一隻母雞）。在比利長得比較大之後去參加的第一場聖誕頌歌音樂會。比利和美寶（在克蘿伊的幫助下）一起

送我一直想要的聖誕節禮物——雀巢濃縮咖啡機,結果美寶每天晚上都偷偷低聲告訴我這個「驚喜」。我無法再過這樣的聖誕節。我也不能再過這樣的一年了。我不能這樣繼續下去。

10 p.m. 剛剛打電話給湯姆。「布莉琪,妳要痛快地悲傷一次。妳一直沒有適當地發洩出來。寫一封信給馬克。沉迷其中。讓自己、陷、在、裡、頭。」

10:15 p.m. 剛上樓查看。發現比利和美寶都窩在上鋪睡覺。我費力地爬上梯子,和他們躺在一起,然後比利醒了,問說:「媽咪?」

「怎樣,」我低聲說。

「爸爸今晚在哪裡?」我內心為比利感到撕裂般的痛苦,我把他拉近我身邊,又覺得有些害怕。為什麼今晚我們都有這樣的感覺?

「我不知道,」我開始說道。「但……」這時比利又睡著了。我擠在上鋪,緊緊地抱住他們。

11 p.m. 淚流滿面,我坐在地板上,四周都是剪報和照片。我不管媽知道後會怎麼說,我現在只想沉浸其中。

11:15 p.m. 打開剪報盒,拿出一份。

> 英國人權律師馬克・達西在蘇丹達佛地區因乘坐的裝甲車誤觸地雷而遇害。據《路透社》報導,達西是國際公認的跨境訴訟與衝突調解專家,與他同行的瑞士籍聯合國人權理事會代表安東・達維尼耶也在事件中罹難。

PART 1／處女重生 | 149

馬克‧達西是國際間代表受害者發聲的重要人物，專精於國際危機調解與轉型正義。他經常受到國際機構、政府機關、反對派團體與公眾人物的邀請，就各類議題提供建議，並且是國際特赦組織的主要支持者。在遇害前，他成功促成英國援助工作者伊恩‧湯普森與史蒂文‧楊的獲釋。這兩人曾遭叛軍政權扣押長達七個月，據信即將被處決。

許多國家的元首、援助機構及個人，對此悲劇紛紛表示哀悼。

他留下了遺孀布莉琪、2 歲的兒子威廉和三個月大的女兒美寶。

11:45 p.m. 現在我流淚啜泣，盒子、剪報和幾張照片散落在地板上，回憶把我整個吸了進去。

親愛的馬克，

我真的很想你。我是多麼愛你。

這聽起來很老派。就像我們寫信安慰死者家屬一樣：「我對你的悲慟表達最深切的同情。」但是在你過世之後，大家來信吊唁，還是讓我覺得安慰，即使他們其實不知道該說什麼，只是結結巴巴地辭不達意。

但問題是，馬克，我無法獨自面對。我真的、真的做不到。我知道我有孩子和朋友，我正在寫《他頭髮上的葉子》，但少了你讓我覺得很孤單。我需要你的安慰，給我建議，就像我們在婚禮上說的。而且抱著我。

當我陷入困境的時候,告訴我該怎麼做。當我覺得自己很糟糕的時候,告訴我沒關係。幫我拉上拉鍊。幫我拉下拉鍊……哦,上帝,你第一次吻我的時候,我說:「好男孩不會這樣接吻的!」你說:「哦,會的,他媽的他們當然都會!」我他媽的想念你,想念你他媽的跟我睡在一起。

我多麼希望我們的生活……我實在無法忍受,你竟然看不到他們長大。

我現在只能繼續前進,努力做到最好。生活當然不是人人都如意,但我很幸運還有比利和美寶,你也知道我們都好,還有房子和這一切。我知道你必須去蘇丹,我知道你要花多久時間才能把人質救出來,我知道你做了一切以確保自身安全。如果你認為有風險,你就不會去。這不是你的錯。

我只是希望我們能一起過日子,分享所有的微小片刻。沒有父親作為模範,比利怎麼知道要如何成為一個男人呢?還有美寶呢?他們都沒有爸爸了,也都不知道你是什麼樣的人。我們原本可以一起在家過聖誕節的,假如……停!永遠不要說「假如」、「原本」或「如果」。

我很抱歉,我是一個這麼糟糕的母親。請原諒我。我很抱歉,竟然花了四個星期研究那些約會書籍,還在網路上塑造了一個虛假的自己,結果招來一個穿著橡膠迷你裙的男人。也為自己曾因任何與失去你無關的事情感到難過而抱歉。我愛你。

愛你,
布莉琪 xxxx

11:46 p.m. 聽到樓上咚的一聲。有個小朋友下床了。

午夜。美寶從雙層床下來，穿著小睡衣靠窗站著，窗外月光襯映她的剪影。我走過去跪在她身旁。

「那裡有月亮，」她說，莊嚴地轉向我說道：「它跟著我。」

小花園上方的月亮又圓又白。我開始說：「嗯，這是因為，美寶，月亮它──」

「還有⋯⋯」她打斷我說：「一隻貓頭鷹。」

我順著她指的方向看去。花園的牆上有一隻貓頭鷹，在月光下是白色的，牠兩眼眨也不眨地盯著我們。我從沒親眼見過貓頭鷹。我以為貓頭鷹早就消失了，除非在鄉下和動物園。

「關上窗簾。」美寶說，用一種專橫、公事公辦的方式關上窗簾。「沒有關係。牠只是看著我們而已。」

她又爬回上鋪：「跟我說小公主的故事。」

我剛剛被貓頭鷹嚇了一跳，現在握著她的手，唸著馬克在她剛出生時為她編的睡前故事：

「小公主甜美又漂亮，美麗又溫柔，可愛又善良。不管她去哪裡，不管她做什麼，媽媽和爸爸都永遠愛她。因為她很可愛，因為她是──」

「──美寶！」她接著說完。

「還有一些想法，」比利睡眼惺忪地說。

當我低聲呢喃時，彷彿能聽見馬克的聲音：「所有的想法都消失。就像小鳥在巢裡，兔子在兔子洞。今晚這些思慮都不需要比利和美寶。世界依然運轉，月亮持續照耀。比利和美寶需要做的就只是休息和睡覺。比利和美寶需要做的就只是……」

他們都睡著了。我打開窗簾，看看貓頭鷹是否真的在那裡。牠仍然停在原地，眼睛眨也不眨地看著我。我也回看牠很久，然後拉上窗簾。

聖誕節

2012 年 12 月 7 日星期五

推特追蹤者 602 人（已突破 600 上限），劇本撰寫字數 15 個字（雖然有進展，但完全是垃圾），聖誕邀請（一天的開始）1，聖誕邀請（一天的結束）10，突然出現過多不適合小朋友的聖誕邀請該怎麼應付的想法 0。

9:15 a.m. 對了，聖誕節我下定決心：

我會

– 別再感到悲傷，別再想依靠男人來生活，要多想想孩子和聖誕節。

- 度過一個充滿節慶氣氛的聖誕節,一切重新開始。
- 讓一切充滿聖誕氣息,享受聖誕節。
- 不去擔心無法度過一個愉快的聖誕節。
- 對聖誕節採取更佛系的態度。雖然它是基督教節日,就其本質而言也不是佛教節日。

我不會

- 從亞馬遜訂一堆來自「聖誕老人」的塑膠垃圾。包裝在難以拆開的塑膠殼裡,每件玩具還用 12 根金屬絲固定在紙板上。不如鼓勵比利和美寶各自從「聖誕老人」那裡挑選一兩件有意義的禮物。也許是木頭做的。
- 參加聖奧斯華德之家的聖誕之旅,但要採取行動過一個充滿聖誕氣氛的聖誕節。

3:15 p.m. 對了!現在就行動!向每個我認識的人,瑪格姐、塔莉莎、湯姆、茱德、馬克的父母,以及學校的幾個媽媽發送電子郵件,詢問:「聖誕節你們準備做什麼?」

4:30 p.m. 剛從學校接小孩回來,正忙著整理一切時,鄰居麗百佳來按門鈴。她穿著一條格子呢燈籠褲,低胸褶邊上衣,一條帶有鏈條和飾釘的厚重皮帶,頭髮上還別著一隻待在巢中的知更鳥──我在葛雷姆與葛林(Graham & Green)的聖誕裝飾品看過。

「哈囉，你們想過來玩嗎？」

我們都激動得發狂！終於！我們一起聚在樓下，走進麗百佳唐頓莊園般的廚房：深色木頭地板、粗大橫梁的天花板、舊木製課桌、擺著許多照片、帽子、繪畫，有一頭很大的巨熊雕像，還有破舊的法式窗，窗外通往磚砌小徑的隱密世界，是田野般的長長草地，地上有一頭戴著王冠的、真實大小的假牛，一塊寫著「有空房」的汽車旅館塑膠標誌，幾棵樹上還有枝形吊燈。

我們坐在廚房桌子旁邊喝酒，給孩子們吃些披薩，度過一個非常愉快的夜晚。兩個小女孩幫麗百佳的貓穿上圍巾和洋娃娃的衣服，而當我們叫男孩們別玩 Xbox 時，他們都很生氣。

「太害怕自己的兒子，不敢叫他趕快滾過來，這是正常的嗎？」麗貝卡茫然地盯著他們說：「哦，挖靠！放開該死的 Xbox ！」

聽到朋友說她的孩子比你家的還難搞，那真是再好不過的安慰了。

我解釋了我的理論，我說如果像義大利大家庭那樣，在大樹下吃晚餐，孩子們就在旁邊玩，這樣的教養方式一定會更好。麗百佳又倒了杯酒，她也說明了她的育兒看法，那就是你應該表現得盡可能糟糕，這樣孩子們就會反抗你，變成《妙麗媽咪》中的莎芙蓉[16]那樣又乖又有出息。我們制定了一些廚房晚餐休閒的計畫，

---

[16]《妙麗媽咪》（Absolutely Fabulous）是 1992 年 BBC 播出的英國情境喜劇影集，共有五季，兩名女主角無節制地追求時尚與奢華，但總是陷入各種荒唐的場面，其中一人的女兒莎芙蓉（Saffron）卻相當理性，和媽媽形成強烈對比，增加喜劇效果。

還有幻想一些我們永遠不可能達成的假期，帶著某種通行證在希臘群島之間乘坐渡輪，每個人——包括孩子們——除了牙刷、泳衣和飄逸紗籠之外什麼都不必帶。

最後，當我們晚上 9 點要離開時，麗百佳說：「聖誕節妳準備做什麼？」

「沒計畫。」

「喔，那來我們家吧！」

「我們很樂意！」我說，非常興奮。

10 p.m. 哎呀！剛剛檢查電子信箱，發現在所有朋友和熟人中引發巨大罪惡感，各方回應從聖誕節毫無計畫到忙到不可開交都有。現知已有的規劃如下：

湯姆：帶孩子們跟他去柏林的變裝皇后聖誕市集。

裘德：先帶孩子們去她母親位於諾丁漢貧民區的小小公屋——她死也不肯搬離（別問為什麼）。然後前往蘇格蘭北部，和裘德的父親（沒錯，就是爸爸）以及他的朋友們一起打松雞。

塔莉莎：可以帶著孩子們加入她所說的「一群來路不明的俄羅斯洗錢客，在黑海上的奢華伏特加派對」。

達西上將和伊蓮：正在讓他們取消去巴貝多過聖誕節的行程，以便跟我和孩子們一起過節，然後把他們的陶器收藏搞得一團糟，並且在格拉夫頓安德伍（Grafton Underwood）、安妮女王時代整

齊清潔的老房子裡，苦苦搜尋網路連線。

丹尼爾：可以跟他和一位叫海佳達的人，一起去歐洲什麼地方的客房一起度過浪漫週末，至於是哪裡到現在還沒決定。

比利朋友傑瑞米的媽媽：與傑瑞米爸爸、奶奶、4個阿姨、17個表兄弟姐妹和哥爾德斯格林（Golders Green）的拉比一起慶祝光明節，我們會花很多時間在猶太教堂。

科斯瑪塔的媽媽：去柏林觀賞她最大的孩子在華格納《指環》（Ring）連作擔任臨時演員的演出。

媽媽與尤娜：仍然是聖奧斯華德之家50歲以上的聖誕遊輪旅行。

我覺得，也許孩子們會喜歡變裝皇后聖誕市集？

哦，上帝，哦，上帝。當我和麗百佳變成朋友時，就已經證明自己也是個徹頭徹尾的怪胎。

10:15 p.m. 剛剛打電話給瑪格姐。

「到我們這裡來吧，」她堅定地說：「妳一個人不可能帶著兩個孩子過節的，也不能待在家裡依賴剛認識的鄰居。妳過來格洛斯特郡找我們。我會請隔壁農場夫婦一起過來，他們也有同齡的孩子，這就是孩子們所需要的。而且他們不會破壞任何東西，我們也有各種Xbox遊戲。就不要管別人怎麼說了，只要迅速回覆email，說妳已經找到適合兒童的完美計畫了。然後告訴妳媽，等她們回到聖奧斯華德之家的時候，妳也度過了一個特別的聖誕節。一切都會很完美的。」

2012 年 12 月 31 日星期一

聖誕節一切都很好。媽對聖誕節後的計畫也非常滿意，她們在遊輪上度過一段愉快時光，不時打電話來，興奮地聊著糕點師「鮑爾」，還有某個跑進其他人船艙的男人。麗百佳認為整個「超額預定事件」太好笑了，說我們絕對應該去變裝皇后市集，或跟著洗錢組織去船上喝伏特加，不然的話，她也隨時可以陪我們喝酒、吃燒焦的食物。

平安夜和聖誕節在瑪格姐和傑瑞米家過得非常愉快。平安夜瑪格達陪著我一起忙：準備聖誕襪、包裝那堆最後還是被「聖誕老人」從亞馬遜訂來的塑膠玩具，然後把它們放到樹下。我真的覺得比利和美寶都很開心。比利其實已經不太記得和馬克一起過的聖誕節，而美寶則從來沒有經歷過有馬克的聖誕節。比利也只有兩次經驗，但當時他實在太小了……其他時間我們幾乎都在麗百佳家進進出出，端著燒焦的食物過馬路、一起抱怨電玩，然後她和孩子們也不時來我們家串門。明年應該一切都會變得更好吧！

PART 2 ／為愛痴狂
Mad About the Boy

2013 年日記

2013 年 1 月 1 日星期二

推特追蹤者 636 人,關於不立新年目標的決定 1 個,上述決定的實行次數 0,實際立下的新年目標 3 個。

9:15 p.m. 已經做出決定!我要徹底改變。今年不寫什麼新年決心了,而是專注在對自我的感激之情。過去的新年決心往往只是表達對現狀的不滿,而不是佛教的感激之情。

9:20 p.m. 其實,也許就來個「膠囊式新年目標」吧,就像即將實行的膠囊衣櫥一樣簡約精煉。

我要

— 專注於當個媽媽,而不是整天想著男人。
— 如果、萬一真的遇到有魅力的男人,就實踐約會守則,成為一個高明的約會者。
— 算了。去找個真正優秀、有趣,會讓我覺得自己美麗而不是糟糕的對象,好好享受性愛!

完美的母親

2013 年 1 月 5 日星期六

9:15 a.m. 對了！現在我讀了《1、2、3……更好、更輕鬆的育兒法》，照顧兩個孩子將變得毫不費力。書中建議提出兩次警告，然後設立後果。此外，我還讀了《法國孩子不亂丟食物》，這本書談的是法國孩子在一個像學校那樣的「結構化框架」內成長，他們清楚知道規則（如果違規，只要使用《1、2、3……更好、更輕鬆的育兒法》處理），而在框架之外，就別再對他們嘮叨太多。然後，妳就可以穿著優雅的法式服裝，享受性生活。

11:30 a.m. 整個上午都非常美好。我們三個人互相依偎在床上開始新的一天。然後一起吃早餐。玩捉迷藏。畫了「植物大戰殭屍」裡的植物和殭屍，還上了色。你看！這很簡單嘛！你要做的就是全心投入在孩子身上，讓生活有個核心，還有、還有……

11:31 a.m. 比利：「媽咪，妳要玩足球嗎？」

11:32 a.m. 美寶：「不要！媽咪，妳能抱起我轉圈圈嗎？」

11:40 a.m. 剛逃進廁所，兩人都同時喊「媽咪」。

「我在廁所！」我回應道：「等一下。」傳來的還是喊叫聲。

「好！」我高興地說，振作起來，從廁所裡出來：「我們出去玩吧，好嗎？」

「我不想出去。」

「我想玩電電電電腦腦腦腦腦。」

兩個孩子都哭了起來。

11:45 a.m. 又回到廁所，狠狠地咬住我的手，氣呼呼地說：「一切都完全無法忍受，我恨我自己，我是個垃圾媽媽！」小題大作地撕碎一張衛生紙丟進馬桶，也想不出什麼大事可以出氣。平復一下心情，再次走出去，笑容滿面。這時我清楚地看到美寶搖搖晃晃地走到比利身邊，用莎莉娃打他的頭，然後坐下來天真地和她的布偶玩，結果比利突然大聲哭了起來。

11:50 a.m. 天啊，真的好想跟某個人一起暫時休息一下，然後可以做個愛。

11:51 a.m. 回到廁所，用毛巾蓋著臉，垂頭喪氣地對毛巾嘟囔著：「喂，你們都閉嘴好嗎？！」

廁所門突然打開了。美寶嚴肅地盯著我。「比利讓我很生氣！」她說，然後跑回房間大喊：「媽媽在吃毛巾！」

比利又突然想起：「美寶剛剛用莎莉娃打我。」

「我沒有。」

「妳有！」

「美寶，我剛剛也看到妳用莎莉娃打比利，」我也說話了。

美寶皺著眉頭看著我，然後大聲說道：「他用……他用錘子打了

我。」

「我沒有！」比利大哭說：「我們家又沒有錘子。」

「我們有啊！」我生氣地說。

兩人又開始哭了起來。

「我們不要再打來打去的。」我絕望地說：「我們不要再打了。我要數到⋯⋯數到⋯⋯打人不太好啊。」

啊。真可笑，什麼「不太好」啊。這表示我太沒用或太消極，無法找到或使用不准打人該怎麼講（打人非常糟糕，打人非常討厭等），打人不是只有「不太好」而已。

美寶可不管打人好不好，她從桌上抓起一把叉子，就戳了比利一下，然後跑開，躲在窗簾後面。

「美寶，我要數一囉！」我說：「把叉子給我。」

「是的，主人，」她說著，扔下叉子，又跑到抽屜裡拿另一根。

「美寶！」我說：「接下來我要說⋯⋯要說⋯⋯二囉！」

這時我愣了一下，心想：「我數到三之後要怎麼辦？」

「快點過來！我們去野外走走吧。」我用一種愉快的方式說道，決定現在先不要直接面對打人的問題。

「不不不不不要！我想玩電玩「魔鬥學園101」（Wizard101）。」

「我不要去車上！我想看《海綿寶寶》。」

突然對自己孩子的價值觀荒腔走板非常憤怒，都是這些美國卡通、電腦遊戲和一般消費文化害的。我回想起自己的童年，真希望用女童軍的歌曲就能激勵和誘導他們。

「山坡上有白色的帳篷／旗幟自由飄揚！」我唱道。

「媽咪，」比利的嚴厲口氣跟馬克好像。

「山坡上有白色的帳篷／那是我渴望去的地方……」我高聲歡唱：「收拾好你們的裝備，女孩們！／感覺很健康，女孩們！／一起健康快樂的生活！」

「不要唱了，」美寶說。

「我們為又要去露營了／坐卡車不坐火車。」

「媽咪，別唱了！」比利說。

「露營啊，嘿！」我用激勵人心的誇張語調結束這一切：「露營啊，嘿！」

低頭看到他們緊張地盯著我，好像我是「植物大戰殭屍」裡的殭屍一樣。

「我可以用電腦嗎？」比利說。

我冷靜而慎重地打開冰箱，伸手到最上面的架子，拿出一大堆外婆送的巧克力。

「現在巧克力來囉！」我邊說邊拿著巧克力跳舞，模仿童話主題

秀的主持人。「沿著巧克力的軌跡看看它通向哪裡！有兩條軌跡喔，」我補充說道。為了避免兩人衝突，我在樓梯上和前門小心地鋪設一排完全相同的巧克力鏈，完全沒想到門口的除塵墊可能有人留下狗屎的痕跡。

兩個小傢伙乖乖跟著我跑上樓梯，毫無疑問地把沾滿狗屎的巧克力也塞進嘴裡。

在車上，我思考著該怎麼處理打人的問題。根據《法國孩子不亂丟食物》的說法，顯然不能用命令的方式（那應該把巧克力排在屋外的小路上嗎？）。然後根據《1、2、3……更好、更輕鬆的育兒法》，則是該採取焦土政策，絕對零容忍，數到三就出局，像唐納·倫斯斐[1] 強力出擊的政策。

「美寶？」我一邊開車一邊準備叫她。沉默。
「比利？」

也沒回應。

「地球呼叫美寶和比利？」

他們兩個似乎都處在某種恍惚狀態。為什麼他們在家裡不能像這樣？這樣我就能坐下來，好好**翻翻**上週《星期日泰晤士報》的時

---

[1] 唐納·倫斯斐（Donald Rumsfeld, 1932-2021），美國鷹派國防部長，小布希時代進攻阿富汗和伊拉克都跟他有關。

尚版,並假裝自己是在讀新聞評論。

最後決定順其自然,享受難得的寧靜時刻,好讓自己理清思緒。開著車,其實還挺愉快的,陽光明媚,街上人來人往,戀人相擁……

「媽咪?」

啊哈!我抓住這個時機,刻意用一種像歐巴馬的莊重語氣說道:「是的。現在。我有話要說:比利——尤其是美寶——我們家不允許打人。我現在告訴你們:如果一整天都不打人不刺人,就會得到一顆金星。我再告訴你們:任何時候如果有人出手打人,就會被記上一個黑點。最後,我以一位非暴力人士,以及你們母親的身分向你們宣佈:凡是在一週內累積五顆金星的人,都可以獲得一個自己選擇的小獎勵!」

「森林小兔?」美寶興奮地說:「或完八家族嗎?」

「是浣熊家族。」我說。

「她不是說浣熊。她說的是『王八』。那我可以在『魔鬥學園101』買皇冠嗎?」

「可以。」

「等等。浣熊家族多少錢?我可以用等值的金額換成『魔鬥學園101』的皇冠嗎?」馬克‧達西的頂尖談判能力完美複製在這個孩子身上。「那美寶說髒話要扣多少錢?」

「我沒有說髒話。」

「妳剛就說了。」

「我沒有。我是縮完八!」

「美寶會因為再次說髒話,而扣掉多少『魔鬥學園 101』的皇冠呢?」

「我們到了超級荒野啦!」我興奮地說,一邊把車開進停車場。

讓人驚訝的是,一旦來到戶外,享受藍天和明媚的冬日陽光,一切都會平靜下來。我們朝攀爬樹走去,我站在一旁,看著比利和美寶倒掛在寬闊又低矮的樹枝上,一動不動,就像狐猴一樣。有那麼一瞬間,我還真希望他們就是狐猴。

1 p.m. 突然想查看一下我的推特粉絲,拿出 iPhone 來看一下。

1:01 p.m.「媽咪咪咪咪!美寶在樹上下不來了!」

警覺地抬起頭。他們兩個剛剛明明還掛在樹枝上,怎麼 30 秒就爬上樹了呢?美寶現在已經爬得很高了,不像狐猴,更像無尾熊,緊緊地抱著樹幹,但好像快滑下來的樣子,令人驚慌。

「抱緊!我來救妳了。」

我脫下派克大衣,自己也笨拙地吊在樹上,慢慢移動到美寶底下,用一隻手堅定地撐著她的屁股。真希望今天不是穿低腰牛仔褲和高腰丁字褲。

「媽咪,我也下不來,」比利說,他蹲在我右邊的樹枝上,搖搖晃晃,就像一隻站不穩的小鳥。

「喔，」我說，「穩住。」

我全身的重量靠在樹上，一隻腳放在稍高的樹枝上，爬向比利那邊，在一手托住美寶屁股的同時，另一隻手撐著比利的屁股，然後感覺低腰牛仔褲一直往下掉。「要鎮定，穩住！牢牢抓住……」

結果我們誰也動不了。現在要怎麼辦？像三隻蜥蜴一樣永遠僵在樹上？

「這裡一切都好嗎？」

「是瓦克達先生。」美寶說。

我尷尬地回頭看。

確實是沃勒克先生，他穿著運動褲和灰色 T 恤在跑步，看起來像是要去執行突擊任務。

「一切都好嗎？」他又問了一次，突然在我們下方停下來。意外的是，他不像學校老師，但還是用他慣常惱人、評判的方式盯著我們看。

「是的，沒事，一切都很棒！」我高聲說：「只是，嗯，只是在爬樹！」

「是啊，我看也是。」

這下子可好，我想。現在他會告訴學校的每個人，說我是完全不負責任的媽媽，讓小孩去爬樹。牛仔褲現在已經滑到屁股溝以下，我的黑色蕾絲丁字褲完全暴露出來。

「那好,不錯。那麼,我先走啦。再見!」

「再見!」我高興地回頭喊,然後又重新考慮了一下:「呃……沃勒克先生?」

「嗯?」

「你能不能……?」

「比利,」沃勒克先生說:「離開你媽媽,抓住樹枝,坐在上面。」

我鬆開被比利困住的手,扶在美寶的背上。

「好,你要下來啦。現在。看著我。當我數到三,就照我說的做。」

「好!」比利高興地回答。

「1……2……3……跳!」

當比利從樹上跳下來時,我身體向後仰,幾乎尖叫起來。沃勒克先生在做什麼?

「然～～～後……翻滾!」

比利落地,像軍人一樣做了個奇怪的翻滾,然後站起來,笑容滿面。

「現在,達西太太,如果妳能原諒我……」沃勒克先生爬到了較低的樹枝上:「我要抓住……」抓住我?還是我的丁字褲?……
「美寶,」他說,伸出雙臂越過我,用大手摟住美寶豐滿的小身

軀。「然後妳自己從樹上跳下來吧。」

我試著忽略沃勒克先生靠近我帶來的氣味和令人惱火的顫抖，按他所說的跳下來，先把牛仔褲拉起來。沃勒克先生的手臂有力地抱起美寶，將她靠在自己的肩膀上，然後把她放在草地上。

「我是縮完八，」美寶嚴肅地看著他說。

「我也差點想這麼說，」沃勒克先生說：「不過我們現在都很好，不是嗎？」

「你願意和我一起踢足球嗎？」比利說。

「恐怕我得回家了，」他說：「呃……找我家人。現在你們不要再爬太高喔。」

他又開始跑開，雙臂上下擺動，手掌交互伸出。他以為他是誰？

我突然發現自己竟然在朝他大喊：「沃勒克先生？」

他轉過身來。我也不知道到底是想說什麼。心思瘋狂旋轉，最後脫口而出：「謝謝你。」然後無緣無故補了一句：「你願意在推特追蹤我嗎？」

「絕對不會，」他毫不猶豫地回道，接著又轉身跑開了。

哼。脾氣暴躁的混蛋。雖然剛剛我們困在樹上，他的確是把我們都救下來了。

推特的大海撈針

2013 年 1 月 5 日星期六（續）

推特追蹤者 652 人，我可能喜歡的推特追蹤者 1 人。

4 p.m. 沃勒克先生在樹下說「要回到妻子和孩子身邊」這件事，讓自己整個感覺不對勁。別人的小家庭都在家中度過週六下午，爸爸跟小男孩打乒乓球，媽媽帶著美麗可愛的小女孩出門購物、做美甲。哦，門鈴響了！

9 p.m. 是麗百佳！坐在她家廚房桌邊，孩子們跑來跑去，度過愉快的夜晚。還是感覺有點不正常，因為麗百佳有先生在啊，或至少算是有個「伴侶」，因為他們沒結婚。他身材高大、英俊，雖然看起來有點頹廢，而且總是穿著黑色衣服，還是一位音樂家。我跟麗百佳說起「別人都是完整小家庭」的偏執想法，她對此嗤之以鼻。

「完整小家庭？我常常一兩個月都看不到傑克。他總是在參加一些演出或巡迴表演，等到他回家的時候，又像家裡多了一個十幾歲的癮君子。」

然後我們回家，我一邊看《英國達人秀》（*Britain's Got Talent*）一邊做飯（就是微波爐爆米花啦），現在孩子們都睡了。比利和芬恩待在麗百佳那邊，美寶和奧蘭德在這裡。

2013 年 1 月 6 日星期日

推特追蹤者 649 人（想發推文問消失的追蹤者：「為什麼？為什麼？」）。

8 p.m. 跟麗百佳和孩子們又度過美好的一天。又是一個美好的夜晚，我、美寶和比利在床上看《英國達人秀》，同時在 iPhone 查看推特，以尖銳用語向追蹤者（649 人）發表評論節目的推文：例如〈@JoneseyBJ：哇～#雪蓬的歌聲非常動人，托特阿馬佐！（totes amazog，完全驚奇）〉

8:15 p.m. 喔。我的推文已經收到某個叫 @_Roxster 的人的回覆！

〈@_Roxster：@JoneseyBJ #雪蓬唱歌「托特阿馬佐」？我笑得眼淚都快飆出來了。〉

「媽咪，」比利說。
「嗯？」我含糊地說。
「妳怎麼笑得那麼高興？」

喝醉酒千萬別發推文

2013 年 1 月 10 日星期四

推特追蹤者 652 人，老粉絲歸隊 1 人，新粉絲 2 人，酒精單位（完

全不想去想。但是——聲音顫抖——難道我不能有點快樂和幸福嗎？）。

9:30 p.m. 克蘿伊與葛萊姆在卡姆登過夜後又在這裡留宿。一天結束後坐下來喝一兩杯白酒，了解時事和推特最新動態，真是太好了。

10 p.m. 哇哦。奇妙的故事：「牛肉千層麵100%是馬肉。」

10:25 p.m. 嘻嘻。剛剛發推文。

〈@JoneseyBJ：警告：炸魚柳其實有90%是海馬。〉

當然會被轉發並帶來更多的追蹤者，例如垃圾郵件機器人推文！

也許會再喝一杯酒。我的意思是，反正克蘿伊在這裡，所以沒關係。

我喜歡我的推特，推文語氣都如此充滿愛和友好。不像有些人都在互嗆攻擊。真的，就像回到羅賓漢時代，人人護著小小的封地，然後～喔……

10:30 p.m. 怎麼大家都在批評我和我的推文。

〈@Sunnysmile：@JoneseyBJ 妳覺得這是個新笑話嗎？除了妳自己之外，妳在推特上都不看別人的推文嗎？到底是在自戀什麼？〉

現在真的需要再來一杯酒。

10:45 p.m. 好，我會發推文回敬 @sunny 或那個叫什麼名字的，

然後再把她踢走。現在是不准自己編笑話說笑話了嗎？

11 p.m. 〈@JoneseyBJ：@_Sunnysmile 妳如果說話還是這麼尖酸刻薄，我會取消妳的追蹤。〉

11 p.m. 〈@JoneseyBJ：@_Sunnysmile 這裡的推文散播快樂和正能量。就像鳥一樣。〉

11:07 p.m. 〈@JoneseyBJ：「鳥不會勞動，也不發推文。」嗯。不對，牠們確實會啾啾推推。鳥本來就醉言醉語。〉

11:08 p.m. 〈@JoneseyBJ：你他媽〇〇××是怎樣。笨鳥到處撲撲推推啾啾叫。哦哦～看看我！我就是一隻鳥！〉

11:15 p.m. 〈@JoneseyBJ：我討厭鳥。看看電影《鳥》[2] 吧！鳥類還會吃人呢！〉

11:16 p.m. 〈@JoneseyBJ：用 60 年代的髮型啄瞎人們的眼睛。那窮凶極惡的鳥。〉

11:30 p.m. 〈@JoneseyBJ：85 位追蹤者消失了。為什麼？我為什麼不能想幹嘛就幹嘛？〉

〈@JoneseyBJ：不不不～～～！追蹤者像通過篩子般被篩掉了。〉

〈@JoneseyBJ：不～～～！我討厭鳥兒，我討厭推推啾啾，討厭流失追蹤者。要去睡睡睡覺了！〉

---

[2] 《鳥》（*The Birds*）是希區考克於 1963 年上映的心理驚悚片，講述一群鳥類在加州小鎮發生異常行為，並對居民造成威脅。

酒醉推文的後果

2013 年 1 月 11 日星期五

推特追蹤者流失 551 人,追蹤者剩下 101 人,劇本撰寫字數 0。

6:35 a.m. 檢查一下我的推特——哇～～!只記得昨晚醉後語無倫次,無緣無故對幾百個陌生人說了一堆鳥。天哪,宿醉嚴重,還要送孩子去學校。啊,沒關係,今天克蘿伊會送去。我要回去補眠了。

10 a.m. 看來,這件事還是可以挽救的,就像任何公關災難一樣。不過也有例外,例如最近蘭斯・阿姆斯壯[3]的公關災難。

10:15 a.m. 好的。《他頭髮上的葉子》必須繼續。

11:15 a.m. 其實,我也許可以從事公關事業!啊,媽的,已經 11 點 15 分了,要趕快繼續寫劇本。不過,首先,顯然要趕快在推特上向剩下的少數追隨者做出全面而坦率的道歉。

〈@JoneseyBJ:非常抱歉 #twunk 昨晚胡言亂語了一堆鳥。〉

11:16 a.m. 〈@JoneseyBJ:鳥兒用牠們的羽毛和歌聲為我們的耳朵和眼睛帶來歡樂!而且鳥會吃蟲。別再拖鳥下水了!〉

---

[3] 蘭斯・阿姆斯壯(Lance Armstrong,1971-),美國前職業公路自行車賽車手,因長期服用禁藥多次獲得國內外自行車大賽冠軍,事發後獎牌均遭追回且終生禁賽。

11:45 a.m. 或許會引用達賴喇嘛的話作為衡量標準：

〈@JoneseyBJ：就像蛇會蛻皮一樣，我們可以擺脫過去並重新開始。（@DalaiLama）〉

9:15 p.m. 好。孩子們都睡了。我要回推特。

9:16 p.m. 我的天啊～～來自 @_Roxster 的推文！是的！至少羅克斯特並沒有討厭我而離開。〈@_Roxster：@JoneseyBJ @DalaiLama 宿醉清醒了吧？你知道大家都用 #Twunk（酒醉推文）標記你的推文？〉

9:17 p.m. 天哪，大家都在嘲笑我，轉貼我的醉鳥推文。必須嘗試進行危機控管。

〈@JoneseyBJ：#twunkbirds 哎呀，真抱歉，我真的希望我沒有──推文（tweet）的過去式是什麼？推踢（Tweeted）？推特爾德（Twittered）？〉

〈@_Roxster：@JoneseyBJ 我認為合適的用語是拖特（Twat）。〉

〈@JoneseyBJ：@_Roxster 你這樣是符合文法還是隨口亂講？〉

〈@_Roxster：@JoneseyBJ 當然是符合文法*裝模作樣的聲音*：來自拉丁語，Twitto、Twittarse、Twittat[4]。〉

他好好笑。而且照片很帥。然後看起來很年輕。這到底是誰呢？

〈@JoneseyBJ：@_Roxster 羅克斯特，如果你繼續這樣下去，剩下的 103 位推特追蹤者都需要嗯心嘔吐袋了。〉

〈@_Roxster：@JoneseyBJ 為什麼？難道他們都宿醉了，因為昨晚

他們也醉出一堆鳥嗎？〉

嗯嗯嗯嗯嗯嗯嗯～～～放肆又好笑的嘴砲年輕人。

〈@JoneseyBJ：@_Roxster 別再這麼沒禮貌，不然我只好出手整（tweak）[5] 你一下囉。〉

〈@_Roxster：@JoneseyBJ 是要整人（tweak）還是推文（tweet）？最好不要再發推文了。妳剛剛又少了 48 個追蹤者。〉

〈@JoneseyBJ：@_Roxster 喔，不！他們認為我是個非常神經質的推文者，而且很胖（fat）。〉

〈@_Roxster：@JoneseyBJ 妳剛才是說放屁（fart）嗎？〉

〈@JoneseyBJ：@_Roxster 不，羅克斯特，我說的是胖。你好像很沉迷於放屁和嘔吐，這真是不健康啊。〉

羅克斯特剛剛從他的一位粉絲那裡轉發給我──〈@Raef_P @Rory 五分鐘見，好嗎？法塔奇（Fartage）外頭？〉新增：

〈@_Roxster：@JoneseyBJ 那些高檔混蛋正在法國滑雪。〉

〈@JoneseyBJ：@_Roxster 不過法塔奇是什麼？〉

〈@_Roxster：@JoneseyBJ 滑雪板打蠟。〉

10 p.m. 打蠟？法國？ 突然間，我心頭一緊，恐懼襲來──難道羅克斯特根本不是個覺得我有趣的可愛小鮮肉，而是同性戀？他

---

[4] 拉丁文中並沒有這三個單字，羅克斯特是在玩諧音梗，表示「嘰嘰喳喳」的聲音。
[5] 雙方繼續繞著推特原文發音在打情罵俏。

接近我和塔莉莎,根本不是因為喜歡我們,而是把我們當成悲劇性、諷刺感十足的落魄變裝皇后,就像莉莉・薩維奇[6]那樣?

10:05 p.m. 剛剛打電話給塔莉莎徵求她的意見。

「羅克斯特?好像警報響起。他是我的追蹤者嗎?」

「是我的追蹤者!」我憤怒地說,然後承認:「雖然他可能也是從你那邊跳過來的。」

「他很可愛。羅克斯特,叫羅斯比(Roxby)什麼的。我的節目中有個人是食品回收器材設計師,羅斯比也跟著一起來。他也是為一些綠色生態慈善機構工作。好年輕的小男生。很帥。大膽試試看吧!」

10:15 p.m. 〈@JoneseyBJ:@_Roxster 你要去法國打蠟嗎,羅克斯特?〉[7]

〈@_Roxster:@JoneseyBJ * 低沉的男低音 * 瓊斯,我離同性戀還很遠。我說的是滑雪板打蠟。〉

〈@JoneseyBJ:@_Roxster「喔喔,看看我,我是個年輕人。我穿著寬鬆的褲子去滑雪,還會露出內褲。」〉

〈@JoneseyBJ:@_Roxster「而不是戴著毛邊兜帽優雅地滑雪。」〉

〈@_Roxster:@JoneseyBJ 你喜歡年輕男人嗎,瓊斯?〉

---

[6] 莉莉・薩維奇(Lily Savage),英國同志圈知名變裝皇后,由保羅・奧格雷迪(Paul O'Grady, 1955-2023)扮演,以辛辣幽默、戲劇化的妝容和誇張造型著稱。
[7] 打蠟除毛是女性及部分男同志熱衷的護膚保養,因此這個問句另有含意。

〈@JoneseyBJ @_Roxster＊冷冰冰，冷到冰河的程度＊抱歉～你到底想暗示什麼？〉

〈@_Roxster：@JoneseyBJ＊躲在沙發後＊妳幾歲了，瓊斯？〉

〈@JoneseyBJ：@_Roxster 王爾德說：永遠不要相信一個會告訴你她年齡的女人。如果她連年紀都會告訴你，那她什麼都會說。〉

〈@JoneseyBJ：@_Roxster 你幾歲，羅克斯特？〉

〈@_Roxster：@JoneseyBJ 29 歲。〉

編劇寫手

2013 年 1 月 14 日星期一

推特追蹤者 793 人（因為是 #Twunken 酒醉推文的女主角），推文 17 篇，同意參加的災難性社交場合 1（或者算是三合一），劇本文字 0。

10 a.m. 該開工了！

10:05 a.m. 也許先來看個新聞。

10:15 a.m. 哦哦。真的很喜歡蜜雪兒・歐巴馬的新髮型，尤其是「瀏海」。或許我也應該留個瀏海？當然，我們對歐巴馬第二任期也是很高興。

10:20 a.m. 真的開始覺得，好像是好人在掌權了：歐巴馬，還

有那位新任坎特伯雷大主教,他過去就曾肩負重任,公開反對銀行的貪婪。還有威廉和凱特。對了,要工作。喔喔,電話來了!

11 a.m. 是塔莉莎:「親愛的!妳的劇本寫完了嗎?」

「是的!」我說:「嗯,差不多了。」事實是皮衣男事件,又開始研究約會還有推特事件發生後,《他頭髮上的葉子》大概已經掰不下去了。喔,不過葉子說不定可以結出種籽?也許是梧桐?「布莉琪?妳還在嗎?大致上有個雛形嗎?」

「是的!」我撒了謊。

「那傳給我吧。賽吉正在做一些電影業的『交易』,我想我可以利用它幫妳找個經紀人。」

「謝謝,」我非常感動地說。

「今天就會寄出嗎?」

「嗯,可以!不過再給我幾天時間吧?」

「好吧,」她說:「但要繼續進行,好嗎?該不會只在發推文給青春小男孩吧?記住,不要痴迷在推特上。」

11:15 a.m. 好!今天要完成劇本,絕對不要發推文。剛剛已經要處理結尾了。哦,還有中間的一點。開頭也要整理一下。也許會快速查看推特,看看 @_Roxster 是否有發推文。哇~電話。

「哦,嗨,親愛的,」是我媽:「我只是打電話告訴妳週六會有的郵輪之旅幻燈片活動和安全帽儀式。我們聖誕節後大家又一起

在聊天室度過聖誕節,真是太棒了,我想⋯⋯」

試著抵抗誘惑,雖然還在對話中,想馬上發個搞笑推文說媽和郵輪活動的對話。當然,我媽永遠不會上推特。

「布莉琪?」

「是的,媽,」我說,試著跳出發推文的想法。

「哦!那妳要來嗎?」

「呃,」我說:「妳能再說一遍嗎?」

她嘆了口氣:「就是新門樓小屋竣工,我們要舉辦一個安全帽典禮!聖奧斯華德的新建築完成後都會這樣做。我們一起戴著安全帽,然後把它們扔到空中!」

「什麼時候舉行?」

「某個禮拜的星期六。妳一定要來,親愛的,因為梅維斯叫朱莉、麥可和所有的孫子都會來。」

「所以我要帶孩子們過去嗎?」

稍微一陣停頓:「對啊,當然,親愛的,我就是想叫孩子們都來,不過⋯⋯」

「不過什麼?」

「沒什麼、沒什麼,親愛的。妳能確定讓美寶穿我送她的衣服嗎?」

這次換我嘆了口氣。不管是H&M多酷多棒的童裝短褲、緊身褲

和機車靴套裝,或者媽送的美篷篷小禮服,美寶對於想穿什麼都有自己的想法:通常就是一些亮閃閃的T恤、緊身褲和及膝層裙,像是哈米什(Hamish)加上迪士尼的結合。對這個我感覺完全是不同時代的人,一點都不了解年輕人想要的樣子。

「布莉琪!」媽理解地說,可能也有點生氣:「妳一定要來,親愛的,不管他們表現得多麼糟糕。」

「他們沒有不乖啊!」

「嗯,別人的孫子年紀都比大,妳是因為比較晚生嘛,當然,妳一個人要帶兩個是比較困難——」

「我還不確定週六的典禮我一定可以去。」

「別人都會叫孫子來,我想看看孫子就那麼困難。」

「好啦。現在,媽,我還有事要忙。」

「我有告訴妳我們碰到的麻煩嗎?……」每次我說要掛電話,她就開始喋喋不休:「有個男人跑進所有人的寢室。叫肯尼斯‧加賽德吧?他幾乎跟所有女人上床。」

「媽,妳也喜歡肯尼斯‧加賽德嗎?」我天真地問。

「噢,別傻了,親愛的。妳到了我這個年紀就不會想要男人了。他們只是想得到照顧。」

這件事說起來還真有趣,男人和女人在不同年齡階段對彼此的需求也不一樣:

二十幾歲：女性佔上風，因為幾乎每個人都想跟她上床，所以她們擁有很大的權力。二十多歲的男人非常飢渴爆衝，但在事業上反而衝勁還不足。

三十幾歲：男人絕對佔上風。三十多歲對女人來說，肯定是最糟糕的約會年齡——一切的不公平就是生物時鐘滴答不停地作響。希望能隨著茱德那類的完美冷凍卵子技術，讓這座時鐘變成靜音的數位時鐘，永遠不必再設鬧鐘拉警報。與此同時，男人就像聞到血腥味的鯊魚一樣，能夠察覺到這點，但他們卻正處於事業發展黃金期，不斷精進，讓天平越來越向他們傾斜，直到……

四十幾歲：這個年紀就不太確定了，因為那時我大部分時間都跟馬克在一起。可能是互相平等吧？如果不考慮生育問題的話。或者男性也許自覺領先，因為他們認為自己想要的是比較年輕的女性，而同齡女性則想跟四十多歲的男性在一起。但其實女性私下也一樣想要比較年輕的男性啊。但有些年輕男性則喜歡年紀較大的女性，因為這些女性不會期待他們成為經濟支柱，也不再考慮是否要有小孩。

五十幾歲：這是吉曼・基爾「隱形女人」的時代，以停經後失去生育力的女性作為情境喜劇的素材。但現在隨著塔莉莎，再聯合金・凱特蘿（Kim Cattrall）、茱莉・安摩爾（Julianne Moore）和黛咪・摩兒（Demi Moore）等成熟女性，一切都開始改變了！

六十幾歲：整體平衡完全改變，男人開始意識到職業生涯已經走到盡頭，而他們也從未像女人那樣真正交過朋友，只是一些聊聊高爾夫球之類的泛泛之交。女性通常也把自己照顧得更好，

看看海倫‧米蘭（Helen Mirren）和喬安娜‧羅姆莉（Joanna Lumley）！

七十幾歲：絕對是女性佔上風，她們仍然表現得很好，可以維持一個美好的家，自己做飯，而且——

「布莉琪，妳還在嗎？」

最後是我們同意帶孩子們去參加新門樓小屋的安全帽典禮，還有遊輪幻燈片活動，然後是家庭茶會大家一起聊天。然後劇本還沒開始寫。

2013 年 1 月 15 日星期二

11:55 p.m. 昨晚和今天一整天都在寫寫寫，剛剛把《他頭髮上的葉子》email 給塔莉莎了。

2013 年 1 月 16 日星期三

60.8 公斤（不妙！一直坐著不動），但經紀人找到 1 個！

11 a.m. 剛接到經紀人的電話！不幸的是，嘴裡塞滿碎起司，但不要緊，因為好像沒有我說話的必要。

「這裡是布萊恩‧卡森伯格來電，」助理說。

「所以，」布萊恩‧卡森伯格直接插話進來：「我們都認識賽吉

吧,我知道賽吉想推這個劇本。」

「你讀過了嗎?」我興奮地問說:「喜歡嗎?」

「我認為很有趣,我會馬上分發給合適的人。所以妳也可以立即讓賽吉知道這個進展,很高興認識妳。」

「謝謝你,」我結結巴巴地說道。

「那妳會通知賽吉我打電話過來了嗎?」

「會的!」我說:「我會跟他說。」

11:05 a.m. 剛剛打電話給塔莉莎表示感謝。

「妳能轉告賽吉嗎?」我說:「他聽起來很急,希望我立即告訴賽吉。」

「哦,天啊。會的,我會告訴賽吉。天曉得那邊又怎麼了。不過,親愛的,我為妳完成劇本感到非常高興又驕傲。」

快下雪吧!

2013 年 1 月 17 日星期四

關於下雪的簡訊 12 則,關於下雪的推文 13 則,雪花 0。

8 p.m. 學校傳來簡訊。

〈各位親愛的家長:氣象預測明天有大雪。請隨時注意簡訊通知,

早上八點前先不要出門。如因大雪停課，我們會以簡訊通知各位家長。〉

8:15 p.m. 有一點點興奮。到時可以去外面玩雪橇！大家都不想去睡覺，我們不斷打開窗簾看看路燈下有沒有雪花。

8:30 p.m. 還是沒下雪。

8:45 p.m. 還是沒下雪。不過，現在真的是孩子們該睡覺的時候了。

9 p.m. 終於讓他們睡著了，像鸚鵡一樣一直說：「睡吧，睡吧，不睡覺就不能享受美麗的雪！」明顯是在說謊，我現在還能跟誰一起去雪地？

9:45 p.m. 還是沒下雪。也許會查看推特。

9:46 p.m. @_Roxster 正在推文談到下雪！

〈@_Roxster：有人對下雪感到興奮嗎？〉

9:50 p.m. 〈@JoneseyBJ：@_Roxster 我啊！可是雪花在哪裡？喔，喔，看著我！我就是雪花，但我還不存在！〉

10 p.m. 來自 @_Roxster 的推文！

〈@_Roxster：@JoneseyBJ 瓊斯，妳該不會又喝醉了吧？還是妳跟我一樣也喜歡下雪呢？〉

10:15 p.m. 繼續跟 @_Roxster 調情。

〈@JoneseyBJ：@_Roxster 你已經準備好給滑雪板打蠟了嗎？〉

〈@_Roxster：@JoneseyBJ 當然。〉

塔莉莎加入對話。〈@Talithaluckybitch：@JoneseyBJ@_Roxster 你們兩個非常好笑。現在就去睡覺吧。〉

10:30 p.m. 嗯嗯嗯，喜歡推特。自己感到興奮的小事情也有人覺得興奮，真喜歡這種感覺。

11 p.m. 還是沒下雪。

2013 年 1 月 18 日星期五

檢查下雪 12 次，雪花 0，來自 @Roxster 的推文 7 則，假裝發給所有追蹤者但實際上是發給 @Roxster 的推文 6 則（比他少一點，非常好）

7 a.m. 起床，大家興奮地衝到窗前。沒下雪。

7:15 a.m. 儘管沒下雪還是希望今天是個大雪天停課，大家都可以穿睡衣窩在家裡。只好勉強自己，強逼著大家起來換衣服準備上學，如果學校沒發簡訊通知停課的話。

7:45 a.m. 沒有簡訊。不過，也許有來自 @_Roxster 的推文？

7:59 a.m. 還是沒簡訊。也沒有來自 @_Roxster 的推文。為了安撫自己和大家的失望，一口塞進三根培根香腸，事後才想到：「有

人要吃一個嗎？」

8 a.m. 學校沒有簡訊。我們最好上路吧。

9 a.m. 送完美寶後來到少年班，發現現場氣氛感染力十足，沃勒克先生正在指揮一群男孩蹲伏在假想的雪牆後方，互相投擲想像中的雪球。強忍著發推文給 @_Roxster 的衝動，深怕他發現我有小孩，因此而卻步。

「今天會下雪，達西太太！」沃勒克先生突然出現在我們身邊說道。「還要爬樹嗎？」

「我知道！我等了一整夜啊。」我說，對爬樹平靜地絕口不提：「結果雪在哪裡？」

「從西邊一路下過來！薩默斯特已經下了。妳喜歡下雪嗎？」

「要下就準時一點嘛！」我不高興地說。

「也許它在 M4 公路上耽擱了。」他說：「13 號交叉路口因為大雪已經關閉了。」

「喔！」我說道，心情煥然一新。

「等一下，」比利疑惑地說：「雪怎麼會被雪擋住呢？」

沃勒克先生的眼裡閃過一絲打趣的神色，比利臉上也露出笑容。這真的超煩的，彷彿他們在拿我開玩笑，還心照不宣地共享這個笑話。

「祝你們有美好的一天！」我隨口一扯──我們又不是在加

州──然後滑冰回去再繼續玩推特,我是說寫作啦。而且我今天為什麼要穿高跟靴子?

9:30 a.m. 回到家。好!《他頭髮上的葉子》。

9:35 a.m. 快速發推文給 @_Roxster,我是說,我的追蹤者,沃勒克先生的笑話。

9:45 a.m. 〈@JoneseyBJ:顯然,M4 公路上的大雪被擋住了,但很快就會到來。〉

10 a.m. 有五個人轉發我的推文!又來了 12 名追蹤者。

10:15 a.m. 電視上一直播放「警告!大雪來了!」的訊息。

10:30 a.m. 開始下雪了!

11 a.m. 積雪越來越厚。忍不住走到窗前向外看。

11:45 a.m. 繼續盯著雪的奇蹟。就像有人在每棵樹畫上漂亮的白色陰影。外面桌上的積雪已經有 1.5 英寸厚了,就像蛋糕上的糖霜。也像是鮮奶油……也許不只 1.5 吋。想出去用尺量一下,又覺得很可笑。還有很多事要做!

中午。天哪,是來自 @_Roxster 的推文。

〈@_Roxster:@JoneseyBJ 我們可以下班、打蠟,然後去滑雪橇嗎?〉

喜滋滋看著推文。@_Roxster 真的是在約我出去嗎?他是這個意思嗎?但我現在看起來完全亂糟糟,頭髮都豎起來了……不過我

可以去洗頭！然後備好雪橇板，你的人生只有一次，而且下雪了！回應推文：〈@JoneseyBJ：@_Roxster 好啊！你可以嗎？〉

就在我發推文的時候，有一則簡訊：

〈幼兒班和少年班。因為大雪，請趕快來接孩子，讓他們安全回家。學校將於 1 點 30 分放學。〉

12:15 p.m. 我現在要做什麼？不認為 29 歲男神會突然跟帶著兩個小孩的亂髮老媽一起滑雪橇。就像法式育兒教養書說的，成熟女性能做的就是穿著黑色絲襪，像凱瑟琳・丹妮芙（Catherine Deneuve）和夏綠蒂・蘭普琳（Charlotte Rampling）那樣優雅。必須去接孩子了，但我怎麼能放 @_Roxster 鴿子呢，約會法則說要像跳舞一樣，你只要讓對方帶著轉就好，但是……

又來一則簡訊：

〈幼兒班和少年班的小朋友現在集中在學校禮堂。請各位家長趕快來接孩子。〉真的是緊急情況了！

12:30 p.m. 衝下樓從櫃子拿出雪橇，迅速擦掉蜘蛛網和灰塵。

12:50 p.m. 開門一看，路面已完全被雪覆蓋。真的是一場大風雪，顯然情況非常嚴重而且危險！非常興奮。但 @_Roxster 怎麼辦？還是要把孩子放在第一位。

1 p.m. 好的，現在已經準備好全套滑雪裝備，不確定是否需要頭盔，但絕對需要護目鏡。把雪靴、滑雪衣、外套、手套、急救包、鏟子、火把、水、巧克力和雪橇扔進後車廂。

5 p.m. 經過驚心動魄的滑行，終於到達學校。雖然遲到了，還是摘下護目鏡，換戴眼鏡來查看 @_Roxster 的推文。

〈@_Roxster：@JoneseyBJ 對不起，瓊斯，不是真的可以不在乎。還是有工作要做，抽不出時間來玩雪。顯然，不像妳。〉

我碎了。站起來去參加雪地約會。

因為身上穿了一堆衣服，牛仔褲加外套又穿著滑雪褲，我搖搖晃晃地爬上山去學校，就像蘭斯·阿姆斯壯登陸月球一樣，我是說尼爾·阿姆斯壯（Neil Armstrong）。心想，好吧！現在不必回應 @_Roxster 了，因為換他放我鴿子了。所以我不做反應，完全符合約會法則，而且──

衝進學校禮堂，幼兒班和少年班都在那裡。看到完美的「妮可蕾」穿著白色雪靴、白色長大衣披著白色皮毛，像冰雪女王一樣，頭髮吹得非常完美，拎著黑色漆皮大包包，包上亮閃閃，正與沃勒克先生調情大笑。哼哼，花心男。已經結婚了還跟「妮可蕾」調笑。我走進禮堂，沃勒克先生轉過身來，明顯還是樂滋滋地笑著。

要是他知道我可能跟一個小男友去約會滑雪橇，他應該不會笑吧，會嗎？我是凱瑟琳·丹妮芙和夏綠蒂·蘭普琳。

「媽咪咪咪！」比利和美寶跑過來，兩雙眼睛亮晶晶地：「我們可以去滑雪橇嗎？」

「是的！我車上有雪橇！」傲慢地看了沃勒克先生一眼，我又把護目鏡戴上，穿著一身笨重往外走出禮堂。

10 p.m. 真是很棒的一天。雪橇太好玩了。麗百佳和對面的鄰居也都來到櫻草山，這裡奇幻得像是聖誕卡片一樣。大雪又厚又蓬鬆，一開始幾乎沒有人在那裡，我們在小路上大滑特滑，雪橇可以跑很快。而 @_Roxster 在這中間也發了推文。

〈@_Roxster：@JoneseyBJ 稍後妳想玩雪橇嗎？如果妳可以的話，今晚 OK。〉

〈@_Roxster：@JoneseyBJ 不過擔心妳的狀況會有點危險。還是改天比較好？〉

手指都凍僵了很難回覆，還要戴上眼鏡查看推文，同時要護著雪橇阻止撞車等等，所以就耽擱了一下。細細品味著自己是最後一個收到訊息的人，還有 @_Roxster 想約我出去！

後來山上的人越來越多，雪也開始結冰變硬，所以我們回家一起吃熱巧克力和晚餐，真的很開心。趁著麗百佳在照看孩子們，我偷偷打開推特 5 分鐘，又瞥一眼鏡子，覺得今晚不適合跟小男友約會。

在所有關於下雪和 M4 公路那些亂七八糟的推文中，有一條來自 @_Roxster。

〈@_Roxster：@JoneseyBJ 瓊斯？妳是不是已經被雪埋了？〉

〈@JoneseyBJ：@_Roxster 差不多！滑雪道外史詩級的粉雪，太棒了。約改天晚上沒問題。〉

〈@_Roxster：@JoneseyBJ 有特定要哪天晚上嗎？〉

你看,直接、真實的溝通!就是這樣。發推文回覆。

〈@JoneseyBJ:@_Roxster 讓我查一下完整的行程表……〉

〈@_Roxster:@JoneseyBJ 妳是說查一下那一大堆約會指南嗎?〉

我的天啊,羅克斯特也讀過我在皮衣男時期的推文嗎?

〈@JoneseyBJ:@_Roxster * 無視沒禮貌的年輕人 * 你有想到哪一天嗎?〉

〈@_Roxster:@JoneseyBJ 星期二?〉

滿臉笑容地回到廚房。一切都太美妙了!要跟愉快、有趣又健壯的 29 歲青春小男孩約會。屋子裡都是臉色紅潤的孩子、香甜的食物、雪橇和大雞雞(willies)——這詞到底是從哪裡冒出來的?我是說,長筒雨靴(wellies)。

約會時不要發推轉播

2013 年 1 月 20 日星期日

推特追蹤者 873 人,來自 @_Roxster 的推文 7 則。

11 a.m. 推文都會引起反應。自從酒醉發鳥推 #twunkbirds 成為話題後,越來越多追蹤者到來。不禁注意到羅克斯特自從日期達成一致後就變得相當沉默。但也許,作為一個男人,他覺得自己已經完成了某個關卡,就像在玩 Xbox 一樣,先沒必要再繼續下去。

11:02 a.m. 其實最好發一則推文讓大家知道發生什麼事。

〈@JoneseyBJ：*自鳴得意、煩人、充滿春天的喜悅*，我和推特上的神祕陌生人有個約會*大家早安安安安〉

11:05 a.m. 天哪，結果失去兩名追蹤者。為什麼？為什麼？我剛剛的語氣裡有什麼問題嗎？最好再發一則推文。

〈@JoneseyBJ：不好意思，顯然早上的沾沾自喜讓某些追蹤者受不了。顯然約會會出問題，而且會被放鴿子。〉

11:15 a.m. 好，又少了3個追蹤者。一定要記住早上不要發太多推文。或者也許根本不要發推，因為不發推文時追蹤者好像比發推的時候還多。

羅克斯特發推文！你看，這是我加強自我控制的獎勵。

〈@_Roxster：@JoneseyBJ*受到侮辱，感到震驚*放鴿子，瓊斯？？〉

〈@JoneseyBJ：@_Roxster 羅克斯特！你回來了！〉

〈@JoneseyBJ：@_Roxster 我之前推文說得太誇張，只是想收斂一點，安撫追蹤者的感受。所以你還在吧？〉

〈@_Roxster：@JoneseyBJ 瓊斯，我可能是個年輕人，但我並不幼稚、不懂人情世故，更不是個騙子。〉

然後又來一則：〈@_Roxster：@JoneseyBJ 那麼好吧，我們7點半在萊斯特廣場地鐵站外碰面如何？然後去拿都斯（Nando's）或是炸魚和薯條？〉

9:45 p.m. 立刻陷入崩潰。萊斯特廣場地鐵站？萊斯特廣場地鐵站？但天氣好冷。然後想起重要的約會法則。

只要遵循他的建議就好

〈@JoneseyBJ：@_Roxster * 滿足的咕嚕聲 * 哎呀，真是令人太高興了！〉

〈@_Roxster：@JoneseyBJ * 低沉吼叫 * 再見，寶貝。〉

你看？你看？這比自己操縱行動容易多了。

9:50 p.m. 突然又覺得驚慌失措，單親媽媽要去萊斯特廣場地鐵站跟推特認識的陌生人見面。

9:51 p.m. 剛剛打電話給湯姆，他要過來。

10:50 p.m. 不幸的是，我的事還得排在後面。因為湯姆自己對一個名叫阿基斯的匈牙利建築師也正在崩潰。他堅持用 iPhone 上一個叫 Scruff 的 app 顯示所有阿基斯的簡訊和圖片。「Scruff 比同志軟體 Grindr 好多了。以前是鬍子男，現在有更多是時尚鬍子男，穿著窄窄的衣服、戴著大大的眼鏡，但不是喬治・麥可（George Michael）那一型的。」

「那問題出在哪裡？」我乾脆擺出專業態度來問，好像我自己才是心理治療師而湯姆不是。

「我覺得阿基斯可能只是打打嘴砲，沒什麼實際行動。他總是在深夜發一些調情又露骨的訊息，但除此之外什麼都沒做。」

「我懂了。那你有提議見面嗎？」

「我有說想多了解他一點，但我是在凌晨 1 點傳的訊息。本來想獲得一些驗證，結果反而得到完全相反的效果，阿基斯兩天都沒有回覆，後續回了也絕口不提此事，反而開始討論我在 Scruff 上貼的照片。現在心口下方一直有種糟糕的痛感，我覺得他認為──」

「我知道，我知道。」我急切地說。「皮衣男的情況正是如此。一旦愛上了似乎就變成一股強大的力量，就像有個巨人站在你面前審判你，巨人掌握所有約會規則和力量，把你藐視為絕望的跟蹤者。」

「我知道，」他悲傷地說：「但他確實說過他想看《00:30 凌晨密令》（*Zero Dark Thirty*）。」

「所以呢？你就去啊！小傻瓜！」我高調地說：「現在又不是比誰先眨眼睛誰就輸。」

等到湯姆覺得自己的內心安頓好之後，我也開始說出自己的擔憂，對此他乾脆地說：

「妳當然要去看看這個 @_Roxster，不過要在公共場所碰面。塔莉莎說他很好。我們也都會隨時接電話的。而且，在網路上認識再見面，這是完全正常又健康的事。」

喜歡湯姆和我交換立場的討論方式，就像在蹺蹺板上，輪流扮演約會規則的「專家」，儘管我們倆顯然根本不知道自己在說什麼。

有時候,整個世界看起來就像是一片人海,其中有數百萬個蹺蹺板同時起起落落,像那些來回擺動的抽油機。而每個人,在不同的時刻,都會坐在蹺蹺板的某一端。

11 p.m. 老天今天對我還真好。羅克斯特剛剛又發了推文。

〈@_Roxster:@JoneseyBJ 最近外面很冷,瓊斯。我們可以改在迪恩街聯幢別墅的酒吧見面嗎?〉

哇嗚,他一直放在心上想著這個問題。他是這麼令人高興又善良。我回覆:

〈@JoneseyBJ:@_Roxster 完美。那裡見。〉
〈@_Roxster:@JoneseyBJ 等不及了,寶貝。〉

2013 年 1 月 22 日星期二

60.3 公斤(還是沒變!),試穿並扔在地上的衣服 12 件,應該要準備出門了卻發出的推文 7 則(非常愚蠢);雖然推特追蹤者有 698 人(必須權衡即時發推的好處,與遲到的壞處)。

6:30 p.m. 好。快準備好了。塔莉莎、茱德和湯姆都已做好準備,知道我要去哪裡,隨時都可以營救我,以免出現任何問題。決心這次不再犯同樣的錯誤而遲到。唯一的問題是,當我準備好的時候,我無法控制就想發推文。好像我有責任讓所有追蹤者知道我在幹嘛。

〈@JoneseyBJ：哪個比較重要？把自己打扮好還是準時？我的意思是，如果這是二選一的情況？〉

哇嗚──獲得好多回覆和 @ 帳號標示：

〈@JamesAP27：@JoneseyBJ 當然是準時。妳怎麼可以這麼虛榮呢？這樣反而沒吸引力。〉

嗯哼。好吧。我們待會兒就看看他的反應。

〈@JoneseyBJ：@JamesAP27 不是我愛慕虛榮，這也是對他人的關心，不要嚇到別人。〉

6:45 p.m. 媽的！我把防水睫毛膏塗到嘴唇上了，因為它的包裝跟蘿拉蜜斯（Laura Mercier）的唇蜜一模一樣，結果現在擦不掉！天啊，我要遲到了，還頂著一張黑嘴！

7:15 p.m. 好吧。現在坐計程車過去，還在擦嘴唇。有時間再發幾則推文。

〈@JoneseyBJ：保持冷靜！正在計程車上。接收與反應靈敏的女性特質……〉

〈@JoneseyBJ：……歡樂與光明女神！*對計程車司機大喊*不是！不是去他X的攝政街！〉

〈@JoneseyBJ：*摀住鼻子，用警察廣播聲音說話*走進迪恩街聯幢別墅。進入聯幢別墅。〉

〈@JoneseyBJ：祝我好運。通話完畢！〉

〈@JoneseyBJ：*竊竊私語*他真是太棒了。〉

〈@JoneseyBJ：雖然是個年輕人，只要還不像孫子那麼年輕，就還有很多話可以說。〉

〈@JoneseyBJ：他在微笑！他像個紳士一樣站起來。〉

羅克斯特確實很帥，甚至比他的照片還帥，但最重要的是，他看起來很快樂，好像隨時都會笑出聲來。「哈囉～～」我本能地伸手拿手機，正想發推文〈他的聲音好可愛〉，他就把手放在我的手機上……

「現在禁止發推文。」

「我沒有……」我心虛地說。

「瓊斯，妳到這裡的途中一直推文一直推文沒完沒了，我都看見了。」

和青春小男孩約會

2013年1月22日星期二（續）

我羞澀地縮在外套裡。羅克斯特笑了。

「沒關係。妳想喝點什麼？」

「請給我白酒，」我不好意思地說，又本能地伸手去拿手機。

「非常好。在妳安頓下來之前，我必須先沒收這個。」

他接過我的手機放進自己口袋，然後叫了女服務生，這幾個動作行雲流水般一氣呵成。

「這樣你不會殺了我吧？」我邊說邊興奮又驚嚇地看著他的口袋。心想如果要呼叫湯姆或塔莉莎，就得把他摔倒在地，然後猛撲過去了。

「不，我要宰了妳不必用手機啊。我只是不想讓妳直播給那些屏氣凝神的推友看。」

當他轉過頭時，我仔細觀察他的側面線條：筆直的鼻子、顴骨、眉毛。眼睛是淡褐色的，閃爍著光芒。他就是這麼……年輕。皮膚是桃紅色，牙齒潔白，頭髮濃密而有光澤，長度拂過衣領，比流行的髮型長一點。他的嘴唇上有一條只有年輕人才有的細白輪廓。

「我喜歡妳的眼鏡，」他一邊說一邊把酒遞給我。

「謝謝你。」我平靜地說。（這是遠中近多焦鏡片，所以看遠看近都沒問題。我想戴這副眼鏡，他才不會注意到我太老，需要戴老花眼鏡。）

「我可以把它拿下來嗎？」他說，那個語氣讓我以為他是叫我……脫衣服。

「可以，」我說。他把眼鏡拿下放在吧台上，輕輕地拂過我的手，看著我。

「妳比照片上漂亮多了。」

「羅克斯特，我的照片是一顆雞蛋，」我邊說邊喝酒，這時才想到自己應該找個位置坐好，讓他看我興奮地撫摸著酒杯的杯腳。

「我知道。」

「你會不會擔心我其實是男扮女裝的恐龍大肥宅？」

「會啊，所以我在酒吧安排了八個夥伴來保護我。」

「真湊巧！」我說：「我在對街窗口也安排了一隊殺手，以防你殺了我，還想把我吃了。」

「他們都打好蠟了嗎？」

我剛好一口酒在嘴裡就笑了，然後就噎著了，從喉嚨開始覺得有點噁心想吐出來。

「妳還好吧？」

我揮揮手，嘴裡混合著噁心和酒味。羅克斯特給我一把餐巾紙。我用餐巾紙搗著嘴走向廁所，剛好來得及把那口酒和一些東西吐進洗手槽。這時候在想約會規則是不是要再加一條：「約會才剛開始，千萬不要感覺噁心想吐。」

我稍稍漱了口，鬆一口氣，想起我包包裡有一把兒童牙刷。還有一些口香糖。

當我出去時，羅克斯特已經給我們找了一張桌子，正在看他的手機。

「我還以為我才是那個對嘔吐特別執著的人，」他說，沒有抬頭：「我正在推特上向妳的追蹤者傳達這一切。」

「你不會吧？」

「沒有啦。」他把手機還給我，然後開始大笑。「妳還好吧？」他笑得幾乎說不出話來：「真是抱歉，我簡直不敢相信我們第一次約會就讓妳口吐白沫。」

在呵呵呵的笑聲中，我聽到他剛剛說「我們的第一次約會」。而「第一」顯然表示還會有下次，雖然我嘴裡正犯噁心。

「那妳接下來要放屁嗎？」當服務生拿著菜單過來時，他說。

「快閉嘴，羅克斯特，」我咯咯笑道。老實說，我感覺他的心智年齡應該只有7歲，這實在很有趣，因為這讓我感到非常自在。也許這個人對我們家的生活實況不會太驚訝。

當我們打開菜單時，我發現我的眼鏡不見了。

看著那些模糊的字母，我心裡驚慌失措。羅克斯特沒注意到這點，他好像對著食物完全興奮過度。「嗯，嗯，瓊斯，妳要吃什麼？」

我像一隻被車燈照到的兔子盯著他。

「一切還好嗎？」

我不好意思地嘟噥著說：「我的眼鏡掉了。」

「我們剛剛一定是留在吧檯上了，」他站起來說道。他令人印象深刻的年輕體格，真是讓我驚嘆。看著他走到我們方才站著的地方，四周看了看，然後又詢問酒保。

「那裡說沒有眼鏡，」他回來後說道，看起來很擔心：「那眼鏡

很貴嗎?」

「不貴、不貴,沒關係,」我撒了謊。(其實那眼鏡很貴。而且我用得很習慣。)

「要我唸菜單給妳聽嗎?如果妳願意的話,我也可以為妳切食物。」他又開始說笑:「一定要注意妳的牙齒。」

「羅克斯特,你這笑話說得不好。」

「我明白了,知道、知道,對不起。」

在他為我讀完菜單後,我試著記住約會法則,用手指小心翼翼地在酒杯的杯腳上上下下摩擦。不過現在這麼做好像沒什麼意義,因為羅克斯特已經用他年輕健壯的大腿,把我的膝蓋在夾在兩腿之間。不過我現在即使是在興奮之中,也下定決心要先找到眼鏡。這樣一來我才能擺脫胡思亂想和年齡尷尬,而且那真的是非常、非常好的眼鏡。

點完餐之後,我說:「我去吧檯的凳子底下找找看。」

「但妳的膝蓋可以嗎!」

「閉嘴。」

於是我們兩個最後都在吧檯的凳子下爬來爬去。坐在我們原來位置的兩個非常年輕的女孩對此很不高興。我突然覺得自己尷尬得要命,因為我找了青春小男友一起約會,還逼著他跟我一起在年輕女孩的腿下找我的老花眼鏡。

「這裡沒有眼鏡好嗎?」其中一個女孩沒什麼禮貌地盯著我說。

羅克斯特翻了個白眼,然後又跪在地上說道:「現在我這裡……」開始在地板上摸索。兩個女孩一臉不悅。接著羅克斯特得意地站起來,揮舞著眼鏡。

「找到了!」他說,然後把它放在我的鼻子上:「親愛的,戴上吧。」

他嘟著嘴巴啄了我嘴唇一下,又看了女孩們一眼,然後把我帶回餐桌,我試著恢復鎮定,希望他沒有聞到剛剛犯噁心的味道。

我們之間的談話似乎毫不費力就順利展開。他的真名是羅斯比・麥道夫,為生態慈善機構工作,因為參加一些節目就認識了塔莉莎,然後從塔莉莎的推特開始關注我的推特。「所以你喜歡,比方說,追蹤著美洲獅?」

「我不喜歡這種表達方式,」他說。

「那意味著獵人,而不是……被追捕的獵物。」

我的困惑一定是顯而易見的,因為他輕聲補充道:「我喜歡成熟的女性。她們更知道自己在做什麼,知道為自己多說點什麼。妳呢?妳為什麼會跟推特的年輕人一起出來?」

「我只是想擴大我的生活圈子。」我輕描淡寫地說。

羅克斯特直視著我,眼睛一眨也不眨地說:「這我一定可以幫妳。」

快樂與噁心交織在一起

2013 年 1 月 22 日星期二（續）

到了該走的時候，我們尷尬地站在街上。

「妳打算怎麼回去？」他問說，這馬上讓我有點難過，因為顯然他不打算跟我一起回去。雖然我顯然不會要求他這樣做。顯然。

「計程車吧？」我說。他看起來很驚訝。這時我才想到，自己也只是跟塔莉莎、湯姆和茱德一起去蘇活區才搭計程車，而且還是四人共乘一輛，所以這對年輕人來說一定是難得的奢侈。不過反正那裡也找不到計程車。

「妳想讓我呼叫一架直升機過來，還是我們一起去搭地鐵？妳知道怎麼搭地鐵嗎？」

「我當然會搭！」我說。但老實說，深夜在蘇荷區的人群中，沒有朋友陪伴身邊，一切都好陌生。不過，當羅克斯特拉著我的手臂，帶我走向托登罕宮路站時，真的讓人滿興奮的。

「我會送妳坐上車，」他說。當我們走到驗票閘門時，我才想到自己沒有儲值卡。這時候想在閘門直接付錢也不可能。

「過來，」他說，拿出一張備用卡，帶我穿過閘門，又帶我找到正確的月台。此時列車正要開來。

「快點給我妳的手機號碼，」他說：「我現在沒有殺妳吧。」

我很快給他手機號碼,看他輸入手機裡。

然後突然間,羅克斯特不知不覺地吻了我的嘴唇。「嗯,有噁心味,」他說。

「喔,不會吧!我都刷過牙了。」

「妳還帶著牙刷?妳約會總是會想吐嗎?」

看著我驚慌的表情,他又笑著說:「妳沒有噁心的味道啦。」這時大家紛紛擠上火車。他再次輕輕地吻著我,用他快樂的淡褐色眼珠看著我,然後輕輕張嘴用他的舌頭小心地找到我的舌頭。這比愚蠢的皮衣男和他的急色性子要好多了——

「快點,門要關上了!」他把我推向火車,讓我擠了上去。車門關上,火車駛出,這時我看著他只是站在那裡,滿臉笑容:真是漂亮、漂亮的青春小男友啊。

到了查克農場出了地鐵站,我的心情十分快樂,完全興奮過度。聽見了簡訊聲。是羅克斯特傳來的。

〈妳到家了嗎,或者還在兜圈子,還在迷茫?〉

回覆簡訊:〈救命,我搭到史丹摩去了。你牙齒裡的噁心味沒了吧?〉

沒回覆。我不應該再寫什麼噁心味才對。

又來一則簡訊!

〈不是啦,因為我找不到老花眼鏡。你等一下又要用那支噁心牙

刷嗎？〉

〈正在刷呢！嗯嗯嗯嗯嗯嗯嗯嗯嗯嗯〉

11:40 p.m. 可以說相當不客氣地把克蘿伊趕回家去，這樣才能繼續傳簡訊。

真的來了！再次回到調情的世界我真是太高興了。好浪漫啊。哇嗚。

〈我喜歡妳噁心的味道。〉

回覆：〈哦，羅克斯特。你還沒讀過約會的書吧？〉

停了好久沒回覆。喔，不行。語氣錯誤。不像調情，像個女校長。又沒戲唱了。

11:45 p.m. 剛剛上樓查看孩子們：比利睡得很安穩，他跟霍西奧布偶一起睡。美寶後仰，跟莎莉娃依偎著。沒關係！我在約會方面雖然很糟糕，但至少讓孩子們都能活下去。

11:50 p.m. 又跑下樓查看手機。沒訊息。

這樣完全不對！身為單親媽媽，跟不上年輕人的忽冷忽熱，而且對方年紀小得可以當我兒子。

11:55 p.m. 簡訊剛來。

〈妳看起來很漂亮，而且那個吻真棒，我度過一段美好時光。〉

幸福感潮湧而出。但後來發現他也沒提到要再來一次約會。那我

該回覆,還是不管它呢?放著好了。茉德說簡訊一來一往,最後一則就是應該留在妳這邊不必回覆。

11:57 p.m. 可是我好希望他在這裡,好希望他在這裡!當然,永遠也不可能把一個神氣活現的小弟弟帶回家。這是顯而易見的。

2013 年 1 月 23 日星期三

5:15 a.m. 幸虧沒帶他回來!美寶剛剛一聲巨響就衝進我房間,只是沒歪著腦袋穿著睡衣,而是穿好了學校制服。可憐的小傢伙,我想她是怕我早上又睡過頭,大家一陣手忙腳亂,所以她決定提前穿好制服。我確實明白她的意思,但問題是,如果是克蘿伊接送,她早上 7 點就抵達,自己打扮得光鮮亮麗,衣冠楚楚,然後平靜地幫孩子們穿衣服,準備早餐,也會讓他們看電視,不會因為孩子們看《海綿寶寶》而過度興奮就生氣罵孩子。然後帶他們在 8 點就出門,在牆邊等著學校開門。

我是說,我昨天就是那樣。8 點 5 分就到牆邊待著,我自己還覺得應該算不錯吧?坐在牆邊 10 分鐘?大概可以改善跟其他學童父母的社交互動吧。

不管怎樣,她穿著一身制服,我抱著她睡覺,最後我自己也睡著了,然後一直睡到鬧鐘響起。

邁向第二次約會

2013 年 1 月 24 日星期四

9:15 p.m. 孩子們都睡著了。距離羅克斯特最後一則簡訊已經過了將近 48 小時。

決定不徵求朋友的建議，因為──參見約會規則──如果我需要朋友來協調整個關係，那顯然就是有問題。

9:20 p.m. 剛剛給塔莉莎看了羅克斯特的最後一則簡訊。

〈妳看起來很漂亮，而且那個吻真棒，我度過一段美好時光。〉

「然後妳就這樣放著，沒回覆他？」

「是啊。他也沒說想再見面或其他什麼提議。好像就是在說他度過了一段美好時光，劃條線到此為止。」

「喔，親愛的。」

「怎麼？」

「我該拿妳怎麼辦呢？他發這則簡訊多久了？」

「兩天。」

「兩天？他是當天晚上、約會結束當晚發來的嗎？好的。別掛電話。妳就這麼說。」

塔莉莎發來簡訊。

〈終於從第一次約會的尷尬嘔吐恢復過來。我也度過一段美好時光。那個吻真的很棒。你在幹嘛呢？〉

「這麼說確實很好，可是問說『你在幹嘛呢』是不是有點……？」

「別想太多。發過去就是了。坦白說，如果他一氣之下三天後才回覆，我也不會怪他。」

我把那則簡訊發送過去，但馬上就感到後悔。我走向冰箱，正要拿出一袋碎起司和酒瓶時，簡訊聲響起來了。

〈瓊斯啊！我還擔心妳被自己的噁心嚏住了呢。我現在威根的假日酒店。跟區議會的資源回收部門開會。妳又在幹嘛？找眼鏡嗎？〉

〈羅克斯特，說什麼傻話。要是還在找眼鏡，我也看不清楚這則簡訊了。〉

〈妳可能需要敬老團的人來幫妳吧。瓊斯，週末很忙嗎？〉

羅克斯特太棒了。我甚至不需要問塔莉莎，或查看約會規則判斷這是不是邀請。這是！絕對是！喔，不行，這個週末要去參加聖奧斯華德之家的安全帽大會。我不能告訴羅克斯特我媽在退休社區，因為他媽可能也就是跟我同年而已。

〈忙啊，忙啊，忙得讓人難以相信又刺激。*不好意思地說*我要去凱特林郊區看我媽。〉

然後，我想要給個台階，讓他可以輕鬆地再安排一個約會，所以

我補充說：

〈不過我下週就有空了，你必須為你的無禮受罰。〉

一陣令人擔心的停頓。

〈不然下週五晚上怎麼樣？我褲子裡要塞本書才敢去。〉
〈該不會是什麼約會指南的書吧？〉
〈擴大生活圈的五十種色調。星期五可以嗎？〉
〈週五完美。〉
〈好的。晚安安～瓊斯。我明天還要去衛根開會，先去睡美容覺啦。〉
〈晚安安～羅克斯特。〉

安全帽慶典！

2013 年 1 月 26 日星期六

60.8 公斤（令人擔心肥胖又回來了，要怪我媽），來自羅克斯特的簡訊 42 則，想像跟羅克斯特約會 242 分鐘，為了跟羅克斯特約會要先找好保母 0。

10:30 a.m. 聖奧斯華德之家安全帽典禮要來了。我剛在樓上，美寶就穿好一身閃閃發光的 T 恤和紫色緊身褲，正當我努力說服美寶脫下這身裝扮，電話鈴響了（美寶拒絕相信褲襪是屬於緊

身褲，並不是褲子，而且穿褲襪外面還要穿上別的東西）。再穿上媽給她送來的連衣裙和羊毛套裝，完全是1950年代風格，白色衣服，上面覆蓋著紅心，篷篷裙上有個蝴蝶結，繫上一條紅色大腰帶。

「布莉琪，妳不會遲到吧？現在菲利普‧霍洛賓和尼克‧鮑林正在講話，所以我們還能吃午飯。」

「菲利普‧霍洛賓和尼克‧鮑林是誰？」我問道，對於我媽隨口就來一些我從沒聽過的名字感到驚訝，就好像他們都是好萊塢的大名人。

「妳知道菲利普啊，親愛的。菲利普耶？是凱特林的議員嘛！他對聖奧斯華德的活動非常熱衷，不過尤娜說這是因為他知道參加活動，他的臉就會上報紙，因為尼克是凱特林審查會的成員。」

「尼克又是誰啊？」我壓低聲音勸說美寶：「快穿上，親愛的。」語氣怪異，就像我媽強迫我穿兩件式鄉村休閒服一樣。

「妳知道尼克，親愛的。尼克！他是TGL公司執行長，」又很快補充說：「就是桑頓優雅生活（Thornton Gracious Living）公司嘛！我還想讓妳見見」——她的聲音突然降低八度——「保羅，是個糕點師。」她說起那個名字像是「鮑爾」，帶點法語腔；讓我覺得好像要碰上麻煩了。「妳不會穿黑色的來吧？穿點漂亮又明亮的衣服！紅色好了！情人節也快到了！」

11 a.m. 終於讓媽掛斷電話，美寶穿上那件紅白裙子真的非常可愛。

「我以前也穿這種衣服。」我頗有感觸地說。

「喔,妳出生在維多利亞時代嗎?」美寶問。

「不是!」我憤怒地說。

「喔,那是文藝復興時期嗎?」

很快我就把注意力轉向羅克斯特和我們的簡訊。我已經告訴他我有孩子,他的反應看來也很平常並不排斥。我現在只沉迷在簡訊,這一切讓我快樂地旋轉,如今似乎完全取代我先前對推特的痴迷,讓我對追蹤者感到有點不好意思,不夠負責。

我也發現推特對自己有些不好的影響,讓我沉迷於自己擁有多少追蹤者,但一發推文又感到難為情和後悔,但若我不向追蹤者報告一些生活小事,又會覺得內疚,有些追蹤者甚至因此退追。

「媽咪!」比利說。「妳為什麼這樣盯著空中?」

「喔,對不起,」我看了一眼時鐘就驚慌地說:「哎呀,我們遲到了!」然後立即開始像鸚鵡一樣重複亂下指令——「穿上你們的鞋子,穿上你們的鞋子。」在這兵荒馬亂之際,收到克蘿伊的簡訊,說她真的、真的、真的星期五晚上不能過來照顧小孩。

這則簡訊真是完全的災難,我跟羅克斯特的約會陷入嚴重的危險之中。麗百佳說她週末要去「公公婆婆」那兒(雖然她也沒結婚),湯姆要去錫切斯參加生日派對(他花了 297 英鎊含稅租了高級套房,有 12 坪陽台和調色光養生浴缸的套房),塔莉莎不帶孩子,茱德也忙著她的第二次約會,這很棒。但我要怎麼辦?

我們呼嘯而過，向凱特林駛去，雖然遲到了，但我突然有個天才想法：也許可以請我媽幫忙照顧孩子！也許她可以讓比利和美寶在聖奧斯華德之家過夜！

藤壺的陰莖

2013 年 1 月 26 日星期六（續）

12 點 59 分到達，發現聖奧斯華德之家已經變成樣品屋活動加上皇家植樹節的儀式組合。到處都掛著桑頓優雅生活公司紅白相間的旗幟，有許多紅色氣球和一杯杯白酒，一些女孩穿著每月最佳員工的僵硬套裝，拿著廣告看板，滿懷希望環顧四周，尋找可能有趣但有點尿失禁的新客戶。

我們依照指示繞到房子另一側，進入義大利式花園，看到儀式已經在進行。不知道那位是尼克還是菲爾，正透過廣播系統向一群戴著新奇安全帽的老人講話。我把帶來的一籃心形巧克力遞給美寶，結果巧克力馬上掉在地上。片刻平靜後，接著 (a) 比利踩在巧克力上；(b) 美寶突然哭了起來，哭得很大聲，讓尼克還是菲爾都停止講話，每個人都轉過頭來看；(c) 這下比利也突然哭起來；(d) 我媽和尤娜氣沖沖大步走來，頭髮亂糟糟，穿著跟凱特王妃的媽媽一模一樣的粉色系禮服；(e) 美寶努力想撿起心形巧克力，但她在大庭廣眾之下出醜的痛苦和羞辱讓人如此心碎。我把她抱在懷裡就像聖母瑪利亞一樣，等到發現有幾顆巧克力夾在美寶那秀蘭‧鄧波兒紅白套裝和我柔和的格蕾絲‧凱利風格長外

套之間,已經太遲了。

「沒關係,」我低聲說道,美寶胖胖的小身體因哭泣而顫抖:「那些心形巧克力只是讓大家看看而已,妳好好的就好,」這時我媽忙著說:「哦,我看讓我帶她走吧。」

「可是……」我才開口也發現太遲了,現在媽那套凱特王妃媽媽的冰藍色外套也沾滿了巧克力。

「哦,我的天啊,」媽媽生氣地把美寶放下來,這下子美寶哭得更大聲,全身沾滿巧克力往我奶油色的褲子上蹭,而比利則開始大喊:「我想回家家家家!」

此時我的電話簡訊響了:是羅克斯特!

〈瓊斯,我在自然歷史博物館。妳知道相對身體的大小而言,藤壺的陰莖是自然界中所有生物最大的嗎?〉

我嚇了一跳,手機掉在地上,差一點就撞到美寶的頭。媽彎腰把它撿起來。

「這說什麼啊?」她說:「真是個非常奇怪的訊息。」

「沒什麼!沒什麼!」我邊嘟噥邊伸手拿電話:「只是……賣魚的!」

這時候尼克還是菲爾的演講到達某個高潮,一群年長居民高呼:「脫帽致敬!」把安全帽扔向空中,而比利此時哭得更厲害了,哀嚎說:「我也要脫帽致敬扔安全帽!」美寶說:「該死!」接

著比利以我非常理解的方式，怒氣沖沖地轉向我說道：「這都是妳的錯，我要殺了妳！」

在我還沒意識到這一切之前，我已經像蒸汽水壺爆開了，大聲嚷著：「我才要先殺了你！」

「布莉琪！」媽氣憤地說。

「是他先開始的！」我回嘴。

「不是我，是妳先遲到的！」比利說。

整件事就是一場徹頭徹尾的惡夢，而且沒有任何喘息的機會。我們都回到活動大廳外的女士休息室清理自己。我再找藉口溜進隔間，回覆羅克斯特的藤壺大雞雞。

〈真的嗎？叮咚！是指什麼狀態呢？〉

〈妳等一下，我看看能不能讓它硬起來。〉

從女廁出來後，那些巧克力汙漬都弄得髒兮兮，看起來更糟了。在媽回房換衣服時，孩子們度過了一段沒壓力的小插曲，現在有小丑用氣球製作小動物送給孩子們，帶來一點短暫的娛樂。不過那小丑顯然有點無聊，因為現場除了幾個還是嬰兒的曾孫外，美寶和比利是唯一 35 歲以下的孫子。傳簡訊和羅克斯特說小丑和氣球動物，他回覆：

〈妳能請他為我做一隻勃起的藤壺嗎？〉

我：〈一定要按照原來的尺寸嗎？〉

嘻嘻嘻。簡訊的奇妙之處就在於，它可以隨時隨地讓你們建立親密的即時關係，不必理會外在世界的評論，也無需佔用多少時間，不必像舊時非網路世界那樣聚在一起開會討論，也不必管家裡發生了什麼複雜的狀況。除了性關係之外，雖然沒有面對面，卻比許多傳統婚姻關係顯得更親密也更健康！

也許這就是未來前進的方向，精子將透過最初讓你們認識的約會網站捐贈並冷凍保存。但是，嗯嗯嗯，女人們最後會變得像我一樣，要在一間廁所整理一個弄得一團糟的凌亂孩子，還要對付另一個在冰箱門之間跑來跑去、找自己愛吃的三明治的小朋友。或許未來的出路是數位兒童，就像那些日本電子雞，再加上一些可愛的絨毛玩具，可以給你玩兩天，體驗一下為人父母是什麼感覺，玩膩了就可以隨手一扔。但如此一來，人類就要滅絕了……哦哦，羅克斯特又傳來一則簡訊。

〈我覺得按照原來的尺寸可能有點麻煩。但我希望他用粉紅色和肉色氣球。〉

我：〈藤壺不是粉紅色啊。〉

羅克斯特：〈我想妳會發現原產於美國西海岸的橡子大藤壺就是鮮豔的粉紅色。我相信小丑一定也知道這一點。〉

「布莉琪，妳又在跟賣魚的說話嗎？」媽現在又穿上另一套凱特王妃媽媽的同款外套和裙子，這次正好是橡子大藤壺的粉紅色。「妳怎麼不去賽斯伯里大賣場呢？那裡有很棒的海鮮櫃檯！好啦別管那個，先過來吧！妳知道佩妮‧哈斯班茲－博斯渥斯現在結

婚了嗎？」她吱吱喳喳地說，把我從孩子和氣球的場景拉出來。

「艾希莉‧葛林！妳還記得艾希莉嗎？胰臟癌！溫恩好不容易才從火葬場帶她出來，潘妮就拿著香腸砂鍋按艾希莉家的門鈴。」

「我認為我不該離開——」

「親愛的，他們正在玩氣球，沒事的。反正潘妮說我們真該讓妳和肯尼斯‧加賽德在一起！他一個人，妳也有只有一個人——」

「媽！」我低聲怒斥道，她把我拉進這間名字聽起來就很可疑的多功能活動大廳。「就是遊輪上不斷闖入每個人臥室的那個人嗎？」

「嗯，好吧，是的，親愛的，就是他。關鍵是他性致不淺，需要一個年輕的女人⋯⋯」

「媽！」我大聲喊道，這時我的手機響起羅克斯特的簡訊。

我打開手機。媽一手抓過電話。

「又是那個賣魚的，」她怒視著我，給我看看那則訊息。

〈鬆弛時為 8 公尺，勃起時有 12 公尺。〉

「這個賣魚的是誰？喔，妳看！肯尼斯來了。」

肯尼斯‧加賽德穿著灰色休閒褲和粉紅色毛衣，像是邁著舞步向我們走來。有一瞬間，我以為是傑佛瑞叔叔。傑佛瑞叔叔是尤娜的先生，爸最好的朋友，穿著休閒褲和高爾夫球衫，邁著小舞步：「妳的感情生活怎麼樣啊？我們什麼時候能把妳嫁出去？」

我開始對爸以及他對這一切可能會有的反應感到悲傷。但肯尼思‧加賽德讓我清醒過來,他橙色的臉上露出一副巨大又非常白的假牙,怪腔怪調地說:「妳好,美麗的年輕女士。我是『肯69』。這是我對外宣稱的『公開年齡』,我的祕密偏好,也是我在網路約會個人資料的帳號名稱。也許現在我認識妳之後就不需要這個了!」

嗯!我心想。但隨即對自己的雙重標準縮起身子,因為我的腦袋開始瘋狂心算,然後驚恐地發現,我和羅克斯特的年齡差,竟然比我跟肯尼斯‧加賽德『公開年齡』間的差距,還多了四年!

「哈哈哈!」媽媽說:「噢,鮑爾來了,我跟他聊一下泡芙的事,」她邊說邊急急走向一個穿著廚師服的男人,留下肯尼思‧加賽德那副讓人眼花繚亂的假牙。尤娜好心地用湯匙敲著酒杯說:「女士們,先生們!郵輪幻燈片活動馬上要開始了!」

「我們可以攜手同行嗎?」肯尼斯說,然後抓著我的手臂,帶我走進宴會廳。巨大的螢幕上顯示著遊輪的照片。

當我們坐下時,肯尼斯‧加賽德說:「看看褲子上沾到什麼了?」並開始用手帕擦我的膝蓋,尤娜走上講台開始說話。

「朋友們!家人們!今年的聖奧斯華德巡遊標誌著充實且滿足的一年已經到達頂峰。」

「停下來!」我對肯尼斯‧加賽德低聲道。

「現在一切都電腦化了!」尤娜繼續說:「所以!不再廢話,現在就來看看『Mac 照片秀』,有些人可以重溫美好時光,另一些

人則可以做夢幻想！」

螢幕上的遊輪照片變成了照片集錦秀，開始一張張放大，那是媽和尤娜登上遊輪揮手的照片。

「紳士愛美人！」尤娜對著麥克風說道。照片秀中播放著瑪麗蓮夢露和珍・羅素演唱的〈小岩城來的女孩〉；在另一張向《紳士愛美人》（Gentlemen Prefer Blondes）致敬的驚人照片中，媽和尤娜肩並肩躺在船艙面向攝影機，各自伸出一條腿。

「喔，哎呀，」肯尼思說。

然後突然，照片秀的配樂被熟悉的電子樂曲掩蓋，畫面也變成一幅可怕的動畫，有一條龍向紫色的獨眼巫師噴火。我愣在那兒，心想這不是「魔鬥學園101」嗎。難道是……難道是比利在玩電腦……？「魔鬥學園101」又突然消失，現在變成我的電子郵件收信匣頁面，上面寫著「歡迎，布莉琪」，還有一份標題列表，第一條來自湯姆，標題是：「聖奧斯華德遊輪活動的噩夢」。比利到底在做什麼？

「對不起！對不起！」我驚慌失措地說，在大家的驚愕中快步溜出去，試圖躲避媽的目光。

我衝進走廊，回到氣球室，發現比利正用力敲打一台蘋果MacBook Air，電腦桌邊連接著許多電線和乙太網集線器。

「比利！」

「妳等等！我剛要完成這個關卡！我沒有查看妳的電子郵件。我只是想找回我的密碼。」

「別玩了！」我粗聲粗氣地說，強行把他弄下桌，關掉「魔鬥學園101」和雅虎視窗，把他拖回氣球上，這時一個戴金絲眼鏡的男人衝進來，走到筆記型電腦前，看上去很火大。

「有人碰過這個嗎？」他問道，眼睛難以置信地掃視著房間。我看著比利的臉，希望他這時知道要保持沉默或說謊。他好像在想什麼似地皺著眉頭，我可以看到他還記得所有告誡他要誠實、要說實話的重要教訓。「現在不必說！」我想大喊：「當媽媽需要的時候，你是可以說謊的！」

「是的，是我，」比利悲傷地說：「我本來不想查看媽的電子郵件，但我忘記密碼了。」

9:15 p.m. 已經回家躺在床上。除了那一整個可怕的災難之外，星期五要上哪兒找保母還是個問題。當一切憤怒平息後，我問媽週五晚上能否帶孩子，她只是冷冷地看著我，說要去跳水中尊巴舞。

9:30 p.m. 聯絡瑪格姐，但她要跟科斯莫和沃妮一起去伊斯坦堡休假幾天。

「我希望我可以，布莉琪，」她說：「我們以前總有我媽可以來應付緊急情況，但像妳這樣晚點生孩子，確實會比較麻煩。現在是孩子太小，妳幫不了媽媽，而她又太老了，也幫不了妳嗎？」

「不是，」我說：「她有水上尊巴舞的活動。」

還是再找丹尼爾試試看。

10:45 p.m. 打電話給丹尼爾。

「瓊斯,妳現在跟誰上床?」

「沒有這個人啦。」

「我要求知道。」

「我沒有啊,只是──」

「我要懲罰妳。」

「我只是覺得你可以讓孩子們留在你家。」

「瓊斯!妳一直是最可怕的騙子。我對性的嫉妒心很瘋狂。我感到悲慘,我是一個已經成為過去的老傻瓜。」

「丹尼爾,你別開玩笑了!你很有魅力,很有男子氣概,看起來又年輕,而且性感得令人無法抗拒──」

「我知道,瓊斯,我知道。謝謝妳,謝謝妳。」

結論是丹尼爾會在週五 6 點 30 分來接孩子們去他家!

要睡不睡多煩惱

2013 年 1 月 30 日星期三

與羅克斯特上床的優點 12 個,與羅克斯特上床的缺點 3 個,決定是否跟羅克斯特上床、為了可能跟羅克斯特上床做準備,以及想像和羅克斯特上床的時間,與實際上跟羅克斯特上床可能需要的時間相比為 585%。

9:30 p.m. 剛剛打電話給湯姆。「妳當然要跟他上床,」他說:

「妳那個『處女重生』要趕快扔掉，不然它會變成越來越大的障礙。塔莉莎也說他是個好人啊。而且這也是個幹點小壞事的好時機嘛。妳能自己待在家裡的機會有多少啊？」

打電話給塔莉莎，交叉核對她的看法：

「我跟妳說過不要太早跟別人上床嗎？」

「妳說的是『在妳感覺準備好之前』，不是說『太早』，」我解釋。然後我又把湯姆的話說了一遍，並且為了強化我的立場，補充說道：「我們已經互傳簡訊好幾個星期了。就像珍·奧斯汀時代，互相通信好幾個月又好幾個月，然後好像就可以結婚了？」

「布莉琪。在第二次約會就跟 29 歲的推特男上床，並『不像珍·奧斯汀的時代』。」

「但『她必須上床』也是妳說的嘛。」

「嗯，好吧，我知道了。羅克斯特好像的確不錯。親愛的，就跟著妳的直覺走吧！但要注意安全，跟我們保持聯繫，而且要用保險套。」

「保險套！我不跟他睡了！那要脫光衣服怎麼辦？」

「親愛的，穿件薄襯衣（slip）。」

「什麼史力普——像動物園填表格嗎？」

「妳去拉培拉（La Perla）——不，不要去拉培拉，那裡貴到讓人想哭了。妳去內衣專賣店英特米（Intimissimi）或娜聖莎（La

Senza）買幾件黑色絲綢性感小襯衣。我想，我們以前都叫它「petticoats」。也許一黑一白準備兩件。好嗎？穿上襯衣，妳可以露出手臂、腿和頸下三角區，但這些不是最後的重點，而是巧妙遮掩我們要掩飾的中央部位。好嗎？」

2013 年 1 月 31 日星期四

10 a.m. 剛登入電子郵件信箱。

>寄件者：布萊恩・卡森伯格　主題：你的劇本

10:01 a.m. 耶耶，劇本已經被接受了！

10:02 a.m. 哦。

>寄件者：布萊恩・卡森伯格
>主題：你的劇本
>妳的劇本我們已經收到一些回應。他們正在審閱。主題很有趣，但他們想要更多浪漫喜劇的感覺。我會繼續發送給客戶瞧瞧。

10:05 a.m. 發送一封電郵假裝很快樂，說：

>謝謝，布萊恩。手指交叉祈福。

但現在我覺得毫無希望。作為一個編劇我很失敗。我只想去買內衣。

中午。剛買完襯衣回來，不過我不會跟羅克斯特上床。很明顯。

2 p.m. 剛做完腿部和比基尼線熱蠟除毛。不過我不會跟他上床。還是很明顯。

在美容院，夏多妮說我應該做巴西式除毛，現在年輕人都做那個，還建議我買套雷射療程。

「但是，」我說：「要是巴西式退流行，大家又想要法國式那種全身毛茸茸的，那該怎麼辦？」

夏多妮透露她現在已經全身除毛，光淨得像個女嬰。不過她也會擔心，要是跟不喜歡全身除毛的人上床又該怎麼辦？她也考慮過在上面塗抹禿頭男的生髮藥水。

3:15 p.m. 完全處於痛苦中。選擇一種叫「著陸跑道」的巴西式除毛改良版。現在反正不可能跟任何人發生性關係，這樣很好。無論如何我都不會和他上床。非常明顯！

2013年2月1日星期五

9:30 a.m. 送孩子上學後，偷偷跑進藥妝店 Boots 買保險套，總不能帶小孩來買吧！（不過，從另一方面來說，帶小孩來買保險套，表示對世界人口過剩負起責任，絕非放任不管的態度。）

剛站在收銀檯前，就覺得有人在看我的籃子。抬頭一瞧，發現沃勒克先生就在下一個收銀櫃檯，他現在目不轉睛地盯著前方，但他顯然已經看到保險套了，因為他的嘴角微微抽搐。

我只好厚著臉皮裝無辜地說道:「今天的天氣要打橄欖球很糟吧,不是嗎?」

「喔,我也不曉得,有時在泥巴裡滑來滑去也很有趣,」他拿起購物袋,輕輕哼笑了一聲:「週末快樂啊。」

哼。該死的沃勒克先生。不管怎樣,工作日早上9點半在藥妝店做什麼?他不是應該在學校組織一場軍事起義嗎?說不定他也來買保險套。彩色的保險套。

在回家的路上,我開始擔心把孩子留給丹尼爾看顧,所以打電話給他。

「瓊斯、瓊斯、瓊斯、瓊斯、瓊斯,妳還有什麼要建議的嗎?小寶貝們會被細心呵護,幾乎到了溺愛的程度,」他豪氣地說:「我要帶他們去電影院!」

「什麼電影?」我有點緊張地問。

「《00:30凌晨密令》。」

「什麼?」

「這是大家都會說的『笑話』好嗎,瓊斯。」他一本正經地說,「其實,我買了《無敵破壞王》(*Wreck-It Ralph*)的門票。至少,現在妳提醒了我,我很快就會去買票了。接著,我會帶他們去高級餐廳,像是麥當勞。然後我會為他們朗讀兒童經典故事,直到他們都呼呼大睡。哦,還有,要是妳送把梳子過來,我就可以在他們調皮時用來打屁股。所以,無論如何,妳到底是要跟誰上

床？」

就在這時，簡訊響起：羅克斯特。

〈今晚妳想看電影嗎？《悲慘世界》（ Les Miserables ）怎麼樣？〉

電影？？我心慌意亂。難道他不知道我這樣忙東忙西、忙得暈頭轉向，都是為了我們可以上床嗎？買襯衣、比基尼線除毛、保險套還有丹尼爾，我現在還在想要打包哪些行李送小孩過去？

這時想起自己的約會規則，我平靜地深呼吸幾口，然後回覆簡訊：〈聽起來不錯。這是浪漫喜劇片嗎？〉

〈你是在想那部著名的英法情色抱樹狂歡劇「Le Mister Arbres」嗎？〉

然後簡訊就越說越歪了。

5 p.m. 為孩子們去丹尼爾家過夜，準備大量行李：包括莎莉娃、各種兔子、霍西奧、馬利歐、帕芙一至三號、森林兔子、睡衣、牙刷和牙膏、蠟筆和著色／拼圖書；整箱 DVD，以免丹尼爾沒事可做；合適的書籍，以免丹尼爾拿《閣樓》雜誌當小朋友的睡前故事；緊急電話號碼列表；完整急救箱和手冊；最重要的是，要帶把梳子。

丹尼爾開著一輛敞篷賓士車出現。我強忍著要他把車頂篷蓋起來的衝動。帶著孩子到處轉，車頂篷不蓋起來，不是不安全嗎？萬一大卡車後面掉出一塊大木板砸到他們身上怎麼辦？或者他們經過路橋下，有人剛好從他們頭上扔塊水泥呢？

「我們要把車篷關上嗎？」丹尼爾對比利問道。不過他讀懂了我的表情，但比利抗議：「不不不！」

「只要……把這些挪開……」丹尼爾說著，順手從前座拿起一些雜誌，最上面那本，在奇怪的封面照片上有個很大的標題：拉丁女同志洗車！

「反正遲早會知道嘛，」他高興地說，爬進車裡，讓比利坐在前排座位：「好吧，我來踩煞車，你來按按鈕。」

當車頂篷開始關起來的時候，孩子們興奮地尖叫起來，完全忘記焦慮又驚慌的母親。直到美寶突然露出擔心的表情說：「丹尼爾叔叔，你忘了把我們綁好。」

我好不容易說服丹尼爾讓比利坐後座，並且幫他們都繫好安全帶。我揮手道別，他們三個頭也不回，車子就開走了。

然後屋裡都沒人了。我把臥室裡所有的絨毛玩具、塑膠恐龍和令人尷尬的約會書籍都清出來，然後開始清理客廳，像沒有孩子住過一樣，不過這項任務實在太艱難了，還是放棄吧，反正我也不會跟他上床。接著我去洗了個熱水澡，放了甜味香精，伴隨著音樂，提醒自己最重要的是：(a) 保持冷靜但帶點性感的心情（這倒不是問題）；還有 (b) 在正確的時間出現在正確的地點。

和青春小男友的第二次約會

2013年2月1日星期五（續）

我實在不知道《悲慘世界》到底在演什麼，真的必須找個時間再看看。據說非常好看。但我所能感覺到的只是羅克斯特的膝蓋離我很近，讓我好興奮。他的手放在他的左大腿上，我的手放在我的右大腿上，這樣他的手就會碰到我的手。這真是令人難以置信的興奮，好想知道他是否跟我一樣興奮，但我也不確定。過了很長一段時間，羅克斯特突然伸手過來，彷彿漫不經心地把手放在我的右大腿上，拇指隔著海軍藍色連身裙撫摸我沒穿絲襪的光腿。這是一項非常有效的舉動，而且我認為這個動作不容易被誤解。

當銀幕上大家正在衝鋒陷陣，頂著奇怪的髮型紛紛送命時，我瞥了羅克斯特一眼。他平靜地看著銀幕，眼中微微閃爍，表示他根本沒在看電影中正處於緊張痛苦的劇情。然後他俯身低聲說：

「我們走吧？」

一到外面，我們就開始瘋狂地接吻，然後振作起精神，決定至少該去餐廳吃喝點什麼。羅克斯特的神奇之處在於，就算是在蘇荷區那些瘋狂喧鬧又沒位子坐的餐廳裡，跟他交談說話也一樣很有趣。我們後來喝了很多酒、講了好多笑話，來到他原本在電影結束後預訂的餐廳。

吃飯時，他握住我的手，拇指滑過我的指間。我反過來用手指包

住他的拇指,上下撫摸,剛好停在廣告上像是要幫他打槍的暗示。整個過程中,我們的對話完全沒有透露任何蛛絲馬跡,彷彿我們只是最愉快的老朋友。但這一切卻異常性感。要離開時,我去了洗手間,然後立刻打電話給塔莉莎。

「如果感覺不錯,親愛的,那就做吧。如果發現危險訊號,請打電話過來。我一直都在。」

我們走到餐廳外面,又是在蘇荷區,但這次是周五晚上,真的招不到計程車——他說:「妳要怎麼回家?地鐵已經停了。」

我搖搖晃晃的。經過所有的準備、拇指撫摸、打電話給朋友,結果還是只能當快樂的朋友而已。這太糟糕了!

「瓊斯,」他咧嘴一笑:「妳坐過夜間巴士嗎?我想我得送妳回家了。」

在夜間巴士上,我感覺其他人的身體部位正入侵連我自己都不知其存在的地方。我覺得自己和夜間巴士上的陌生人,比這輩子的任何其他人都更為親密。然而,羅克斯特看起來有點擔憂,彷彿這夜間巴士的混亂是他的錯。

「還好嗎?」他用口型問道。

我愉快地點點頭,心裡卻希望自己能擠在羅克斯特身邊,而不是和這個怪女人擠在一起,簡直像是在實踐丹尼爾的雜誌所描寫的「女同志洗車式性愛」。

公車停下來,有些人開始下車。羅克斯特搶到一個空位坐下,態

度異常粗魯。不過等到大家都站定之後,他又起身把座位讓給我。我抬頭對他微笑,為他的英俊和強壯感到驕傲,但卻看到他低下頭,表情有點驚慌——這時有個女人正默默吐在我靴子上。我仰頭對他微笑,為他高大帥氣的體格感到驕傲,但隨即看到他低頭,臉上露出驚恐的表情。有個女人正無聲地對著我的靴子乾嘔。

羅克斯特現在正努力控制自己的笑聲。我們到站下車時,他用手臂摟著我。

「真是有瓊斯出現,就有嘔吐啊!」他說:「妳在這裡等一下。」他大步走進深夜的超商,帶著一瓶礦泉水、一份報紙和一把餐巾紙出來。

「我以後恐怕都要帶這些東西在身上才行。妳站好別動。」他把水倒在我的靴子上,然後跪著擦去嘔吐穢物。這真是太浪漫啦。

「現在我聞起來有嘔吐的味道啦,」換他懊悔地說。

「我們回家洗一洗吧。」我說。剛好有個理由讓他進門,雖然是因為嘔吐物,我的心臟也在怦怦跳個不停。

走近我家時,我看到他環顧四周,想認清我們在哪裡,以及我住在什麼樣的地方。把鑰匙插入鎖孔時,我的手在顫抖,無法開門。

「讓我來吧,」他說。

「請進,」我用一種極其正式的聲音說道,就好像我是1970年代雞尾酒會的女主人。

「在保母走之前，我需要去別的地方嗎？」他低聲問我。

「他們都不在這裡，」我低聲回答。

「妳有兩個保母？然後你們把孩子擺在家裡？」

「不是啦！」我咯咯笑道：「孩子和他們的教父教母在一起，」我補充說道。把丹尼爾改成「教父教母」，以防羅克斯特對丹尼爾的身分胡猜亂想，至少在充分了解他之前。

「所以我們已經擁有屬於我們自己的屋子！」羅克斯特大聲說道：「我可以去洗掉嘔吐物了嗎？」

我帶他到樓梯中間的廁所，然後衝到廚房地下室，梳梳頭髮，抹上更多腮紅，調暗室內燈光，因為我覺得羅克斯特從沒看過我白天的樣子。

突然間我把自己想像成那些老熟女，她們堅持整天待在家裡，拉上窗簾，只以火光或燭光照明，每當有人過來時，口紅就抹得像嘴巴快消失了一樣。

接著我又對馬克感到內疚和恐慌。覺得自己不忠，就像即將走下懸崖，距離我所知道的一切、所有安全的事物都非常遙遠。我靠在廚房水槽上，覺得我好像就要……嗯……我好像也快要……吐了，然後突然聽到羅克斯特放聲大笑。我轉身一看。

喔，糟糕！他正在看克蘿伊做的時程表。

克蘿伊認為幫比利和美寶設定一套早上活動的流程，他們的動作

就會比較順利,因此她繪製了一張圖表,列出帶他們去學校時幾點幾分該做什麼。這張時程表編得很好,只是它很大一張,大得離譜,羅克斯特現在正在朗讀其中一條說:

早上 7 點 55 分到 8 點。和媽咪擁抱親吻!

「妳還記得他們的名字嗎?」他說。然後看著我的臉,他笑了,伸出手讓我聞。

「很完美,」我說。「沒有嘔吐味道。你要不要喝一杯⋯⋯?」但羅克斯特已經吻上我。他不著急,很有風度,近乎溫柔,但又控制得很好。

「我們上樓去吧?」他低聲說:「我想要和媽咪擁抱親吻。」

我一開始很緊張,想知道我的屁股從後面往上看是否顯得很胖,但我發現羅克斯特只注意到我們離開的時候要把燈關掉。「嘖嘖,要注意國家電網啊,瓊斯?」喔,這個年輕人和他們這一代真是愛護地球!

我打開臥室的門,房間看起來很漂亮,樓梯平台的燈光照亮室內,羅克斯特至少沒關掉那盞燈。他走進去後,將身後的門半掩著。他脫掉了襯衫,我倒抽一口氣。他看起來就像是一則廣告,腰上被噴了六塊肌。現在屋子再無他人,燈光昏暗,他很好,看起來也很安全,真是華麗得讓人難以相信。然後他說:「過來這裡吧!寶貝。」

有花堪折直須折

2013年2月2日星期六

11:40 a.m. 羅克斯特剛剛離開，因為孩子們20分鐘後就要跟丹尼爾一起回來。無法抗拒播放黛娜・華盛頓（Dinah Washington）的〈為他痴狂〉（Mad About the Boy），並在廚房裡如痴如醉地跳舞。我感到非常高興又美妙，好像一切問題都沒有了。我還在神遊太虛，茫然地把東西拿起又放下。全身就好像沐浴在某些東西中，像是陽光，或是……牛奶，好吧，不是牛奶。昨晚的情景不斷浮現在我腦海：羅克斯特躺在床上，看著我穿著襯衣走出浴室。脫下襯衣。羅克斯特說我沒襯衣看起來更好。我看著頭頂上羅克斯特美麗的臉龐，看到他門牙之間的細微縫隙，不知道自己正在做什麼。然後突然間，一股未成年不宜的推動力衝擊而來，我感覺到他在我體內充實起來，帶來意料之外的驚喜和刺激，又稍緩片刻讓我好好體會，然後開始抽送，讓我想起兩個身體一起創造出的狂喜。身體的能力真是令人驚奇。然後當我太快就來到高潮時，羅克斯特用一種飢渴又難以置信的表情看著我，感覺他因為發笑而開始抖動。

「怎麼了？」我說。

「我剛剛只是想知道妳要多久才會高潮。」

羅克斯特在羽絨被下抓住我的腳，突然把我拉到床底，放聲大笑。然後又從床底開始。

我試著假裝沒有達到高潮，以免他又開始笑我。

最後經過幾個小時後，他躺在枕頭上休息，我撫摸著他濃密的黑髮，欣賞他完美五官的每個細節，臉上的細紋、眉毛、鼻子、下巴和嘴唇。天啊，這麼久之後才被一個如此美麗、如此年輕又如此擅長的人觸碰，是多麼有趣、多麼親密、多麼狂喜。我的頭靠在他的胸口上，在黑暗中說話，然後羅克斯特捏住我的上下唇說：「噓……」但我還是試著透過他的手指說話：「我就是想說嘛。」羅克斯特溫柔地低聲說道，就好像我是個孩子或瘋子：「不是叫妳不要說，把話留到早上再說。」

然後呢……哦，該死──門鈴響了。

我打開門，滿臉笑容。孩子們看起來又狂又野，滿頭蓬亂，臉髒兮兮的，但很高興。丹尼爾看了我一眼，說：「瓊斯。這一定是一個非常美好的夜晚，妳看起來年輕了二十五歲。當他們看《海綿寶寶》時，妳能在我的膝蓋上抖動一下，快速又仔細，一五一十地告訴我整件事的細節嗎？」

2013 年 2 月 3 日星期日

9:15 p.m. 這是一個美好的週末休息。孩子們很高興，因為我很高興。我們出去爬樹，然後回來看《英國達人秀》。羅克斯特在下午兩點發簡訊過來。羅克斯特說除了他在外套袖子上發現一點嘔吐痕跡之外，一切真是太棒了。我說除了他把床單搞得一團糟之外，一切也都很棒。我們都同意我們的心智年齡非常低，而且

從那時起就一直以簡訊來展示這一點。

我很幸運在生命中的這個時刻,能夠跟一個如此年輕而美麗的人共度這一晚。我很感激。

9:30 p.m. 天啊,突然,我不知道為什麼想起電影《最後的蘇格蘭王》[8]中的一句台詞,有人說:「我比較喜歡跟已婚女人睡在一起。她們會非常感激。」我想是伊迪・阿敏。

回到現在

靈魂的黑夜

2013 年 4 月 20 日星期六

來自羅克斯特的簡訊 0,檢查來自羅克斯特的簡訊 4567 次,在比利身上發現蝨子 6,在美寶身上發現蝨子 0,在我身上發現蝨子 0,花時間回顧馬克、感覺失落悲傷死亡、想起沒有馬克的生活、又再次嘗試成為女人、皮衣男、約會災難、養育孩子以及去年一整年發生的事 395 分鐘,為週一和綠光製片的劇本會議做準備的想法 0,睡眠時間 0。

---

[8] 《最後的蘇格蘭王》(*The Last King of Scotland*)是根據烏干達獨裁者伊迪・阿敏(Idi Amin)的故事改編的小說和同名電影,阿敏有多次婚姻,並和不少已婚女性有染。

5 a.m. 幸虧不是僅僅那一晚。羅克斯特跟我一拍即合,一週變成了兩週,兩週變六週,到現在已經是十一週又一天。

情況是,理論上要跟羅克斯特在一起好像很困難,但其實是出奇地容易。不過實際上的棘手之處,是羅克斯特跟其他三個同齡男孩住在一起,所以我們顯然不能去他家,不然就變成《癟四與大頭蛋》(Beavis and Butt-head)的情況,假裝我是羅克斯特媽媽的朋友,幫他整理凌亂的床單和清洗堆滿水槽的髒碗盤,只是來借住一宿,跟他一起睡在皺巴巴的床單上。

同樣的,我也不想這麼快就把羅克斯特介紹給孩子們,當然也不希望他們發現我和他在床上。但幸虧我們找到方法,臥室門上有鉤子。這一切真是太棒、太可愛了!擁有獨立的大人生活,可以在酒吧和小餐館見面,一起去看電影,在郊外散步,又能享受美妙的性生活,還有一個關心我的人,這真是太好了。雖然他沒有見過孩子們,但孩子也不再是忌諱,他們已經成為我們對話的一部分、簡訊的一部分,我們互相聊起自己的生活、我們在做什麼、在吃什麼、什麼時候要去接送孩子、羅克斯特的老闆在幹什麼、羅克斯特在吃什麼,種種訊息都在談論之列。

現在回想起來,當時簡直神智不清,一直沉浸在幸福的迷霧中。現在是星期六早上五點,我整晚沒睡,想著所有這些事情,孩子們一小時後就要起床,我週一還要開電影會議,但還沒做什麼準備,我身上可能還有蝨子,而羅克斯特還是沒有傳來任何訊息。

10 p.m. 還是沒簡訊,又要開始崩潰。給茱德、湯姆和塔莉莎留言和簡訊,但他們似乎都不在。茱德正跟 PlentyOfDance 或可能

是PlentyOfDoctor的對象約會，同時讓卑鄙李察跟一個假帳號約會。噢，電話來了！

塔莉莎前來救援。但她拒絕聽我的哀嚎：「因為我已經中年了！」她說：「胡說，親愛的！」她提醒我，《男人來自火星，女人來自金星》裡說過，男人不管幾歲，有時候都會退回去躲在自己的洞穴。

「而且，親愛的，」她補充說：「妳不是星期四晚上才跟他見過面嗎，妳不能指望每隔一天就要見到這個可憐的男孩啊。」

在這之後我才上床睡覺，電話簡訊就響了。滿懷希望地跳起來。

還是塔莉莎。

〈現在別擔心了。這只是關係上的小小變化而已。記住妳學到的一切。妳現在也是約會的老水手了，我向妳保證，妳會成功度過這場小風暴。〉

2013年4月21日星期日

61.7公斤（喔不，這必須停止），卡路里2850（同上，但這是羅克斯特的錯），跟孩子們玩耍452分鐘，一邊跟孩子玩耍、一邊擔心羅克斯特怎麼不傳訊息452分鐘（希望兒童福利社服機構不會讀到這個）。

3 p.m. 還是沒有性。我是說，訊，簡訊啦。但今天對羅克斯特

冷靜多了,冷靜、佛教徒,幾乎像達賴喇嘛。來時他自來,去時他自去,哀樂不能入。

3:05 p.m. 你媽的羅克斯特!你他媽的!在經歷這一切,那種親密感,現在又死也等不到簡訊。這實在太不人道了。反正我不喜歡他。我只是⋯⋯只是⋯⋯利用他來做愛⋯⋯就像一個玩具男孩。反正孩子們沒見過他真是太好了——因為現在一切結束,他們也不會受到影響。但我到哪裡才能再找到一個跟我相處融洽、如此風趣、如此甜蜜、又如此漂亮的人,還有——

「媽咪?」比利打斷我的思索:「世界有幾種元素?」

「四種!」我高興地說,突然回到週日下午廚房裡亂糟糟的現實:「空氣、火和木。還有,嗯——」

「不是『木』!木不是一種元素。」

哦。突然想到「木」是來自我讀過的一本關於設計元素的書,當時是說佛教禪學就像一幢房子一樣,房子必須有水、木、土和火。反正最後一個是火沒問題!

「世界有五種元素。」

「不是,不是五種!」我生氣地說:「只有四種元素。」

「不對。有五種元素,」比利說:「空氣、土、水、火和技術。五種。」

「技術不是一個元素。」

「是啦!」

「不對，不是！」

「是啦！。在 Wii 的『寶貝龍世界』（Skylanders）裡是空氣、土、水、火和技術。」

我驚訝地盯著他。現在科學技術已經變成一種基本元素了嗎？是這樣嗎？技術是第五元素，而我這一代就是不理解這些新科技，就像印加人完全忘記發明輪子一樣嗎？或者是印加人發明了輪子，但阿茲特克人從未想到過？

「比利？」我說：「是誰發明輪子？是印加人還是阿茲特克人？」

「媽咪！那是在西元前八千年前的亞洲。」

我沒有注意到，什麼時候他已經打開他的 iPod 了。

「你在做什麼？？？？」我大聲喊道：「你剛剛已經玩過了。下次要到四點才可以再打開！」

「但我剛剛的『寶貝龍世界』沒有玩夠 45 分鐘啊，我只玩了 37 分鐘，因為它要加載，妳之前說要是我去廁所，計時可以暫停。」

我抓著頭髮拉扯，盡量不去想那些蝨子卵。我就是不知道要怎麼處理這些新科技帶來的狀況。我們整週都禁止用這些電子產品，週末最多可以玩兩個半小時，但每次不超過 45 分鐘，中間至少間隔一個小時，但整件事就像要過一個複雜的關卡一樣，還要排除下載和上廁所的時間，搞得好複雜；還有，他們在跟對街的某人玩網路巫師遊戲，這簡直把我逼瘋了！因為這讓他們變成了完全不在場的生物，我乾脆還待在床上比較好，因為……

「比利，」我用語音信箱裡最好的聲音說：「你玩螢幕的時間已經過了。請你把 iPad 遞給我，我是說 iPod，好嗎？」

「這不是 iPod。」

「把它拿過來，」我說，像蛇髮女妖美杜莎一樣，盯著那個薄薄的邪惡黑色物體。

「這是 Kindle 閱讀器。」

「我說你螢幕看夠了！」

「媽咪。這是妳的 Kindle。這是一本書。」

我不停眨眼，滿臉困惑。這也是新科技、黑色的、薄薄的，因此是邪惡的，但是⋯⋯

「我正在讀羅爾德・達爾（Roald Dahl）的《詹姆斯和大桃子》（James and the Giant Peach）。」

⋯⋯這也是一本書。

「好吧！」我高興地說，試圖恢復我的尊嚴：「有人想吃零嘴嗎？」

「媽咪，」比利說：「妳真傻。」

「好的好的，我很抱歉，」我說，就像生悶氣的青少年。我抓住他擁抱，也許表現得有點太過熱情。

突然傳來「叮」的一聲。我衝向手機。羅克斯特！是羅克斯特！

〈瓊斯，我很抱歉我都沒聯絡。週五我去卡迪夫時，把手機落在廚房的桌上，我在其他地方都找不到妳的電話號碼。我一直像頭瘋狂的野獸似地想給妳發推文和電郵。螞蟻有爬進妳的電腦嗎？〉

天啊，沒錯。羅克斯特說過他週末要去卡迪夫看橄欖球賽。所以他才會在星期四找我，就是我發現比利長蝨子那天。卡迪夫橄欖球賽就在這個週末嘛！

愉快的簡訊交流終於到來：

〈今晚我可以來補償（make-up）做愛嗎？雖然我們沒有分手（break-up）做愛。還是等以後再做？〉

我要拒絕。明天有個會議，要先做好準備，好好休息、精神飽滿非常重要，我就是那種專業、懂得優先順序的「全能媽媽」。等孩子們睡了，我要釐清思緒，為這場重要的全能會議做好準備。

全能媽媽

2013 年 4 月 22 星期一

59.9 公斤（這是性愛蒸發法），做愛 5 次，為會議整理思緒的時間 0，為會議的發言準備時間 0（天哪）。

11:30 a.m. 製片公司接待區。

哦，天啊，我整晚都在做愛，我到底有想到什麼嗎？又是補償又

是分手,搞得我跟羅克斯特都好渴望,我們都睡不著。實際上我是倒立床邊,羅克斯特抓住我的雙腿騰空,同時猛力抽插,突然——

「媽咪咪咪咪!」門把開始嘎嘎作響。

天哪,這時候要停下來真是太難了。

「媽咪咪咪咪!」

羅克斯特驚慌後退,我順勢倒摔在地板上……

「媽咪,那砰的一聲是什麼?」

「沒什麼,親愛的!」我頭朝下地顫抖著:「我就出來了!」羅克斯特低聲說道:「我也快出來了。」

我顧不得淑女身分馬上翻身,把屁股翹在空中,羅克斯特把我抱回床上,咯咯地笑起來,低聲說:「請不要放屁。」

「媽咪,妳在哪裡?為什麼門鎖著?」

我跳到床上,拉直我的襯衣,而羅克斯特則躲在另一邊。我解開門上掛鉤,把門打開一條縫,匆匆擠出去,又把門關起來。

「好啦好啦,比利,媽咪在這裡,一切都很好。怎麼了?」

「媽咪,」比利奇怪地看著我:「妳的胸部為什麼掉在外面?」

早上帶他們去學校後,完全是一場噩夢,有好多事要處理,蝨子、

安排小朋友一起玩的接送和克蘿伊排班時間的問題要解決，我吹乾頭髮（想像浴室裡又飛滿蝨子卵），最後從衣櫃下方找出海軍藍絲綢連身裙，需要熨燙還要擦掉巧克力汙漬。現在我在製片公司等待開會，根本沒有做好任何心理準備。

辦公室都非常可怕。接待區就像個藝廊。接待櫃檯就像個巨大又單獨站立的水泥浴缸，有個男人臉朝下躺在地板上——他也許就是個有抱負的編劇，只是他的「探索討論會議」搞砸了？

12:05 p.m. 喔，地上那個是一件雕塑，或者更像是裝置藝術。

12:07 p.m. 平靜而泰然。平靜而泰然。一切都很好。只需要提醒自己劇本裡到底寫些什麼。

12:10 p.m. 以後也許會獲得英國電影和電視藝術學院最佳改編劇本獎。「我要感謝塔莉莎、賽吉、比利、美寶、羅克斯特⋯⋯無論如何，這些人已經說夠了。我出生在三十五年前而且⋯⋯」

12:12 p.m. 好，停下來。整理一下思緒。重要的是，這次改編是一場女性主義悲劇。關鍵敘事線索是，海達並沒有像茱德那樣獨立，而是選擇了一位沉悶、沒有吸引力的學者，他竭盡預算在皇后公園買了棟房子。然後，海達對佛羅倫斯的知性蜜月感到失望，因為她真正想去的是伊比薩島，對低劣的性生活也感到失望，因為她真正想嫁的是她熱愛的酒鬼情人，後來她更對骯髒、下著雨的皇后公園房子感到失望，最後開槍自殺⋯⋯完畢！

5 p.m. 一個黑髮、全身黑衣的高個女孩驚醒我的白日夢。她身後站著一位身材矮小的青年，頭髮一邊短一邊長。他們笑得太燦

爛,好像我已經做錯了什麼,感覺是他們準備在宰了我之前先安撫我,然後我就會趴在地板上像那個人一樣。

「嗨,我是伊莫金,他是達米安。」

當我們擠進不銹鋼電梯時,有一陣尷尬的沉默。我們面面相覷,臉上露出瘋狂的笑容,不知道該說什麼。

「這電梯真是不錯,」我脫口而出,伊莫金說:「是吧,不是嗎?」門直接打開,通向一間壯觀的會議室,窗外可以俯瞰倫敦的屋頂。

「要喝點什麼嗎?」伊莫金指著一個低矮的餐具櫃說,裡面放著好幾瓶名牌礦泉水、健怡可樂、咖啡、巧克力餅乾、紐翠營養棒、燕麥餅乾、一碗水果和巧克力糖,還有在這時間看起來很奇怪的牛角麵包。

正當我自己喝咖啡配牛角麵包,營造出一種讓人愉悅的能量早餐氛圍時,大門突然打開,一個身材高大、氣勢強烈、戴著大黑眼鏡、襯衫熨燙得平整一絲不苟的男人走進來,他看起來非常忙碌也很重要。

「對不起。」他沒看任何人,先低聲說:「剛剛在電話會議。好的。我們要從哪兒說起?」

「布莉琪,這是喬治,綠光製作公司的負責人,」伊莫金說道,這時我的包包開始發出嘎嘎叫的聲音。天啊,顯然是比利對簡訊警示聲做了什麼調整。

「抱歉，」我高興地笑一下：「我先把它關掉。」然後開始在包包裡的起司碎片中翻來挖去，就是找不到手機在哪裡。問題是，這嘎嘎聲不是簡訊警示，而是某種警報，所以它一直響一直響，但我的包包裡裝滿了垃圾，根本找不到手機。現在所有人都瞪大眼睛看著我。

「那麼……」喬治指著他旁邊的椅子說道，我終於拿出手機，擦掉上頭有點壓扁的香蕉，然後把警報聲關掉。「那麼……我們喜歡妳的劇本。」

「哦，那太棒了，」我說，偷偷將手機調到「振動」並放在膝蓋上，以防羅克斯特，我是說克蘿伊或學校發簡訊過來。

「裡面有一些非常可愛的描述，」伊莫金說。

「謝謝妳！」我微笑著說：「我為討論做了一些筆記，而且——」

手機震動了。是克蘿伊。

〈科斯瑪塔的媽媽說可以帶美寶去玩，因為科斯瑪塔和賽洛尼斯也有蝨子，但阿迪克斯的媽媽拒絕跟比利一起玩。比利在學校病了，他們希望現在有人去接他，但我無法過去，而且科斯瑪塔的媽媽不希望家裡有病菌，所以不能帶比利一起去科斯瑪塔家接美寶。〉

腦海中浮現出這幾個孩子名字的拉丁文動詞變格——柯斯瑪塔 Cosmo、Cosmas、Cosmata，賽洛尼斯 Theo、Thea、Thelonius，阿迪克斯 Atticarse——以及麻煩的接送／生病問題，不知道全能媽媽碰到這種狀況會怎麼做。

「基本上我們認為海達故事的整體基調和更新改寫都很棒,」伊莫金說。

「海達這個角色,」喬治簡潔地補充道。伊莫金臉色微微一紅,似乎將此視為某種指責,然後繼續說道:「我們認為,是一位女性對自己的命運不滿,在理性選擇的丈夫與充滿創造力的狂熱情人之間掙扎——」

「完全正確,對,」我說,手機又震動了:「我的意思是,儘管時代已經過去很久,但女性還是要做出這些決定。我認為皇后公園正是這樣的——」

偷偷看一下簡訊。羅克斯特!

〈妳穿什麼衣服,電影會議怎麼樣?〉

「對、對,我們的想法是——我們把它設定在夏威夷,」喬治打斷說道。

「夏威夷?」我說。

「是的。」

意識到這可能是個關鍵時刻,我鼓起勇氣補充說道:「不過,這個場景還是應該比較像挪威。就像在11月,皇后公園一棟黑暗、壓抑的房子,一片漆黑、悲慘。」

「可能是在考艾島,」伊莫金鼓勵地說:「那裡一直在下雨。」

「所以,與其待在一個黑暗、壓抑的房子裡,不如……」

「在遊艇上!」伊莫金說:「我們想要帶來一種 60 或 70 年代的迷人感覺。」

「就像《粉紅豹》(The Pink Panther)一樣,」達米安插話說道。

「你是說要拍成動畫片嗎?」我一邊說,一邊在桌子底下偷偷發簡訊:〈海軍藍絲綢連身裙。惡夢。〉

「不、不是,妳知道的,像大衛·尼文(David Niven)和彼得·謝勒(Peter Sellers)主演的原版《粉紅豹》。」伊莫金說。

「那不是以巴黎和格施塔德(Gstaad)為背景嗎?」

「嗯,對啊,但那就是我們想要的感覺。整體氛圍。」伊莫金說。

「夏威夷的一艘遊艇,帶有巴黎和格施塔德的效果?」我說。

「而且那裡在下雨,」伊莫金說。

「又黑又暗的陰霾天空,」達米安補充道。

真是快昏倒了我。現在整件事變得令人失望又超破爛。但重要的是,正如經紀人布萊恩所言,如果你是一名編劇,你不想成為一種麻煩。

手機震動了。羅克斯特。

〈GBH 就是上週我把頭鑽進去的那件海軍藍絲綢洋裝嗎?〉

「所以……」喬治說:「海達是凱特·哈德森。」

「對、對。」我點點頭,在 iPhone 筆記中寫下「凱特·哈德森」,

然後快速發簡訊〈GBH？〉，同時努力不去想羅克斯特鑽進我裙子的樣子。

「無聊的丈夫是李奧納多・狄卡皮歐，而酗酒的前任是……」

「希斯・萊傑，」達米安快速說道。

「可是他死啦，」伊莫金說。羅克斯特發來簡訊：〈偉大的大漢堡。我是說，給妳一個大抱抱啦。〉

「對對對對對，」達米安說：「不是希斯・萊傑，是像希斯・萊傑這樣的人……」

「還沒死的嗎？」伊莫金冷冷地盯著達米安說：「科林・法洛？」

「是的，」喬治說：「我看是可以。我可以想像看到科林・法洛。如果他能扮演正直坦蕩的樣子，我想他就是這樣。那麼另一個女孩呢？」

「那個朋友──海達・嘉布勒在學校的那個朋友？」伊莫金說。手機震動了。

〈比利好多了，所以我可以先去接他，但科斯瑪塔的媽媽仍然不希望他上門。我可以把他留在車裡嗎？〉

「艾莉西亞・席薇史東，」達米安說：「應該像《獨領風騷》（*Clueless*）那樣。」

「不行，」喬治說。

「喔不行，」達米安不同意自己的說法。

「你知道嗎?」喬治看起來若有所思:「海達可能更像卡麥蓉‧狄亞。無聊丈夫就由布萊德利‧庫柏來怎麼樣?」

「嗯!對!但是布萊德利‧庫珀不是很性感嗎──」

「《安娜‧卡列尼娜》中的裘德‧洛,」伊莫金表示贊同,臉上帶著會心的微笑:「或者讓整部作品變得更老一點,讓喬治‧克隆尼演不同類型的角色?」

感覺自己身處某種奇異的暮光世界,大家隨口拋出那些極為知名的人物,但他們根本不可能有絲毫興趣參與其中。為什麼科斯瑪塔的媽媽會認為蝨子和病菌會從人行道上跳到前門,為什麼喬治‧克隆尼會想出現在我寫的、夏威夷遊艇上的《海達‧嘉布勒》改編版,扮演跟過去都不同類型的角色呢?

「要是她沒有死呢?」喬治說著站了起來,開始四處走動:「她死了,對吧,在書裡?」

「劇本裡,」伊莫金說。

「但這就是整部戲的重點啊,」我說。

「是啊,但如果是一部浪漫喜劇呢?」

「這不是浪漫喜劇,這是一場悲劇。」我說,然後馬上為自己搶話感到後悔。

手機又震動了。克蘿伊。

〈科斯塔瑪家的街上不能停車。她媽媽為了照顧嬰兒,也不能帶孩子出來。〉

「她開槍自殺了，」伊莫金說。

「她開槍自殺？她開槍自殺？」喬治驚呼：「誰會這麼做？」

「你不能對一個開槍自殺的人說『誰會這麼做』？」伊莫金說道。

「他們就是這麼說的！在原作裡！」我說，試著壓抑對科斯塔瑪媽媽找麻煩帶來的怒氣：「天哪！人們不會做這種事！」

現場陷入沉默。我立刻意識到，我完全說錯話了。

伊莫金兩眼如刀地看著我。我要集中注意力，不能再偷看簡訊了。顯然，我正處於某種極複雜的權力鬥爭之中，而我根本還沒弄清楚其中的微妙關係。這意味著，不管怎樣，孩子們之中總得有一個會被忽略，羅克斯特對食物的執念也勢必無法得到滿足。伊莫金話裡是站在我這邊，因為有人開槍自殺沒什麼好質疑的，人有時就會這麼做，這可不僅僅是在戲劇裡。結果我沒有支持她，卻贊同喬治的觀點⋯⋯

「我的意思是說，我同意妳的觀點，伊莫金，」我說：「總是有人開槍自殺的。當然不是都這樣，但的確有人會開槍自殺。看看⋯⋯看看⋯⋯嗯。」結果我反而很快給克蘿伊發簡訊：〈幫比利買個外科口罩。〉

「好吧，」喬治說著，又坐下來，語氣嚴肅公事公辦的樣子：「所以，我們會給妳幾天時間做修改，凱特・哈德森不會開槍自殺。這是一部喜劇。這是我們喜歡的喜劇。」

我驚訝地看著喬治。《他頭髮上的葉子》不是喜劇啊。這是一場

悲劇。難道我寫的悲劇不小心變成了喜劇？海達‧達布勒開槍自殺是基本事實。但就像布萊恩所說的，在電影產業，藝術完整性必須與實用主義並存……羅克斯特又發來一則簡訊！

〈也許可以建議他們把「蝨子」拍成皮克斯風格的動畫。〉

事實上，這倒不是個壞主意。突然間，前面提到的粉紅豹與羅克斯特的「蝨子」相結合，我想到一個絕妙點子。

「像湯姆和傑利呢？」我突然問。喬治這時原本已開門準備離開，他停下腳步回頭看我。

「我的意思是，《湯姆和傑利》是一部喜劇，但可怕的事情總是發生在湯姆和傑利身上。我的意思是，大部分都是在湯姆身上——牠被壓扁啦，牠觸電啦，但不管怎樣……」

「牠都會活過來！」伊莫金微笑著對我說。

「妳是說她又活起來？」喬治說。

「就像《傻愛成金》（*Fool's Gold*）加上《急診室的春天》（*ER*）再加上《基督受難記》（*The Passion of the Christ*）一樣！」達米安興奮地說道，並急忙補充說：「但沒有猶太人的爭議。」

「試試看，修改完在星期四之前傳給我們，再來看看它的效果如何。」喬治低沉的聲音說：「好吧，我得走了。我還有一個電話會議。」

手機震動。羅克斯特：〈會議裡有食物嗎？〉

當歡欣鼓舞的道別儀式結束——「妳表現得超棒！我超愛妳的衣服」——大家互相擁抱時，因為蝨子的關係，我的頭都偏向一邊。（我的意思是，如果它們進入達米安一邊長一邊短的頭髮裡該怎麼辦？）然後我在接待處坐下來，看一下剛剛收到的簡訊。

克蘿伊：〈比利現在好了。還是請科斯瑪塔的媽媽去接美寶，然後我去接比利，再去接美寶？〉

羅克斯特：〈剛離開辦公室去洗冷水澡，讓自己平靜下來——是為了食物，妳明白的，而不是那套洋裝和會議的幻想。有提供完整的食物清單嗎？〉

我沒有先去處理會議的事，而是打電話給布萊恩，讓他們給我更多時間，然後衝回家看看比利怎麼樣了。並且認真考慮，應該告訴克蘿伊，如果我在參加重要會議，她必須自己做出決定。我回覆羅克斯特，附上會議各種食物的完整清單，並補充說：〈我懷疑你的頭又會從我的洋裝鑽上來。〉

工作中的蝨子

2013 年 4 月 23 日星期二

寫劇本花費時間 0，處理大家的蝨子佔用工作時間 507 分鐘，可能感染蝨子的人及其家人（包括湯姆、茱德、茱德最近所有約會對象、塔莉莎、羅克斯特、阿基斯、賽吉、清潔工葛拉齊娜、克蘿伊、經紀人布萊恩——如果蝨子能從電話爬過去——以及

整個綠光製作團隊）共 23 人（不包括以上這些人可能又傳染給其他人）。

9:30 a.m. 好，這是我第一次正式重寫《他頭髮上的葉子》。感到奇妙，有身負重任的感覺！以前大概只把它當作消遣，現在變成真實的工作。

10:05 a.m. 不過確實相當困難。雖然不是要寫成歌劇首席女伶，但將海達・嘉布勒改在夏威夷的遊艇上，整部作品的感覺和意義多少都變得不同了。這麼改寫會帶來各式各樣的困難，如果還是在皇后公園的連幢別墅就沒有這些問題。哦，好極了。簡訊！

10:45 a.m. 是湯姆。〈妳的頭會癢嗎？因為我會癢。也許是心理因素，但那天晚上我離開，我們擁抱時不是把頭碰在一起嗎？〉

我嚇壞了，回覆：〈當然是心理問題。我的頭不癢。〉——但就算只是在發簡訊，我的頭也開始發癢了。

又是湯姆：〈但我星期六終於和阿基斯睡了。我該告訴他嗎？〉

內疚感發作。湯姆和阿基斯上床，是歷經好幾個月的討論和布局，而我可能毀了這段戀情！

11 a.m. 剛剛給湯姆發簡訊，列出防蝨產品、梳子等物品的清單，並表示如果他願意過來，可以幫他用密齒梳梳理頭髮。

11:15 a.m. 茱德剛剛打電話來，用沉鬱顫抖的聲音說話。

「卑鄙李察封鎖伊莎貝拉了。」

「伊莎貝拉是誰啊？」

「還記得 PlentyofFish 網站上那個假帳號嗎？週六和現在，她都放他鴿子⋯⋯」茱德聽起來很惱。

「什麼？」

「卑鄙李察在他的個人資料放了一段訊息，說他已經遇到對的人，不再有空。我只是覺得，真的、真的很受傷，布莉琪。他怎麼可以這麼快就認識別人？」

我向茱德解釋，伊莎貝拉原本就不存在，而卑鄙李察顯然也沒見過別人，他那麼寫只是想報復伊莎貝拉放他鴿子，雖然根本沒有伊莎貝拉這個人。茱德聽我這麼一說，似乎就高興起來，說道：「不過，我週六遇到的那個人很好，就是舞蹈愛好者網站上認識的那個。雖然他討厭跳舞。他說他們一定是從滑雪網站拿到他的個人資料。」

至少她沒有提到任何關於蝨子與蟲卵的事情。

中午。好。現在茱德又恢復平靜和快樂，我也要繼續寫《他頭髮上的葉子》。

問題是誰會住在遊艇上，不是嗎？還是他們可能這麼做？就像住在運河駁船上的人。但有遊艇的人不都是住豪宅大房子，只在遊艇上度假嗎？或者更重要的是，度蜜月。

12:15 p.m. 傳簡訊給塔莉莎。

〈有人住在遊艇上嗎？〉

塔莉莎回覆簡訊。

〈沒有，除了船員或洗錢的人。〉

12:30 p.m. 又一則簡訊來自塔莉莎。

〈話說，妳的頭會癢嗎？因為我會。上次出門不是借了妳的梳子嗎？有點擔心我的接髮。〉

天啊，塔莉莎的接髮！接髮能用密齒梳嗎？

剛剛收到茱德的另一封簡訊。

〈對了，妳的頭癢嗎？因為我會癢。〉

4:15 p.m. 完蛋了！完蛋了！家人回來的劈里啪啦聲。

5 p.m. 美寶衝進來，手裡拿著一封信。她坐在沙發上啜泣，大顆大顆淚水順著臉頰流下來。

> 給所有幼兒班的家長
> 野玫瑰班有個孩子……

為什麼幼兒班的名字，聽起來都像科茲窩（Cotswold）的度假別墅，害我一直在 Google，沒空寫《他頭髮上的葉子》？

> ……已發現感染頭蝨。請購買合適的密齒梳及相關產品，並在帶孩子上學之前仔細檢查。

「是我，」美寶抽泣著：「我在頭上感染野玫瑰，我是『野玫瑰班那個孩子』。」

「這不是在說妳,」我邊說邊擁抱美寶,該不會又傳染給她、或她傳染給我吧:「科斯瑪塔有頭蝨。我們沒有在妳身上找到任何東西。也許他們只是說『一個孩子』來代表很多人。」

2013 年 4 月 24 日星期三

79.4 公斤(感覺又要胖回來了),嚼了尼古清 29 個(注意是戒菸產品,不是學校班媽),健怡可樂 4 罐,紅牛 5 罐(真是糟糕,快到極限了),磨碎起司 2 包,黑麥麵包 8 片,卡路里 4897,睡眠 0,寫作 12 頁。嗯哼。

12:30 p.m. 好的。完全沒有必要恐慌。如果故事合理,而且主題跟現代生活有關,那實際發生在什麼背景應該都沒關係。

1 p.m. 海達和無聊的丈夫去度蜜月不搭遊艇,反而是回來以後住在遊艇上,聽起來整個荒謬。

1:15 p.m. 希望頭不再發癢。

1:20 p.m. 還是讓他們去美國西部公路旅行?對吧,改為汽車一定比在遊艇上更好吧?

4:30 p.m. 想說應該打電話和經紀人布萊恩討論。畢竟,這不就是找經紀人的意義嗎?

5 p.m. 向經紀人布萊恩解釋整件事,同時瘋狂地抓頭。

「事情其實是這樣的，」布萊恩說：「綠光公司在夏威夷為《魔法龍帕夫》（*Puff the Magic Dragon*）租了一艘遊艇，但現在那部片子不拍了，所以需要另一部電影來使用那艘夏威夷遊艇。」

「哦，」我垂頭喪氣地說。我的意思是，我以為綠光這麼喜愛《他頭髮上的葉子》是因為……

「那我們要怎麼做？」布萊恩高興地說：「我們就讓海達·嘉布勒在夏威夷遊艇上工作，對吧？」

「對，對，」我說，用力點頭。雖然布萊恩看不到我用力點頭，而我這附近充滿了蝨子和蟲卵，畢竟我們是在講電話。布萊恩·卡森伯格算你好運，不然你也會被感染。

2013 年 4 月 25 日星期四

5 a.m. 在床上瘋狂寫作。床上亂糟糟讓人討厭，尼古清、咖啡杯、滿地都是的劇本、健怡可樂、紅牛罐子等等，感覺完全噁心。胃裡塞滿磨碎起司、黑麥麵包、健怡可樂和紅牛的巨大腫塊，頭一直在發癢。並且還是沒有寫出任何連貫的劇情，一直拼寫錯誤、間距失控，等等，等等。然後也不能傳簡訊給羅克斯特讓自己心情好一點，因為他正在睡覺。

10 a.m. 在截稿時間的腎上腺素激增的刺激下，完成了「好幾頁」，然後用 email 傳送過去，甚至還額外添加一個我大約在 20 分鐘內完成的、無可否認的愚蠢場景——海達最後從船上跳下

去，酗酒的前情人洛夫古德也跟著跳下去，他們倆穿著潛水裝備出現在海底，就像007的《最高機密》（*For Your Eyes Only*）一樣。不管怎樣，至少看起來寫的頁數比較多，還是挺有成就感的。

現在我要回去睡覺了。

充滿蝨子與蟲卵的強力會議

2013年4月26日星期五

12:30 p.m. 綠光會議室。天啊，我走進去的時候，氣氛好緊張。大家原本在說話，看到我來了全部閉嘴。

「布莉琪，妳好！過來坐吧！」伊莫金說：「謝謝妳這幾頁，那裡有些不錯的點子。（後來才知道「那裡有些不錯的點子」表示「這是垃圾」。）

氣氛平淡而疲倦，跟上週的興奮感截然不同。還有一種強烈衝動想抓頭。

「既然這些人都喜歡遊艇，那公路旅行怎麼會是個好主意？」喬治插嘴說。

「我就是這麼想的！」我說，迅速抓了抓頭，彷彿是為了說明這個問題，但其實是頭上癢爆：「如果海達回來後，對她的新遊艇覺得失望，怎麼可能說她會在上面度蜜月呢？」

「是的，但他們不必去公路旅行，他們可以去……」

我的手機震動了。是塔莉莎。

〈接髮店不願拿下我的髮片，因為他們怕店裡也感染蝨子。〉

「拉斯維加斯！」達米安急切地說。

「不是拉斯維加斯，」喬治輕蔑地說：「大家會在拉斯維加斯結婚，但他們不在那裡度蜜月。」

「哥斯大黎加呢？」達米安說。

手機又震動了。

是湯姆。

〈蝨子就是陰蝨嗎？〉

「還是去瑪雅里維拉（Mayan Riviera）？」伊莫金說道。

「不去墨西哥，有綁架，」喬治說。

「不過，去哪裡重要嗎？」我大膽地問道，想忽略湯姆的文字中令人毛骨悚然的暗示：「因為我們看到的不是他們去度蜜月，而且度完蜜月回來的時候。」

大家都盯著我，彷彿這是一個絕妙的原創想法。

「她說得對，」喬治說：「我們不必管度蜜月在哪。」

突然有種沉重的預感，喬治其實對我的寫作品質不感興趣，而比較注意拍攝地點。感覺應該迅速回覆湯姆的簡訊，讓他放心陰蝨和蝨子不同，雖然我自己也沒有確切答案。但我也意識到，這是

我必須把握優勢、掌控這場會議的關鍵時刻。

「各位，」我說，我知道這是一種惱人的女教師的聲音，我搔著頭，心裡突然擔心羅克斯特沒發簡訊，是因為他現在也長了蝨子甚至是——

「我認為遊艇是個好主意，」我假裝熱情地說：「但它在改編上確實帶來了一些問題。重點是我們要記住，《他頭髮上的蝨子》是要製造一個——」

「《他頭髮上的蝨子》？」伊莫金說，突然把手伸到了頭上。

「我是說《他頭髮上的葉子》。」我急忙說。達米安現在也在搔頭，禿頭喬治看著我們，好像我們完全瘋了。手機震動。羅克斯特！不，又是湯姆。

〈蝨子會變陰蝨嗎？……我是說，牠會不會……爬到那邊去？〉

「重要的是，」我繼續說道：「重要的是我們迷失重點……各位請看，」我打開筆記型電腦，莊重地說：「我已經對重要主題做了一些筆記。」

每個人都圍過來看我的螢幕，但跟我的頭保持距離。當我啟動筆記型電腦時，為了填補尷尬的沉默，我補充說：「各位，我認為這齣戲本質上是一部女性主義作品。」螢幕上突然出現了「公主新娘」電玩的粉紅色和淡紫色首頁。

啊，美寶什麼時候來玩我的電腦？

在我開始忙著尋找筆記檔案時，喬治不耐煩地說：「這樣吧，妳在尋找檔案的時候，我們為什麼不去讀一下這幾頁，順便吃點午餐呢？」

「讀一下這幾頁？」我腦子有點發暈地說：「你們還沒讀過這幾頁啊？」

我的意思是，我們剛剛就在討論那幾頁。要是他們連劇本都沒讀過，我整夜喝紅牛、嚼尼古清還有什麼意義──

「我們午餐後見。」喬治說，現在他們都離開會議室了。

1:05 p.m. 嗯哼。反正，現在至少可以自由地抓頭，用 Google 搜尋陰蝨和頭蝨，讓自己的情緒平靜下來，接受羅克斯特因為小蟲子最後離開我的事實。

1:15 p.m. 剛剛在「萬事問」（Ask.com）輸入「蝨子是陰蝨嗎？」正在閱讀答案──

> 頭蝨和「陰蝨」是不同的東西。
> 頭蝨（通常出現在頭部）的身體較長、較薄，而陰蝨體形較大、較硬。頭蝨只會寄生在頭部，不會寄生在陰部。
> 陰蝨寄生在陰部。
> 還有第三種蝨子生活在身體有毛部位⋯⋯

──當喬治的助手帶著午餐菜單出現在我身後時，我還來不及將螢幕切換回公主新娘首頁。

趕緊關上筆記型電腦，點了一份泰式雞肉沙拉，等她走後──大

概會告訴全公司說我有陰蝨——把陰蝨／蝨子的連結 email 給湯姆。

1:30 p.m. 沒有人回來。今天是我要去學校接送，現在開始恐慌。我原本想，才十頁左右的劇本，應該不會拖這麼久吧？這個想法總不算太過分吧？哦，簡訊。羅克斯特？

是湯姆。

〈感謝妳的連結。這些其實都沒有幫助。〉哎呀！

喬治和達米安和伊莫金都回來了。

2: 45p.m. 會議結束，在 3 點 15 分趕到幼兒班之前還有幾秒鐘的時間。令人高興的是，在他們讀完那幾頁又吃了一些食物後，會議變得稍微積極一些。（你看，跟比利還有美寶完全一樣！）除了他們希望我重寫我已經重寫的所有內容，因為幽默「還沒發揮出來」，而喬治真正想留下的唯一一點是可笑的——《最高機密》海底潛水衣結局。

當然，他們午餐後回來時，我的螢幕上還是沒找到女性主義筆記。當他們聚集在一起時，看到的的是：

> 頭蝨和陰蝨是不同的東西……

雖然他們可能已經看到了兩種蝨子的圖片，但在他們真正閱讀之前，我就先關掉了。

隨後的討論被塔莉莎的簡訊打斷，她當然立即在諾丁丘找到了一

位有名的除蝨護士,並連續發送即時評論給我。

〈還沒找到。〉

〈天哪,我有蝨子,說要花 130 英鎊才能全部清除,我不知道是否該相信她。〉

不好意思叫塔莉莎先別發簡訊過來,因為我覺得這件事我也有錯,所以必須支持她。

塔莉莎的簡訊變得越來越糟。

〈名人護士不敢保證我的頭髮能清乾淨,因為牠們可能會在頭髮裡繁衍築巢。〉

〈我都用吹風機吹頭髮的習慣怎麼辦?而且還必須要上電視!甚至不能讓女孩在節目中「修整」我的頭髮。另外如果賽吉現在也有蝨子要怎麼辦?〉

〈因為有蝨卵,美髮沙龍不肯幫我取出髮片,唯一的辦法就是我自己用一瓶接髮油把它們拿下來。〉

塔莉莎現在一定驚慌不已,因為她通常不會做什麼讓妳也感到內疚的事。這下子我毀了塔莉莎的生活和事業。還有性格。

要是她心情穩定下來,能到我附近,至少我可以幫她拿下髮片。

塔莉莎後來想出一個絕佳計畫,我們明天都去除蝨護士那裡。「所以至少妳少了一件需要擔心的事情!這對我們所有人來說都會是一次愉快的郊遊!會很有趣的!」

11 p.m. 美妙的夜晚,幫塔莉莎拿下接髮片。這很不容易拿下來,因為必須要把油擦到黏膠上,然後把接髮拉出來,再檢查有沒有蝨子。有點像《悲慘世界》中的安・海瑟薇因為糟糕的髮型而死去,只不過電影多了呻吟和哭泣。我們沒有發現任何真正的蝨子,因為名人除蝨護士已經找出所有蟲子,但我們在膠水中的確發現了很多黑點。

最糟糕的是,重新接髮得花好幾百英鎊。

「這都是我的錯。我會付錢給他們,」我說。

「哦,別開玩笑了,親愛的,」塔莉莎說。「這不是重點。關鍵是,我一週內不能再接回去,以免放過任何一隻蟲子或蟲卵,蝨子週期是一週。這下子我該怎麼辦呢?」

她似乎突然失去了信心,看著真髮上塗著除蝨油的自己。「哦,太好了,我現在看起來一百歲了。賽吉這下子會怎麼說呢?而且我還要上電視。哦,親愛的,這就是我一直擔心的事情。我現在是困在荒島上,沒有接髮專家、沒有肉毒桿菌美容師,我所有的魔法都消失了。」

我盡量不去想 18 世紀假髮理論,只是說現在滿頭的髮片油、除蝨油,誰看起來都不會很好看的,然後幫塔莉莎洗了頭髮並吹乾。事實上,這樣的她看起來真的很甜美。頭髮毛茸茸的,就像一隻小雞。

「我覺得,名人的重點就在於他們會不斷變換造型!」我鼓勵地說:「妳看看女神卡卡!看看潔西・J! 你也可以試試……粉紅

色假髮！」

「我又不是潔西·J！」塔莉莎說道，這時一直在旁邊嚴肅看著的美寶突然大聲唱著：「卡奇、卡奇！伯伯林、伯伯林！」[9]

她滿懷期待地看著我們，好像我們應該要說「的確，妳才是潔西·J」。然後，她垂頭喪氣地低聲問道：「為什麼塔莉莎看起來這麼傷心？」

塔莉莎看著我們兩個的臉。

「沒關係，親愛的，」她說，就好像我們都是五歲的孩子一樣：「我會去哈洛德百貨找些東西簡單地裝飾一下。它們稍後就能派上用場。只要裡面沒有蝨子就好。」

11:30 p.m. 塔莉莎剛剛發簡訊：〈賽吉喜歡我的真髮。他好興奮。我本來很擔心要是我們困在荒島上，他看到了「我真正的樣子」，就會討厭我。〉這個簡訊的背後事實上大有文章，因為她完全消除了我譴責自己的內疚感，而且讓我看起來好像是幫了她一個大忙似的。

塔莉莎確實精於人情世故。她常說很多人處於「原始狀態」，意思是，他們並不真的知道行為舉止如何才是適當。

我也很確定，如果塔莉莎真的認為是我的錯，也就是說，我明知自己可能長了蝨子卻沒有告訴她，還故意擁抱她、摸她，那麼她

---

[9] 原歌詞為「Ka-Ching Ka-Ching……Ba-Bling Ba-Bling」，同樣出自英國歌手潔西·J的歌曲〈Price Tag〉。

一定會完全直說的。

湯姆傳來簡訊：〈蝨子和陰蝨絕對不一樣，似乎兩者都沒有，阿基斯認為這個親密經驗很有趣。〉

2013年4月27日星期六

蝨子與蟲卵清除32個，每隻蝨子8.59英鎊。

就像比利所說的，除蝨護士的療程「非常、非常有趣」，每個人都玩得很開心。貼心助理全身裹著白色衣服，用吸塵器吸了大家的頭髮，說他們什麼也沒發現，然後用很熱的吹風機猛烈地吹我們。一切的確都「非常、非常有趣」，直到帳單到來──275英鎊！大家都可以去歐洲迪士尼玩一趟了！跟Google搜尋出來的價格一樣。

「這樣真的有效嗎？」我說：「我不能在家用迷你真空吸塵器，然後用非常熱的吹風機吹大家的頭髮嗎？」

「嗯，不行喔，」名人護士輕描淡寫地說：「這一切都是經過特別設計的。吸塵器來自亞特蘭大，熱風毀滅者是在里約熱內盧製造的。」

著火了！著火了！

2013 年 5 月 1 日星期三

天啊，今天早上，羅克斯特說：「我想我應該出去吃早餐。」而不是待在臥室，讓我出去照顧孩子們。

「好吧，」我高興地說，有點緊張，一方面害怕孩子們持刀爆發大屠殺，同時也想知道羅克斯特是真的想參與家庭生活，或者只是肚子餓了想吃東西。「我先把東西準備好，你再下來！」

一切都很順利！比利和美寶穿好衣服，漂亮地坐在桌邊，我決定煎香腸！知道羅克斯特很喜歡全套英式早餐！

當羅克斯特出現時，他的面容煥然一新，心情愉快，比利沒有任何反應，美寶繼續吃東西，但同時嚴肅地盯著羅克斯特，眼睛始終沒有離開過他。羅克斯特笑著說：「嗨，比利。嗨，美寶。我是羅克斯特。還有什麼東西留給我嗎？」

「媽媽在煎香腸。」比利說著，看了一眼爐子。「喔！」他說，眼睛亮了起來：「香腸著火了！」

「它們著火了！它們著火了！」美寶高興地叫著。我衝向爐子，孩子們跟在後面。

「它們沒有著火，」我憤怒地說：「這只是底下的脂肪燒起來。香腸很好，它們──」

這時煙霧警報器響了！奇怪的是，煙霧警報器以前從沒響過。這

是你聽過的最響亮的噪音,真正是震耳欲聾!「我找找看它在哪裡,」我說。

「也許我們應該先把火撲滅,」羅克斯特吼道,他關掉煤氣,平穩拿出香腸和錫箔紙,把它們倒進水槽,又在喧鬧聲中喊著:「廚餘回收桶在哪裡?」

「那邊!」我邊說邊瘋狂翻閱烹飪書架上的各種文件,看看能不能找到煙霧警報器的說明書。但除了美吉(Magimix)食物處理機使用說明書之外,什麼也沒找到,到底火警警報是從哪裡發出的呢?我猛然回頭一看,大家都不見了。他們都去哪了?難道他們集體決定我太糟了,全都跑去投靠羅克斯特和他室友,過上無憂無慮的生活?在那裡,他們可以整天打電動,吃完美煎好的香腸,並且聽真正流行的音樂——而不是整天聽凱特・史蒂文斯(Cat Stevens)唱著〈破曉時分〉(Morning Has Broken)?

這時煙霧警報器停了。羅克斯特笑著走下樓梯。

「它怎麼停了?」我說。

「我把它關了。那盒子上還寫著密碼——如果你是小偷,那就糟了;但如果你是小男友,家裡還有燒焦的香腸,那就太好了。」

「孩子們在哪裡?」

「我想他們都在樓上。過來點吧。」

他抱著我,我靠在他健壯的肩膀上。「沒關係。只是很好笑而已。」

「是我把事情搞得一團糟。」

「不是妳,妳沒有,」他低聲說道:「火災、蟲災,是任何人都可能發生的事情。」我們開始接吻。「我們最好先暫停,」他說:「不然會有更多著火的香腸要撲滅。」

我們上樓去尋找孩子們,發現他們已經平靜回到自己臥室,正在跟恐龍玩耍。

「好了!我們去學校吧?」我高興地說。

「好吧,」比利說,好像沒有發生任何不尋常的事情。

於是,我、比利、美寶和羅克斯特一群人從前門走出來,路上一位緊張的女士迎了上來,一臉懷疑地問道:「你們家失火了嗎?」

「妳猜對了,寶貝,」羅克斯特說:「再見,比利。再見,美寶。」

「再見,羅克斯特,」他們高興地說,他拍拍我的屁股,然後往地鐵走去。

但現在,也許我恐慌症發作。這是否意味著事情正在發展到更認真的階段?而且,讓羅克斯特和孩子們建立聯繫肯定不是個好主意,以防萬一……也許我該傳簡訊邀請他參加塔莉莎的生日派對!

10:35 a.m. 衝動地發送簡訊:〈塔莉莎邀請你參加5月24日她盛大的60歲生日派對。會有很多食物,非常好玩!你想去嗎?〉

10:36 a.m. 沒有回覆。簡訊沒提到那剛好也是他的30歲生日(免

得讓自己像是個跟蹤狂），但我為什麼要說 60 歲？為什麼？還有什麼比這更讓人討厭的嗎？為什麼無法刪除已經送出的簡訊？

10:40 a.m. 羅克斯特還沒回覆。哇！電話來了！也許是羅克斯特打電話要跟我分手，因為我有一個 60 歲的朋友。

11 a.m. 電話來自綠光製片的喬治。在那幾分鐘的時間裡，我們進行了相當熱烈的討論，從喬治坐在豪華轎車裡，到喬治在禮品店，再到喬治登上飛機，在他針對重寫情節提供意見的同時，我還聽到他說什麼：「不，不用包起來！我趕著上飛機。還是包起來好了。」

到最後當我打開羅克斯特的另一條簡訊時，我有點托大地開玩笑說：「喬治，你這麼一心多用，其實你剛剛給我的意見有點不好理解。」

但我不確定他是否聽到這句話，因為通話這時剛好斷了。

歡呼！羅克斯特發來的簡訊寫道：〈用塔莉莎的 60 歲生日來慶祝我的 30 歲生日再好不過！尤其是食物像妳說的那麼好的話。只要之後在妳的閨房裡，好好慶祝我的生日就好。〉

然後又說：〈我們還可以在家吃晚餐嗎？牧羊人派。〉

〈好啊，羅克斯特。〉

又傳來一則。

〈我喜歡牧羊人派。〉

〈我知道，羅克斯特。〉我耐心回覆。

又傳來一則。

〈為了搞清楚不弄錯，妳真的是指兩頓晚餐嗎？包括那個生日派對？〉

夏天的麻煩

2013年5月7日星期二

61.7公斤（哦不，哦不，真是個災難），適合夏天的衣服0，適合現代世界的服裝1（海軍藍絲綢洋裝）。

9:31 a.m. 夏天來了！終於，太陽出來了，樹木開花了，一切都美妙極了。只是，哦不！我手臂的蝴蝶袖還沒收起來。

9:32 a.m. 同時，一種熟悉的恐慌感油然而生——我必須好好把握這一天，因為這可能是今年唯一一個、也是最後一個陽光明媚的日子。那即將到來的夏季社交季呢？到時候每個人都會參加各種音樂節，打扮得像凱特‧摩絲那樣散發著輕鬆隨性的時尚氛圍，或者去雅士谷賽馬大會（Ascot），穿得像凱特王妃一樣端莊典雅，頭上還戴著華麗的羽飾帽（fascinator）。我既沒有任何夏季活動可以參加，也沒有一頂該死的羽飾帽。

9:33 a.m. 哦，嘿，又開始下雨了。

2013 年 5 月 8 日星期三

9:30 a.m. 上學接送到底該怎麼穿才適合，成了猜不準之謎。在夏天真正到來之前，都讓人相當困惑。不是穿著冬衣出門卻碰上天氣晴朗、氣溫 26 度，就是穿著飄逸夏裝，結果開始下冰雹，看著自己塗上指甲油的腳趾頭凍到快死了。現在要把注意力專注在服裝和儀容上。還有寫作。

2013 年 5 月 9 日星期四

7 p.m. 哇啊！剛剛和美寶一起看迪士尼頻道的《我愛夏莉》（*Good Luck Charlie*），發現《我愛夏莉》中媽媽穿的衣服，和我整個冬天穿得一模一樣（除了海軍藍絲綢洋裝）──黑色牛仔褲塞進靴子裡，或在家時穿緊身黑色喇叭運動褲，一件白色挖領背心，再搭上一件黑色、灰色或其他柔和顏色的 V 領毛衣。我自以為單色、略帶前衛的著裝，在美寶眼中是否也已經變成媽和尤娜以前穿的鄉村式休閒上衣和裙子？也許該嘗試更加不拘一格，就像《我愛夏莉》中的青少女那樣。

2013 年 5 月 13 日星期一

在服裝網站花費 242 分鐘，在雅虎網站看報導 27 分鐘，跟沃勒克先生爭論 12 分鐘，聽茱德講話 32 分鐘。做圖表作業 52 分鐘，做其他任何工作 0 分鐘。

9:30 a.m. 好！現在要開始認真寫作，但先快速瀏覽 River Island、Zara 和 Mango 等購物網站，以獲得夏季服裝的最新想法。

12:30 p.m. 好！工作！但要先檢查一下還沒爆炸的電郵收件匣。

12:45 p.m. 哦，雅虎報導說：「潔西卡·貝兒對不太性感的褲裝感到失望。」呸！現在評價女性的標準是她們的褲裝有多性感嗎？跟海達的改編非常相關。重要必須閱讀。

1 p.m. 處於憤怒的瘋狂中。我的意思是，老實說，當今女性唯一的榜樣就是這些……穿著人們借給她們的衣服，出現在活動中走紅毯的女性，讓大家拍照，刊在時尚雜誌《格拉齊亞》(*Grazia*) 上，然後就回家睡覺，睡到快吃午飯才醒來，結果又獲得更多的免費衣服。潔西卡·貝爾並不光是走紅毯，還是個女演員。但還是一樣。

1:15 p.m. 希望我也是紅毯女孩。

2:15 p.m. 也許會出去買一本《格拉齊亞》，以免對《我愛夏莉》中不夠性感的媽媽服裝感到失望。當然，《我愛夏莉》中的媽媽本來就不太性感。

3 p.m. 剛從書報攤帶著最新一期《格拉齊亞》回來。發現自己整個風格已經過時和錯誤，現在要穿緊身牛仔褲、芭蕾舞平底鞋和紐扣扣到領子上的襯衫，再搭上適合學校接送的外套，拎著巨大包包、戴著太陽鏡，就像出現在機場的名人一樣。喔，該去接比利和美寶了。

5 p.m. 回到家。比利從學校出來時，看起來很傷心：「我在拼字測驗中排名倒數第二。」

「什麼拼字測驗？」當其他男孩從階梯上紛紛下樓時，我驚訝地看著他。

「這是一次史詩級的大失敗，」他悲傷地說：「連埃斯基爾‧庫茲涅斯托夫都比我強。」

可怕的失敗感。整個家庭作業的內容，是一些隨機毫無關聯的紙片、多臂印度神像的圖片，和幾本不同書中挑出的半彩吐司食譜，完全無法理解。

戴著眼鏡的班主任皮特洛赫里—霍華德先生急忙向我們走來。

「拼字測驗沒什麼好擔心的，」他急切地說。沃勒克先生走過來偷聽：「比利是個非常聰明的男孩，他只需要——」

「他在家裡需要更多的組織和規劃，」沃勒克先生說。

「但是，你知道，沃勒克先生，」皮特洛赫里—霍華德先生微紅著臉說道：「比利經歷過一段非常艱難的——」

「是的，我知道比利的父親發生什麼事，」沃勒克先生平靜地說。

「所以我們必須多點耐心。不會有事的，達西夫人。妳不用擔心，」皮特洛赫里—霍華德先生說。然後他就走開了，留下我怒視沃勒克先生。

「比利需要紀律和結構，」他說：「這樣對他才有幫助。」

「他確實有紀律。他在運動場上已經受夠你那套紀律了。還有在西洋棋課上。」

「妳說那叫紀律？等他去寄宿學校就知道。」

「寄宿學校？」想著馬克如何讓我保證不會把他們送走，像當年的他一樣。「他不會去寄宿學校。」

「寄宿學校有什麼問題嗎？我的孩子都在寄宿學校。這會讓他們發揮極限，教導他們豪邁、勇敢——」

「萬一狀況不如預期時要怎麼辦？當他們沒有獲勝時，不能有人傾聽他們的聲音嗎？怎樣才叫樂趣、愛和擁抱？」

「擁抱？」他難以置信地說：「擁抱？」

「是的，」我說：「他們是孩子——不是生產力機器。他們需要學習在事情不順利時，如何控制和管理。」

「做好家庭作業，比待在美髮店更重要。」

「我會讓你知道，」我抬頭挺胸說道：「我是個職業婦女，正在改編安東‧契訶夫的《海達‧嘉布勒》劇本，不久要跟電影公司一起製作。跟我來吧，比利，」我邊說邊把他推向校門口，嘴裡還嘟囔著：「老實說，沃勒克先生真是太粗魯和蠻橫了。」

「但我喜歡沃勒克先生，」比利說道，看起來很驚慌。

「達西太太？」

我轉過身來，非常生氣。

「妳剛是說《海達·嘉布勒》？」

「是啊！」我自豪地回答。

「安東·契訶夫的作品？」

「沒錯！」

「我想妳會發現這是易卜生（Henrik Ibsen）的作品，而且還會發現嘉布勒的拼字和發音都只有一個 b（Gabler）。」

9 p.m. 靠，剛剛在 Google 搜尋《海達·嘉布勒》，的確是易卜生的作品，而且只有一個 b。但「安東·契訶夫的《海達·嘉布勒》」（*Hedda Gabbler* by Anton Chekhov）已經寫在製片組每個人的劇本封面。沒關係。如果綠光公司沒有人注意到這一點，那麼現在就沒有必要告訴他們。我還可以假裝這是故意做出來的諷刺效果。

9:15 p.m. 廚房的桌子擺滿圖表。這些圖表如下：

圖表 1 當天發的家庭作業

例如週一：數學，週二上午：文字作業和詞尾變化。週二：印度神像著色、工藝和設計──麵包、老鼠等。

圖表 2 完成的家庭作業

圖表 3

可能是一些多出來的圖表，使用不同的顏色合併圖表 1 和圖表 2 的元素。

圖表 4 哪一天應該完成哪些家庭作業

例如週一：為「ic」詞尾家族繪製上色的「家族徽章」。印度神像的手臂著色。

喔，門鈴響了。

11 p.m. 茱德在精神創傷狀態下，跌坐進屋，顫抖著走下樓。

「他想讓我叫他舔什麼，」她呆呆地說，癱在沙發上，抓著手機，奇怪地盯著前方。

顯然我必須停下一切，細心傾聽。原來三週來一直相處得很順利的雪橇男，突然暴露自己不堪入目的受虐性癖好。

「嗯啊！沒關係！」我安慰地說，在她不含咖啡因的雀巢短萃取濃縮卡布奇諾的泡沫中，加入了微妙的漩渦奶泡。我的聖誕新禮物雀巢義式咖啡機始終讓我覺得自己有點像巴塞隆納的咖啡師。

「妳可以叫他舔……妳！」我說，遞給她一杯精心泡製的飲料。

「不。他想讓我說這樣的話：『舔我的鞋底、去舔馬桶。』我說這太不衛生了吧。」

「妳可以讓他做一些有用的事情，就像做家事。不要叫他舔馬桶，叫他去舔碗盤！」我說，試著想像她的處境比我還嚴重，因為我精心製作的卡布奇諾泡沫設計，沒有得到讚揚或評論也覺得很受傷。

「我不會讓他舔要清洗的碗盤。」

「他可以把它舔乾淨,再放進洗碗機啊?」

「布莉琪。他想要感受性羞辱,不是舔碗。」我很想讓她振作起來,尤其是現在我手邊的事情都很順利。

「難道沒有什麼羞辱性的事情妳會喜歡嗎?」我說道,彷彿在勸美寶去參加兒童聚會:「那麼⋯⋯蒙住眼睛呢?」

「不,他說他不喜歡《格雷的五十道陰影》之類的。必須要讓他感到噁心才行。他還說,他想讓我說他的陰莖很小。這太不正常了!」

「對,」我不得不承認:「這不太正常。」

「為什麼他一定要這樣破壞呢?現在大家都在網路上認識人。結果發現自己找到的是個瘋子,怎麼就像大家常說的那樣。」

她把 iPhone 扔到桌子上,撞到卡布奇諾,完全毀了我的泡沫設計。

「外面就像一座動物園,」她奇怪地瞪視著虛空說。

方向!

2013 年 5 月 14 日星期二

1 p.m. 剛溜到牛津街,欣喜發現 Mango、Topshop、Oasis、Cos、Zara、Aldo 的專賣店都跟我讀過同一版《格拉齊亞》!在網站上瀏覽這麼久之後,再看到現實生活中的衣服,幾乎就像在

雜誌上看到電影明星,然後在現實生活中看到他們一樣。現在擁有全套名人機場服裝,包括緊身牛仔褲、芭蕾舞平底鞋、襯衫、西裝外套和太陽眼鏡,雖然沒有——但也許是必需的——價格有夠昂貴的大包包。

2013 年 5 月 15 日星期三

試著讓自己看起來像紅毯女孩但失敗浪費了 297 分鐘,再把海軍藍絲綢洋裝穿回去花了 2 分鐘,去年穿海軍藍絲綢洋裝共計 137 次,自購買以來每次穿著海軍藍絲綢洋裝的成本每小時約 3 英鎊——所以海軍藍絲綢洋裝其實比我還會賺錢。這很好。阿彌陀佛。

10 a.m. 穿著新衣服出發去綠光開會!《他頭髮上的葉子》似乎在快速運轉。現在已經找到一位導演:「道吉」!一如往常,這次會議還是「探索性的」,就像去看牙醫時,你知道自己最後會被鑽孔一樣。

10:15 a.m. 剛剛在商店櫥窗看到了自己的身影。看起來十分可笑。那個襯衫鈕扣扣到脖子,穿緊身牛仔褲讓大腿看起來很胖的人是誰?我要回家換上海軍藍絲綢洋裝。

10:30 a.m. 回到家。我要遲到了。

11:10 a.m. 當我穿著海軍藍絲綢洋裝全力奔馳,在走廊上撞見

喬治。他突然停了下來，我以為喬治是從會議中出來責備我遲到，而且總是穿著同樣的衣服；但他只是說：「喔，《葉子》會議，對、對，抱歉，電話會議。我再 10 分鐘或 15 分鐘會去找妳。」

11:30 a.m. 現在有伊莫金和達米安，氣氛輕鬆多了，我們在會議室愉快等待喬治和道吉，吃著可頌麵包、蘋果和迷你巧克力棒。試著談起緊身牛仔褲的問題，但伊莫金開始說從波特女裝（Net-a-Porter）買衣服是不是比較好，因為包裝精美，打開黑色薄紙的感覺實在太好了，或者選擇簡單的環保包裝，如果需要退貨也比較容易，還能拯救地球。我試著假裝我也在波特女裝買衣服，而不是只是看看它們然後去平價網站買。當喬治衝進門時，沒看到道吉跟來，他一如往常地做出「我好忙」的俯衝動作，一邊開口用低沉有力的聲音說話，一邊滴滴答答處理電子郵件。

「喬治的問題在於他似乎總是在別的地方，」我開始虔誠地思考，同時感覺到我的手機在震動：「他總是正要跟別人說話，不然就是正在跟別人說話，或者是要給別人發電子郵件，或者是要上飛機或下飛機。」我低頭看了一眼，打開簡訊，心想：「為什麼？為什麼？為什麼喬治不能就待在他現在的位置呢？『哦，哦，看看我，我正在空中飛，我是一隻鳥，我們大家為什麼不去中國吃早餐呢？』」簡訊來自羅克斯特。

〈今晚孩子上床睡覺後我可以偷偷溜進去嗎？我可以跟妳再重演昨晚一波又一波的橄欖球賽？〉

喬治這樣一心多用，表示你要跟他說的話大概只能侷限在一則推文的字數，剛好足夠。不過，其實從某方面來說這也是好的。你

看,我也注意到,隨著年齡增長,男人會變得脾氣暴躁、容易生氣;而女人則開始嘮叨個不停、喋喋不休,一直重複自己的話。而且,正如達賴喇嘛所說,人生的一切都是一份恩賜,所以喬治這麼忙碌,可能是教我不要喋喋不休,但是──

「哈囉?」喬治突然出現在我面前,把我拉回當下。

「哈囉,」我困惑地說,快速按下簡訊「發送」鍵給羅克斯特:〈一波又一波地吹舔什麼嗎?〉我們 10 分鐘前才在走廊上打過招呼,現在還在「哈囉」什麼啊?

「因為妳就坐在那裡像這樣,」喬治說,然後像比利那樣模仿我,表情茫然,嘴巴張得大大的。

「我在思考。」我邊說邊關掉手機,它發出嘎嘎叫聲。趕緊又把它打開。還是關掉吧。

「喔,別想了,」他說:「別再思考了。好。我們得快點,我正要去拉達克。」

你看吧!又要去拉達克?

「喔!你要去拉達克拍電影嗎?」我天真地問道,直覺認為他去拉達克沒有別的理由,就是要去拉達克,又低頭看看這條嘎嘎叫的簡訊是誰發來的。

「不對,」喬治說,忙著在口袋裡找東西:「不對,不是拉達克,是要去……」眼中閃過一絲驚慌。「拉合爾。我 5 分鐘就回來。」

他又轉身出門,大概是想問助手究竟要去哪裡。簡訊來自茱德。

282 | Bridget Jones: Mad About the Boy

〈他剛剛說他想讓我在他身上小便。〉

很快就給茱德回簡訊。

〈每個人都有自己的小小『怪癖』。也許妳可以稍微改一下,有時讓他感到噁心,給他一種特殊享受?〉

茱德:〈像是小便在他身上嗎?〉

我:〈不是。妳跟他說:我不要在你身上小便,但我會……〉

突然又有兩則簡訊進來。第一則是茱德的回覆:

〈「踩你的蛋蛋」?這也是他想要的事情之一。我說這樣會破吧。〉

點開另一則簡訊,想也許是羅克斯特?結果是喬治傳來的。

〈妳有興趣見到妳的新導演嗎,還是只是坐在這裡發簡訊?〉

抬頭一看,差點嗆死!不知道喬治在我不注意的時候已經回到會議室,對面坐著一個看上去很時髦的小個子,穿著黑襯衫,留著花白鬍碴,戴著史蒂芬·史匹伯的圓框眼鏡,但面容看來略顯疲倦、像個酒鬼,跟史蒂芬·史匹伯那種「我從來沒有在去角質但看起來好像有」的光芒不一樣。

我向他們眨了眨眼,然後突然跳了起來,帶著愉快的微笑向會議室的桌子伸出了我的手。

「是道吉吉吉吉啊!很高興終於見到你了。我聽過很多關於你的事!你好嗎?你從很遠的地方過來嗎?」

為什麼每當我感到不舒服時,我就會變成女童軍兼女王陛下呢?

幸運的是,就在這時候喬治的助手衝進來,一臉慌張低聲說道:「不是拉合爾,是勒圖凱。」話剛說完喬治又突然離座,留下我和道吉花了很多時間好好地「探索」一下。這一次實際上是由我主導發言——總算有這麼一次!我可以酣暢地談論海達・嘉布勒的女性主義主題,而伊莫金則帶著一樣的微笑在一旁觀看。

另一方面,道吉似乎也非常熱情。他不斷欽佩恭維搖頭晃腦說道:「是的,妳做到了。」我真的認為道吉會是一個盟友,確保《葉子》(我們現在這麼叫它)忠於核心價值。

道吉用手擺出要打電話的樣子,說:「我們再討論。」然後也離開。等他離開後,談話似乎對他不利。

「他有誰可以打電話啊,」達米安輕蔑地說。

「所以才需要打電話吧,」伊莫金說:「不過,布莉琪,妳知道的,這個絕對要保密,我想我們已經找到一位女演員了!」

「女演員?」我興奮地說。

「安柏葛莉絲・比爾克(Ambergris Bilk)[10],」她低聲道。

「安柏葛莉絲・比爾克?」我難以置信。安柏葛莉絲・比爾克想演我的電影嗎?哦,天啊!

---

[10] 作者虛構人物,現實中沒有這位女演員。

「我是說,她讀過了嗎?」

伊莫金閉著嘴巴,給了我一個寬容又閃爍的微笑,就像我告訴比利,他因為整理洗碗機而贏得了「魔鬥學園 101」的皇冠那樣的微笑(當然不是舔盤子)。

「她喜歡那齣戲,」伊莫金說:「唯一的問題是,她對道吉的情況並不是百分之百的肯定。」

服裝問題

2013 年 5 月 16 日星期四

10:30 a.m. 嗯。和羅克斯特度過又一個夢幻之夜。我一度想跟他討論緊身牛仔褲的問題,但他對這個毫無興趣,並說他最喜歡我不穿衣服的時候。

11:30 a.m. 剛剛與喬治、伊莫金和達米安進行一次「電話會議」,討論我跟人在倫敦的安柏葛莉絲・比爾克見面的事。我喜歡電話會議,每當有人說些讓你不太高興的話,你就可以偷偷比劃割喉或沖馬桶的動作。

「所以事情是這樣的,」喬治說,背景中傳來巨大的機械轟鳴聲。

「我想他斷線了吧,」伊莫金說:「先保持連線。」

剛剛又看了一眼《格拉齊亞》。顯然,圍巾是我的緊身牛仔褲造型中缺少的東西。飄逸的波西米亞圍巾,繞兩圈在脖子上。唔。

另外，去參加塔莉莎的生日派對我要穿什麼？也許是新春的白洋裝？喔喔！他們回來了。我說的是綠光。不是新春白洋裝。

「是這樣，」喬治說：「我們想讓妳見見安柏葛莉絲，然後……」

「然後怎樣？」我問道，努力想聽清楚轟隆聲響中的話音。

「我現在直昇機上。我們要妳先跟安柏葛莉絲認識一下，然後我們……」

他又消失了。他到底要說什麼？在她身上尿尿？

12:30 p.m. 伊莫金剛剛回電說，喬治想讓我和安柏葛莉絲談談劇本，但不要說任何關於夏威夷的壞話，因為安柏葛莉絲很喜歡夏威夷。「而且，」伊莫金冷冷地補充說：「他希望妳對道吉好一點。」

萬歲，我要見到一位真正的電影明星了。我要戴一條飄逸的圍巾！

5 p.m. 剛從學校跑回來。真的是用跑的。現在發現每個人的脖子上都掛著一條圍兩圈的波西米亞飄逸圍巾。不過這很奇怪，我記得媽媽和尤娜多年來一直想「讓我圍上圍巾」，而我卻把它看作老女人的裝扮，幾乎像胸針那般老氣。現在大概是每個人都剛讀過《格拉齊亞》吧，所以就像紅毯女孩傳染的殭屍病一樣：「我一定要圍一條飄逸的波西米亞圍巾，我一定要圍一條飄逸的波西米亞圍巾。」

2013 年 5 月 17 日星期五

接送上學穿衣打扮時間 75 分鐘。

5:45 a.m. 早起一個小時,以服裝設計師史黛拉・麥卡妮、國際名模克勞蒂亞・雪佛或其他類似風格,為接送上學做好造型和打扮。感覺我的造型棒極了,仍然穿著緊身牛仔褲和芭蕾舞平底鞋,但現在脖子上有飄逸的圍巾。

7 a.m. 叫醒比利,把美寶從下鋪扶起來。正當我從衣櫃裡拿出衣服時,我發現比利和美寶正在咯咯笑。

「笑什麼?」我說,轉過身來看著他們:「嗯?」

「媽咪,」比利說:「妳脖子上為什麼要掛一條茶巾?」

9:30 a.m. 從學校回來,閱讀最新一期的《格拉齊亞》,發現一篇文章標題是:「緊身牛仔褲已經要終結了嗎?」

看來又要穿得像《我愛夏莉》中的媽媽那樣。

陶醉的迷人時光

2013 年 5 月 20 日星期一

電影明星見面 1 次,計畫的短暫休假 1 次,即將與羅克斯特一起參加的派對 1 個,乘坐豪華禮車 2 次,電影明星的讚美 5 次,與電影明星一起攝取的卡路里 5476,電影明星攝取卡路里 3。

2:30 p.m. 一切再好不過了。我即將被一輛「汽車」接走,去薩渥伊飯店與安柏葛莉絲・比爾克見面。嘗試過各種版本的緊身牛仔褲／圍巾／襯衫釦到脖子的名人機場造型,最後還是選擇海軍藍絲綢洋裝,儘管它已經有點破舊了。塔莉莎幫我從波特女裝為她的派對訂購一些衣服,她買了一件非常漂亮的婕克露(J.Crew)衣服,而且價格也不是那麼貴。

另外,三個週末後,羅克斯特和我要去休個迷你假期。迷你假期!整個週六下午、週六晚上和週日,只有我們兩人。我很興奮。已經五年沒有休息了!不管怎樣,必須繼續做會議筆記。

5:30 p.m. 開會回來的路上,在車上。安柏葛莉絲到達時,我最初很失望,我原本預期她會穿著緊身牛仔褲、紐扣一直扣到脖子的襯衫、西裝外套、飄逸的波西米亞圍巾,還有價格高昂的巨大包包,這時我就能看到這套裝扮是如何奪人耳目,每個人都會欽佩地看著我們。結果剛好相反,當她穿著灰色運動衫、戴著棒球帽突然溜進卡座時,我幾乎認不出她來。

一開頭都有一段親密的對話——我對電影界的女性交際已經習慣了——安柏葛莉絲稱讚我的穿著,事實上,那只是普普通通的海軍藍絲綢洋裝,一點都不時髦。讓我覺得我是不是也要稱讚她的運動衫。

「這衣服看起來是這麼……帶勁啊!」安柏葛莉絲拿了一個小小的煙燻鮭魚三明治,在接下來的談話中一直拿著它東晃西晃,我在此期間吃掉整個底層三明治、三塊加果醬和濃縮奶油烤餅、精選的微型餡餅和糕點,以及兩人份的免費香檳酒。

安柏葛莉絲對我的劇本表達了敬畏和驚奇，她把手放在我的手上，說道：「真讓我感到謙卑。」

一想到我的意見可以獲得公眾關注，精神整個振奮起來，我也對道吉表示友善：安撫安柏葛莉絲、達米安和伊莫金明顯都有的焦慮，說他「非常需要」有點表現，雖然還沒做出大家都聽過的東西。

「道吉真的能聽懂我的話，」我說，在「道吉」這個詞中注入虔誠的溫暖：「妳也應該和道吉開個會才對。」

（我現在也說得一嘴像電影人了。）

大家安排好安柏葛莉絲跟道吉的會面，很快地，安柏葛莉絲就要離開了。我覺得我們已經是最好的朋友。喝完兩人份的兩杯茶加上兩杯香檳簡直感覺就要吐了。

5:45 p.m.「從車上」撥電話給綠光團隊，誇耀會議成功，卻發現安柏葛莉絲已經打電話過去──從她的車上！──說她認為我是多麼睿智又善解人意！

塔莉莎的派對

這是一年中最熱的一天，當我們參加塔莉莎的派對時，太陽還是很大。羅克斯特看來極為華麗：穿著白色T恤，皮膚曬成淺褐色，半陰影勾勒出他的下巴。邀請函上寫著：「夏日休閒派對」。有點擔心新春白洋裝會不會太正式，雖然這是塔莉莎自己選的，不

過羅克斯特看到我時,他說:「哇哦,瓊斯。妳看起來很完美。」

「你看起來也很完美,」我熱情地說,幾乎因慾望而氣喘:「你的衣服總是絕對完美。」羅克斯特顯然不知道自己穿著的樣子,他低下頭困惑地說:「就是一條牛仔褲加一件T恤而已嘛。」

「我知道,」我說,一想到羅克斯特穿著泳褲、戴著巴拿馬帽在海洋中光著上身,我心裡暗笑起來。

「妳認為會有全套自助餐還是只有小點心?」

「羅克斯特⋯⋯」我警告說道,他用鼻子蹭了蹭我。「我是為了妳才來這裡的,寶貝。妳認為會有熱菜還是只有冷菜?我開玩笑的啦,瓊斯。」

我們手牽手,沿著一條狹窄的舊磚道走進一座巨大的隱密花園:陽光照在藍色的游泳池上,白色扶手椅和床墊可供休息,還有一個蒙古包——典型的英式夏日派對,略帶一絲摩洛哥風情的精品飯店。

「我要去拿點食物嗎——我是說,飲料?」

當羅克斯特小跑步去尋找食物時,我茫然站了一會兒,惶恐地盯著眼前這一幕。就那麼一瞬間,妳彷彿第一次來到人海之中,頭腦一片混亂,認不出任何一個妳認識的人。我突然覺得自己穿錯衣服了。應該穿海軍藍絲綢洋裝才對。

「喔,布莉琪?」科斯莫和沃妮:「再次孤家寡人來這裡。我們常聽到的那些『男朋友』在哪裡呢?也許今晚我們可以幫妳找一

個。」

「是啊，」沃妮用密謀的語氣說道：「賓科・卡拉瑟斯。」

他們朝賓科的方向點點頭，賓科正四周到處看，表情一如既往，狂野的頭髮和豐滿的身體到處起疹子，可怕的是他不再穿平時皺巴巴的西裝，而是海藍寶石喇叭褲，和帶有褶邊的迷幻襯衫。

「他以為上面寫的是 60 年代生日派對，不是 60 歲，」沃妮呵呵笑著。

「他說他願意看看妳，」科斯莫說：「最好快點過去，以免他被絕望的離婚者纏住。」

「給妳，寶貝。」羅克斯特這時出現在我身邊，一隻手拿著兩杯大香檳。

「這是羅斯比・麥道夫，」我說：「羅斯比，這是科斯莫和沃妮。」

當羅克斯特把杯子遞給我時，聽到這些名字，他淡褐色的眼睛裡相應地閃爍一下。

「很高興見到你們，」他高興地說，向科斯莫和沃妮舉起酒杯。

「這是妳侄子嗎？」科斯莫說。

「不是，」羅克斯特說，他故意用手臂摟住我的腰：「那種關係就太奇怪了吧。」

科斯莫的整個社會性愛世界觀看起來就像是地毯從他身下抽走。他臉上活似一台果汁機，各種想法和情緒呼嘯而轉，卻找不到最

終可以依靠的組合。

「好吧，」科斯莫最後說：「她看上去確實容光煥發。」

「我明白為什麼，」沃妮盯著環著我腰部的，那條肌肉發達的手臂說道。

就在這時，湯姆急切地走了過來。「這是羅克斯特嗎？你好。我是湯姆。生日快樂！」他又向科斯莫和沃妮說：「今天是他的30歲生日喔！哦，那是阿基斯，得走了。」

「待會見，湯姆。」羅克斯特說：「我很餓。我們去吃點東西好嗎，親愛的？」

當我們轉身時，他又把手滑到我的屁股上，並在我們走向自助餐廳時一直把手放在那裡。

這時湯姆又滑了過來，現在帶著阿基斯──他和他在 Scruff 上的照片一樣英俊。我高興地笑了。

「我就知道，我就知道。我都看到了，」湯姆說：「妳看起來非常非常得意。」

「這也真是不容易，」我用顫抖的聲音說：「難道我不配擁有一點幸福嗎？」

「只是不要太自鳴得意，」他說：「驕傲之後就是墮落。」

「你不也是，」我說，向阿基斯點點頭：「祝福！」

「讓我們盡情享受吧，嗯？」湯姆說，我們碰了碰杯。

那是一個令人陶醉的夜晚：慵懶、潮濕，陽光斑駁地灑在泳池上。大家笑著、喝酒，也有人躺在床墊上吸吮著巧克力草莓。我和羅克斯特在一起，湯姆和阿基斯在一起，茱德則跟她的第三任約會對象——在「護衛靈魂伴侶」找到的野生動物攝影師——共度時光。這位看起來還不錯，完全不像是叫她在身上尿尿的那種人。而塔莉莎則驚艷四座，穿著一襲及地的單肩蜜桃色禮服，抱著一隻小狗（湯姆覺得這太荒謬了），身後則跟著她那位滿懷愛意的銀狐俄羅斯億萬富翁。當湯姆、茱德和我帶著各自的戀人站在泳池邊時，她也加入了我們。湯姆試著拍拍塔莉莎的小吉娃娃：「親愛的，妳是從波特女裝買來的嗎？」那隻狗想咬他。

「她是賽吉送的禮物，」塔莉莎說：「佩圖拉！她不是很可愛嗎？親愛的，妳不可愛嗎？不會吧，是嗎？你一定是羅克斯特。生日快樂。」

「你們兩個都生日快樂。」我說，有些激動得想落淚。我們就在這裡——「約會總部」的核心，我們情感掙扎的指揮中心，這一次，大家都開心，並且都有了伴侶。

「這是一場精彩的派對，」羅克斯特說道，他滿面笑容，在食物、香檳、紅牛和伏特加雞尾酒的混合攻擊下興奮不已：「這真是我一生中參加過的最好的聚會。真的，我從來沒有參加過比這更好的。這絕對是一場精彩的派對，而且食物——」

塔莉莎用一根手指觸碰他的嘴唇。「你真可愛，」她說：「我要求我們一起為生日跳第一支舞。」

這時一位身穿黑西裝的派對執事在背後徘徊。他碰了一下塔莉莎的手臂，低聲說了些什麼。

「親愛的，妳願意陪她一下嗎？」她邊說邊把小狗遞給我：「我必須和樂隊談談。」

我從 6 歲時被尤娜和傑佛瑞的拉布拉多小狗狂追之後，對狗一直沒有真正的了解。還有碰上那些會吃掉青少年的鬥牛犬，該怎麼辦？不知是不是這種焦慮的心情感染了塔莉莎的吉娃娃，當我抓住她時，她吠叫著，咬住我的手，然後從我懷裡跳了出去。我慌張地看她在空中飛去，蠕動著，輕如羽毛，一路向上，然後向下，掉進游泳池，消失在那裡。

一陣沉默之後，塔莉莎尖叫著：「布莉琪！妳在幹什麼？她不會游泳！」

大家瞪大了眼睛，一隻小狗在泳池中央汪汪叫著，然後沉沒消失在水下。突然間，羅克斯特拉起 T 恤，光著上身，直接跳進池子裡，藍色的水、水花和肌肉構成一道弧線，然後又濕漉漉、閃閃發亮重新浮出水面，他在池子的一端找不到狗，狗浮上來吸了最後一口空氣，然後又沉了下去。羅克斯特一時感到困惑，然後又潛回水下，抱著哭叫不停的佩圖拉浮出水面。羅克斯特咧著嘴笑，露出潔白的牙齒，輕輕地把小狗放在塔莉莎腳邊，雙手扶在池邊，毫不費力地從水中撐起來。

「瓊斯，」羅克斯特說：「狗不可以用扔的啊。」

「天哪，」湯姆說：「哦，我的——上帝！」

塔莉莎正為了佩圖拉大驚小怪:「我的寶貝。我可憐的親愛的。妳現在沒事了,沒事了。」

「對不起,」我說:「她剛從我的——」

「別道歉了,」湯姆說,仍然盯著我男友。

「哦,我親愛的。」塔莉莎現在把注意力轉向羅克斯特。

「我既可憐又勇敢的親愛的。讓我幫你換下那些濕漉漉的東西吧——」

「妳敢叫他重新穿上衣服?」湯姆在一旁咆哮。

「事實上,我想我需要另一杯紅牛,」羅克斯特笑著說:「加一杯伏特加。」

塔莉莎開始拖著他穿過人群,但他抓著我的手,拉我一起走。在大家目瞪口呆之際,留在我身邊的沃妮看得嘴開開的。

塔莉莎領羅克斯特進屋,又轉向我低聲說道:「親愛的,這就是我所說的品牌重造。」

現在,羅克斯特穿著銀狐隊的完美服裝,顯得更加耀眼漂亮,他似乎沒有注意到自己品牌重造的角色,對他在人群中發現的名人更感興趣,其中大部分我從沒聽過。夜幕低垂,燈籠散發柔光,偶有閃爍光芒,客人們越喝越醉,樂團伴奏,大家開始跳起舞來。我雖然沾沾自喜,還是擔心用羅克斯特來「重造品牌」有點不對勁。雖然我不是故意要這樣利用他,但狀況就是如此演變。事實

上,老實說,我其實也相當無奈,只好跟著陷進去⋯⋯

「來,我們跳舞吧,寶貝,」羅克斯特說:「來跳舞。」

他又拿了一杯伏特加雞尾酒、一杯啤酒和一杯紅牛,一飲而盡,又要求續杯。現在的羅克斯特又狂又野,他精力充沛。但讓我們面對現實吧,羅克斯特很快就要喝掛了。

然而他跳上舞池,每個人都在跳新一代捷格舞,扭腰擺臀,有些女性兩腿分開站立,挑釁地抖動肩膀。我以前從未真正見過羅克斯特跳舞。樂團正在演奏一首「超級流浪漢」(Supertramp)的熱門歌曲,他的周圍自動騰出一片空間,我驚訝地看著,發現他選擇的舞蹈風格意有所指。他知道「超級流浪漢」的所有歌詞,他邊唱邊像約翰・屈伏塔(John Travolta)那樣昂首闊步,指向四面八方,在樂器演奏開始的時候又指向舞台,就像樂團指揮一樣。注意到我在現場遲疑不決地跳著,他抓住我的手,給了我他的飲料,要我趕快喝下去。我一口就把它乾了,讓羅克斯特給我一個熊抱,搖晃旋轉,一會兒像要撞倒我,又調情地撫摸我的屁股,接著又四處指指點點。大家都在看著我們。這又有什麼好不喜歡的?

後來我絆了一跤,感覺大拇指需要做拇囊炎手術,於是我去了趟廁所,回來發現舞池空了——我想。只見茱德站在那裡,顯然喝得醉醺醺的,她盯著舞池,深情微笑著。羅克斯特獨自一人快樂地跳舞,現在他一手拿著一罐克倫堡啤酒,另一手還在高興地指著。

「這是我一生中最美好的夜晚，」當我們離開時，他對塔莉莎說道，握住她的手並親吻了她：「真的是有史以來、有史以來、有史以來最好的食物！當然還有派對。這是最好的，妳是最好的……」

「我很高興你能來參加。也謝謝你救了我的狗，」塔莉莎像一位親切的公爵夫人一樣說道：「希望他還能撐得下去，親愛的，」她在我耳邊低聲說。

走到街上，遠遠離開眾人之後，羅克斯特在燈光下停了下來，微笑著握著我的雙手，然後吻了我。

「瓊斯，」他低聲說道，看著我的眼睛：「我……」他轉過身去又跳了一小段舞。他醉得很厲害。他轉過身來，表情先是悲傷，然後是高興，接著突然說：「我♥妳！」[11] 我以前從沒對女人說過這樣的話。我希望我有一台時光機。我♥妳。」

如果真有上帝，我想祂一定有更多事情要處理，例如中東危機和其他一切，而不是為悲慘的寡婦提供完美的性愛之夜，但感覺上帝確實把其他麻煩事都移開了。

隔天早上，羅克斯特去參加他的橄欖球比賽，孩子們也去參加各自的魔術和足球派對，我爬回床上一小時，品味前一晚的片刻：羅克斯特從泳池邊撐起，羅克斯特在燈光下幸福地說「我♥妳」。

---

[11] 原文為「I heart you」，這是一種較可愛、非正式的表達方式，把「heart」作為動詞使用，表示「愛、喜歡」。這種表達方式常出現在年輕人的短訊、社交媒體或流行文化中。

但有時候，很多事情同時發生，你的思維會變得混亂，只能稍後慢慢解讀分析所有資訊。

「我希望我有一台時光機。」

這句話從前一晚的所有其他話語和影像中冒出來。他眼中閃過一絲悲傷，然後說：「我♥妳……我希望我有一台時光機。」

除了拿我的膝蓋和牙齒開玩笑之外，這是他第一次提到年齡差異。我們沉浸在興奮中，興奮地意識到，在網路空間的渣渣滓滓之間，我們找到了自己真正喜歡的人，而且這不僅僅是一夜情或三夜情，是情感與樂趣的真正結合。但在他陶醉的喜悅時刻，他曝露了自己的心聲。這對他來說很重要，隨之而來，也是雖不想談卻不容忽視的事實。

PART 3 ／陷入混亂
Descent Into Chaos

恐怖又糟糕的一天

2013 年 6 月 4 日星期二

60.8 公斤，卡路里 5822，工作 0，青春小男友 0，來自製片公司的尊重 0，來自學校的尊重 0，來自保母的尊重 0，來自孩子的尊重 0，吃掉整袋起司 2，吃掉整包燕麥餅乾 1，吃掉整顆蔬菜（捲心菜）1 個。

9 a.m. 嗯。又一個跟羅克斯特歡度的高度情色之夜。但同時又感到有點不安。當他到達時，比利和美寶還沒有完全睡著，他們哭著下樓，因為比利說美寶丟莎莉娃碰到他一隻眼睛把他「弄瞎」了。花了很長時間才讓他們重新入睡。

當我回到樓下，羅克斯特還沒發現我時，看起來有點生氣。

我說：「抱歉！」他抬起頭以他一貫的快樂方式笑了笑，說道：「這可不是我想歡度的夜晚啊。」

不管怎樣，一旦食物上桌，他就恢復正常了。如夢似幻。浴室的椅子和鏡子也搭配得很好。下週末是小假日！我們要去鄉下找一家酒吧，去健行、做愛、吃飯等等！克蘿伊已經完成了學校接送，所以我可以儘早開始琢磨《葉子》——現在它看起不再像是個不可能的夢想，而更像是一個奇妙的現實——這是一部由我撰寫，由安柏葛莉絲·比爾克主演的電影！所以一切都很好。絕對！只是必須繼續重寫打磨。

9:15 a.m. 嗯嗯嗯嗯。一直回想昨晚在浴室。

9:25 a.m. 剛給羅克斯特發了一封簡訊：〈嗯嗯。你能留下來過夜真是太好了。〉

9:45 a.m. 唯一的問題是，他為什麼還沒回覆？「我希望我有一台時光機。」天哪，為什麼我會馬上想起自己的樣子——我就像是個跟蹤狂；或是一個穿著緊身褲和無袖上衣，在迪斯科舞廳手臂張開搖搖晃晃的悲慘老太婆，頭髮捲曲，肚腩突出，戴著新奇的王冠寶飾。

9:47 a.m. 好吧。必須振作起來，站起來繼續前進！不能再穿著內衣四處晃蕩，在必須專心寫劇本和為孩子負責任、安排日常行程的時候，想些拉七扯八胡思亂想的內心戲，說什麼小男友為什麼不回覆簡訊。

可是他為什麼不回？

9:50 a.m. 檢查電子郵件。

9:55 a.m. 什麼都沒有。只有一封綠光的喬治轉發的電子郵件。也許有什麼好消息？

10 a.m. 天哪，剛打開轉寄郵件，炸彈就爆了！

> 轉寄：寄件者：安柏葛莉絲·比爾克
> 致：喬治·卡特尼斯
> 剛剛和道吉談過。他實在是太太太太太太太棒了！我現在完全是《葉子》團隊了。很高興他在找一位有相同看法的合適編劇。

我茫然地盯著螢幕看了一會兒。

「一位合適編劇。」

一位合適編劇？

然後我拿起克蘿伊早上不知何故，留在廚房桌子上的四分之一顆捲心菜（她是否說服他們吃葛妮斯・派特洛食譜中的什麼捲心菜料理當早餐？），開始將捲心菜塞進我的嘴裡，咬著葉子，繞著廚房桌子快速走動，一些捲心菜從我的襯衣前面掉到地板上。手機傳來聲響：羅克斯特。

〈是的，不是嗎？但現在我對我們的關係感到非常困惑。非常、非常困惑，寶貝。〉

又有一聲響：是幼兒班。

〈美寶的手指化膿，指甲快掉了。看樣子，應該已經這樣好幾天了。〉

10:15 a.m. 平靜而泰然。只要打開冰箱，取出磨碎的莫札瑞拉起司，連同更多的捲心菜一起塞進嘴裡。

10:16 a.m. 好吧，全吃進嘴裡了。現在只需要再喝一大口紅牛就可以了。哦！電話！也許是羅克斯特後悔發送這封簡訊？

11 a.m. 來自綠光的伊莫金：「布莉琪。這是一個可怕的錯誤。喬治剛剛誤轉一封電郵給妳。妳能不能先把它刪除……布莉琪？布莉琪？」

由於嘴巴塞滿東西，根本說不出話來。我衝到水槽前，把可樂、磨碎的莫札瑞拉起司和捲心菜吐出來，這時克蘿伊剛好出現在樓梯上。我轉過身來，對她咧嘴一笑，一些捲心菜和磨碎的莫札瑞拉起司從我的牙齒上掉下來，活似一個被抓到剛剛在吃人的吸血鬼。

「布莉琪？布莉琪？」伊莫金還在電話上叫我。

「我在？」我一邊說，一邊愉快地向克蘿伊揮手打招呼，同時調整水龍頭向水槽噴水，沖掉起司和捲心菜。

「妳聽到美寶的手指嗎？」克蘿伊低聲問。我平靜地點點頭，指著下巴夾著的電話。當我聽著伊莫金重複講述喬治無意轉發的電郵事故，我的目光被羅克斯特早上讀過的報紙吸引了。

玩具小男友的悲慘命運
作者／艾倫・博舒普

突然間，到處都有更多的玩具小男友！隨著醫學科學的進步保持年輕的外表，越來越多中年女性投入時間和資源結交小男友，越來越多人轉向「比較年輕的男性」──艾倫・芭金（Ellen Barkin）、瑪丹娜和珊姆・泰勒－伍德（Sam Taylor-Wood），這些只是其中幾個顯例而已。對於這些較年長而善於捕食的女性──或者所謂的「美洲獅」──來說，其優勢是顯而易見的：年輕、充滿活力、精力充沛、頻繁需要令人滿意的性生活；她們在那些鬆弛下垂、禿頭的中年男性裡，永遠找不到這種毫無包袱的陪伴。那些中年男性太過懶惰、太自我陶醉，根本無

法和歲月的進展抗爭。

「布莉琪？」伊莫金還在問：「妳還好嗎？到底怎麼了？地球呼叫布莉琪。布莉琪？波特女裝？迷你巧克棒？」

「沒事！很好！**謝謝妳讓我知道**。我稍後再打電話給妳。再見！」我掛斷電話，心神不寧地回到那篇文章。

> 對於那些成為獵物，手無寸鐵的年輕男孩來說，這似乎是一項很有吸引力的交易。不管怎樣，這些女人，當燈光熄滅之後，看起來似乎都保養得很好。就像醃檸檬一樣。那些小男友也沒有壓力，不必有什麼成功事業的條件。相反地，這種老少配的關係反而開啟一扇大門，通往他最瘋狂的夢想之外，迷人而複雜的世界。擁有一個經驗豐富的情人，一個知道自己在床上想要什麼，而且提高他的聲譽的女人——帶他進入社會，享受奢華旅行的機會，這些都是好處。但不利之處在哪裡？當他喝得酩酊大醉時，他的美洲獅又會貪婪地撲向她下一個毫無戒心的獵物。然而，隨著越來越多的不幸者發現⋯⋯

「一切都好嗎，布莉琪？」克蘿伊說。

「是的，超級好。妳能上樓去收拾美寶的抽屜嗎？」

克蘿伊一走，我就撲向另一片捲心菜，一邊繼續讀，一邊把它和一塊尼古清一起塞進嘴裡。

> ⋯⋯這些受虐待的小男友不但沒有選擇離開，反而還繼

續前進,他們心碎、性生活疲憊、自尊心支離破碎,在他們職業生涯的關鍵階段,建立家庭的生命時光全浪費了。但請稍等!的確其中有些年輕人,例如艾希頓・庫奇(Ashton Kutcher),利用美洲獅作為擁護者來提升自己的職業生涯和形象。但有更多人則是遭到棄置,回到骯髒的公寓和臥房,被朋友、家人和同事嘲笑,因為他們曾經跟那些年齡足以成為祖母的女性交往,如今又被扔回自己的世界,而這個世界現在似乎魅力不再⋯⋯

我癱坐在桌邊,頭枕在手臂上。這該死的艾倫・博舒普。這些人難道沒有意識到他們油嘴滑舌,胡言亂語,對社會現象一概而論,會造成什麼危害嗎?這些傢伙只是在編輯會議上憑空捏造虛假現象和脆弱構想——「餐廳發生什麼事?」「為什麼突然間到處都在開餐廳!」——然後根據他們在美食酒吧無意中聽到的內容,和八卦雜誌上的幾張模糊照片,就寫出一大堆社會評論,看起來好像是多年深入研究的結果,其實只是在截稿前湊滿1200字來交稿,就這樣毀掉別人的生活和人際關係。

「我應該去接美寶,帶她去看醫生嗎?」克蘿伊問:「妳還好嗎,布莉琪?」

「不用、不用,我會⋯⋯去接她,」我說:「妳能給學校發簡訊說我待會兒就到嗎?」

我漫不經心地走進廁所,癱倒在地,腦子裡一片混亂。要是只有一件事要處理就還好。羅克斯特的「混亂」、那篇可怕的文章、「合適的編劇」,或手指化膿種種問題我都可以單獨處理,但不

能同時來吧！顯然，手指化膿必須優先，但我現在這副心神不定的樣子還能出去見人嗎？如果我現在這樣又瘋又傻的樣子，把美寶抱出去，帶她去看醫生，學校或醫生會照顧她嗎？

平衡就是我所需要的。我需要理清思緒，因為正如《如何保持理智》所說，腦中情緒是可以塑造改變的。

我深呼吸幾口氣，然後發出「嘛嘛嘛嘛嘛嘛」的聲音，向宇宙之母祈禱。

我看著鏡子裡的自己，確實不太好。我洗了臉，用手指梳直頭髮，從廁所裡出來，帶著親切女主人的微笑從克蘿伊身邊走過，掩蓋這樣的事實：我早上 11 點還穿著襯衣，而且她剛剛可能聽到我在廁所裡喊「嘛嘛嘛嘛嘛」的聲音。

1 p.m. 美寶對那根化膿的手指似乎感到興奮。事實上，事情並沒有他們想像的那麼糟，但如果情況真的一直都是這樣，很難想像一個負責任的母親怎麼會沒注意到這件事。

到了診所，我在兩位接待員面前站了四分鐘，他們平靜地繼續打字，就好像：(a) 我不在那裡；(b) 他們都沉浸在寫詩中。而這個時候，美寶在候診室裡快樂地跑來跑去，從牆上的塑膠展示架上收集傳單。

「我要唸接個！」她說，然後開始念出「葛、歐、那、歐、魯」。

「唸得不錯，親愛的，」我說，終於可以坐下來查看一下手機簡訊，看看綠光或羅克斯特或任何人是不是說了什麼話，讓我感覺

好一點。

「葛、歐、那、歐、魯、魯、歐、欸、啊。」

「妳好厲害！」我低聲說。

「葛納瑞亞[1]！」她打開傳單，得意地喊道：「哦，有照片！唸這個葛納瑞亞給我聽？」

「哦，哈哈哈！」我抓起那份小冊子塞進我的包包，「讓我們看看有沒有更可愛一點的傳單，」我說，呆呆盯著一排顏色各異的傳單：「梅毒」、「不特定」尿道炎、「男用和女用保險套」以及——現在才出現的——「陰蝨」。

「我們來玩玩具吧！」我尖聲說道。

當我們終於見到醫生時，我說：「我不敢相信我沒有注意到它。」

「其實它們發作得很快，」醫師安慰我：「她只需要一點抗生素就會好起來的。」

看完醫生，我們去藥局買了一些迪士尼公主藥膏，美寶說她還想回學校。

2 p.m. 剛回到家，至少還有自己的房子可以鬆一口氣，然後坐下來……可是什麼？工作？但我已經被解雇了，不是嗎？一切看起來都黑暗而陰沉。

---

[1] 葛納瑞亞是「淋病」（Gonorrhoea）一字，美寶不懂字面意義。

哦，等等，我還戴著太陽眼鏡。

3:15 p.m. 又花了 20 分鐘誇張地瞪視著虛空，努力不去想像海達·嘉布勒那樣開槍自盡，然後開始在波特女裝上搜尋骷髏頭或匕首吊墜。這時突然意識到，接送美寶和比利放學的時間到了。

6 p.m. 當我和美寶到達比利的學校時，我完全崩潰，因為我們遲到了，必須先去辦公室了解比利的低音管課程。「妳拿到表格了嗎？」學校祕書瓦萊麗問道。我開始翻遍我亂七八糟的手提包，把裡面的一些文件放在櫃檯上。

「啊，沃勒克先生，」瓦萊麗說。

我抬頭一看，他就在那裡，像往常一樣賊笑。

「一切還好嗎？」他說，仍然低頭看著我那些亂七八糟的東西。我順著他的目光看過去。「梅毒——照顧你的性健康」、「淋病——徵兆和症狀」⋯⋯「性健康指導！使用者指南」。

「這些都不是我的，」我說。

「喔、喔。」

「是美寶拿的！」

「美寶的！嗯，這樣的話也還好。」他現在真的笑得全身發抖。我抓起那些傳單又塞回包包裡。

「嘿！」美寶說：「嘟是我的傳當。快還給我！」

美寶把手伸進我的包包裡，抓起「淋病——徵兆和症狀」。我不

顧顏面地想把它搶回來,但美寶不肯放手。

「它們是我的傳當,」美寶指責說,並且為了加強語氣又罵了一句:「該死!」

「這些都是非常有用的傳單,」沃勒克先生彎下腰說道:「為什麼不把這個也拿走,剩下的交給媽媽呢?」

「謝謝你,沃勒克先生。」我堅定而昂揚地說,鼻子高高揚起,優雅地向校門口走去,差點被台階上的美寶絆倒,但仍然相當優雅地後退一步。

「布莉琪!」沃勒克先生突然吼道,彷彿我是男孩中的一員。我轉過身來嚇了一跳。他以前從未叫過我布莉琪。

「妳是不是忘了什麼?」

我茫然地看著他。

「比利呢?」他轉向比利,比利小跑著,帶著陰謀般的笑容看著沃勒克先生。他們倆都看著我,微笑著。

「她有時甚至會忘記起床,」比利說。

「我敢打賭,」沃勒克先生說。

「來吧,孩子們!」我說道,試圖恢復我的尊嚴。

「是的,媽媽,」美寶說,語氣中有明顯的諷刺意味,坦白說,這麼小的一個鬼靈精實在很煩。

「謝謝妳，女兒。」我平靜地說：「快點走吧！再見，沃勒克先生。」

回到家後，比利和我都癱倒在沙發上，美寶高興地擺弄著她的性健康傳單。

「我的作業被標記成垃圾。」
「我的劇本也被當作垃圾！」

我給比利看了關於「合適編劇」的電子郵件。比利遞給我他的圖畫本，上面有象頭神甘尼薩的著色畫和老師的評語：

「我喜歡祂頭上黃色、綠色和紅色的混合。但，我不確定五彩繽紛的耳朵能不能聽得見。」

我們傷心地看著對方，然後又咯咯地笑起來。

「我們要吃一塊燕麥餅乾嗎？」我說。

我們吃完了整包。但這跟吃麥片一樣啊，對吧？

過飽的生活

2013 年 6 月 5 日星期三

60.8 公斤，一天有 24 小時，每天把所有應該完成的事情全部搞

定需要 36 小時，每天擔心事情做不完 4 小時，應該完成而實際完成的事情 1 件（上廁所）。

2 p.m.

工作清單

* 洗衣服
* 答覆「殭屍啟示錄」的邀請
* 打電話給布萊恩・卡森伯格，討論關於安柏葛莉絲・比爾克的電子郵件。
* 自行車打氣
* 磨碎起司
* 弄清楚週末安排：週六下午是阿迪克斯為比利舉辦的非洲鼓派對，但比克拉姆的媽媽說，如果我們去接他們回家或送他們過去，她會負責另一趟行程；然後科斯瑪塔星期天為美寶舉辦的小熊派對，和比利踢足球的時間衝突。跟耶利米的媽媽與科斯瑪塔的媽媽討論誰要去哪個聚會接孩子，順便詢問耶利米的媽媽，耶利米是否想來踢足球。
* 打電話給媽（我媽）
* 打電話給葛拉齊娜，看她是否能在週末過來，然後查看前往伊斯特本的火車時間。
* 規劃週末休假跟羅克斯特要做什麼
* 尋找信用卡
* 尋找維珍遙控器
* 尋找電話

* 減掉 3 磅
* 回覆有關運動會蔬菜的群組郵件
* 確定明天是否還要去參加綠光會議
* 希臘或羅馬神話主題派對／照片
* 如果週末休假不變,半腿和比基尼線仍須熱蠟除毛
* 湊足「Ic」結尾詞組「家族」
* 鍛練核心穩定性
* 填寫有關比利低音管課程的表格並帶到學校
* 搜尋低音管到底長什麼樣子
* 廁所燈泡
* 在健身車上運動(顯然這不會發生)
* 寄回塔莉莎派對上沒穿的波特女裝洋衫
* 找出冰箱發出噪音的原因
* 找出美寶的淋病傳單趕快丟掉
* 找出第 12 稿中關於水肺潛水的結尾場景
* 牙齒

天啊。所有這些工作實際上無法在一小時內完成,光現在就已經花了 20 分鐘了。

好吧。我簡單地按照《與成功有約》(*The Seven Habits of Highly Effective People*)書中所說的「象限生活」,把這些任務和工作簡單地分成「四個象限」:

重要且緊急事項	重要但不緊急事項
* 答覆「殭屍啟示錄」的邀請 * 上廁所 * 打電話給布萊恩·卡森伯格討論關於安柏葛莉絲·比爾克的電子郵件 * 如果週末休假不變，半腿和比基尼線熱仍須蠟除毛 * 自行車打氣 * 磨碎起司 * 牙齒 * 眉毛 * ~~磨碎起司~~ * 規劃週末休假跟羅克斯特要做什麼 * 回覆 3c 學校媽媽群組有關運動會野餐的郵件 * 打電話給葛拉齊娜，問她週六幾點可以開始；Google 搜尋浪漫鄉村酒吧 * 寄回塔莉莎派對上~~沒穿~~的波特女裝洋衫 * 找出科斯馬斯住在哪裡	* 騎健身車鍛鍊，顯然不會發生 * 找到比利低音管課程表格，填寫並帶到學校 * 給耶利米的媽媽打電話 * 打電話給媽媽（我媽） * 處理社交郵件 * 寄回塔莉莎對上沒穿的波特女裝洋衫 * 弄清楚誰會與耶利米的媽媽和科斯瑪塔的媽媽一起去哪個聚會接孩子，並詢問耶利米的媽媽，耶利米是否想來踢足球。 * 磨碎起司 * ~~牙齒~~ * 眉毛 * 古代神話主題派對照片
不重要但緊急事項	**不重要也不緊急事項**
* 回覆殭屍啟示錄 * 尋找維珍遙控器 * 查找 Visa 卡 * ~~尋找牙齒~~ * 尋找電話 * 減掉 3 磅 * 找出美寶的淋病傳單趕快丟掉 * ~~與斯巴達克斯的媽媽和科斯瑪塔的媽媽一起弄清楚，誰將去哪個聚會接孩子，並詢問耶利米的媽媽，比克拉姆是否願意參加足球比賽。~~ * 制定週末時間表 * 週六下午是阿迪克斯為比利舉辦的非洲鼓派對，但比克拉姆的媽媽說，如果我們去接或送孩子，她會負責跑另外一趟，然後在比利踢足球的同時，科斯瑪塔為美寶舉辦小熊派對。 * 約翰·路易斯水壺	* 問看看明天是否還要去參加綠光會議 * 磨碎起司 * 給比克拉姆的媽媽打電話 * 洗衣服 * 打電話給布萊恩·卡森伯格，討論關於安柏葛莉絲·比爾克的電子郵件。 * 舞蹈熱潮 * 回覆 3c 學校媽媽群組有關運動會野餐的郵件 * 尋找低音管的樣子 * 鍛練核心穩定性 * 為比利和美寶預約牙醫 * ~~打電話給媽媽（我媽）~~ * 安排寄回塔莉莎派對上沒穿的波特女裝洋衫 * 上廁所

2:45 p.m. 你看！這樣好多了。

2:50 p.m. 也許會去廁所。至少這是其中之一。

2:51 p.m. 對了，已經去上過廁所。

2:55 p.m. 噢！門鈴！

我打開門，麗百佳從馬路對面跌跌撞撞走進門廊，她頭上戴著王冠，眼睛下方塗著睫毛膏，兩眼盯著虛空，手裡抓著一張清單和一個裝滿雞蛋三明治的塑膠袋。

「妳想來根菸嗎？」她用一種奇怪又脫離凡塵的聲音說：「我再也撐不下去了！」

我們一起下樓，癱倒在地，凝視虛空，像漁婦一樣噴著香菸。

「一年一度的拉丁戲碼，」她用一種奇怪又斷續的聲音說道。

「教職員獻禮。」我呆呆地表示同意：「殭屍啟示錄。」然後突然咳嗽起來，因為除了在皮衣男的聚會上吸兩口大麻之外，已經五年沒有抽菸了。

「我想我已經徹底崩潰了，但沒有人真正注意到，」麗百佳說。

突然我跳了起來，在鼓舞人心的瘋狂中按熄香菸。

「這只是一個優先考慮象限的問題。妳看！」我說，拿著那張象限表在她面前。

她盯著我那張表格，然後像精神病患一樣爆發出歇斯底里的高聲

大笑。

我突然靈機一動。「現在是緊急狀態！」我興奮地說：「徹底緊急狀態。一旦宣布進入緊急狀態，正常服務就會中止。妳不必指望一切都會好起來，妳只要做任何妳需要做的事情，來度過緊急狀態就好。」

「太棒了！」麗百佳說：「我們來喝一杯吧。只是一小杯就好。」

我的意思是只喝了半杯，真的一切看起來突然都好多了，直到她跳起來說，「噢，我的天哪，靠。我應該去學校接小孩，」然後跑了出去。剛好羅克斯特發了簡訊來：〈妳安靜得太可怕了，瓊斯。〉

接著麗百佳又再次出現來拿她的夾蛋三明治，我也想起該去學校接小孩了。跑上樓，又跑下樓，一邊尋找米餅零嘴，一邊傳簡訊給羅克斯特：〈我只是對你說你很困惑的簡訊感到困惑。〉

3:30 p.m. 現在已經到了車上。哦，糟糕，忘了帶米餅。喔，羅克斯特又來簡訊。

〈只是恐慌發作。我今晚要打電話給妳討論一下嗎，我親愛的康渥爾餡餅？〉他恐慌症發作？

最後我以一種笨拙的半走半跑的樣子從車裡衝進學校，在這中間有北歐遊客不知為何選我來問路。由於擔心他們會讓我遲到，我繼續堅定地走著，同時向他們示意該走的方向。天啊，因為對外國人不夠熱情，讓國家失望了。（雖然北歐國家也屬於歐盟，我

覺得?)但如果大家害怕的是他人搶走佔用你的時間,而不是怕他們搶你的手提包,這世界又會變成什麼樣子呢?

9:30 p.m. 羅克斯特沒有來電。

天啊,天啊,他會因為沒有時光機而打電話跟我分手。

10 p.m. 我討厭大家因為要說些你不想聽的話,就遲遲不打電話過來。雖然羅克斯特無論如何都討厭打電話,因為我話太多,而且不會拖到早上才講。噢,打電話過來!羅克斯特!

10:05 p.m. 「哦,嗨,親愛的。」是我媽:「妳知道嗎?佩妮・哈斯班茲─博斯渥思已經開始謊報自己的年齡了——她說自己84歲。這完全胡說八道。鮑爾妳知道吧,那個糕點師說她這樣做,只是為了讓大家說她看起來多年輕……」

10:09 p.m. 設法讓媽早早掛斷電話,現在又覺得內疚。可是又想到羅克斯特會在她打電話的時候打電話進來……噢!簡訊!

10:10 p.m. 來自克蘿伊。

〈只是確定週末行程細節。所以我在星期六早上要待到葛拉齊娜抵達,然後葛拉齊娜會看顧美寶,而比克拉姆的媽媽會帶比利去非洲鼓樂派對,然後去看以西結的古代神話。(我應該拍些希臘神話照片嗎?需要穿特定的神像或服裝嗎?是希臘人還是羅馬人?)然後葛拉齊娜會帶比利去踢足球,並和比利一起去科斯馬塔的小熊派對接美寶,她會一直待到週日下午五點,然後我從五點接手……現在唯一的問題是,我需要6點出發去參加葛萊姆的

太極拳比賽⋯⋯〉

呃啊啊啊啊啊啊！養個孩子怎麼就變得這麼⋯⋯這麼複雜？好像妳必須保持某種永久的高度投入，讓他們感受幸福感。

10:30 p.m. 突然對羅克斯特感到憤怒，全球全世界養兒育女功能失調崩潰全部都是他害的！該死的羅克斯特！因為羅克斯特，我和克蘿伊不得不安排非洲鼓手、小熊派對和多找許多人來輪班照顧孩子，搞得排程好複雜。現在又因為羅克斯特毫無回應，我和克蘿伊就無處可去，也沒有人可以約會。如今就像個⋯⋯大傻子，窩在自己家裡沒事可做，全都是羅克斯特的錯！——我輕易地忽略掉一個事實，一開始就想安排人照顧孩子，享受迷你假期的人其實是我。

10:35 p.m. 衝動地給羅克斯特發一條冷冰冰的簡訊：〈你能告訴我，你還想在這個週末休假嗎？如果我們還打算去的話，我還有很多事情要解決。〉——然後簡訊一發馬上就後悔了，因為這完全不符合《禪與戀愛的藝術》，而且語氣醜惡、偏執又卑鄙。我完全可以理解羅克斯特可能對二十一歲的差距產生懷疑，現在又在說這些屁話。

10:45 p.m. 羅克斯特傳來靜音簡訊。

〈我會去啊，瓊斯，現在只是有點擔心接下來會發生什麼事。〉

衝動地回覆：〈但休假已經都安排好了，這是我們第一次有機會一起單獨出去，一切都會⋯⋯很浪漫。〉

等待幾分鐘——然後傳來簡訊提示。

〈好，媽的走吧！消除恐慌，寶貝，我們開始去度假吧！〉

耶耶耶，我們可以去休個週末了。

11 p.m. 塔莉莎剛剛打電話來看看發生什麼事，並說道：「小心點，親愛的。他們心裡一旦這樣搖擺，就不再只是享受當下，而是在考慮長遠的未來。羅克斯特還太年輕，不知道這種錯誤是多麼大的災難。」

感覺就像把手放在耳朵上說：「啦啦啦，管它的。人生只有一次。我們要去歡度週末囉！歡呼！」

2013 年 6 月 6 日星期四

9:30 a.m. 學校接送回來。打開電子郵件處理學校運動會野餐，看到爆炸新郵件：

> 寄件者：布萊恩・卡森伯格
> 主題：轉寄的電子郵件
> 是的，妳被解雇了。但他們仍然希望妳加入其中。他們將與新作家見面。這就是電影事業！

新作家？已經？他們怎麼可能這麼快就找到了？

電話嘎嘎響。

羅克斯特：〈呃，妳能找到住的地方嗎，因為我找不到？到處都被訂滿了。〉

我在訂房網站 LateRooms.com 上瘋狂搜尋鄉村酒吧，發現所有空房都訂滿了。

我們就像瑪利亞和約瑟，沒有旅館可住——只是，與其說是即將誕下上帝之子，不如說我是即將被約瑟甩掉。

10 a.m. 剛剛傳簡訊給湯姆，5 分鐘後他回覆了。

〈LateRooms.com 有一間帶露台的樹屋，與秋登葛連飯店相連。〉

10:05 a.m. 哦，剛剛查看樹屋，每晚 875 英鎊。

10:15 a.m. 耶耶耶！在一家酒吧找到了一個房間。

10:20 a.m. 哦，剛剛打電話過去問，這是新婚套房。傳簡訊給羅克斯特。

〈在牛津郡的河邊找到了房間。〉
〈妳非常非常聰明，親愛的。他們提供全套英式早餐嗎？〉
〈是的。但只有一件事。〉
〈什麼？培根和香腸只能二選一嗎？〉
〈不是。但……我得快點說出來。這是新婚套房。〉
〈我就知道。這不就是妳一直想要的嘛。那他們一定會有全套英式早餐吧？〉
〈* 嘆氣 * 是的，羅克斯特，他們的確實有。〉
〈所以坐火車去牛津。在牛津趕快結婚。然後搭計程車去酒吧？〉
〈是的。〉
〈午餐時間我出去吃三明治時會去買戒指。〉

〈噓，我在波特女裝買禮服婚紗。〉

10:45 a.m. 沒有回覆。天啊。也許他認為我是認真的？

〈那你覺得怎麼樣？〉我勇敢提問。

然後決定給他一條出路，以防他真的只是想要一個輕鬆的環境來徹底分手。

〈或者我們可以去附近的地方一日遊？〉我屏氣凝神⋯⋯

〈我說的是完完全全休個短假，瓊斯。我已經開始在幻想。〉
〈我到底是在幻想全部，還是只是在想食物？〉
〈*Google 搜尋選單* 妳當然是在想食物啊，我的雞肉炒香菇。〉

11 a.m. 我突然覺得有點飄飄然，訂了房間，發簡訊說：〈我剛剛給他們打電話，他們說我確實需要拿結婚證書。〉

長長的停頓，然後⋯⋯⋯⋯

〈妳在開玩笑是吧？〉

〈羅克斯特，你真好騙。〉

迷你休假還是分手？

2013 年 6 月 8 日星期六

與羅斯比・麥道夫傳簡訊，比過去任何時候都更加精神抖擻，心裡想的都是我們的旅行計畫，所以也許這只是艾倫・博舒普

青春小男友報導帶來的心情浮蕩,而他正處於「現時當下」,一切都好。

但無論如何最好還是收拾好行李,否則會錯過火車。喔,羅克斯特來簡訊。

〈瓊斯?〉

他要取消嗎?

〈怎麼,羅克斯特?〉我緊張地回覆

〈*單膝跪地*妳願意當我的妻子嗎?〉

盯著電話。這到底是怎樣?

〈羅克斯特,你來這一招是為了食物嗎?〉
〈我每週日要吃一頓全套英式早餐,裡面有雞蛋、培根、蘑菇和火烤香腸。嫁給我吧?〉

仔細想想,懷疑其中有詐,於是傳簡訊問說:

〈問題是,如果我們結婚的話,會不會顯得我太認真了?〉
〈不知道。我只想著食物。〉

2013 年 6 月 9 日星期日

迷你休假 1 次,做愛 7 次,酒精 17 單位,卡路里 15,892,體重

87.6公斤（包含一隻感覺有27公斤的小動物）。

短暫休息就像天堂。像是仙饌佳餚唯有天上有。我們整個週末都在開玩笑。天氣溫和、陽光明媚，遠離噪音和待辦事項清單真是件幸福的事。羅克斯特也處於他最快樂的狀態。這間酒吧很小，位在一條小河邊的隱密山谷裡。新婚套房是個獨立穀倉，漆成白色，有傾斜的天花板和粗糙的木梁，兩側都有窗戶，一側可以直接看到河流，遠處是一片水草地。我試著抹去新婚套房的記憶，那是我和馬克的真正婚禮。當羅克斯特把我抱過門檻，假裝我重得讓他搖搖晃晃，然後把我扔到床上時，我開始大笑。

我們開著窗戶，聽到遠處的河流、鳥兒和羊群的聲音。我們昏沉沉做了夢幻性愛，然後睡了一會兒。我們沿著河邊走，發現一間古老小教堂，在那裡假裝結婚，乳牛是我們的婚禮嘉賓。最後我們來到另一家酒吧，為了解渴灌太多啤酒，後來又加了葡萄酒。沒有談到什麼分手的事情。不過我確實告訴羅克斯特被《葉子》解僱的事，他安慰我說他們都瘋了，才會不欣賞我罕見的天才，他要用他強壯的手臂與他們戰鬥。然後我們吃了一頓豐盛的餐點，脹得我幾乎走不動。我有這麼大的……肚子裡的東西……感覺像是懷上一個奇怪的生物，手臂和腿都非常突出。

我們走到外面，走走路幫助消化。那天是滿月，我突然想起美寶說的：「那裡有月亮，它跟著我走。」我想起了馬克，想起月亮一直跟著我們的那些年，那時候我以為他會永遠在那裡，前方不會有心碎，只有在一起共度的時光在我們面前無限延展。

「妳還好嗎，寶貝？」羅克斯特說。

「我感覺就像吃了小鹿斑比一樣，」我笑著說，掩飾一時心傷。

「我感覺想吃掉妳，」羅克斯特說。他用手臂摟住我的肩膀，一切又恢復正常了。我們沿著河走了一會兒，然後走進了一片沼澤，覺得天色太暗、路又太遠了，就回到酒吧叫了一輛計程車。

當我們回房時，窗戶大開，房間裡充滿花香和輕柔的河水聲。不幸的是，小鹿斑比太大隻，我所能做的就是穿上襯衣，臉朝下躺在床上，感覺就像我裡面裝有小鹿斑比，在床墊上壓下偌大的凹痕。突然，窗外有隻狗開始吠叫，聲音很大。牠一直叫就是不肯停止。然後小鹿斑比放了一個大屁，尷尬地緩和自己的情緒。

「瓊斯！」羅克斯特說：「那是放屁嗎？」

「可能只是小鹿斑比排了一點氣，」我不好意思地說。

「一點氣？這簡直像是飛機要起飛！嚇得連狗都安靜了！」

的確如此。不過後來那條該死的狗又開始狂吠。這就像是住在里茲郊區的住宅區一樣。

「我要給妳一些東西，讓妳轉移注意力，寶貝，」羅克斯特說。

擁吻～～嗯嗯嗯嗯嗯嗯。

10 p.m. 現在回到倫敦了。真是幸福。六點回到家，感覺自己像個新的女人。孩子們似乎玩得很開心，我很高興回到家來，這樣的生活充滿了樂趣和友善，即使是週日晚上，帶著忘記寫作業的

恐慌，也帶有 50 年代風格壁爐與家的金色歡樂時光。

更好、更輕鬆的育兒？只要常常上床就好。

哦，簡訊。

羅克斯特：〈親愛的，婚姻生活很美好，妳不覺得嗎？〉

唔。懷疑有詐。仍然對整個混亂／恐慌發作的事情保持警惕。

我：〈*放屁*沒發現我在熱戀。〉

羅克斯特：〈*泣*〉

我：〈*邪惡的咯咯聲*說實話，我根本不喜歡這個週末。〉

羅克斯特：〈連一點點都沒有？〉

我：〈嗯，也許只有用密齒梳才能梳出眼睛看得到的一點點。〉

羅克斯特：〈所以這是妳有史以來最不喜歡的瓊斯／羅克斯特短途旅行嗎？〉

我：〈我如果說是，你又會恐慌症發作嗎？〉

羅克斯特：〈我們現在結婚了，我的恐慌症完全消失了。〉

我：〈你確定？〉

羅克斯特：〈妳認為我在履歷中說我從事慈善事業不對嗎？〉

我：〈你的意思是娶我做慈善嗎？〉

羅克斯特：〈是啊。我可以說這是在扶老濟貧吧。〉

我：〈你快滾！〉

羅克斯特：〈喔，瓊斯。晚安安，親愛的。〉

我：〈晚安安，羅克斯特。〉

這是雪花還是開花？

2013 年 6 月 11 日星期二

60.3 公斤，跟羅克斯特溝通之後已過了兩天，每天擔心與羅克斯特缺乏溝通所花費的時間 95%，關於運動會準備菜色群組討論郵件 76 封，垃圾郵件 104 封，學校接送遲到共 9 分鐘，pentagon 到底是幾邊形（不知道）。

2 p.m. 天氣非常奇怪──寒冷刺骨，空中有許多白色的東西在旋轉。一定不是下雪──都 6 月了。也許是什麼東西開花？但怎麼這麼多。

2:05 p.m. 羅克斯特從週日晚上到現在都沒有打電話或傳簡訊過來。

2:10 p.m. 那是下雪。但不像冬天那麼正常的雪，是奇怪的雪。據說世界即將因為全球暖化而終結。想去星巴克。

雖然應該找到星巴克之外的商店購買火腿起司帕尼尼，以抗議店家各種避稅行為[2]，但如果世界即將終結了，那要幹嘛也無所謂吧。

2:30 p.m. 對一切都感到更加快樂，現在我身處一個充滿人類的世界，有咖啡和火腿起司帕尼尼一起舒適地抵禦寒冷。那場怪異

---

[2] 英國星巴克因為避稅操作常年受到輿論批評。

又不自然的雪已經停了,一切似乎恢復正常。老實說!現在凡事都沒進展。想發簡訊給羅克斯特。我從週日晚上到現在也沒發過簡訊給他,不是嗎?

〈你知道一份火腿起司帕尼尼有 493 卡嗎?〉

羅克斯特:〈早上很忙,寶貝?〉

我:〈*正在打字*羅克斯特健壯的肩膀在斑駁的陽光下閃閃發光,就像……結實的肩膀。〉

羅克斯特:〈親愛的,妳開始寫「米爾斯與布恩」[3]言情小說了嗎?〉

我:〈*平靜地繼續打字*他的屁股突然放出一個大屁,在處處花香中瀰漫抖動……〉羅克斯特沒回覆。

哦喔,簡訊。是茱德。

〈我跟野生動物攝影師第七次約會。我們這樣算是在一起了吧?〉

回覆:〈是的!妳真的做到了。大膽向前走吧,女孩!〉這不是我通常會使用的表達方式,但沒關係。

2:55 p.m. 羅克斯特還是沒回覆。真討厭這樣,讓我很困惑。還有半小時要去接孩子,心情保持愉快。好吧,花幾分鐘時間處理一下運動會的電子郵件。

---

[3] 米爾斯與布恩(Mills & Boon)是一家以出版言情小說聞名的英國出版公司,成立於 1908 年。

寄件者：妮可萊‧馬丁尼茲
主題：運動會野餐
從我的 Sony Ericsson Xperia Mini 傳送

我們需要為班上男孩／家長提供野餐食品。
我先填寫一些志願提供東西的家長。
果汁：達格瑪
胡蘿蔔、蘿蔔和甜椒切片（紅色和黃色）：？
三明治：藤本敦子
洋芋片：德沃拉
飲水：？？
水果：？？
哈密瓜球和草莓：？
餅乾（請不要提供堅果！）：瓦倫西亞

黑色垃圾袋：山魯佐德
讓我們知道你準備提供什麼。謝謝。
如果有的話，請大家帶上野餐毯子。
謝謝，妮可萊

寄件者：佛拉德琳娜‧庫茲涅斯托夫
主題：回覆：運動會野餐
我會帶水果——可能是一些莓果和切好的瓜類。

寄件者：安婕麗卡‧珊思‧索淇
主題：回覆：運動會野餐

> 我會帶切片胡蘿蔔和小胡蘿蔔。有人可以準備紅黃甜椒嗎?
> 安婕麗卡
> PS：有人負責帶紙杯嗎？

比克拉姆的媽媽法齊亞，剛剛轉了一封她對妮可萊發飆的郵件。

> 寄件者：法齊亞・賽斯
> 主題：回覆：運動會野餐
> 妳認為大家都要帶野餐毯嗎——我們有些人覺得沒有也沒關係啊？

還有一封妮可萊回覆她的郵件，上面對法齊亞的郵件，評語是：「現在就斃了我吧！」

> 寄件者：妮可萊・馬丁尼茲
> 主題：回覆：運動會野餐
> 當然不行。大家都要帶野餐毯。我有兩個男孩在上學，我對這個確實比較有經驗！

這些郵件看得我頭很暈，心裡又想鬧事一下，所以我email法齊亞說「看這個」，就傳送出去了：

> 寄件者：布莉琪・比利媽
> 主題：回覆：運動會野餐
> 我會帶伏特加來。
> 我們不用調酒直接喝，大家都同意嗎？

群組郵件馬上動起來。

寄件者：妮可萊・馬丁尼茲
主題：回覆：運動會野餐
布莉琪，在運動會上帶伏特加不是個好主意。香菸也不行。妳能準備紅黃甜椒嗎？可以吧？切成條狀讓大家可以蘸醬吃？組織運動會野餐其實是相當困難的工作啊。

媽的。就在這一切之中，突然看到綠光的伊莫金傳來電子郵件。

寄件者：伊莫金・法拉第，綠光製片
主題：安柏葛莉絲的筆記
親愛的布莉琪：
只是確認一下，妳是否收到了安柏葛莉絲關於明天與莎芙蓉會面的劇本筆記。妳能否確認是否參加會議，並就安柏葛莉絲對莎芙蓉的筆記提出意見？
希望妳不要因此割腕，因為我就想割。
伊莫金

哪來的會議？什麼筆記？「莎芙蓉」是誰啊？

瘋狂快速瀏覽許多運動會水果和蔬菜、殭屍啟示錄，還有大賣場 Ocado、ASOS、波特女裝和墨西哥威而鋼的電子郵件，然後發現該去接美寶了。

4:30 p.m. 美寶和比利在回家的路上，一直爭論著包含五個項目的鐵人三項比賽到底應該叫作「Quintathlon」還是「Pentathlon」。

「是！」

「不是！」

PART 3／陷入混亂 | 329

我已經無力算出 pentagon 到底是幾邊形，也記不得拉丁文的
「五」怎麼拼了，結果開車差點撞車，我大喊：「你們！能不能
閉嘴？！」然後在他們又開始討論五項運動到底是哪五項時，突
然一陣內疚。這時美寶說，五項運動中有一項叫「捲尺測量」。

「捲尺測量？」比利難以置信地說。美寶聽了突然哭起來：「他
們真的會做捲尺測量。」

9:15 p.m. 剛剛讀到報紙上關於大衛・卡麥隆（David Cameron）
的文章，他說他的孩子們坐在汽車後座時，他還要接其他國家的
元首打來的電話。有一次是以色列總理打電話來，他得按著話筒
低聲叫小朋友趕快閉嘴。

所以這樣過日子的大概不是只有我。

狂亂生活

2013 年 6 月 12 日星期三

8 a.m. 對了。綠光會議是在 9 點，所以我請克蘿伊負責送小孩
上學，然後下午我會去學校接回。

8:10 a.m. 洗頭著裝。

8:15 a.m. 災難！海軍藍絲綢洋裝還在乾洗店，也忘了請克蘿伊
為明天準備堆積如山的紅黃甜椒，不過還是要先洗頭髮。

8:45 a.m. 搭公車，快到了。只找到這套乾淨的衣服可以穿去開

會,感覺像一隻穿著黑色晚禮服的雞一樣被網著。

照鏡子看起來還不錯,因為就像穿著緊身胸衣一樣,站直時身體各個部位都可以固定在原處,但給人一種繃緊的沙漏形狀。不瞞你說,這衣服上還有蕾絲,不過已經穿上《格拉齊亞》的西裝外套,儘管現在已經熱到快沸騰了,還是能令人愉悅,創造出《我愛夏莉》女兒不拘一格的好效果。

但是在街上看到商店櫥窗映象時,卻發現這身服裝很瘋狂。現在在公車上也要記得,緊身胸衣型的衣服在坐下時特別難受。腰上那圈肥肉捲擠壓在一起,就像在揉麵團那樣。而且,整個看起來還真有點施虐女狂人的樣子,這是我最難做到的,因為精神狀態只像條羽絨被、熱水瓶和帕芙一號小布偶。另外,頭髮變成了奇怪的四方形短髮,就像媽和尤娜一樣,好像戴著帽子。

昨晚確實已經找來安柏葛莉絲‧比爾克的筆記,但現在讓我困惑的是,在她的想像中,好像把《他頭髮上的葉子》的場景改去斯德哥爾摩了。她知道喬治是因為大麻電影取消,現在急著處理那條夏威夷的遊艇嗎?喬治會不會認為是我說服安柏葛莉絲回到挪威原場景,但她把它改成瑞典呢?其實倒是該叫克蘿伊去買些皮姆酒雞尾酒,沒那個冰鎮溫度加持,我怎麼撐得過那個運動會啊。喔哦!羅克斯特的簡訊。

〈今晚一起吃飯嗎?〉

今晚吃飯?有說過今晚要一起吃飯嗎?哦,糟糕,現在也找不到保母,而且……還是先開會吧。

3 p.m. 惡夢般的會議。事實證明,「莎芙蓉」就是新編劇,今年 26 歲,剛寫過一個試播集——《女孩遇上權力遊戲和謀殺拼圖》——即將被 HBO「選中」(在此之前,懷著佛教徒沒有的惡意,希望它「垮了」)。感覺自己就像房間裡的一頭大象,穿著令人尷尬的晚禮服、西裝外套和奇怪的帽子頭髮。然後不小心把椅腳壓到手提包,包包裡是比利從非洲鼓派對拿到的噪音玩具,發出很長的打嗝聲。除了伊莫金沒有人笑。

莎芙蓉一開始就把劇本擺桌上放在她面前,笑著說:「可能只有我覺得啦,不過海達‧嘉布勒其實不是只有一個 b 嗎?是『Gabler』?不是『Gabbler』?而且這不是易卜生的作品嗎,不是契訶夫吧?」

當大家盯著我看時,我咕噥了一些反智主義的諷刺效果,而且發現自己在想,如果能跟羅克斯特一起吃晚飯,嘲笑這一切,那該多麼輕鬆愉快啊。差不多想回簡訊:〈我不知道我們今晚要一起吃飯!〉但覺得這樣像在耍脾氣,等到覺得莎芙蓉那套說法簡直就是毀掉我的作品,讓人想吐時,我偷偷發了簡訊:〈在我家吃雞肉派嗎?〉

羅克斯特:〈嗯嗯嗯嗯嗯嗯。八點半左右?〉

但馬上就後悔說「雞肉派」了,因為家裡既沒有雞肉派,我也不會做雞肉派啊。另外腿上可能有點毛,但在開會時沒辦法檢查。由於太虛弱、沮喪和困惑,無法參與有關斯德哥爾摩與夏威夷的討論,所以只是說,也許我們應該「讓莎芙蓉寫一份草稿」,看看它的「效果如何躍然紙上」。這時喬治又要趕搭飛機去阿爾伯

克基。

7:30 p.m. 哎，我開完會就趕回家，想盡辦法擠進去買一堆紅甜椒和青椒，因為沒有黃甜椒，另外從價格不菲的熟食店買來雞肉派，然後還準時去接了兩個孩子。

當我們開車回家時，比利說：「媽媽？」

「怎樣，」我含糊回答，車子剛好躲過一輛剛剛在我面前轉彎的自行車。

「星期天是父親節。我們有做卡片喔！」「我們也做了。」美寶說。

我趕快把車停在路邊，關掉引擎。我用雙手擦了擦臉，揉揉眼睛，然後轉頭看他們。

「我可以看看卡片嗎？」

他們在書包裡亂翻。美寶畫的是家裡有爸爸、媽媽、一個小女孩和一個小男孩。比利畫了一顆心，裡頭有一個小男孩正在和他父親玩遊戲。上頭寫「爹地」。

「我們可以把它們寄給爸爸嗎？」美寶說。

當我們回到家時，我拿出了他們和馬克的所有照片──比利穿著一套小西裝，和馬克的一樣，站在一起，臉上的表情一樣，姿勢一模一樣，一隻手插在褲子口袋。美寶剛出生時，馬克抱著她，她穿著連身衣就像個小玩具一樣。我們一起談論爸爸，以及我如

何確定他知道我們在做什麼,而且他仍然愛我們。然後我們出去寄卡片。

美寶填的地址是「爹地,天堂,太空」。在對所有一切感到內疚的同時,我對傷害郵差也很內疚。

回家的路上,比利說:「我希望我們生活在一個正常的家庭裡,就像麗百佳一樣。」

「那不是一個正常的家庭,」我說:「他們從來沒有──」

「芬恩這週就有 Xbox!」比利說。

「現在我們可以有海綿寶寶了嗎?」美寶說。

他們真的很累,洗完澡後立刻就睡著了。

8 p.m. 羅克斯特再半小時後就到了。我要去洗個澡,重新洗頭,再化個妝,然後找件衣服穿上,適合晚上跟可能要和我分手或準備訂婚戒指的人在一起的衣服。

8:10 p.m. 正在洗澡。哎呀!電話。

8:15 p.m. 從浴缸跳出來,先用毛巾裹著,抓起電話聽到綠光喬治傳來低沉有力的聲音。

「好的。我們正在丹佛的停機坪上。所以嘛,妳看,今天進展順利,但我們不希望妳失去⋯⋯聖達菲。」

「可是那在斯德哥爾摩!」我說道,突然發現我沒把雞肉派放進

烤箱。

「等一下,我們要下飛機了⋯⋯我們不想讓妳失去聲音。」

他在說什麼?我並沒有失去聲音啊,有嗎?

「斯德哥爾摩?不,我是要轉機去聖達菲。」他現在到底是在跟我說話,還是跟空姐說話?

「所以。我們希望妳能把海達標誌起來。」

「把海達標誌起來?」他到底在說什麼?也許是在跟飛行員說話。

「不對,抱歉,我指的是阿爾伯克基。」

「喬治!」我喊道:「你不是本來就要去阿布費拉嗎?」

「什麼?什麼?」

電話沒電了。

8:20 p.m. 剛跑下樓把雞肉派放進烤箱,家用電話就響了。

「好的。阿布費拉是怎麼回事?」喬治又問道。

「那是開你個玩笑,」我說,試著用牙齒撕開雞肉派包裝:「我實在沒辦法集中精神聽你說話,因為你總是在飛機或其他交通工具上。我能不能跟你在某個地方,平靜地討論兩分鐘?」我邊說邊把電話夾在下巴,單手打開烤箱門,另一隻手把雞肉派塞進去。「我沒辦法這樣匆匆忙忙跟你工作!我需要集中注意力。」

喬治突然變成一種我從未聽過的低沉、感性、舒緩的聲音。

「好吧，好吧。我們認為妳是個天才。一旦這趟旅行結束，我就會一直待在辦公室，好嗎？等莎芙蓉寫完，妳再把我們非常喜歡的海達特殊聲音放回所有海達的台詞中就可以了。到時妳將會得到我全神貫注、冷靜的關注。」

「可以，好的，」我狂亂地回答，現在只想知道吹乾頭髮之前，是不是要先為雞肉派上層雞蛋液。

8:40 p.m. 謝天謝地！羅克斯特來得有點晚了。現在一切都很好。頭髮正常。雞肉派不僅放在烤箱裡，還塗上打好的雞蛋增光，給人一種愉悅的烹飪感。樓下看起來還不錯，有燭光照亮，我覺得絲質襯衫也還可以，而且不會顯得太放蕩，雖然我們已經睡在一起幾個月了，而且其他衣服要嘛穿著太不舒服，要嘛正在洗。天哪，我好累。想在沙發上睡幾分鐘。

9:15 p.m. 哎呀！羅克斯特還沒到。他按門鈴我睡著沒聽見嗎？

剛剛給羅克斯特發簡訊。

〈剛睡著了。我是不是錯過門鈴聲？〉

〈瓊斯，非常抱歉。下班後我不得不和同事一起去吃咖哩，現在公車真的很慢。應該還有 10 分鐘左右才會到。〉

看著簡訊，心頭一顫。咖哩？公車慢？同事？羅克斯特從沒說過什麼「同事」。那雞肉派呢？現在到底是怎樣？

9:45 p.m. 羅克斯特還沒來。簡訊：〈預計到達時間？〉

羅克斯特：〈大約 15 分鐘。非常抱歉，親愛的。〉

放屁運動會

2013 年 6 月 13 日星期四

61.7 公斤（該死的雞肉派還加蛋液油光），酒精 7 單位（按昨晚計算），宿醉 1（災難性），氣溫 32 度，切碎甜椒 12 個，香瓜丸子吃了 35 個，一整天出現皺紋 45 次，傳給羅克斯特的簡訊中使用「屁」這個字 9 次（不顧尊嚴）。

天一亮就醒來，感覺一切很好，然後突然想起昨晚火車失事的冰山一角。到了晚上 10 點門鈴才響。我全身噴了香水，開門時幾乎只穿一件白襯衫。

羅克斯特說：「嗯，妳看起來真好，」然後開始親吻我，邊一路下樓梯。我們吃了雞肉派，喝他帶來的一瓶紅酒。他叫我坐在沙發上放鬆一下，而他則要洗個臉漱個口。我看著他，心想這一切是多麼可愛，但仍然隱約想知道為什麼他吃完咖哩還能再吃雞肉派，而且感覺或看起來不像要吃小鹿斑比。然後他走過來跪在我腳邊。

「我有話想告訴妳，」他說。

「什麼話？」我睡眼惺忪地對他微笑。

「我以前從未對任何女人說過這樣的話。我♥妳,瓊斯。我真的、真的很珍惜妳。」

「哦,」我說,有點心醉神馳地看著他,一隻眼睛閉著,一隻睜開。

「要不是年齡差異,」他繼續說道:「我就會單膝跪地。我真的願意!妳是我見過最好的女人,我們在一起的每一分鐘我都很開心。但對妳來說就不一樣了,因為妳有孩子,而我的生活還沒開始上軌道。這樣不會有任何進展。我真的需要去結交跟我同年紀的人,但除非我去找,否則當然找不到。這樣說妳能明白嗎?」

或許如果我不是那麼累的話,會想跟他好好談一談,但我馬上變成乖女孩指南模式,開始一場愉快的演說,附和說他當然是對的!他必須找一個跟他年紀相近的人!這對我們兩人來說都是很棒的事情,我們都學到了很多東西,也成長了很多!

羅克斯特用一種煩惱不安的表情盯著我。

「那我們還能做朋友嗎?」他說。

「當然,」我高興地說。

「妳認為我們能在不脫掉彼此衣服的情況下見面嗎?」

「當然可以!」我高興地說:「總之,呵呵!最好還是去睡個覺吧。我明天要參加運動會!」

我送他出門,臉上掛著堅定而愉快的微笑,然後,我沒有明智地

傳簡訊給麗百佳叫她過來,也沒有打電話給塔莉莎、湯姆、茱德或任何人求救,我真的就上床哭了兩小時然後睡著。現在,哦,該死,已經早上六點了,孩子們一小時後就要起床,我必須帶著切碎的蔬菜和他們兩個去運動會,喝半瓶紅酒,睡四個小時,現在天氣正熱得發暈。

6 p.m. 設法讓所有人和所有東西準時上車,開車到運動場,假裝是跟達賴喇嘛一起上戰場的士兵,然後把所有人和所有東西都從車裡卸下。比利和美寶已經忘記父親節的創傷,他們都很高興,立即跑去跟朋友們一起玩,最幸運的是,他們也忘記我這個崩潰的母親。

然而不幸的是,在鋪好野餐毯子和切碎蔬菜的過程中,崩潰媽媽突然對羅克斯特讓她陷入如此崩潰的行為感到憤怒,拿出手機發出一條激烈咆哮的簡訊,這讓她感到很沮喪。

〈羅克斯特你這個自私鬼,根本就是像放屁一樣在操縱我。以前假裝要娶我,吃了全套英式早餐,昨晚又吃了我的蛋液油光雞肉派,屁股塞滿咖哩,然後就可以離開了。你這個放屁鬼、自私的放屁鬼!〉

暫時停下來,大方慷慨地為法齊亞和其他媽媽倒了一些我的大瓶皮姆酒。

〈你現在除了屁樣自己之外沒有任何人可以考慮,我只能說,等到你有個孩子的時候……有些莎芙蓉可能負擔不起隨叫隨到的保母,

你才會覺得有點感受。收到這個咆哮簡訊如果讓你覺得很糟糕，那最好！因為我就覺得很糟糕，而且我還要參加屁樣運動會！〉

然後我轉身回到人群，對美味的野餐滿口奉承讚美，接著才以帶著歉意的微笑回看我的簡訊，顯示自己是個非常忙碌又重要的女強人，而不是因為某個屁孩明確告訴我太老而拋棄我，我正給他發送一些屁簡訊。

手機震動了。

羅克斯特：〈我要為自己辯護，雖然我昨晚才剛剛吃了咖哩，但我都沒有放屁啊。〉
我：〈好吧，是我在運動會放了一個特別臭的大屁，你自己去領會吧。〉

快速查看一下孩子們——比利和一群男孩瘋狂地跑來跑去，美寶和另一個小女孩興高采烈地互相說著一些含糊不清的刻薄話——然後又回來看我的簡訊鬥嘴。

羅克斯特：〈妳放屁為什麼特別臭呢？趕快吃點防風草吧？〉
我：〈因為我跟一個他媽的屁孩過了一夜。〉
羅克斯特：〈我剛剛在計程車上也放了個屁，而且叫它去小朋友的運動場。〉
我：〈是喔，好吧，憑你放屁的速度，現在應該已經飛到了。〉

「喜歡參加這些體育活動嗎？」

那是沃勒克先生，正低頭冷笑地看著我的 iPhone。當第一場比賽

開始的槍響時，我正想站起來，但因為跪著太久，反而又趴著四肢著地。

在那一瞬間，我看到沃勒克先生也停止動作，他的手迅速移向臀側，彷彿要拔槍一樣。我可以看到他運動衫下強壯的身體緊繃，臉頰肌肉抖動，眼睛注視著比賽場地。當手持湯匙護送雞蛋的小朋友開始搖搖晃晃地開跑，他眨了眨眼，像是突然回過神來，然後有些尷尬地四下張望，看是否有人注意到他的反應。

「一切都好嗎？」我揚起一邊眉毛，試著模仿他一貫的傲慢態度，但由於我仍然四肢著地，所以可能不太成功。

「當然，」他說，他冰冷的藍眼睛平視著我的眼睛：「只是我對⋯⋯湯匙有點小問題。」

然後他轉身小跑向湯匙雞蛋賽跑的終點線。我盯著他的背影，想說他去那裡幹嘛？他是不是有什麼妄想症，對自己的平凡生活不太滿意，才充滿007龐德的幻想？或者他是那種在週末會打扮成奧利佛・克倫威爾[4]跟同好假裝戰鬥的人？

隨著體育比賽開始，我把 iPhone 收起來，開始專心看比賽。「來吧，美寶，」我說：「比利要跳遠囉。」

當大家在測量比利跳多遠時，大家都歡呼起來，比利也高興地跳到空中。

---

[4] 奧利佛・克倫威爾（Oliver Cromwell, 1599-1658），廢除了英格蘭的君主制，並征服蘇格蘭與愛爾蘭，在 1653 年至 1658 年間出任英格蘭共和國護國公。

「我早就告訴過妳了嘛，妳都不聽！」美寶說。

「告訴我什麼呢？」我說。

「姆項比賽真的有捲尺測量啊！」

「喔是啊，這種運動項目越來越受歡迎。」

那是沃勒克，和他身後一位搖搖晃晃的女人，這位我以前從未見過，裝扮奇特，跟學校格格不入。

「我可以喝一杯皮姆酒嗎？」她穿著一件看起來很昂貴的白色鉤織連身裙，腳踩金色飾物的高跟穆勒鞋。她的臉帶著一種微妙的奇特感──是人們動過手術後會有的樣子，對著鏡子看時似乎沒問題，但只要一動起來，就顯得格外不自然。

「皮姆酒呢？」她對沃勒克先生說：「親愛的？」

「親愛的」？所以這是沃勒克先生的太太嗎？這到底是怎麼回事？

沃勒克先生一反常態地心神不寧。

「布莉琪，這位是⋯⋯這位是莎拉。別擔心，我會調皮姆酒，妳去找比利吧。」他平靜地說。

「來吧，美寶，」我說，比利像隻精力旺盛的小狗一樣飛奔過來，襯衫和運動帶條隨風飛揚，把頭埋進我裙子裡。

當我們開始在頒獎前收拾東西時，那個怪異、醉醺醺的沃勒克先生的太太，又搖搖晃晃地向我們走來。

「我可以再來點皮姆酒嗎？」她含糊地說。我開始覺得我真的很喜歡她。遇到比自己行為更惡劣的人總是那麼令人高興。

然後她說：「謝謝妳！」驚訝地看著我，又說：「我很少見到像妳這種年紀的人還能保持真實臉孔。」

「還能保持真實臉孔」？頒獎時我忍不住回想起這句話。「像妳這種年紀的人還能保持真實臉孔」？這是什麼意思？是說我不打肉毒桿菌還敢四處趴趴走嗎？哦上帝，哦上帝，也許塔莉莎是對的。我注定要孤獨死，因為我滿臉皺紋。難怪羅克斯特會甩了我。

頒獎典禮一結束，比利和美寶就和他們的朋友們在一起，我衝進俱樂部會所恢復鎮定，在布告欄的海報前驚愕地停下來：

50 歲的黑斯廷超齡之旅

還有另一張寫著：

50 以上超齡俱樂部

每週一 9:30-12:30

賓果遊戲

茶點

萊佛士抽獎活動

長途巴士旅行

聖誕節午餐

茶舞

建議與支持

偷偷地把「諮詢與支援」的電話號碼輸入我的 iPhone，我跌跌撞撞地走進女廁，在那毫不留情的裸燈照射下審視自己。沃勒克先生的妻子說得沒錯。我眼周的皮膚正以肉眼可見的速度變成一片皺紋；下巴和臉頰鬆垮，脖子像火雞脖子，嘴角到下巴的木偶紋急速加深，宛如安格拉·梅克爾（Angela Merkel）的標誌性皺紋。我盯著鏡子，幾乎能看見自己的頭髮瞬間縮成一團灰白色的緊密小捲。終於發生了──我變成老太婆了。

冰凍三尺

2013 年 6 月 18 日星期二

61.7 公斤（含 0.5 公斤的肉毒桿菌）。

我是說，現在有很多人都去注射肉毒桿菌，不是嗎？這跟整容不一樣。「一點也沒錯，」塔莉莎把號碼給我時說：「就跟去看牙醫一樣！」

走進哈雷街的地下室，感覺好像要去什麼後街小巷找人墮胎似的。

「我不想看起來很奇怪，」我說，試著多想想塔莉莎，不要想沃勒克先生的太太。

「不會的，」那位外國口音聽起來很奇怪的肉毒桿菌醫師說：「反正很多人看起來就很奇怪。」

感覺額頭有點輕微的刺痛感。

「現在就要去處理妳的水（嘴）吧。妳不做啊。妳不做水吧嗎，妳的臉會開始下垂，看起來很可憐，就像女王那樣喔。」

我想了想，這可能是真的。女王確實經常看起來不高興或對什麼事表示反對的樣子，但她可能並非真的如此。也許女王的嘴巴也該注射一點肉毒桿菌！

我走出診所，在哈雷街的燈光下眨著眼睛，照醫師的吩咐做鬼臉。

「布莉琪！」

我看向馬路對面，吃了一驚。那是沃妮，科斯莫的老婆。

當她匆匆走過時，我對她眨眨眼。沃妮看起來……有點不同。她可能是去……接髮嗎？她的頭髮比起在塔莉莎的聚會時，長了整整 6 英寸，而且是深棕色，而不是灰白色。她沒有穿著平常穿的高領公爵夫人裙，而是穿了一件合身的桃色連身裙，領口很漂亮，凸顯纖細腰部，再加上高跟鞋。

「妳看起來棒極了，」我說。

她笑了：「謝謝。原來是……好吧，妳去年說的，跟瑪格姐一起喝酒的時候。然後在塔莉莎的聚會之後我就想……塔莉莎叫我去哪裡做頭髮，還有……打點肉毒桿菌，但不要告訴科斯莫。妳最近怎樣？妳那個小男友呢？我剛剛在慈善午餐會上，旁邊也坐了個年輕男子。來點調情實在是太棒了，不是嗎？」

這要我怎麼說呢？我能跟她說他因為我太老而拋棄我嗎，這就像告訴那些在第一次世界大戰躲在戰壕裡的部隊，德國人看起來快贏了一樣。

「那個年輕人啊，可說的事情太多了，」我說：「不過妳看起來棒極了。」

她咯咯笑著搖搖晃晃地走開，我可以發誓，當時才下午兩點，但她已經有點醉了。

好吧，至少這一切帶來了一些好處，我自言自語說道。她的肉毒桿菌看起來很棒，也許我的也會！

2013 年 6 月 21 日星期五

說話時還能發出的子音 0。

2:30 p.m. 我的天啊，我的天啊，我的嘴出現一些非常奇怪的反應，嘴裡全部都腫起來了。

2:35 p.m. 剛剛照了鏡子，嘴唇翹出來。整個嘴是腫的，而且有點麻木癱瘓。

2:40 p.m. 比利的學校會充滿低音管聲音，我又沒法正常說話。P、B、F 這些音我都發不出來。我該怎麼辦呢？接下來三個月我都會這樣嗎？

2:50 p.m. 已經開始流口水。嘴巴無法控制，口水從嘴邊流出來。雖然原本想看起來年輕一點，結果反而像養老院的中風「病人」一樣。得用紙巾不斷地擦拭。

2:55 p.m. 打電話給塔莉莎解釋自身狀況。

「它不該是這樣。妳應該再回去看看。一定是出了什麼問題。有可能是過敏反應。它會消失的。」

3:15 p.m. 必須去學校接小孩了。我想應該會沒事吧！找條圍巾圍著嘴巴。大家應該不會注意到別人的細部，只會看到整體。

3:30 p.m. 接到美寶，像《蒙面奇兵》（*Masked Raider*）一樣，嘴上包著圍巾。在車上高興地摘下圍巾，轉身做些慣常又有點複雜的扭腰動作，好把自己塞進安全帶裡。至少美寶沒有注意到，她正高興地嚼著零嘴。

3:45 p.m. 唉呀！交通真是太糟了。為什麼這些人都想在倫敦開這些巨大的休旅車呢？開這種車就以為自己正在駕駛一輛坦克似的，所有人都要離他們遠遠的……

「媽咪？」
「什麼事，美寶。」
「妳的嘴巴看起來很好笑。」
「哦，」我說，成功地避開子音。
「妳的嘴怎麼這麼好笑呢？」

我想說「因為」，結果只發出了令人氣憤的噪音：「銀威……」。

「媽咪，妳現在說話為什麼好好笑？」

「很好哇，銀威，只是尾巴有點難過。」

「妳在說什麼，媽媽？」

「一切都好，女兒，」我勉強說。

你看，如果我能堅持母音、喉音和嘶聲子音，那就太好啦！

4 p.m. 又把圍巾圍在嘴上，拉著一臉憂心忡忡的美寶小手，走進了少年班。

比利正在踢足球。我試著大喊，但我喊出來的是「劈力」？

「哎呀，」我又試著喊道：「伊利！」比利抬頭看了一眼，然後繼續踢足球。「伊利！」

我現在要怎麼把他帶出操場？大家都在那裡跑得很開心，但停車時間只剩五分鐘，因為車子停在卸貨區。

「伊利利利利利利！」我喊道。

「沒事吧？」

我轉身，是沃勒克先生。「戴圍巾？妳會冷嗎？感覺不太冷，」他邊說邊搓著雙手，好像在檢查體溫那樣。他穿著一件藍色的上班襯衫，我可以感覺到他瘦削、健美得令人惱火的身體。

「啊醫。」

「妳說什麼？」

我迅速拉了一下圍巾,再次說「啊醫」,又把把圍巾圍好。他的眼裡很快就閃過一絲有趣的感覺。

「媽咪的嘴現在很好笑,」美寶說。

「可憐的媽咪,」沃勒克先生彎下腰對美寶說:「妳的鞋子怎麼了?是不是穿錯邊啦?」

天啊,我只是全神貫注在肉毒桿菌的反應,沒有注意到小孩穿錯鞋。沃勒克先生很有效率地把它們重新穿好。

「比利都不回來。」美寶用低沉粗啞的聲音說道,表情嚴肅地看著他。

「真的嗎?」沃勒克先生站了起來。「比利!」他權威地喊道。比利驚訝地抬起頭。

沃勒克猛搖頭向他招手,比利順從地小跑步穿過大門向我們走來。

「你媽媽正在等你。你知道的。下次媽媽等你的時候,你就馬上過來。知道了嗎?」

「好的,沃勒克先生。」

他轉向我說:「妳還好嗎?」

我突然感到害怕起來,眼睛充滿淚水。

「比利、美寶,媽咪今天去看牙醫,她覺得不太舒服。現在,我希望你們都是小淑女和小紳士,要對她好一點。」

PART 3／陷入混亂 | 349

「好的,沃勒克先生。」他們像機器人一樣說道,伸手握住我的手。

「非常好。那麼,達西夫人呢?」
「什麼事,沃勒克先生?」
「如果我是妳,我就不會再這麼做了。妳一開始看起來就很好。」

當我們上路回家時,突然感覺自己只是迷迷糊糊地自動開著車,根本沒有注意一路上自己在想什麼。

「媽咪?」

「什麼事?」我心想:「他們知道,他們知道,我們現在處境脆弱,他們的母親是注射肉毒桿菌的失敗美洲獅白痴,說不定還會撞車。她不知道自己在做什麼,也不知道應該做什麼或怎麼做。只能留給社會服務部門去照顧他們,而且——」

「恐龍是冷血動物嗎?」

「是的,呢,不是嗎?」我邊停車邊說。牠們是嗎?「我是說,牠們是什麼?牠們是爬蟲類還是像雞魚海豚嗎?」

「媽媽,妳要這樣說話說多久?」

「我們可以吃肉醬義大利麵嗎?」

「好啊,」我邊說邊把車停在屋外。

我們進屋時感覺一切溫暖舒適,我很快就看到肉醬義大利麵在爐子上冒泡(超市準備好的,可能包含馬肉,但還好啦)。他們坐

在沙發上，聽著煩人的美國動畫片，配音員用歇斯底里的高八度聲音說話，但畫面看起來又很甜蜜。我放著馬肉義大利麵在爐上沸騰，和他們一起坐下來，把他們拉過來抱在一起，我把冰冷的臉埋在他們凌亂的腦袋和柔軟的小脖子上，感覺他們的小心臟在我的心臟上跳動，心想我是多麼幸運，只因為擁有他們。

過了一會兒，比利抬起頭。「媽咪。」他輕聲喚道，眼睛看向遠方。

「卓麼了？」我低聲說道，心中充滿了愛意。

「義大利麵條燒起來了！」

哦，該死。我把義大利麵留在鍋裡，有些乾躁的部分凸出在鍋子邊緣，我以為另一端軟化之後，這一側也會回到鍋裡，結果不知道為什麼它們就著火燒斷了。

「我會把火撲滅的，」美寶平靜地說，彷彿這是每天都會發生的事情。當然不是！

「不！」我急忙說，抓起一條茶巾丟到鍋子上，結果茶巾也燒起來，煙霧警報器開始大響。

突然有鍋冷水潑下去。轉身看到比利把一壺冷水倒在那些東西上，撲滅了火焰，但爐具上還有那些仍在悶燒冒煙的爛攤子。他高興地笑了笑：「我們現在可以吃嗎？」

美寶看起來也很興奮：「我們可以烤棉花糖嗎？」

所以（等比利關掉煙霧警報器）我們就開始烤棉花糖。現在，火在壁爐裡。這是我們度過最美好的夜晚之一。

朋友的意義

2013 年 6 月 22 日星期六

61.7 公斤，卡路里 3844，吃掉磨碎莫札瑞拉起司 2 包，男朋友 0，男朋友的可能性 0，自己和朋友消耗的酒精總量 47 單位。

「還好吧，至少已經不是重生處女了，」湯姆說：「如果妳問我的話，剛好相反。簡直像個重生的色情狂。只是滿臉沒表情。我們的酒都喝完了嗎？」

「冰箱裡還有一些，」我站起來說：「但是你看——」

「湯姆，安靜點，親愛的，」塔莉莎責備說：「現在她不再流口水了，她的臉看起來真的很好。」

「關鍵是她要忘掉那個青春小男友啊，」仍在與野生動物攝影師約會的茱德說。

「不是這樣的，而是——」我試著插話進去。

「這跟自我有關，自我受到威脅。」湯姆裝出一副專業的樣子，但他其實已經喝醉了：「這不是他拒絕妳。一個人如果從極端走向另一個極端，就不是拒絕妳。而是他自己困在心和腦之間，然

後──」

「布莉琪,我就警告過妳,永遠不要愛上小男友,」塔莉莎打斷說:「我們要自己掌控一切,否則整個狀態就會變成一場徹底的災難。我不准妳再跟他交往。湯姆,親愛的,你能給我調製一杯加了很多冰塊和一點蘇打水的伏特加嗎?」

「他不會再跟我有關係了。我發給他一則屁簡訊罵了他一頓!」我說。

「第一,」塔莉莎說:「他會再來跟妳重修舊好,因為他上次退出搞出那麼大的動靜,而不是哭哭啼啼地離開;第二,妳不要再攪進去了,不然就換妳哭哭啼啼。男人一旦離開,妳再帶他回來只是自取其辱,既自卑又絕望,而且他除了想上妳之外什麼都不做。」

「但是馬克帶我回去並且──」

「現在是羅克斯特,」湯姆說:「不是馬克。」

說到這裡,我一聲不吭,突然氣喘吁吁地哭起來。

「哦,上帝,」茉德說:「我們要趕快再找個人陪她。我正在為她設定 OkCupid 網站的帳號。我要說她幾歲?」

「不,不要弄了,」我抽噎著:「我必須拿起棍子,就像《禪與戀愛的藝術》中所說的那樣。我必須接受懲罰。我忽視了孩子們,而且──」

「他們都很好啊！妳別瘋傻了。妳的 iPhoto 圖庫到底藏在哪裡？」

「茱德，」湯姆說：「妳先別管她，把她交給我吧。我才是專業的，我是個心理醫師嘛。」

一陣沉默之後。「謝謝你，」湯姆說：「在一段關係中，你要處理六件事。他們對你的幻想，他們對這段關係的幻想，你對他們的幻想，他們對你的幻想的幻想——這樣是幾個了？喔。還有他們對⋯⋯他們自己的幻想。」

然後湯姆意味深長地站起來，平靜地走到冰箱前（雖然有點搖搖晃晃），拿了一包巧克力片和一瓶夏多內葡萄酒回來，然後從夾克口袋裡掏出一包 Silk Cut 香菸。

「有些事情是永遠不會改變的！」他說：「現在，張開嘴巴，吃妳的藥。乖女孩，這就對了。」

早上醒來時，我身上塞滿大家給我的絨毛玩具、一部《末路狂花》（Thelma and Louise），以及一張他們三人寫的字條：「我們永遠愛妳。」

不過當我打開手機，還是收到茱德的簡訊，以及 OkCupid 網站的登錄帳號和密碼。

巨大的空虛

2013年6月24日星期一

61.2公斤，來自羅克斯特的簡訊 0，來自羅克斯特的電子郵件 0，來自羅克斯特的電話 0，來自羅克斯特的語音郵件 0，來自羅克斯特的推文 0，來自羅克斯特的推特訊息 0。

9:15 p.m. 孩子們都睡了。天啊～我好孤單。我想念羅克斯特。現在泡沫已經破滅，我也想到馬克早就走了，孩子們仍然沒有父親，還有那麼多複雜、無法解決的事情，我只是簡單而直接地想念羅克斯特。從完全親密到……毫無關係再無瓜葛，這真是太奇怪了。網路空間完全虛無。簡訊沉默了。沒有來自羅克斯特的電子郵件。他也不再發推文。我無法看他的臉書，否則我就得先加入臉書，這簡直是感情自殺，還得在臉書上請求成為他的朋友，然後看到他跟很多三十幾歲妹仔接吻的照片。我重讀那些舊訊息和電子郵件，羅斯比‧麥道夫現在已經什麼也沒留下了。

我並沒有真正停下來思考羅克斯特對我來說有多重要，因為我真的想當一個佛教徒，只要生活在當下。我沒有想到我們曾經一起建造的小世界：放屁、嘔吐物、關於食物和我們最喜歡的酒吧笑話，還有藤壺的陰莖。每次發生有趣的事情，都想傳簡訊給羅克斯特。然後又帶著冰冷搖晃的回憶，羅克斯特不會想再聽到這些有趣的小事了，他現在無疑只會聽年輕女孩的生活細節，她只有23歲，喜歡女神卡卡。

10 p.m. 剛上床。冰冷寂寞無聊的空床。我什麼時候才能再有性生活，跟著羅克斯特特特特特特特或其他一樣美麗的年輕人一起醒來？

10:05 p.m. 去他媽的咖哩男，幹！我絕對不要再想羅克斯特了。呸！那個咖哩派……幼稚的小白臉！已經把他從聯絡人中刪除，不會再跟他通信、見面或要求見面。他被刪除了！

10:06 p.m. 但我還在迷戀他。

2013 年 6 月 25 日星期二

先擬好羅克斯特發簡訊給我時，能回罵羅克斯特的簡訊 33 則。

9:15 p.m. 天啊，我好孤單。繼續想著也許羅克斯特會發簡訊說我們應該喝一杯，並繼續編造一些傲慢的簡訊作為回覆：

〈對不起，請問你是誰？〉
〈抱歉，你這樣可能妨礙我遇到那些與我的情感成熟度、迷人社交生活和時尚設計師服裝品味相匹配的人。〉

或者說：

〈你該不會是個喜歡放屁又嘔吐的 30 歲路人甲吧？〉

2013 年 6 月 26 日星期三

9:15 p.m. 天啊～我好孤單。

9:16 p.m. 剛剛有了絕妙的好主意！傳簡訊給皮衣男！

9:30 p.m. 簡訊交流如下：

我：〈嗨！最近如何？有段時間沒見到你了。想聚在一起聊聊嗎？〉

10:30 p.m. 皮衣男：〈嘿，很高興收到妳的訊息。後來發生好多變化啊，首先是兩週後我就要結婚了！不過也許我們可以提前聚一下？〉

2013 年 6 月 27 日星期四

9:15 p.m. 天啊～我好孤單。也許打電話給丹尼爾，看看他會不會帶我出去為我加油！

11 p.m. 丹尼爾沒回覆。不像丹尼爾。也許他現在也要結婚了。

2013 年 6 月 28 日星期五

3 a.m. 比利剛剛躺在我的床上哭泣。我想他做了個惡夢。他雙臂緊緊摟住我，全身又熱又流汗，緊緊地抱著：「我需要妳，媽咪。」

他的確需要我，他們兩個都需要我。再沒有其他人了。我不能再

陷入這樣的混亂，企圖用一些笨蛋呆瓜來填補空白。快一點振作起來！

7 a.m. 睡眼惺忪地醒來，看著枕頭上溫暖美麗的比利。我開始咯咯笑，想起自己還為羅克斯特自艾自憐地哭泣，「我什麼時候才能再跟一個如此年輕美麗的人一起醒來？」

你看？就這麼簡單！更年輕也更美麗。

順其自然

2013 年 6 月 28 日星期五（續）

10 a.m. 開始擔心丹尼爾。雖然他總是有自己的一套做法，自從馬克去世後，如果我打電話過去，他總是立即回覆。哦！電話來了。

10:30 a.m. 忘記跟綠光的喬治、伊莫金和達米安的電話會議。

「是的──我們都在辦公室，妳會很高興聽到的，」喬治開始說道：「現在事情是這樣的。」背景中傳來水花四濺的聲音。「如果妳和莎芙蓉先討論過這幾頁，妳不能讓她知道妳並不是百分之百地喜愛斯德哥──」

「喬治？」我疑惑地說。「你在哪裡？那些唏哩嘩啦的聲音是什麼？」

「我在辦公室啊。只是……咖啡而已。那麼好的。安柏葛莉絲已經到斯德哥爾摩了,所以不要——」

又傳來一陣奇怪像橡膠板滑行的吱吱聲,接著是巨大水花——我是說真的,就像有什麼很大的東西掉進水裡——有陣低沉的喊叫,然後又是一片寂靜。

「對!」伊莫金:「我們要去看看那裡發生什麼事,然後再回電給妳嗎?」

11 a.m. 剛剛給塔莉莎打電話,問她最近有沒有丹尼爾的消息。

「哦,天啊,」她說:「妳沒聽說嗎?」

狀況是丹尼爾一直有藥物成癮的問題,隨著年齡增長,情況變得更加糟糕。有段時間大家都說他們「很擔心丹尼爾」,因為他在晚宴上的行為越來越令人難以容忍。雖然有各種迷人的女性想「療癒」他,但他最後還是被送去亞利桑那州的一家診療所調養,回來時面容煥然一新,還帶點羞澀。就我們所知,那時候他很好。但最近又跟一位迷人的女性分手,似乎讓他陷入一場令人眼花繚亂的狂歡,有個週末他就把他家 1930 年代以來雞尾酒櫃裡的所有東西都喝完了。上週一早上,他的清潔女工發現他的情況很糟糕。現在他在我去的那家肥胖診所的所屬醫院,藥物和酒癮診療病房裡。

天啊,天啊,我之前還讓比利和美寶跟他一起過夜。

11:30 a.m. 伊莫金剛剛回電。喬治好像不是像他說的那樣在辦

公室喝咖啡，而是在伊洛瓦底江上的一艘小船上，他出來「找訊號」，所以從當地的豪華遊輪換到一艘小遊艇。不知為什麼，有一艘快艇急駛而過，掀起大浪讓遊艇失去平衡，喬治被彈進伊洛瓦底江的渾濁河水，他的 iPhone 也跟著拋入水中。

喬治人沒事，但那支 iPhone 顯然就是碰上災難了。我決定拋開綠光團隊，處理一些善後事宜就好。首先我急著去見丹尼爾。

2 p.m. 剛從可怕的聖凱瑟琳醫院回來，那裡是維多利亞時代的監獄、1960 年代醫師手術室和葉門等令人眼花繚亂的視覺混合體。我漫不經心地逛進去，先找到正確分部，在禮品店為丹尼爾買了份報紙和一張卡片，上面有一隻鴨子，寫著「力爭上游」，再用鋼筆加上：「你這個骯髒的混蛋！」然後衝動地寫說：「不管你人在哪裡，不管你做了什麼，我都永遠愛你！」要是有人不思振作自甘墮落，我可以想像每個人都會想進來教訓他一頓。

這間病房是「上鎖病房」。要先按下綠色按鈕，才有一位穿著白袍的女士開門讓我進去。

「我來看丹尼爾‧克利弗。」

她似乎不認識這個人，那只是她本子上的一個名字而已。

「他在左邊，床簾後面第一張床。」

我認出丹尼爾的包包和外套，但床是空的。難道丹尼爾落跑了嗎？我開始幫他收拾一些東西，然後一個奇怪的流浪漢身影出現，穿著醫院的白色睡衣，沒刮鬍子，頭髮蓬亂，兩眼黑著一大圈。

「妳是誰?」他疑惑地說。

「是我,布莉琪啊!」

「瓊斯!」他說道,彷彿腦子裡突然靈光乍現。但那道光芒很快就熄滅了,他跌跌撞撞地走到床上:「妳至少可以告訴我妳要來。我可以清理一下,乾淨一點。」然後他躺下來閉著眼睛。

「愚蠢的混蛋,」我說。

他摸索著抓住我的手,發出一種非常奇怪的聲音。

「你怎麼了?為什麼不能呼吸?」

他眼中又閃過一絲光芒,讓我瞥見老丹尼。

「好吧,瓊斯,事情是這樣的。」他邊說邊把我拉到他身邊:「剛找到個調酒師,老實說喝得有點醉。幾乎把一切都喝光了。我高興地抓住一瓶我以為是薄荷甜酒的東西,妳知道,綠色的那種,全部喝了下去。結果那是洗衣精!」

我們兩個笑得發抖。但我知道這可能是個悲劇性的情況,但一樣很有趣。隨後丹尼爾開始嗆到,發出喘息聲,嘴裡開始冒出氣泡。你可以清楚地看到發生什麼事。就像你洗碗機藥片用完了,想說放進清潔劑應該也可以,結果洗碗機裡面全是泡泡。

那位護士趕緊過來幫他處理。然後他拿起卡片,打開來看。有那麼一瞬間,他看起來好像要哭出來,然後他把卡片放回桌子上,這時一個迷人的長腿金髮女郎出現了。

「丹尼爾，」金髮女郎說道，她的語氣讓我想把我的頭髮甩向她，讓她也長蝨子。「你看看你！你應該為自己感到羞恥。這一切都必須停止！」

她拿起卡片：「這是什麼？這是妳送的嗎？」她邊罵說：「妳看，這就是他的問題！他所有的該死的朋友：『親愛的老丹尼爾』，這可真是振奮人心啊！」

「我看我最好還是先走吧。」我說，站了起來。

「不要，瓊斯，不要走，」丹尼爾說。

「喔，拜託！」女孩哼了一聲，這時塔莉莎提著一籃食品禮盒，用玻璃紙包著，上面繫著一個大蝴蝶結。

「妳看？妳看？」那個趾高氣昂的美女說道：「我說的就是這樣。」

「我帶這些……糖果，妳是有什麼意見？而且妳到底是誰啊？我認識丹尼爾二十年了，大部分時間都斷斷續續跟他上床……」

我聽得都快爆了：「什麼？？」當我跟丹尼爾上床的時候，塔莉莎也在跟丹尼爾上床嗎？不過後來我想說：「那又怎樣？」

我找了個藉口離開，心想，真的，到了一定的年齡，大家都會做他們想做的事，你要嘛接受他們本來的樣子，要嘛就直接斷絕往來。不過我現在不確定是否應該再把孩子們交給丹尼爾照顧，至少在他恢復健康之前，或者能區別叉子和梳子的時候。

音樂與茶舞

2013 年 6 月 29 日星期六

剛出發前往漢普斯德希斯,又不得不回來,因為天降大雨簡直是整桶水倒在我們頭上。今年夏天的天氣很糟。天天下雨!下雨!下雨!下雨!又冰又冷,彷彿夏天不見了。真是完全無法忍受。

2013 年 6 月 30 日星期日

哇嗚,天氣突然變得滾燙起來。沒擦防曬乳或戴帽子,簡直無法待在外頭,這天氣真是太熱了。面對這種難以忍受的酷暑,我們還能怎麼辦呢?完全無法忍受!

2013 年 7 月 1 日星期一

6 p.m. 好!不要再為自己感到難過,以免自己最後也不小心喝了洗衣精。這學年快結束了,學校裡充滿各種有趣的戲劇活動、學校旅行、睡衣日、關於給老師禮物的電郵討論(其中包括一封完美妮可萊的嚴肅郵件,要求每個人都買約翰路易斯連鎖商店的禮券,不要自己去買什麼 Jo Malone 的香氛蠟燭),還有——群組討論最熱衷的——比利夏季音樂會。比利要表演音樂劇《孤雛淚》(*Oliver!*)〈我願意做任何事〉(I'd Do Anything)的低音管獨奏。這場音樂會由沃勒克先生安排指導,他現在好像把一半

的音樂班納入他的軍事風格管理，音樂會預定在落日時分於A11公路上的卡爾索普豪宅舉行。

據說沃勒克先生會打扮成奧利佛・克倫威爾，而他那個「很高興見到真實面孔」的太太會另外多喝四品脫填充劑到她的臉上來慶祝。哎喲，又講刻薄話了，快刀小姐。我一定要多讀《佛教小書》：「我們的家、我們的孩子，甚至是我們自己的身體都非我所有。世間萬物轉眼即逝，我們只是給予照顧和尊重。」

哎喲，不對！我還沒有幫比利和美寶預約牙醫。我疏忽得越久，就越不敢帶他們去看牙，他們的牙齒現在顯然已經千瘡百孔，最後就會像《神鬼奇航》（Pirates of the Caribbean）的那些海盜一樣缺牙掉齒，這都是我的錯。

但至少我會把自己的身體當成寺廟。我要去跳尊巴舞。

8 p.m. 剛回來。一向喜歡尊巴舞，年輕的黑長髮西班牙夫婦輪流帶舞數節拍，他們倆用動頭髮，像馬一樣憤怒地跺腳，把人帶入巴賽隆納或可能是巴斯克海岸夜總會的世界，那些點燃篝火的吉普賽營地，不分種族血統地混在一起。

但這次驚心動魄的二人組，被一位金髮碧眼、活潑可愛的女教練取代，有點像《火爆浪子》（Grease）中的奧莉維亞・紐頓強（Olivia Newton-John）。這位充滿異國情調的性感尊巴舞導師動作奇怪地與歡愉又堅定的笑容並列在一起，彷彿在說：「大家跳起來，這根本沒有色情或骯髒的疑慮！」

最重要的是，那個咧嘴笑的女人不僅讓我們做雙手翻覆的動作，還讓我們做「想像把潮濕的雙手甩乾」的動作，更別提一些光芒四射炫目的動作。當整個加泰隆尼亞夜總會的幻想像紙牌屋一樣崩潰時，我環顧四周，發現這裡的人不是狂野的吉普賽年輕人，只是一群封閉男性父權社會可能描述為「中年」的女人。

突然有種沉悶感，參加尊巴舞的想法可能跟嘗試重溫久違的性生活聯繫在一起，就像聖奧斯華德之家所證明的那樣：即使在那裡，尊巴舞也完全取代「茶舞」的概念。

我跟跟蹌蹌地爬上樓，看到一些景象有些令人難堪。又高又瘦，沒跳尊巴舞的克蘿伊抱著孩子，就像達文西筆下的聖母瑪利亞一樣，他們正在讀《柳林風聲》（*The Wind in the Willows*）。孩子們興奮地抬頭看著我，像往常一樣，在尊巴舞結束後，我一路爬回家，滿臉通紅，簡直像是心臟病快發作的樣子。

克蘿伊離開後，比利和美寶就不看《柳林風聲》了，他們自己玩，把洗衣籃裡的東西拿出來丟下樓當遊戲。到了睡覺時間，他們都去睡了，我清理了他們過度興奮的嘔吐物等，身體精疲力盡地塞下兩顆巨大的火雞炸丸子（冷的）和一塊 3 英寸長的香蕉蛋糕。我決心趕快改跳適當的莎莎舞或蛋白糖霜（meringue）課程，因為那些比較輕鬆的活動才是我感興趣的純粹拉丁舞蹈。啊我是說美倫格舞（Merengue），不是蛋白糖霜。

上網交友

2013 年 7 月 2 日星期二

60.3 公斤（謝謝你，尊巴舞和茶舞），約會網站探查 13 次，約會資料閱讀 87 人，喜歡的會員資料 0，會員資料建立 2 次，茱德在網上造成的災難關係 17 人，茱德在網上建立有前景的關係 1 人（我也要加油）。

11 p.m. 仍然跟野生動物攝影師交往的茱德，在孩子們睡著後才來找我，決定教我怎麼上網。

我看著她像救世主一樣瘋狂地點擊約會網站，列出清單：「潛水員」、「喜歡柯士提斯飯店（Hotel Costes）」、「閱讀《百年孤寂》」——是的，這些沒錯。「妳看，妳必須做筆記，布莉琪，不然等妳給開始發訊息給他們時，妳會把大家都搞混。」

「妳現在還不想，嗯，放棄嗎？」我說。

「不會，否則我到最後只能遙遙望著，想念吸吮棒棒糖的滋味。」

這時我才發現自己正拿著棒棒糖，在嘴裡滑進滑出的。

「問題是，布莉琪，這是一場百分比的遊戲。」

我認為，茱德能衝破金融界的「玻璃天花板」，所以她也會從這個角度來看待這個問題。

「妳不能把任何事情都看成是自己的錯。妳要學會站起來,妳會碰到很多假帳號,他們只是冒用別人的照片。但只要妳有足夠的經驗和技能!妳就能排除那些爛渣男。」

然後,我們開始談起茱德成功篩出的線上渣男,才找到野生動物攝影師:那位追求性羞辱的男人(當然!);已婚有嬰兒的男人——他還跟茱德出去過,吻了她,但後來開地球模式發訊息說他太太已經生了個寶寶;跳傘圖形設計師,其實只是平面設計師,但後來發現他是虔誠穆斯林,不准發生婚前性行為,但奇怪的是他週末還是喜歡去莫里斯跳舞。

「然後我們不管在哪裡,」茱德說:「只要輕輕一點,就能回到首頁。」

「但是誰會想跟一個帶著兩個小孩的五十多歲單親媽媽約會?」

「再看看吧,」她邊說邊讓我在單親爸媽配對網站 SingleParentMix.com 註冊免費試用:「這些人也都跟妳我一樣是普通人而已。他們看來的確不是怪人。我會填 49 歲。」

一列照片突然出現,照片中都是戴著金屬眼鏡、條紋領襯衫垂在腹部皺褶處的陌生男子。

「這些看起來像是一大排連續殺人狂,」我說:「他們怎麼可能是單身爸爸?除非他們謀殺了媽媽?」

「哦,好吧,這次的搜尋成果也許不是很好,」茱德輕快地說。

「這個怎麼樣?」

PART 3／陷入混亂 | 367

她打開她在 OkCupid 上為我製作的個人資料。

事實上,我看到裡面有些非常可愛的東西。但是啊,孤獨——這些個人資料洩露了我這幾個月甚至是好幾年的心碎、失望和羞辱。

事實上,選擇什麼「外面有誰適合我」(Isthereanyoneout_there?)帳號的人,個人資料是:

> 我是一個普通的好男人,只想要一個普通的好女人。如果妳的照片是十五年前的,那就滑過去吧!如果妳自己一團糟、已婚、絕望、消極憤世、不是女人、無恥地只想挖金、情感虐待狂、膚淺、自戀、白目文盲、只想趕快上床做愛、只想沉迷於無盡的訊息交流卻不想親自面對面,或者只想找個約會對象來按摩妳的自尊心,老是放鴿子讓人苦等,因為妳不會被打擾,這些人也請妳滑過去吧!

還有一些已婚男性公開地表示他們只想要單純的性愛。

「為什麼他們不直接去外遇網站 MarriedAffair.co.uk 呢?」茱德嗤之以鼻。

2013 年 7 月 3 日星期三

8:30 a.m. 比利的足球漫畫剛剛從信箱裡投了進來,我把它拿到樓下說:「比利!你的比賽網站 Match.com 寄來了!」

繼續胡鬧！

2013 年 7 月 3 日星期三（續）

60.3 公斤，負面想法 500 萬個，正面想法 0，喝洗衣精 0（知道嗎？喝了只會更糟）。

9:15 p.m. 好，很好，超級好！明天就是學校音樂會，一切都會很好。美寶住在麗百佳家，所以我不用擔心要同時看住他們兩個。當然，會有很多、很多的父親說他要出差，或者可能忙著瀏覽 MarriedAffair.co.uk！就算羅克斯特還在，他也不會來參加學校音樂會吧，不是嗎？他會覺得自己很滑稽，因為這些人都有孩子，而且年紀都比他大得多。

9:30 p.m. 剛剛在網路上看新聞，說皇室嬰兒狂熱對整個社會並無幫助：羅克斯特這個年齡的完美年輕夫婦開始新生活，只想以完美方式、在完美時間，做著完美的一切。

9:45 p.m. 去查看比利和美寶的狀況。

「媽咪，」比利問說：「爹地會知道我要舉辦音樂會嗎？」

「我想是的，」我低聲說。

「我能做得好嗎？」

「是的。」

我握著他的手，直到他睡著。又是一輪滿月，我在屋頂上觀看。

如果我和馬克一起去參加夏季音樂會，現在又是什麼樣子呢？他會像以前那樣靠在我的肩膀上，快速瀏覽許多野餐電郵再刪掉它們，然後簡單地回答：「我會帶鷹嘴豆泥和黑色垃圾袋。」

我會百分之百地期待它。這會是百分之百可愛的事。哦，來吧。振作起來！繼續胡鬧！

夏日音樂會

2013年7月4日星期四

我們呼嘯穿過風景優美的公園綠地。現在有點遲到了，因為比利在 iPhone 上畫圖，結果我們開進錯誤路口。走出車外，我們聞到割草的氣味，栗子樹葉沉沉垂著，綠油油，太陽光變成了金色。

比利和我在低音管箱、野餐毯、我的手提包、野餐籃和又一個籃子的重壓下搖搖晃晃地走著，第二籃是裝著第一籃裝不下的健怡可樂和燕麥餅乾，比利和我朝著「音樂會指標」的小路走去。

我們來到空曠地方，喘著氣。它看起來就像一幅畫：優雅的紫藤覆蓋的房子，有古老的石頭露台和通往湖邊的草坪。露台布置得像個舞台，有樂譜架和一架三角鋼琴，下面有一排椅子。我們站著思考該去哪裡，比利緊緊地握著我的手。

男孩們興奮地跑來跑去布置樂器和樂譜架。然後耶利米和比克拉姆喊道：「比利！」他滿懷希望地抬頭看著我。「過去吧，」我說：「這些東西我來拿就好。」

我目送他離開，瞥見許多家長在湖邊草坪上野餐。大家都有伴侶，沒有人是孤獨的。他們都是可愛的情侶，可能不是在約會網站 Match.com、PlentyofFish 或推特上找到的，那是人們還在現實生活中相遇相知相愛的往昔。我又開始災難性地想像再次跟馬克一起準時到達這裡，因為他開車會開衛星導航，攜帶馬克必須編輯處理的一些文件，所有人手牽手，比利和美寶在我們中間。我們都會在一起，我們四個人坐在毯子上，而不是——

「妳把廚房的桌子全搬來了嗎？」

我轉過身來，是穿著黑西裝褲和白襯衫的沃勒克先生，鈕扣微微解開，出乎意料地迷人。他看著那幢大房子，調整袖扣：「需要幫忙處理這些東西嗎？」

「不用、不用，我自己就夠了，」我說，這時有個特百惠盒子從籃子裡掉下來，雞蛋三明治灑在草地上。

「別撿了，」他命令道：「把低音管交給我。我會找人把剩下的放好。有人還會來一起坐嗎？」

「你說話不要把我當成學生，」我說：「我不是『沒伴侶的』布莉琪・達西，我也不需要幫忙，我自己可以提著野餐籃。不要因為你已經控制一切，所有這些湖泊和管弦樂隊，但這並不表示——」

這時露台出了事故。整排樂譜架倒塌，一把大提琴從露台上砰的一聲彈下來，摔下山坡，後面跟著一群尖叫的男孩。

「完全都在控制之中！」他說，當低音提琴和低音大號接連倒

下,又壓倒更多樂譜架,他開心地哼了一聲。「我得走了。把那個給我。」他拿起低音管準備往房子走去,但又回頭喊說:「哦,順便說一下,妳的裙子,」

「裙子怎樣?」

「背著陽光時,看來有點透明。」

我低頭看了看裙子。哦,媽的,它是透明的。

「效果挺美的喔!」他頭也不回地喊道。

我盯著他的背影,憤怒又困惑。他只是⋯⋯只是⋯⋯性別歧視。他把我當作無助的性對象⋯⋯但是他已經結婚了,並且他只是⋯⋯只是⋯⋯

我正要拎起籃子時,一位穿著服務生服裝的男人出現了,他說:「這位女士,有人叫我為妳提這些東西。」另外又有個聲音叫道:「布莉琪!」那是比克拉姆的媽媽法齊亞・賽斯:「過來和我們一起坐吧!」

還好,先生們都坐在一旁討論生意,所以太太們都聚在一起閒嗑牙,偶爾把食物塞給興奮過度的孩子們,孩子們像海鷗一樣輪流撲來。

當音樂會開始時,自然是音樂委員會主席妮可萊先對沃勒克先生阿諛奉承一番,讓人驚訝地喊道「鼓舞人心,振奮精神」等等。

「真是興奮又高潮。自從他說要來這座富麗堂皇的房子辦活動之

後,她的態度就有所改變。」法齊亞低聲說道

「這是他的豪宅嗎?」我說。

「我不知道。不管怎樣,他都安排好了。從那時起,妮可萊就徹底瘋了。天曉得那個橘子夫人是怎麼了。」

妮可萊致辭終於結束,沃勒克先生跳上露台,大步走到樂隊前面,讓掌聲戛然而止。

「謝謝妳,」他微笑著說:「我必須說我同意妳說的每一個字。而且妳現在在這裡的原因,就是有幾位優秀的兒子們。」

接著他舉起指揮棒,搖擺大樂隊突然爆發出熱情的樂音,雖然有點跑調,總之就是開始演奏啦。這效果還真是神奇,光線柔和,地面上樂音迴響。

確實,豎笛合奏團演奏的〈水瓶座時代〉(The Age of Aquarius)並不完全適合 6 歲兒童以豎笛演奏。我們都聽得呵呵笑,笑得很高興。在合奏團中,比利是最小的孩子之一,快要結束時,輪到他獨奏,我緊張得發狂。我看著他伴著音樂走向鋼琴,看起來那麼小,那麼害怕,我只想走過去把他抱起來。然後沃勒克先生大步走了過來,對比利低聲說了些什麼,然後在鋼琴前坐下。

我不知道沃勒克先生會彈鋼琴。他以令人驚訝的專業爵士樂開頭,向比利點頭請他開始。雙方雖然都沒說話,但比利努力喘著氣吹奏〈我願意做任何事情〉時,我能聽到他們的每一個聲音,沃勒克先生輕輕伴隨每一個錯誤音符和顫音。

比利，我願意為你做任何事！我淚水湧出。我的小男孩，經歷了所有的掙扎和困難。

演奏完之後掌聲響起。沃勒克先生對比利低聲說道，並看了我一眼。比利自豪極了。

幸好，接下來厄洛斯和阿迪克斯站上舞台，用長笛演奏自己改編的〈鱒魚五重奏〉（The Trout Quintet），他們以一種自得其樂的方式，又是彎腰又是昂首，這讓我沾沾自喜又對存在絕望流淚的壓抑情緒再度爆發。到這裡音樂會歡樂結束，比利滿面笑容地衝上來擁抱我一下，又跟著他的朋友們跑開。

這個溫暖洋溢的夜晚，既美麗又浪漫。其他家長漸漸散去，手牽手在湖邊漫步。只有我獨自坐在毯子上，不知道做什麼才好。我很想現在就去喝一杯，但等一下還要開車。我突然想到，還有個袋子裝著健怡可樂和燕麥餅乾。我找到比利，看了一眼。他還在跟他的小朋友們一起玩耍，互相拍頭打來打去。我走向灌木叢，找到袋子，然後回頭看了看這片場地。

慢慢地，一輪巨大的橘色滿月遲遲從樹林上空升起。穿著晚禮服的情侶們在一起歡笑，擁抱他們的子女，回想起一家人共同度過的美好時光。

我走進沒人看得見的灌木叢，擦掉一滴眼淚，灌了一大口健怡可樂，希望那是純淨的伏特加。孩子們正在長大，他們已經不是嬰兒了。這一切過得如此之快。我發現自己不只是多愁善感，甚至是害怕，害怕在黑暗中開車迷路，害怕未來這些年還要獨自處理

這麼多事情——參加音樂會、參加頒獎、一起過聖誕節、適應青少年，還有獨自面對種種問題……

「妳可不能喝個爛醉啊，不是嗎？」

沃勒克先生的襯衫在月光下顯得十分潔白，半側輪廓看起來相當高貴。

「妳還好嗎？」

「是的！」我憤怒地說，用拳頭擦著眼睛。「為什麼你總是沖著我來？為什麼一天到晚問我還好嗎？」

「我知道女人什麼時候會在困境中掙扎（foundering），又裝作沒事。」

他又靠近一步。空氣中瀰漫著茉莉花和玫瑰花的香氣。

我呼吸急促起來，感覺我們就像被月亮吸引到一起。他伸出手，就像我是個孩子，或是小鹿斑比之類的，撫摸我的頭髮。

「現在沒有蝨卵了，對吧？」他說。

我抬起臉來，他的氣味讓我有點陶醉，感覺到他粗糙的臉頰貼著我的臉，他的嘴唇貼著我的皮膚……然後我突然想起網站上那些令人噁心的已婚男人，滿腔火藥爆發出來：

「你在幹什麼？？？僅僅因為我獨自一人，並不表示我很絕望，而且是隨便的目標。你已經結婚了！『喔喔，我是沃勒克先生。我已經結婚了，但我很完美』，而且你說的『在困境中掙扎』是

什麼意思?我知道我是不及格的單身母親,但你不必一直提醒我,而且——」

「比利!你媽媽正在親吻沃勒克先生!」

比利、比克拉姆和耶利米從灌木叢中衝了出來。

「喔,比利!」沃勒克先生說:「妳媽媽只是,呃,弄傷了自己,然後——」

「她的嘴巴受傷了嗎?」比利一臉困惑地說,有哥哥的耶利米哈哈大笑。

「啊!沃勒克先生!我正在找你!」

天啊。現在換妮可萊了。

「我想知道我們是否應該對家長們說幾句話,對——布莉琪!妳在這裡做什麼?」

「找一些燕麥餅乾!」我輕快地回答。

「在灌木叢裡找?好奇怪呀。」

「我可以要一個嗎?我可以要一個嗎?」孩子們好心地大喊大叫,俯衝攻擊我的零食包,這樣我就可以彎下腰來掩飾我的困惑。

「我是覺得,結束時如果能做個收尾會很好,」妮可萊繼續說道:「大家會想再見到你,沃勒克先生。聽你說點話。我認為你非常

有才華，我真的這麼認為。」

「我不確定現在發表演說是否合適。也許大家就先回去，以後再說？馬丁尼茲太太，妳覺得如何？」

「好啊，當然，」妮可萊冷冷地說，用滑稽的眼神看著我，這時阿迪克斯跑過來說：「媽媽，我想去找治療師師師師師師！」

「好吧，」當妮可萊和孩子走開後，沃勒克先生說：「妳已經說得很清楚了。我道歉。我會回去，不再多嘴了。」

他正要走開，又突然轉身：「但鄭重聲明一下，一旦你能夠揭開外殼，就會看到別人的生活也不像外表看起來那麼完美。」

恐怖啊～恐怖

2013 年 7 月 5 日星期五

交友網站查看 5 次，眨眼示意 0，訊息 0，按讚 0，閒逛線上購物網站 12 次，重寫劇本字數 0。

9:30 a.m. 哼。我的天啊。嗯哼。「在困境中掙扎」？你這個花花公子，好色的性別歧視者，已經結婚的混蛋。哼，沒錯。我的海達必須繼續做點修改——在重寫版本中找到海達的所有台詞，把它們全部恢復成一開始的版本。這樣才有趣！

9:31 a.m. 網路約會的特性是，當你開始感到孤獨、困惑或絕望

的那一刻，你只需點擊其中一個網站，它就像一家糖果店！至少理論上，而且實際上還是有幾百萬可以相信的人可供選擇。想像全國各地的辦公室裡擠滿了假裝工作但一直在約會網站 Match.com 或 OkCupid 東瞧西逛的人，他們都只能以這種方式度過孤獨乏味的一天。對了，我還得繼續寫。

10:31 a.m. 天啊，沃勒克先生那時候是怎樣？他總是這樣嗎？一點都不專業。他說的「在困境中掙扎」到底是什麼意思？

10:35 a.m. 剛剛去查「foundering」這個字：「在混亂中繼續前進」。哼。我要回到網路上。

10:45 a.m. 剛登入：

> 沒人對你眨眼示好。沒人選你作為他們的最愛。
> 沒人給你發訊息。

真棒。

11 a.m. 看看這些男士選擇。已婚，但處於開放關係。這算什麼？

12:15 p.m. 茱德的網路約會是一場噩夢——與一堆陌生人你來我往地連絡，突然間卻又沒人回應。我不喜歡到處碰到一些陌生奇怪的男人。我還是跟《葉子》相處好得多。現在要先弄清楚遊艇和蜜月如何在瑞典而不是夏威夷進行。我是說斯德哥爾摩夏天很溫暖，對吧？Abba 合唱團裡有個女孩不就住在斯德哥爾摩附近的島上嗎？

12:30 p.m. 也許會去逛逛波特女裝，看促銷展示。

12:45 p.m. 我這是怎麼了？只把三件衣服放入購物籃。然後又取消。然後再次登錄上網，發現自己其實覺得很沒意思，因為沒有一件衣服看得上眼。

1 p.m. 也許就先在約會網站 Match.com 上看幾眼可愛的 30 歲年輕人。嗯嗯嗯嗯嗯嗯。

1:05 p.m. 滑過一排可愛的 30 歲年輕人，然後大聲尖叫起來。那裡，理直氣壯地擺著一張照片⋯⋯是羅克斯特。

中場比賽的碰撞

2013 年 7 月 5 日星期五（續）

「Roxster30」開心地笑著，和他在推特上發布的照片一樣。顯然他正在尋找 25 歲到 55 歲的女性——所以這並不是因為我太老，而是因為他不要⋯⋯他不要⋯⋯我的天啊，他的個人資料顯示，他「特別喜歡在漢普斯特德荒野散步」和「讓我發笑的人」還有⋯⋯「在河邊酒吧的短期休假，享用全套英式早餐」。還有，他真的喜歡高空跳傘嗎？高空跳傘？

我是說，這沒什麼對吧？這只是人們會做的事，對吧？其實還挺有趣的，這⋯⋯

我猛然彎下身，縮在扶手椅裡，蜷曲著身體，對著筆電，痛得無法呼吸。

11:10 p.m. 羅克斯特現在已上線！我現在也在線上了！天啊。

11:11 p.m. 很快就下線，在房間裡瘋狂地走來走去，把我手提包裡吃掉一半的起司和壓碎的堅果棒塞進嘴裡。

我現在該怎麼辦？要怎麼做才算有禮貌？不可以再登入查看羅克斯特，否則他會認為我在跟蹤他，或者更糟？還是更好？看一些30歲孩子可愛的照片，順利地用選擇另一個小男友來取代他。

1:15 p.m. 剛剛檢查電子郵件，現在當然不只是被 Ocado 的郵件淹沒了，還有「教職員禮物」的郵件，以及來自各種我曾幻想與羅克斯特一起入住的鄉村酒吧的促銷郵件。此外，還被 SingleParentMix.com、OkCupid 和 Match.com 發來的無窮無盡郵件轟炸，比如：

> 哇嗚，事實證明妳今天很受歡迎！剛剛有人查看你的個人資料！還有，Jonesey49，剛有人對妳眨眨眼。

仔細閱讀約會網站 Match.com 最近發來兩封電子郵件。

> 哇！Jonesey49，剛剛有人查看你的個人資料。

1:17 p.m. 因為沒有參加付費會員，所以不知道是誰來看我的資料。其中一封說是59歲的人。另一個是30歲。這一定是羅克斯特嘛！實在是太巧了。

1:20 p.m. 哇，Jonesey49，剛剛有人對你眨眨眼！又是那個30歲的。

1:25 p.m. 顯然羅克斯特已經知道我查看他的個人資料。我現在該怎麼辦呢？假裝沒有發生這件事嗎？那不行，這樣就……我是說整件事就……你不能假裝這樣的事情沒有發生過，不是嗎？我想，我們都是人類，我們確實會互相關心。而且……來自羅克斯特的簡訊：〈Jonesey49，妳是布莉琪吧，我是說 @JoneseyBJ？〉

我瞪著手機看，腦子裡飛快翻閱那些我預先寫好的簡訊，用來防備他再來糾纏我：

〈對不起啊，您哪位？〉

〈喂，你自己已經做出決定，並且用一種不必要的殘酷方式表達出來，所以現在就滾吧。〉

結果那些擬稿我都沒用，反而衝動地回覆簡訊：

〈Roxster30，你是羅克斯特吧，我是說 @_Roxster* 緊張的笑聲，喋喋不休 * 我要明確表示，我並不是在 Match.com 上亂逛尋找可愛的 30 歲年輕人，而是為《他頭髮上的葉子》劇本做一些重要研究。哈哈哈！沒想到你這麼喜歡高空跳傘！天啊，* 趕快喝一杯壓壓驚 *〉一陣停頓後。電話上又傳來叮的一聲。

〈瓊斯？〉

〈我在，羅克斯特？〉

又停頓了一下子。他到底想說什麼？還會有什麼事嗎？是想表現出居高臨下的憐憫嗎？還是要跟我道歉？還是會有什麼東西讓我心痛？

〈我想妳。〉

我死死地盯著它。所有那些我本來想說的刻薄話都⋯⋯我的手指懸停在電話上。然後我只是發簡訊具實以告。

〈我也想你。〉

然後立刻想到:「媽的!為什麼我不回覆一句不太刻薄但比較有趣的話?現在他可以帶著滿滿的自我感覺良好再滾蛋了。」簡訊又響了。

〈瓊斯?〉

簡訊再響。

〈*大喊*瓊斯斯斯斯斯斯?〉
我:〈*冷靜,有點心不在焉*幹嘛啦?〉

我們都分手了!

羅克斯特:〈妳變得好安靜。〉

我:〈*空虛、漠視*嗯,這不奇怪吧。你怎麼敢用那種無禮而且不必要的方式特別關注我的年紀呢?哦哦,你看看我,我這麼年輕,你這麼老。〉

羅克斯特:〈哦哦,看看我,我對自己很滿意,因為我贏得「看誰能忍住不發簡訊保持沉默時間最長」的比賽。〉

我笑了。我確實對自己很滿意。那種喜悅和解脫的感覺如此強

烈，我們又帶著那種安全感回來了，知道有人關心你，理解你的幽默感，而且一切都不是那麼冷漠和空虛，也還沒結束，我們還在這裡。

但同時，還有一種隱密、潛藏著的恐懼，害怕重新陷入其中。

〈瓊斯？〉

〈是的，羅克斯特？〉

我等待著。簡訊再次響起。

〈但我覺得妳真的老了啊。〉

這傢伙太噁心了！這絕對違反了⋯⋯違反什麼規則⋯⋯我真想去報警！應該要設立什麼約會監察委員，立法來阻止這種事情！

又一則簡訊來了。我盯著手機，彷彿它是什麼電影中的太空生物。我不知道接下來它會變成怎樣。它可能會突然爬起來變成怪物，或是變成溫柔的小兔子。我打開手機。

〈說笑的啦，瓊斯。開玩笑！＊躲在旁邊＊〉

連續這樣兩則，讓人覺得很很詭異。又來一則簡訊。

〈我一直帶著遺憾，在思考咖哩／雞肉派之夜，總共思考了三個星期過 6 天又 15 個小時，如果你查一下《老摩爾年鑑》[5]，從技術上而言，可以說已經過了一個月。結果我完全想不通，而且常常

---

[5] 《老摩爾年鑑》（*Old Moore's Almanac*）是 1697 年在愛爾蘭創立的年鑑，歷史悠久，以預測和占星學相關的內容而聞名。

喝得爛醉如泥。請原諒我。妳比我見過的任何女人（包括我3歲的姪女）看起來更年輕，行為舉止也更年輕。我想妳。〉

他這是在說什麼？說他已經重新考慮過整件事，而且想跟我在一起嗎？不過我想跟他在一起嗎？

〈瓊斯？〉
〈是的，羅克斯特？〉
〈至少可以跟我一起吃頓午餐嗎？〉
羅克斯特：〈還是晚餐？〉
又說一次：〈或者或最好是午餐加晚餐？〉

突然回想起我們享受過的所有美味晚餐和後果，不得不忍住回覆說：〈還有早餐？〉

也許湯姆是對的。也許羅克斯特只把我看作是個可憐的老太婆。我回覆：〈請安靜一點。我正向窗外尋找穿著靴子路過的網路新貴億萬富翁。〉

〈我會衝過去跟他們戰鬥！〉
〈我需要參加午餐或晚餐，反正主要是吃飯嗎？〉
〈如果妳願意的話，我們不吃飯也可以見面。〉

這簡直是聞所未聞的。他一定是非常非常認真。我需要時間來消化這個。

又來一則簡訊。

〈如果妳需要時間消化這個,請原諒我用雙關語,我會等妳。〉

又來一個。

〈也許只是一包薯條?〉

本來想發簡訊回覆:〈起司和洋蔥呢?〉這樣好像說他有點俗氣（cheesy）[6],而且也暗示這裡面藏著好東西。

所以我再一次只是傳簡訊具實以告。

〈那樣也可以。只要你保證不放屁就行。〉

愛火重燃

2013 年 7 月 11 日星期四

持續陽光明媚的日子 11 天,雨滴落在頭上 0（難以置信）。

2 p.m. 天氣正在沸騰。還是一樣很熱!沒人相信自己會這麼好運。大家都在街上,下班後就去喝酒,瘋狂地做愛,抱怨天氣太熱。

羅克斯特的簡訊又完全恢復了,他很可愛,雖然塔莉莎曾經發出嚴重警告,不要在某人拋棄妳之後又把他們帶回來。雖然湯姆對那些只愛簡訊、不穿褲子的人提出可怕警告,我也只能期待未

---

[6] 俗氣（cheesy）和起司（cheese）發音相似。

來好壞參半,不像專業心理醫師的警告那麼嚴重。而且我是否真的想過,我真正想要的是什麼?除了一來一往無止無休的簡訊聯絡,和斷斷續續的性愛之夜?

羅克斯特解釋了分手之夜的咖哩和那麼晚來的實情。其實他不是跟「同事」去吃咖哩,正如我一直懷疑的那樣。事實上,他只是一個人坐著,臉上塞滿雞肉咖哩、薄餅和啤酒,因為他太困惑了,突然間他對於如何成為一個合適的男友,甚至是成為一個父親的角色感到無法負荷。然後在他發表分手演說後,我似乎又完全同意,他才幾乎鬆了一口氣,很高興地跟我分手,直到我開始放屁咆哮。然後再來他就不知道該怎麼辦了。他開朗、可愛又輕鬆,比那些好色的已婚混蛋好多了。我們週六又要見面:在漢普斯特德荒野散步。

震驚的發展

2013 年 7 月 13 日星期六

3 p.m. 瘋狂做準備。必須找媽來幫忙,她帶美寶和比利去福楠梅森(Fortnum & Mason)喝下午茶(祝妳好運,媽)。「哦,美寶穿著緊身褲,是嗎?妳的濾茶器放在哪裡?」

我趕快出門做腿蠟、塗腳趾甲油,洗完頭髮,穿上夏日演唱會的透明飄逸連身裙,後來覺得這樣不妥,又換成了不透明的淡粉色衣服。然後收到法齊亞發來的簡訊,詢問比利和耶利米明天是否要去踢足球,因為比克拉姆不想去,除非他們都去。然後我的人

字拖丟了，但不能穿其他涼鞋，因為它們會壓扁腳趾甲油，然後終於在還有兩分鐘的空閒時間到達酒吧，衝向廁所，確保我不像芭芭拉‧卡特蘭（Barbara Cartland）化個大濃妝。最後我在花園裡的美妙陽光中坐下，就像一位輕鬆、準時的光明與平靜女神，當羅克斯特出現時，剛好一隻海鷗在我的肩上拉屎。

看到羅克斯特真是太令人興奮了，他穿著一件亮藍色的馬球衫，看起來很帥氣，又開始嘲笑海鷗糗事，玩得很開心，感覺就像狂歡的孩子，只是更性感。我們喝了幾杯啤酒，羅克斯特吃了他的食物，還一直想把海鷗的汙漬從我的胸部上弄下來，我真的覺得……好快樂啊！！！然後我們出發去散步，荒野的陽光下滿滿都是歡欣鼓舞又抱怨陽光的人們，情侶們互相擁抱，我也是其中的一員，和羅克斯特手牽著手。

然後我們來到一片陽光斑駁的空地，坐在一張我們之前曾經坐過的長凳上。羅克斯特笑看我腿上熱蠟除毛後留下的紅點，神情又顯得嚴肅起來。他開始說，他一直在想，雖然他真的、真的也很想有自己的孩子，而且真的、真的認為他應該跟同齡的人在一起，並且也不知道他的朋友會怎麼想，或者他媽媽也會有話要說。但他只是認為他找不到可以跟我一樣相處得那麼好的人。他想過把這一切都做好，所有這一切，可以在荒野上爬樹，可以成為比利和美寶的父親。

我盯著他。我真的很喜歡羅克斯特，我喜歡他如此帥氣、年輕、性感，更喜歡他為人處世的態度。他很風趣、友善、輕鬆、善良、務實、情感豐富又懂得自持。但他出生時我已經 21 歲了。就算

我們兩人同時出生，誰知道又會發生什麼事呢？當我看著他時，我確實知道我不想毀掉羅克斯特的生活。而且我的孩子，毫無疑問是我一生的最愛。我也不想剝奪他為自己做這一切的權利。

但最重要的是，我懷疑就算羅克斯特想這麼做，他也做不到。他會努力嘗試，但一週、六週或六個月後的某個時候，他會再次變得不確定，再次陷於恐慌。等他年紀漸大，例如到了 35 歲之後，我也受不了所有這些不確定性，情緒會像雲霄飛車一樣高低起落而痛苦，我再也無法承受了。

此外，我絕對不想變成《007：空降危機》（*Skyfall*）裡，茱蒂・丹契（Judi Dench）和丹尼爾・克雷格最後的那種關係。畢竟我跟羅克斯特的年齡，差不多也是這個級別的差距。但話又說回來，嚴格來說，在《空降危機》裡，茱蒂・丹契才是真正的龐德女郎，而不是那個性格模糊、滿頭捲髮的女人，還在（某種奇怪的反女權轉折下？）決定要當曼尼潘尼小姐（Miss Moneypenny）。真正讓丹尼爾・克雷格愛到最後，甚至背著她穿越槍林彈雨的，是茱蒂・丹契啊！但話說回來，丹尼爾・克雷格真的會和茱蒂・丹契發生關係嗎？我是說，如果她沒死的話？天啊，要是他們拍了一場光線唯美的激情戲，茱蒂・丹契穿著一件黑色 La Perla 蕾絲睡裙，展現她的優雅風情⋯⋯這才是真正的女性形象顛覆與重塑吧！

「瓊西。妳是在假裝沒有再達到高潮嗎？」

我低頭一看，驚訝地看著羅克斯特單膝跪地。我怎麼可以如此粗心大意地盯著虛空看這麼久？⋯⋯天哪，他是如此、如此、如此

美麗，但是……

「羅克斯特，」我脫口而出：「你說的這一切，並不都是真的，對吧？你實際上無法做到這一切。」

羅斯比・麥道夫沉思了一會兒，然後悲傷地笑了，他站起來，搖了搖頭。

「對，瓊斯，妳是對的。我其實辦不到。」

然後我們擁抱在一起，帶著慾望、幸福、悲傷和溫柔。但我知道，這一次，比賽已經結束了。真正結束了。

當我們鬆開手，我睜開眼睛，從羅克斯特的肩膀，看到他背後的沃勒克先生一動也不動地站在那兒，盯著我們。

沃勒克先生一度吸引了我的注意力，他面無表情，什麼也沒說，像平常那樣大步走開。

回家的路上，我陷入了混亂、悲傷、懊悔、身體過熱，以及震驚之中──震驚於沃勒克先生親眼目睹了這看起來像是訂婚，實際上卻是分手的場面。然後，那種令人無法抗拒的感覺襲來──那種在人生重要離別時刻才會出現的衝動，那種讓人懊悔的感受……我……我又一次，在離別的時刻，沒有……那種你必須告訴對方的話，那種不能留下遺憾的心情──就在同一刻，詭異地，訊息聲響了。

〈瓊斯？〉

〈是的，羅克斯特？〉

羅克斯特：〈我只是想告訴妳，我會永遠……H〉

我：〈E？〉

羅克斯特：〈A〉

我：〈R〉

羅克斯特：〈TU〉

我：〈M〉

羅克斯特：〈E？〉

我：〈2U〉

羅克斯特：〈G〉

我：〈B〉

羅克斯特：〈H〉

我：〈X〉

我會永遠愛你。我也愛你。大抱抱。（I will always heart you. Me too you. Great Big Hug；或者，也可能是漢堡包。）

我等待著。他會不會讓我成為最後一個回話的人呢？這時傳來叮的一聲音。

〈我指的是放屁，不是心，你懂的。〉

然後又一次，叮。

〈我沒有。但我會的。總是。不用回覆了。XX〉

羅斯比‧麥道夫：始終如一的紳士。

迫於現實

2013 年 7 月 13 日星期六（續）

我回到家時，距離媽和孩子們回來還有一小時。最後，我坐在扶手椅上，端著一杯茶。我迫於現實，接受了這一切。甜蜜可愛的羅克斯特，真的結束了。我很傷心，但事實就是如此。這種種為難的一切，我一個人再也撐不下去了。我無法重新改編一部海達·嘉布勒在夏威夷遊艇上的電影，現在她被六個人搬到斯德哥爾摩。我無法與奇怪的陌生人進行網路約會。我腦子記不住這些瘋狂的日程安排、殭屍啟示錄和小熊派對，無法跟學校裡一個讓人困惑的已婚老師打交道，無法穿著《格拉齊亞》風格的衣服，我找不到男朋友、一份正常的工作，同時還要當小孩的母親。我試著阻止自己認為我應該做任何事。我只是查看一下電子郵件。去跳尊巴舞吧。上約會網站 OkCupid 吧。再來閱讀一下「遊艇上的葉子」的最新版到底被改成怎樣了。

我只想坐在那裡思考：「這就是必須要做的事。我啦、孩子啦。其他就跟著日子一起過去吧。」我不覺得傷心，真的。再來要做什麼事，不知道也無所謂。不必把自己逼迫到要擠出一天的最後一秒。或認真嚴肅地一定要找出冰箱發出噪音的原因。

我很想說，這樣的生活也能產生一些奇妙的東西。但事實並非如此，真的。除了屁股可能又變胖了一點之類的。但我已經感覺到一種精神上的清晰正在出現。我覺得我現在需要的就是找到一些平靜。

「我現在需要溫柔一點,」我想,快速地眨著眼睛:「這是一段溫柔時光。別管其他人怎樣,我們就是我們自己——我、比利和美寶。感受風吹過我們的頭髮,感受雨打在我們臉上。好好享受他們的成長就好了。千萬不要錯過了,這段成長期很快就一去不復返。」

我裝模作樣地凝視前方,心想:「雖是孤身一人,但我很勇敢!」這時發現電話在某處嘎嘎作響。它在哪裡?

最後在樓下廁所裡找到手機,看到一串來自克蘿伊的簡訊,嚇了一跳。

〈剛接到妳媽的電話。妳的手機關機了嗎?他們被趕出福楠梅森。〉
〈她想叫妳過去。美寶正在哭,還有她忘了帶鑰匙。〉
〈她想找到哈姆雷斯,但他們迷路了。〉
〈妳收到我的簡訊了嗎?〉
〈嗯,我已經叫她搭計程車了,我拿著鑰匙到家裡接他們。〉

就在這時門鈴響了。打開門,發現媽媽和比利和美寶——兩個小朋友都在哭,渾身熱汗,身上沾滿蛋糕,站在門口。

把大家帶下樓,電視、電腦都開著,媽端著一杯茶,這時門鈴又響了。

是克蘿伊,一反常態地流著眼淚。

「克蘿伊,我很抱歉!」我說:「我只是把手機關了一會兒,因

為正好⋯⋯碰上一些事情,所以錯過妳那些簡訊──」

「不是這樣啦!」她哭喊道。「我是因為葛萊姆。」

原來,克蘿伊和葛萊姆在史本泰河上划小艇,克蘿伊準備了一個完美無缺的野餐籃,裡面有餐具和瓷器,這時葛萊姆說:「我有話要說。」

克蘿伊當然以為葛萊姆是要向她求婚。結果他說他在約會網站「自由單身俱樂部」上認識了一個休斯頓人,他準備搬去美國德州和她住在一起。

「他說我太完美了,」她哭著說:「我並不完美。我只是覺得我必須假裝完美。而且妳也不喜歡我吧,因為妳也認為我太完美。」

「喔,克蘿伊。我沒有不喜歡妳!妳也不是完美的!」我邊說邊張開雙臂摟住她。

「我不完美嗎?」她滿懷希望地看著我。

「對,還不完美,」我嘟噥著說:「我的意思是雖然妳很厲害,但還不到完美的程度。而且,」──我突然感到很激動──「我知道中產階級的職業媽媽都會這麼說,但我真的不知道如果沒有妳的幫助,我還能搞定什麼,而且如此完美──我的意思是,做得這麼好。我認為生活中的一切並不完全完美,這就是一種解脫啊,不過,我實在覺得很遺憾,那個混蛋葛萊姆竟然混蛋到這種──」

「可是我以為只有我完美,妳才會喜歡我。」

「沒有,我怕死妳了,因為妳越是完美,就讓我覺得自己很不完美。」

「但我一直認為妳很完美的!」

「媽咪,我們可以回我們的房間嗎?奶奶看起來很奇怪。」比利在樓梯上問道。

「奶奶好像夾著一條尾巴,」美寶說。

「比利,美寶!」克蘿伊高興地說:「我可以帶他們上樓嗎?」

「那太好了!我這就去看看奶奶。檢查一下她是不是長出尾巴。」我嚴肅地看著美寶,又對克蘿伊保證說:「妳還不完美!」

「不完美嗎?妳真的這樣覺得嗎?」

「對啊,真的,絕對不完美。」

「哦,謝謝妳!」她說:「妳也不完美!」然後和孩子們一起走上樓梯,看起來絕對完美。

我下樓發現,媽如果確實有尾巴,她應該已經藏在外套下了。這時她正在開開關關所有櫥櫃,弄得砰砰響。她說:「妳把濾茶器放在哪裡啦?」我沒好氣地回嘴:「我用茶包!」

「用茶包。不會吧!我覺得妳的孩子如果不是很乖,妳就不可以關手機,這才是負責任的表現啊。妳身上穿著什麼?妳就穿那件衣服出門?那種粉紅色的衣服會讓妳顯得老氣,不是嗎?」

我當著她面前淚流滿面。

「喔,靠過來,布莉琪,妳要振作起來。堅持下去,但妳不能⋯⋯妳不能⋯⋯妳不能⋯⋯妳不能⋯⋯」

我真的以為那句「妳不能」她會永遠一直說下去,但後來她也哭了。

「妳這樣不是在幫我忙,」我哭著說:「妳只是覺得我很糟糕。一直想改變我,認為我做錯了,想讓我穿不一樣的⋯⋯顏色。」

這時媽媽突然停止吸鼻子,一直看著我。

「喔,布莉琪,我很抱歉,」她幾乎低聲說道:「我非常、非常抱歉。」

她笨拙地蹲了下去,跪在我面前,用雙手環抱著我,把我拉到她身邊:「我的小女兒。」

這是我第一次真正感受到媽媽的熱情。它又硬又脆,幾乎整整一塊。她緊緊抱住我,似乎不介意它被壓扁。我真的非常喜歡這樣,想讓她再給我一瓶熱牛奶什麼的。

「這一切都太可怕了。發生在馬克身上的事情太可怕了。我都不忍心去想。而妳做得⋯⋯哦,布莉琪。我也會想起妳爸。我非常、非常想念他。但妳⋯⋯必須⋯⋯妳必須繼續前進,不是嗎?那就是成功的一半。」

「不,」我哭喊道:「這只是掩飾傷口而已。」

「我應該⋯⋯妳爸爸總是說⋯⋯他說:『妳為什麼不能放過她

呢？』所以這是我的問題。我無法放手不管任何事情。我希望一切都要完美才行，不是嗎！」她哀嚎道：「至少，這不是在說妳，我是說妳做得很好……哦，我把口紅放哪了？還有那個鮑爾，妳知道的那個鮑爾——聖奧斯華德的甜點師？我想，妳知道，他總是帶給我好吃的巧克力……帶我進他的廚房。但事實證明他是個……」

然後我就開始笑了：「哦，媽，我可以告訴妳，從我看到鮑爾那一刻起，他就是個同志啦。」

「可是，根本沒有什麼同性戀這種事嘛，親愛的。這只是因為懶惰，而且——」

這時比利出現在樓梯上：「媽咪，克蘿伊在樓上哭了。喔。」他困惑地看著我們：「為什麼每個人都在哭？」

正當媽、克蘿伊和我在廚房桌上分享彼此心情，比利玩著Xbox，美寶來回小跑，遞給我們森林小兔、完八娃娃和花園撿來的樹葉，並善意地拍拍我們時，門鈴又響了。是丹尼爾一臉絕望地站在門口，手裡拎著旅行包。

「瓊斯，我親愛的女孩，我已經從勒戒所放出來了。我剛回到公寓，然後我……事實上，我不想一個人待著，瓊斯。我能不能在妳這個地獄之坑待一會兒？只是為了——」他的聲音沙啞——「和我知道我不會想做愛的某個人相伴？」

「好吧，」我說，考慮到當時的敏感性，我忽略他嘴裡的不乾不淨：「但你必須保證不准跟克蘿伊亂搞。」

從社交場合的角度來看，這是相當奇怪的夜晚，但我想每個人都很享受。當丹尼爾跟她說完話，克蘿伊以為自己是莎莉・賽隆（Charlize Theron），葛萊姆根本不配碰觸她的裙子邊，不管他是誰都不行。而媽抱著美寶，和她一起吃巧克力片，喝著紅酒，喝得全身軟綿綿，這時的她又想起肯尼斯・加賽德：「我是說，他非常有魅力，肯尼斯。而且對性愛非常有興趣。」

丹尼爾一邊說：「瓊斯夫人，這到底有什麼問題？」事實證明，他真的很會玩 Xbox。但最後，他在走廊把手伸進克蘿伊的裙子裡，毀了這一切。我的意思是，一直伸到了她的內褲。

PART 4／大樹頂天
The Great Tree

繽紛夏日

2013 年 8 月 31 日星期六

60.3 公斤（維持原狀！奇蹟），男朋友 0，孩子 2 個（可愛），朋友很多，假期 3 天（包括短休假），編劇工作 0，編劇工作的可能性（渺茫），距離開學還有 4 天，重大衝擊 1。

這是個燦爛的夏天。我打電話給經紀人布萊恩，讓他把我從《他頭髮上的葉子》製作團隊除名時，布萊恩笑著說：「終於！我就想妳怎麼拖了這麼久？」布萊恩認為我們應該試試新劇本的想法 ——《時間在這裡靜止》（Time Stand Still Here），這是改編維吉尼亞・吳爾芙（Virginia Woolf）的《到燈塔去》（To the Lighthouse），只是結構稍微複雜一些。場景設置是從鄉村度假手冊摘出的老燈塔和海岸警衛隊度假村的綜合體，故事從隆賽夫人（Mrs Ramsay）與她兒子詹姆斯的一個朋友有染說起。

瑪格姐和傑瑞米邀請我們去帕索斯玩一個禮拜，那裡有很多帶著孩子的朋友；沃妮已經做了抽脂手術，她穿著色彩鮮豔的泳衣和相配的紗籠，甩著頭上的接髮，快把科斯莫嚇壞了。雖然麗百佳帶著孩子和傑克一起旅行巡演，但還有耶利米和他媽媽、法齊亞與比克拉姆、科斯瑪塔和賽洛尼斯，也都可以一起玩耍。我們在花園做了一些整理，包括種植三株秋海棠。

我們和媽也一起去了德文郡海邊的一間小屋住了三個晚上，度過

了一段愉快時光。現在媽經常來，只為了跟比利和美寶一起做烘焙和陪伴玩耍，她不再批評我如何做家務或怎麼撫養孩子了，如此大家都很順心。她也會留他們在安養院過夜，孩子們很喜歡這樣。雖然我可以睡得晚晚的才起床，但現在這屋子空蕩蕩的，沒人可以做愛。

但我試著像棵大樹一樣站起來，拿著羅克斯特的棍子——「那段不可能的愛！」正如湯姆和阿基斯誇張地給它取名——慶幸的是，就算沒有人再愛我或跟我上床，至少我知道這並非完全不可能。

不過，我現在正要面對的是日益強烈的學校開學警報：各種可能超出我能力範圍的家庭作業，像是「展示分享日」和「護脛日」等等不同的日程。更令我感到意外的是，回想起跟沃勒克先生的種種偶遇——爬樹時、下雪時、運動會、肉毒桿菌、參加音樂會——他對我釋出的所有善意，我卻那麼地膚淺，覺得他也許只是想讓我覺得自己很愚蠢。也許他真的很在乎。但他 X 的他已經結婚了，就算娶的是一位過度整形的酒醉女士。他也有孩子。他差點吻我，讓我很困惑他到底想怎樣？而且我給了他一個大耳光，他也看到我和羅克斯特在一起，他會以為我是個購買保險套、說不定已經感染梅毒的膚淺美洲獅。結果現在我們每天都必須在學校面對面。

4 p.m. 剛剛去麗百佳那裡，他們參與巡迴演出回來了，我滔滔不絕說出關於沃勒克先生、學校音樂會和漢普斯特德荒野的所有困惑。

「嗯，」她說：「這一切都說不通。他的行為很奇怪。妳有他的照片？或其他資訊嗎？」

我在手機找到一張音樂會的照片，還有沃勒克先生為比利伴奏的照片。

我看到麗百佳盯著照片，微微皺起眉頭。她又滑來滑去看了一下。

「這是卡爾索普豪宅，對吧？他們在哪裡辦音樂節之類的？」

「是啊。」

「我很清楚地知道他是誰。他不是老師啊。」

我驚愕地看著她。天哪，他是個怪人。

「他會彈一點爵士鋼琴嗎？」

我點點頭。

她走到櫃子前，輕輕撥開纏在頭髮上的塑膠花藤蔓，然後拿出一瓶紅酒。

「他叫史考特。他和傑克一起上大學。」

「他是音樂家嗎？」

「不。是的。不對。」她看著我：「他只是喜歡音樂，當作一種嗜好而已。他後來加入空降特勤隊。」

空降特勤隊！他是詹姆斯‧龐德！這就可以解釋一切了。

「一二一！一二一！」教比利從樹上翻滾跳下來，還有運動會上對槍聲的反應。龐德。

「他什麼時候開始在學校出現的？」

「去年⋯⋯12月？」

「我敢打賭那就是他。他後來去了桑德赫斯特，然後又經常出國，但他們男人也不常保持聯繫就是了。幾個月前，傑克曾遇見他。他說去了阿富汗，碰上一些糟糕的事情。後來又聽說他回來了，決定『簡單生活』。」麗百佳突然笑了：「他認為在倫敦的私立學校教學是『簡單生活』？他知道妳過著怎樣的生活嗎？」

「他結婚了嗎？」

「如果是他的話，就不會再結了。他有兩個男孩，對吧，在寄宿學校？他結過婚，但離婚了。她是一場惡夢。」

「她真的去整容嗎⋯⋯？」

「沒錯。她變成一個超級花錢王：衣服，慈善午宴，所有這些那些亂七八糟的事情，還十足是個整形狂。後來他出國，她就開始跟她的私人教練上床，最後提出離婚還想敲他一筆。卡爾索普豪宅是他家的祖產。我想她可能想回到他身邊，畢竟她把自己弄得像是『威爾登斯坦新娘』（Bride of Wildenstein）[1]一樣。我下次

---

[1] 此處指喬瑟琳·威爾登斯坦（Jocelyn Wildenstein, 1940-2024），以極端整形聞名。因過度手術導致容貌奇特僵硬，被戲稱為「貓女」或「威爾登斯坦新娘」。

見到傑克再問問看。」

學校開學了

2013 年 9 月 13 日星期五

學校接送遲到 0 分鐘（只是想給沃勒克先生留下深刻印象），與沃勒克先生交談 0，與沃勒克先生目光接觸秒數 0。

9:15 p.m. 看來麗百佳說得沒錯。雖然我對這件事隻字未提（當然是除了塔莉莎、茱德和湯姆），但消息已經傳開了──沃勒克先生沒有結婚。這實在太糟了，因為現在所有人都對沃勒克先生感到瘋狂，努力撮合沃勒克先生和他們的單身朋友交往。法齊亞確實建議我試試，但這麼做根本毫無意義。即使現在每次在台階上看到他，我的心仍會猛然一跳，但他卻不再來找我調笑了。他在漢普斯特德荒野沒有順利接近，魔法也就此消失。這一切都是我自己的錯。

沃勒克先生現在負責越來越多學校事務：體育、西洋棋、音樂、「教牧關懷」（Pastoral Care）。他就像《神鬼戰士》中的羅素‧克洛。在他還是個奴隸時，就把其他奴隸組成一支軍隊，打敗所有希臘人或羅馬人。這就像是在任何情況下召來螞蟻，無論如何螞蟻都會做它們要做的事。如果你把一個很酷、很酷、很有能力的人放在任何地方，他們一樣就是那麼酷、那麼有能力，而且還會跟我以外的所有未婚女性發生關係。

2013 年 9 月 27 日星期五

9:45 p.m.「他愛的是妳，」湯姆在約克－歐巴尼喝酒吧，喝到第四杯莫希托調酒時說道。

「哎喲，我們能不能不要再談那個該死的沃勒克先生？」我低聲說：「我現在已經接受我的生活。很好。就是我們三個人。我們也沒有破產。我不再孤獨。我是一棵頂天立地的大樹。」

「《他頭髮上的葉子》也快拍出來了！」茱德鼓勵著說。

「它對我還剩下什麼呢？」我悶悶不樂地說。

「至少妳會去參加首映會吧，寶貝，」湯姆說：「妳可能在那裡認識某個人。」

「如果有人邀請我的話。」

「如果他不打電話給妳，也不傳簡訊給妳，大概就是沒那麼喜歡妳吧。」茱德無助地說。

「但沃勒克先生從來沒有打電話給她或傳簡訊啊，」湯姆小聲地說：「我們現在到底在說誰啊？」

「我們別再談沃勒克先生了好嗎？我甚至不喜歡他，他也不喜歡我。」

「好吧，親愛的，妳確實寧願給他一個耳光，」塔莉莎說。

「可是在其中累積的東西，已經非常有深度，」湯姆說。

「他有興趣,自然就會來;他要是沒興趣,就不會來。」茱德說。

「為什麼不叫麗百佳來開導妳一下?」湯姆說。

10 p.m. 剛剛去麗百佳家。她搖搖頭說:「這種事,這樣不行啦。他們那種雷達,在一英里外就會感覺到。妳就讓事情自然發展吧。」

強大的叢林

2013 年 10 月 18 日星期五

聆聽〈獅子今夜沉睡〉(The Lion Sleeps Tonight)45 次(持續中)。

9:15 p.m. 合唱團的試唱選拔又開始了。比利躺在床上唱著〈獅子今夜沉睡〉,然後用高亢的聲音「伊伊伊哦哦哦」個沒完沒了,惹得美寶大吼:「閉嘴,比利,閉嘴嘴嘴嘴嘴嘴嘴。」

今年我們一直在練習掌握音準。事實上,今晚我相當得意地模仿《真善美》(*The Sound of Music*)中的瑪麗亞,教他們唱了〈Do Re Mi〉。(而且我其實把《真善美》的歌詞全部背下來了。)

「媽咪?」比利說。

「怎麼了?」

「妳能停下來嗎?」

2013 年 10 月 21 日星期一

放學前練習〈獅子今夜沉睡〉24 次,擔心比利能否進入合唱團 7 小時,為了去試唱會接比利更換服裝 5 次,接送提早 7 分鐘(很好。不好的還是那個相同的原因:深刻的無望愛情前景令人心傷)。

3:30 p.m. 正要去接比利,看他合唱團試唱的結果。自己覺得緊張兮兮。

6 p.m. 在比利出來前,我已經反常地在校門口等著了。我看到沃勒克先生出現在台階上,他四處看看,沒理會我。他現在似乎陷入慌張,發現大家都知道自己單身,擔心包括我在內的所有單身女性都會像食人魚一樣衝上去搶食。

「媽咪!」比利出現,笑容燦爛得合不攏嘴,高興得彷彿快爆炸了:「我入選了!我入選了!我加入合唱團了!」

我欣喜若狂地把他摟在懷裡,他像個青少年一樣嘟嚷著「哎喲!」,並緊張地看了他的朋友們一眼。

「我們去慶祝一下吧!」我說:「我為你感到驕傲!我們去……去吃麥當勞!

「幹得好!比利。」是沃勒克先生。「你一直很努力,你成功了。努力獲得回報!」

「嗯!」我說道,心想也許現在是我可以道歉和解釋的時候了,

但他說完就走開了,只留下我看著他那可愛的屁股。

我剛吃了兩個大麥克和薯條、一杯雙份巧克力奶昔和一個甜甜圈。

他有興趣,自然就會來;他要是沒興趣,就不會來。不過至少,食物永遠都在。

家長會

2013年11月5日星期二

9 p.m. 嗯,也許他沒那個意思。我是說,也不是完全沒意思。抵達家長會,確實有點晚了,發現大多數家長已準備離開。比利的班導師,皮特洛赫里─霍華德先生正在看手錶。

沃勒克先生帶著一大堆報告,大步走進來。「啊,達西夫人,」他說:「最後還是決定要來嗎?」

「本來就要的,剛剛在開會,」我洋洋自得地說。(儘管,令人費解的是,到目前為止,還沒有人要求開會討論《時間在這裡靜止》,那個改編《到燈塔去》的新劇本)接著對皮特洛赫里─霍華德先生討好地笑著坐下。

「比利還好嗎?」皮特洛赫里─霍華德先生和藹地說。別人問這話時,我總覺得不舒服。有時候,如果你認為他們真的在乎,那就太好了,但我偏執地想像他的意思是比利出了什麼問題。

「他很好，」我心懷警戒地說道：「你也知道，他在學校表現如何？」

「他看起來很高興。」

「他跟別的男孩相處還好嗎？」我焦急地問說。

「很好！很好！男生都喜歡他，他很開朗，有時在課堂上還咯咯笑。」

「那就好，那就好，」我說，突然想起媽以前收到一封校長的信，說我有某種病態傻笑的問題。還好爸去學校把老師訓了一頓，也許這是遺傳性疾病吧。

「我認為不需要太擔心咯咯笑的問題，」沃勒克先生說：「我們碰到的問題是跟英語有關吧？」

「嗯，就是拼字嘛……」皮特洛赫里─霍華德先生開始說道。

「還是拼寫啊？」沃勒克先生說。

「哎呀，你們看他，」我跳出來為比利辯護：「他年紀還小嘛。而且身為一名作家，我相信語言是不斷發展、不停變動的東西，能夠真正傳達你想說的內容，比拼音書寫和標點符號的用法更重要。」我停頓了一下，想起伊莫金在綠光會議時，指責我加了一堆奇怪的句點和標記，而那些正是我認為內容不錯的地方。

「我的意思是，看看『realize』（了解）這個字，」我繼續說道：「過去的拼寫是『z』，但現在已經美國化──也就是變成了『s』。」

我注意到你在考卷中也是用『s』拼寫，因為電腦現在也是這麼寫的！」我勝利地說完。

「對啊、對啊，說得太棒了，不過它只有一個『l』。」沃勒克先生說：「但是，就此時此刻來說，比利需要先通過拼寫的考試，否則他會覺得自己像個傻瓜。那麼，早上鐘響之後，你們兩個趁上山的時候，妳可以幫他練習練習嗎？」

「好吧，」我眉眼低垂地對他說：「不過他實際寫作怎麼樣？我的意思是，有創意嗎？」

「嗯，那麼，」皮特洛赫里—霍華德先生邊說邊翻閱一些文件：「啊，對了。這是我們叫他們寫一些奇怪的事情。」

「讓我想想，」沃勒克先生戴上眼鏡說。天啊，如果我們都能在約會時戴上老花眼鏡而不感到尷尬，那就太好了。

「你是說，奇怪的東西？」

他清了清喉嚨。

> 媽咪
> 早上我們叫醒媽咪時，她的頭髮很亂。哎喲！簡直像爆炸頭！然後她說我們現在就在軍隊中，要把我們的裝備放好，一二一！一二一！不要驚慌！但接下來是史詩級的失敗！她把牛奶麥片倒進洗衣機，卻把洗衣精當作早餐倒給我們。她送美寶去幼兒班遲到了，還裝模作樣地走進去。第二級史詩級失敗！她會說：注意！像個法國

警察那樣,那是她看法國教養書學來的,現在美寶也會對莎莉娃說注意!還會說該死。第三級史詩級失敗!當媽媽工作時,她一邊打字、一邊打電話,一邊嚼著尼古清口香糖。我去年沒能加入合唱團時,她說這不是史詩級失敗,只是有某種我們不知道的X原因而已。明年!明年就能加入了,沒錯!然後她發現在行動中失蹤的帕芙二號,她緊緊抱著我。後來我晚上下來時,看到她自己在跳舞⋯⋯殺手女王。哎呀!格拉啊啊!奇怪非常奇怪。

我沮喪地癱在椅子上。我的孩子就是這樣看我嗎?

皮特洛赫里－霍華德先生紅著臉,低頭看他的文件。

「不錯嘛!」沃勒克先生說:「就像你說的,它很順暢地傳達他要表達的意思。而且畫面非常生動⋯⋯描述一些奇怪的東西。」

我平視看著他的目光。這對他來說沒什麼問題,不是嗎?他接受過發號施令的訓練,而且把孩子送去寄宿學校,可以利用假日輕鬆如意地完成一些令人難以置信的音樂活動和體育競賽,同時還能調整他們「不順暢」的拼寫。

「其他還有什麼嗎?」他說。

「沒有。他——除了拼字之外,他的成績都非常好。不過家庭作業還是寫得很凌亂。」

「讓我們來看一下吧,」沃勒克先生說,他匆匆瀏覽科學作業,然後拿起關於行星的一篇。

「寫五個句子,每個句子都包含一個關於天王星的事實。」他停頓了一下,突然自己覺得很好笑。

「結果他只寫了一句。這個作業有什麼問題嗎?」

「我認為問題在於,那是個毫無特色的銀河區域,其他區域似乎就很多事實可以提供嘛。」我說,試圖控制我自己別發火。

「哦,真的嗎?妳覺得天王星毫無特色嗎?」我清楚地看到沃勒克先生忍著笑聲。

「是的,」我還是繼續說:「如果是最近有機器人登陸的著名紅色星球火星,或者是有許多光環的土星──」

「或者火星和它的兩個衛星,」沃勒克先生說,我發誓,他在專心看著手上的文件之前,掃了一眼我的乳房。

「沒錯,」我用一種緊張的聲音說。

「但是,達西夫人,」皮特洛赫里－霍華德先生帶著一種受傷的自尊心突然說道:「我個人對天王星的著迷程度比──」

「謝謝!」我忍不住說道,然後完全無助地咯咯笑兩聲。

「皮特洛赫里－霍華德先生,」沃勒克先生振作起來說道:「我認為我們已經充分表達自己的觀點。而且,」他低聲說道,「我也很清楚這咯咯笑聲是從哪裡來的。比利的功課還有其他值得關注的問題嗎?」

「沒有、沒有,他成績很好,跟其他男孩也相處融洽,非常快樂,

是個很棒的小伙子。」

「好的,這一切都要靠你啦,皮特洛赫里－霍華德先生,」我倖倖然地說:「所有這些教導!太感謝各位了。」

然後,我不敢看沃勒克先生,就起身溜出大廳。

不過我一出校門,坐在車裡,就想再回去向皮特洛赫里－霍華德先生詢問更多有關作業的事情。或者,要是皮特洛赫里－霍華德先生很忙的話,可以請沃勒克克先生幫忙。

我又走回學校大廳,現在皮特洛赫里－霍華德先生和沃勒克先生正在跟妮可萊及她英俊的丈夫交談,她老公把手放在妮可萊的背上。

雖說我們不該偷聽其他家長的諮詢,但妮可萊的嗓門這麼大,你不可能沒聽到。

「我只是想知道阿迪克斯的活動是否有點太多了,」皮特洛赫里－霍華德先生嘟囔道:「他似乎有很多課外活動,還跟許多朋友約時間出去玩。他有時有點焦慮。如果他不覺得自己表現得最好,就會感到非常失望。」

「他在班上的表現到哪裡?」妮可萊說:「離最高程度還有多遠?」

她看著那些圖表,皮特洛赫里－霍華德先生在旁叉著手。她左右

來回地甩著頭髮：「為什麼我們不知道他們的相對表現水準？或者處於什麼階級地位呢？」

「我們不做階層分級，馬丁尼茲夫人，」皮特洛赫里－霍華德先生說。

「為什麼不？」她說，臉上帶著一種刻意的愉快和隨興的好奇心，像是掛毯後躲藏著一名刺客。

「實際上大家都盡了個人的最大努力，」皮特洛赫里－霍華德先生說。

「讓我說明一下，」妮可萊說道：「我曾經是一家大型健康和健身俱樂部連鎖店的執行長，這個俱樂部的業務遍及英國並擴展到北美地區。現在我是這個家庭的執行長。我的孩子就是我開發過最重要、最複雜、最令人興奮的產品。我需要能評估他們相對於同儕的進步，以便調整他們的發展。」

沃勒克先生靜靜地看著她。

「健康的競爭當然有其必要，但要是著迷於成績分數名次的追求，反而忽略了求知主題的樂趣時⋯⋯」皮特洛赫里－霍華德先生緊張地說。

「你覺得課外活動，和約小朋友玩耍給他帶來壓力嗎？」妮可萊說。

她的丈夫把手放在她的手臂上：「親愛的⋯⋯」

「這些男孩需要被鍛練磨圓。他們需要學習長笛。需要學習擊

劍。此外，」她繼續說道：「我不認為社交活動只是『約出去玩耍』，這是在練習建立團隊。」

「他們只是孩子啊！」沃勒克先生大聲說道：「他們不是公司的產品！他們需要獲得的不是不斷膨脹自我，而是培養出自信、樂趣、感受、愛、自我價值。現在，他們需要明白，總會有人比你強大或比你渺小，他們的自我價值在於對自己是誰、正在做什麼，並且不斷增強的能力感到滿意。」

「對不起？」妮可萊說：「那這樣做就沒意義嗎？我懂了。那麼，好吧，也許我們應該看看能不能上西敏大學。」

「我們應該看的，是他們長大成年後會成為什麼樣的人，」沃勒克先生繼續說道：「外面的世界是很嚴酷。人生在年紀漸長之後也未必總是勝利成功，所以他們也必須知道如何應對失敗。跌倒之後能重新站起來，保持樂觀和自我意識，比三年級的班級排名更能預測未來的成功。」

天啊，沃勒克先生是不是突然開始讀《小佛典》了？

「如果你知道怎麼獲勝，就不是個殘酷的世界。」妮可萊還在嘟嚷：「請問阿迪克斯的名次排在哪兒？」

「我們不提供名次排名，」沃勒克先生站起來說：「還有別的事嗎？」

「是的，他的法語，」妮可萊毫不畏懼地說。然後他們又都坐了下來。

10 p.m. 也許沃勒克先生的觀點是對的,在任何事情上,總會有人「比你強大,或比你渺小」。正要走回車上的時候,有個優雅而疲憊的母親,正在努力控制三個穿著過於講究的孩子。她突然大吼:「克萊門西!你這該死的、他媽的小 XXX!」

年老的五十度陰影

2013 年 11 月 22 日星期五

62.1 公斤(無助地又胖回來),卡路里 3384,健怡可樂 7 罐,紅牛 3 罐,火腿起司帕尼尼 2 個,運動鍛練 0 次,距離上次補染髮根 2 個月,距離上次熱蠟除毛 5 週,距離上次自塗腳趾甲油 6 週,距離上次性生活 5 個月(處女再次重生)。

徹底放飛自我──不除毛、不修眉、不運動、不去角質、不做手足保養、不冥想、不補染髮根、不吹整頭髮、不脫衣服(其實也根本沒機會脫,真糟糕)──只好狂吃來彌補這一切。我現在真的得做點什麼了。

2013 年 11 月 23 日星期六

3 p.m. 剛從髮型設計師那裡出來,我的髮根又恢復了青春光彩。在公車站馬上看見莎朗・奧斯本(Sharon Osbourne)和女兒凱莉的海報。莎朗・奧斯本還是一頭紅褐色頭髮,反而女兒凱莉的頭

髮顯得有些灰白。

覺得很困惑。現在繫上新的波西米亞飄逸圍巾看起來也顯得老氣嗎？我是否必須回去，讓髮根重新恢復成灰色，然後請肉毒桿菌醫師為我添加幾絲皺紋？

正當我思考這個問題的時候，一個聲音說：「哈囉！」

「沃勒克先生！」我一邊說，一邊賣弄地撩起新頭髮。

「妳好！」他穿著溫暖、性感的外套，戴著圍巾，還是老樣子，低頭看著我，有點酷，嘴角微微抽搐，帶點歡樂的樣子。

「欸，」我說：「我只是想說，我很抱歉我在學校音樂會上說了這些話，而且那時你很友善，我卻對你說這麼多話。但那時我以為你已經結婚了。現在我什麼都知道了。我是說，當然不是一切都知道了。但我知道你以前在特勤組，而且──」

他的表情一變：「妳說什麼？」

「傑克和麗百佳就住在我家對面⋯⋯」

他的眼光從我身上移開，看向街道另一面，下巴肌肉似在嚼動。

「沒關係啦。我沒有告訴任何人。而且你知道嗎，我明白當可怕的事情發生時，那種感覺。」

「我不想談這個，」他突然說。

「我知道，你認為我是個糟糕的媽媽，成天上美容院、買保險套，

但我其實不是那樣的。那些淋病傳單——是美寶在醫師那裡拿到的。我沒有淋病或梅毒……」

「打擾兩位了嗎？」

一個漂亮女孩從星巴克走出來，手裡拿著兩杯咖啡。

「嗨。」她遞給他一杯咖啡，並對我微笑。

「這是米蘭達，」沃勒克先生有些拘謹地說。

米蘭達年輕漂亮，一頭烏黑閃亮的長髮，戴著一頂時髦的羊毛帽。她的腿又長又細，穿著牛仔褲……和鉚釘裝飾的短靴。

「米蘭達，這是達西夫人，我們學校的家長。」

「布莉琪！」一個聲音喊道。剛剛為我染髮根的髮型設計師匆匆趕來：「妳剛剛把錢包掉在美髮沙龍了。顏色看起來如何？聖誕節不再會有灰色暗影了吧！」

「非常好，謝謝。聖誕快樂。」我像個受創的老奶奶自動說道：「聖誕快樂，沃勒克先生。聖誕節快樂，米蘭達。」雖然聖誕節還沒到。

當我搖搖晃晃地走開，他們好奇地看著我。

9:15 p.m. 孩子們都睡著了，我又老又孤單。沒有人會再喜歡我，永遠，永遠，永遠。沃勒克先生此時正在跟米蘭達上床。每個人的生活都很完美，除了我。

貝殼破裂的聲音

2013 年 11 月 25 日星期一

61.7 公斤，比米蘭達重 20 公斤。

9:15 a.m. 好吧。我已經習慣這一切了，我知道該怎麼做。我們不沉溺其中，不陷入「我在男人面前就是一坨爛泥」的情緒。我們不會覺得全世界每個人的人生都完美無缺，只有自己一團糟——除了該死的米蘭達。我們專注於內在的偉大心靈之樹，然後去上瑜伽課。

1 p.m. 天啊，開始練瑜伽，但想到自己又喝太多健怡可樂了。不必多說，我連鴿式動作的表現都不太順利。

還是去隔壁的冥想課好了。可能是有點浪費錢，因為這堂課要 15 英鎊，但我們只是盤腿坐著，試圖保持心靈澄明，腦中空白。我發現自己四處張望，幻想著沃勒克先生和米蘭達又在幹嘛，然後，差點因為震驚而放了個屁。

我一開始沒認出他，但坐在紫色墊子上，閉著眼睛、手掌攤在膝蓋上，那個穿著寬鬆灰色衣服的人，就是綠光製片的喬治嘛。至少，我很確定是他，但又很難說。後來我看到紫色墊子旁邊的大眼鏡和 iPhone，我知道這肯定是喬治沒錯。

下課後，我不確定是否該去跟他打個招呼，但我想，我們在過去的一小時裡，一直在某種層面上進行交流，所謂的潛意識交流，

所以我說:「喬治?」

他戴上眼鏡,疑惑地看著我,彷彿我隨時會掏出一份劇本強行塞給他似的。

「是我!」我說:「還記得嗎?《他頭髮上的葉子》?」

「什麼?哦,對了。嘿!」

「我不知道你喜歡冥想活動。」

「對,我受夠電影圈了。現在全是商業大片,完全不尊重藝術。沒有意義,空洞無物,全是爾虞我詐的傢伙。我快崩潰了,正準備要去……等一下。」喬治看了一眼他的 iPhone。「抱歉,我得去趕飛機。我要去拉哈爾的靜修中心待三個月。先這樣囉。」
「呃,抱歉……」我小心翼翼地開口。

他轉過身來,顯得不太耐煩。

「你確定修道院不在勒圖凱嗎?」

他笑了。可能這時才剛想起我是誰。我們尷尬地擁抱了一下,感覺有點驚人。他以那種電影製片人的低沉嗓音,有些諷刺地說了聲「Namaste」,隨即又匆匆走開,一邊查看他的 iPhone。而我發現,即使是如此,我其實還是蠻喜歡綠光製片的喬治。

2013 年 11 月 26 日星期二

61.2 公斤,比米蘭達重 20 公斤以上,卡路里 4826,火腿起司帕尼尼 2 份,披薩 1.5 個,哈根達斯冷凍優格 2 盒,酒精 6 單位(非常糟糕的行為)。

9 a.m. 剛送孩子去學校。雖然覺得自己胖了,大概還是會去買火腿起司帕尼尼。

10:30 a.m. 排隊買早餐時,突然發現完美妮可萊也在這裡,正等著她的熱飲。她穿著白色人造毛皮外套,戴著太陽眼鏡,拎著一個大包包,看起來就像凱特‧摩絲要出席一場正式典禮,但現在只是早上九點。看到她讓我很想逃,但已經排隊好久了,所以當妮可萊終於轉身發現我時,我愉快地對她說:「哈囉!」

我原本想說她大概會冷漠地回覆問好,但她只是一手拿著紙杯,一邊盯著我看。

「我又有一個新包包。這是愛馬仕,」她舉起手提包說道。然後她的肩膀開始顫抖。

「低脂大杯低咖啡因卡布奇諾不必找零——」我一口氣脫口而出,把 5 英鎊塞給咖啡師,心裡想著:「如果妮可萊現在也崩潰了,那就沒什麼好說的了。這件事已經確定無疑——無論左邊、右邊還是正中間——每個人都是破碎的貝殼。」

「我們坐樓下吧,」我對妮可萊說道,笨拙地拍著她的肩膀。幸

運的是,地下室沒有其他人。「我拿到一個新包包,」她說:「這是收據。」我茫然地看著收據。「我丈夫在法蘭克福機場買給我的。」

「嗯,很好嘛。它很漂亮,」我撒了點小謊,那手提包看來很糟,它毫無章法,鈕扣、帶子和環圈,像神經病一樣到處亂竄。

「妳看看收據,」她指著它說:「上面是兩個手提包。」

我看著收據眨眨眼。看起來確實是兩個手提包。所以呢?

「大概是結帳錯了,」我說:「打電話給他們,叫他們退款。」

她搖搖頭:「我知道她是誰。我打過電話給她。這件事已經持續八個月了。他買了同款包包給她。」她愁眉苦臉地接著說:「這樣就是一份禮物啊,他給她買了同樣的包包。」回家查看電子郵件:

> 寄件者:妮可萊・馬丁尼茲
> 主題:學校他媽的音樂會
> 只是想讓各位知道,我才不在乎今年誰帶了餡餅或熱紅酒,你們他媽的愛什麼時候來,就什麼時候來,我他媽的不在乎!
>
> 妮古蕾
> 我也需要尼古清。

想給妮可萊打通電話。

11 p.m. 剛剛和妮可萊在我們家度過一個美好的夜晚，三個男孩玩 Roblox，美寶在看《海綿寶寶》，我們則喝了一些葡萄酒、健怡可樂、紅牛，吃披薩、奶酪、吉百利巧克力片、軟糖芯巧克力和哈根達斯。妮可萊特看著約會網站 OkCupid，嘴裡喊著：「混蛋！他媽的！」

中途，湯姆帶著微醺的醉意出現，滔滔不絕地談論一項新研究：「這證明了一件事——一個人的人際關係品質，是衡量長期情緒健康的最重要指標。重點其實不在於『另一半』，因為幸福感的關鍵不是老公或男友，而是你跟周遭其他人的關係。總之，就是想跟你們說一聲。我現在得去見阿爾基斯了。」

妮可萊現在睡在我的床上，四個孩子都擠在雙層鋪。

看到沒？根本不需要男人。

英雄崛起

2013 年 11 月 29 日星期五

事情是這樣的。比利今天有一場足球比賽，地點在幾英里外，東芬奇利的一所學校。我們被告知要把車停在街上接他們，因為校內不允許車輛進入。那所學校是高大的紅磚建築，大門前有一塊小小的水泥操場，左側則是一個四英尺深的下沉式運動場，四周圍著厚重的鐵絲網圍欄。

男孩們在運動場上奔跑、踢球,媽媽們則坐在球場旁的階梯上聊天。突然,有輛 BMW 呼嘯著駛進校園,駕駛是位看上去既愚蠢又浮誇的爸爸,邊開車邊講手機。

沃勒克先生大步走向車子:「不好意思。」

這位爸爸不理睬他,繼續講電話,車子引擎還在運轉。沃勒克先生敲敲車窗:「汽車不可以開進校園,請把車子停在街道上。」

這時車窗打開:「有些人的時間就是金錢,我的朋友。」

「這是安全問題。」

「噗,安全。只是 2 分鐘而已。」

沃勒克先生瞪了他一眼:「車子。開走。」

這位爸爸依舊拿著手機,憤怒地猛然換檔,看也不看就直接倒車,發出刺耳的聲音,往運動場倒退,直接撞上支撐圍欄的粗大鋼柱。

所有人驚愕地轉頭看著這一幕,這位爸爸紅著臉猛踩油門,卻忘了還在倒車檔,車子再次撞上鋼柱。發出令人驚訝撕裂聲,鋼柱開始倒塌。

「孩子們!」沃勒克先生大喊:「離開圍欄!趕快散開!」

一切似乎都是慢動作。孩子們四散奔跑時,沉重的鋼柱搖搖欲墜,砸進運動場,拖垮圍欄,落地時發出可怕的撞擊聲。那輛 BMW 還在繼續向後滑行,前輪貼著水泥地,但後輪一半已經懸

空在下沉式的運動場上方。

這時大家都嚇呆了,除了沃勒克先生。他跳進低地,大喊:「快撥999!快壓住車頭的重量!男孩們,往場地另一側集合!」

令人難以置信的是,那位爸爸竟然打開車門想下車。

「你!別動!」沃勒克先生怒吼,但車子已經更往後方滑動,後輪現在完全懸空了。

我掃視著運動場另一側的孩子們。比利呢!比利在哪裡?

「幫我照顧美寶!」我對妮可萊說,然後衝到運動場的另一側。

沃勒克先生站在低地,目光冷靜,掃視著整個現場。我強迫自己往下看。

沉重的鐵柱現在向對角線傾斜,一端靠在壁上,另一端貼著地面。圍欄彎曲成某個角度,像帳篷般懸掛在柱子上。比利、比克拉姆和耶利米,蜷縮在柱子下方的小縫隙裡,被倒下的圍欄困住了,他們的小臉驚慌地盯著沃勒克先生。他們身後是牆,前方和兩側都被圍欄困住,而那輛BMW就懸空掛在他們上方。

我倒吸一口氣,縱身跳進低地。

「一切都會沒問題的,」沃勒克先生平靜地說:「我會搞定的。」

他蹲下身來:「來吧,超級英雄們,這是你們的大挑戰。身體往後縮,靠牆上,抱頭防護。」

男孩們現在看起來更多的是興奮,而不是害怕。他們扭動身子,

蜷縮起來，雙臂抱住他們的小腦袋。

「幹得好，勇士們！」沃勒克先生說，然後開始把沉重的圍欄從地上抬起來：「現在……」

突然，金屬撞擊混凝土，伴隨著令人害怕的尖叫聲，那輛BMW繼續向後滑動，撞出一些碎片，車子後端在半空中搖搖欲墜。

上方傳來媽媽們的尖叫聲和警報聲。

「靠牆蹲著，孩子們！」沃勒克先生泰然自若地說：「這樣就沒問題！」

他彎下腰，小心翼翼地踩在倒塌的圍欄上，舉起雙臂，用盡全力頂住車子的底盤。我看到他的前臂、脖子和襯衫下方緊繃的肌肉在抖動。

「壓住車頭的重量！」他朝著上方的操場喊叫，額頭上冒著汗：「各位女士！把妳們的手壓在引擎蓋上！」

我抬頭一看，幾個老師和媽媽們從震驚中跳起來，像受驚的母雞般撲到引擎蓋上。沃勒克先生用力向上頂，慢慢地抬起車尾。

「來吧，孩子們，」他說，仍然兩手上頂：「貼著牆壁，爬向右側，離汽車遠一點。然後從圍欄下爬出去。」

我衝到倒塌的鐵絲網旁邊，現在有更多家長和老師在我旁邊，大家費力地抬起那塊彎曲的金屬圍欄，三個男孩準備從邊邊鑽出來，比利是最後一個。

這時消防隊員跳下來，接力掀起圍欄，把比克拉姆給拉出來——金屬網撕破了他的襯衫，然後是耶利米。比利還在後面等著。當耶利米掙扎脫險時，我向前伸手，將手臂放在比利的手臂下，感覺自己好像有十個人的力量。等比利也掙脫出來後，消防員把我們從低地拉上來，我才鬆了好大一口氣，幾乎是哭著站起來。

「最後一個了！加油！」沃勒克先生大聲喊著，在車子的重壓下兩手顫抖。消防員跳下來幫他撐著，他們踩在柵欄上，把車子的重量卸壓在幾秒鐘前，三個小男孩還蹲著的地方。

「美寶在哪裡？」比利興奮地喊道：「我們要去救她！」

三個男孩衝過院子人群，圍著披風飄揚，一副超人的模樣。我跟著跑過去，發現美寶平靜地站在氣喘吁吁的妮可萊旁邊。

比利張開雙臂摟住美寶，大喊：「我找到她！我拯救了我妹妹！妳還好嗎，妹妹？」

「是的，」她認真地回答：「都靠沃勒克先生的指揮領導。」

不可思議的是，在這一片混亂之中，BMW 爸爸又打開車門，這次他真的爬了出來，氣呼呼地拍著自己的大衣，然後整輛車開始向後滑行。

「車子要滑下來了！」沃勒克先生在下面喊道：「大家閃邊！」

我們都衝上前去，看到沃勒克先生和消防員跳了出來，寶馬車撞到鋼桿上，彈起、滾動又撞到側面，光滑的金屬破裂，車窗碎裂，破碎的玻璃碎片遍布奶油色的真皮座椅上。

「我的車啊！」爸爸喊道。

「時間就是金錢，傻子，」沃勒克先生反駁，愉快地笑著。

當醫護人員來為比利做檢查時，比利一直說道：「那時我們都無法動彈，妳看到的，媽咪。我們都不敢跑，因為那根柱子就在我們上方搖晃。但後來我們成為超級英雄，因為……」

就在這一片混亂之際，家長們瘋狂地繞來轉去，假髮與接髮片亂飛，好幾個大包包被遺忘在地上。

沃勒克先生跳上階梯。

「安靜！」他喊道。「大家都站好別動！現在，孩子們。大家等一下趕快排隊，接受點名和檢查。但首先，請聽好。你們剛剛經歷了一次真正的冒險。沒有人受傷。因為你們很勇敢，很冷靜，尤其是你們三個——比克拉姆、耶利米和比利——都是現成的超級英雄。今晚你們要回家慶祝，因為你們已經證明，當可怕的事情發生時——它確實會發生——你知道如何勇敢和冷靜地面對。」

孩子和家長們歡呼雀躍。「天啊，」法齊亞說：「現在就帶我走吧！」——這更像是在呼應我自己的感受。當沃勒克先生經過我身邊時，他得意地看了我一眼，像比利一樣可愛。

「每天的工作都像這樣嗎？」我說。

「還有情況更糟的呢，」他高興地說：「至少你的頭髮還沒有炸起來。」

點名結束後，比克拉姆、比利和耶利米被其他男孩團團圍住。他們三人還要去醫院接受檢查。當他們登上救護車時，身後跟著我們幾個飽受驚嚇的媽媽，但空氣中瀰漫的氣氛，像是《英國達人秀》剛剛選出暴得大名的男團樂隊似的。

美寶在救護車上睡著了，在檢查期間也一直睡著。除了幾處擦傷，男孩們都安然無恙。比克拉姆和耶利米的父親都來到醫院。幾分鐘後，沃勒克先生出現了，他帶著幾袋麥當勞，笑著詳細講述男孩們發生的每一個細節，回答家長們的所有提問，準確地解釋這些小傢伙如何勇敢冷靜，如何成為行動英雄。

當耶利米和比克拉姆與爸媽離開後，沃勒克先生拿著我的車鑰匙。

「妳還好嗎？」他看了我一眼，說道：「我開車送妳回去吧。」

「不用！不用！我完全沒問題！」我撒著小謊。

「聽著，」他微笑地說：「讓別人幫妳一下，並不會降低妳作為頂級職業女性主義者的地位。」

回到家，我把孩子們安頓在沙發上，沃勒克先生輕聲問道：「你們還需要什麼嗎？」

「他們的可愛玩具？在樓上的雙層床上。」

「帕芙二號？」

「是的。還有一號和三號，馬利歐、霍西奧和莎莉瓦。」

「莎莉瓦？」

「她的洋娃娃。」

當他帶著布偶回來時，我正想打開電視，盯著遙控器。「我可以打開吧？」

《海綿寶寶》突然跳出畫面，他把我帶到沙發後面。

然後我開始無聲地哭泣。

「沒事了，別哭、別哭，」他低聲說道，用有力的雙臂摟住了我：「沒有人受傷，我知道一切都會好起來的。」

我靠在他身上，吸了吸鼻子。

「妳做得很好，布莉琪，」他輕聲說。「你們都是好媽媽、好爸爸，比一些在蒙地卡羅擁有八名員工和一間公寓的人做得更好。雖然妳把鼻涕弄到我的襯衫上了。」

現在這種感覺，就像是去度假抵達目的地時，飛機艙門一打開，一股暖風撲面而來。也像忙了一整天，終於坐下來一樣。

然後美寶喊道：「媽咪！海綿寶寶演完了！」這時，門鈴響了。

是麗百佳。「我們剛剛聽說學校發生的事，」她邊說邊叮叮噹噹地走下樓梯，頭髮上別著一串小小的LED聖誕燈：「到底發生了什麼事？喔！你好，史考特！」她看到沃勒克先生。

「妳好，」他說：「很高興見到妳。頭上的髮飾出乎意料的低

430 | Bridget Jones: Mad About the Boy

調⋯⋯但還是跟以前一樣。」

芬恩、奧蘭德和傑克都過來了，屋子裡鬧轟轟、巧克力、森林小兔和 Xbox 吱吱作響，每個人跑來跑去。我一直跟比利講話，幫他說明學校發生的事，但他只是說：「媽咪！我是超級英雄！好嗎？」

我看著沃勒克先生與傑克交談，他們兩個都高大、英俊，是老朋友，也都身為人父。麗百佳看著沃勒克先生，對我揚起眉毛，但隨後他的電話響了，我看出他正在跟米蘭達通話。

「我得走了。」他突然說道，然後就掛掉電話了：「今晚你們會照顧他們，對吧？傑克。」

我的心一沉，跟著他走到門口，開始匆匆說道：「我很感激，你就是超級英雄。」

「是的，」他說：「這是我的榮幸。」

他走下台階，然後轉身，輕聲補充說：「妳是超級女英雄。」然後大步走向大路邊的計程車，和一個看起來像是從雜誌上走出來的女孩。我悲傷地看著他離去，心想：「超級女英雄？我寧可今晚有人來愛我。」

正是聖誕季節

2013 年 12 月 2 日星期一

一切都很好。帶比利去看兒童心理專家，他說小朋友好像「健康地把那件事看作是一個學習經驗」。所以當我第二次想再帶他去時，比利說：「媽咪！是妳需要去看醫生吧。」

比利、比克拉姆和耶利米在學校享受了一段名人時期，並且一直在簽名。不過他們在學校的名氣和沃勒克先生相比，當然是微不足道。

沃勒克先生現在對我很友好，我也對他很友好。但目前看來就只是這樣了。

2013 年 12 月 3 日星期二

3:30 p.m. 美寶剛從學校出來唱著：

「用冬青樹枝裝飾大廳，
花啦啦啦啦啦啦啦。
現在正是歡樂的季節……」

現在正是歡樂的季節。今年我會很開心。內心充滿感謝。

2013年12月4日星期三

4:30 p.m. 喔,美寶現在把歌詞改為:

「現在正是討厭比利的季節。」

2013年12月5日星期四

10 a.m. 賽洛尼斯的媽媽今天早上在幼兒班的下車處攔住我。

「布莉琪,」她說:「能請妳女兒不要再騷擾賽洛尼斯了嗎?」

「為什麼?什麼事?」我困惑地問道。

原來美寶在操場上走來走去,唱著:

「用秋海棠樹枝裝飾大廳,
花啦啦啦啦啦啦啦。
現在是討厭賽洛尼斯的季節⋯⋯」

2 p.m.「這就是讓你學乖,別再種這麼無聊的花了,」麗百佳說:「史考特怎麼樣?我是說,沃勒克先生。」

「他很好,」我說:「他很友善。但,妳知道,就只是友善而已⋯⋯」
「那麼,妳對他也『只是友善』嗎?他知道嗎?」
「他跟米蘭達在一起。」
「像他這樣的男人也是有需求的,這不代表他會永遠和她在一起。」

我搖搖頭:「他對我沒興趣。我想他現在只是把我當成普通人那樣的喜歡而已。僅此而已。」

這確實讓人難過。但大部分時間裡,我還是開心的。只要一場幾乎發生的災難,你就會懂得珍惜自己擁有的一切。

2:05 p.m. 該死的米蘭達。

2:10 p.m. 討厭米蘭達。「哦,哦,看看我,我又年輕又高又瘦又完美。」她說不定也跟羅克斯特約會。哼!

聖誕頌歌音樂會

2013 年 12 月 11 日星期三

聖誕頌歌音樂會又來了,比利和美寶都會在別人家過夜,所以大家興奮不已,還收拾了兩個過夜背包,好好打扮讓美寶和我看起來人模人樣兼喜氣洋洋,可以去參加學校的聖誕頌歌音樂會,而且必須在活動結束之前趕到。

我試著穿上最好的衣服,因為米蘭達也一定會在教堂裡為她的男人加油。美寶穿著一件毛茸茸的外套和一條我在「我愛華麗」(ILoveGorgeous)特賣會上買的紅色裙子,而我則穿著一件新的白色外套(是妮可萊憓恩我買下的。她現在正在馬爾地夫,那位劈腿的老公也在那裡乞求寬恕,她在長長的木製走道盡頭的豪華

小屋裡折磨他,讓老公高懸海上,鯊魚在下方盤旋)。因為不可能對誰吹喇叭,我先自己吹頭髮。雖然有迪士尼公主和瑪利歐背包,也不能為外表加分多少。況且米蘭達毫無疑問會穿著一套毫不費力就性感又低調的衣服,那種前衛的打扮,甚至連我家的小美寶也無法理解。

當我們走出地鐵站時,「村莊」看起來非常神奇,精緻的燈光在樹林投下陰影。商店裡燈火通明,銅管樂隊正在演奏〈好國王溫切斯拉斯〉[2]。老式肉品商店把火雞掛在窗戶上。而且我們來早了。

出於一瞬間的衝動,我真的是好國王溫切斯拉斯,我衝進肉品店買了四根坎伯蘭香腸,以免突然碰上窮人,無可施捨。所以我那兩個大背包裡又多了一袋香腸。然後美寶說要喝一杯熱巧克力,這似乎是一個完美的主意,但突然間到了 5 點 45 分,該是我們入座的時刻,因此我們不得不跑向教堂。不料美寶在途中絆倒,她的熱巧克力沾滿了我的外套。她淚流滿面哭著說:「妳的外套,媽咪,妳的新外套!」

「沒關係,親愛的,」我說:「沒關係。這只是一件外套。來,喝我的熱巧克力,」但同時心想:「喔,幹,我好不容易搞定一次,結果這次又砸了!」

不過教堂廣場非常漂亮,喬治風格的房屋一路排開,屋子窗戶可

---

[2] 〈好國王溫切斯拉斯〉(Good King Wenceslas)是一首傳統的聖誕歌曲,講述 13 世紀波希米亞的國王溫切斯拉斯在聖誕節期間,決定去幫助一位貧困的村民,並給予他食物和庇護。

以看到家家戶戶的聖誕樹，門上掛著節慶花圈。教堂窗戶發出橘色的光，管風琴音樂在演奏，外面的冷杉也裝飾著聖誕彩燈。

教堂裡還有一些空位，都是離前面比較近的位置。我沒看到米蘭達的蹤影。當沃勒克先生出現時，我的心猛地一跳，他穿著藍色襯衫和深色西裝，看起來既開朗又幹練。

「看，比利來了，」當唱詩班和樂團排隊進入長凳時，美寶說。比利原本嚴肅指示我們不要揮手，但美寶揮手，然後我就忍不住了。沃勒克先生看了比利一眼，比利翻了個白眼，咯咯地笑起來。

然後大家都安靜下來，牧師走上過道對眾人施以祝福。比利一直微笑看著我們。他為自己能加入合唱團感到非常自豪。接著是演唱第一首頌歌，每個人都站了起來。斯巴達克斯一如以往地擔任獨唱，那純淨完美的小聲音響徹教堂……

「曾經在大衛王之城，
有一座簡陋的牛棚，
母親安放嬰兒的地方
祂的床是在馬槽。」

……我感動得快哭了。
管風琴響起，會眾開始唱第二節。

「祂從天上降臨，
是神和萬有之主。
祂的庇護只是個馬廄，
祂的搖籃就是個馬槽。」

過去所有聖誕節的場景,都如潮水般湧來:小時候的聖誕節,聖誕節前夕在格拉夫頓安德伍鄉村教堂站在爸爸媽媽中間,等待聖誕老人降臨。十幾歲時的聖誕節,當媽媽和尤娜用可笑的女高音大聲歌唱時,爸爸和我強忍住笑場。三十多歲的聖誕節,當時還是單身而且非常悲觀,以為自己永遠不會有孩子躺在馬槽裡,或者更準確地說,是一輛 Bugaboo 牌嬰兒車。去年冬天的大雪,我在推特上跟羅克斯特打情罵俏,但他現在可能正和一個叫娜塔莉的人隨著「車庫」音樂跳舞。或者叫米蘭達。或者叫莎芙蓉。父親過世前的最後一個聖誕節,他搖搖晃晃地走出醫院,前往格拉夫頓安德伍參加午夜彌撒。第一個聖誕節,我和馬克去教堂,抱著比利,他穿著聖誕老公公的小衣服;比利在幼兒園第一次表演耶穌誕生劇的那個聖誕節,也是馬克遭遇殘酷命運可怕死亡後的第一個聖誕節。當時我不敢相信聖誕節也會感覺如此殘酷,而那一切都是真實的發生。

「別哭,媽咪,拜託妳別哭了。」美寶緊緊握住我的手。比利也看了過來。我用握拳擦乾眼淚,抬起頭跟著合唱:

「祂感同身受我們的悲傷,
祂也分享我們的快樂。」

⋯⋯看到沃勒克先生正直視著我。會眾繼續唱著:

「我們的眼睛最後都會看到祂。」

⋯⋯不過沃勒克先生已經不跟著唱了,他只是看著我。我也看著他。但我滿臉睫毛膏,外套上還沾滿了熱巧克力。然後,沃勒克

先生微微一笑,那是極輕微、極溫暖的微笑,越過那些他曾教唱〈曾在大衛王之城〉(Once in Royal David's City)的男孩們的頭頂,落在我身上。這是理解一切的微笑。我知道,我愛上了沃勒克先生。

當我們走出教堂時,天空開始下雪,厚厚雪花旋轉落下,落在節日的外套上,落在聖誕樹上。教堂的墓園點燃了一個火盆,高年級男孩們正在分發熱紅酒、烤栗子和熱巧克力。

「我可以在妳的外套上再倒一些嗎?」

我轉過身來,發現他就在那裡,端著盤子上的兩杯熱巧克力和兩杯熱紅酒。

「這是給妳的,美寶,」他說,放下托盤,蹲下來遞出一杯熱巧克力。

她搖搖頭:「我剛剛把它灑在媽咪的外套上,你看。」

「現在,美寶,」他嚴肅地說:「如果她穿上白大衣,上面沒有巧克力,還算是個媽咪嗎?」

她用那雙嚴肅的大眼睛看著他,搖搖頭,接受了熱巧克力。然後,很不像美寶的慣常舉動,她放下杯子,突然用雙手摟著他,把那顆小小的頭埋在他的肩膀上,在他的襯衫上留下一個巧克力吻痕。

「這是給妳的,」他說:「為了慶祝聖誕節,為什麼不給媽咪的外套多點小費呢?」

他站起來,假裝端著熱紅酒向我走來。

「聖誕快樂!」他說。我們用紙杯乾杯,目光再次相遇,儘管周圍擠滿了孩子和家長,但不知怎麼的,我們都無法移開視線。

「媽咪!」是比利:「媽咪,妳看到我了嗎?」

「現在是討厭比利的季節了!」美寶唱道。

「美寶,」沃勒克先生說:「別唱了。」她聽話住嘴。「她當然看到你了,比利,她還跟你揮手,雖然她被明確指示不要這麼做。這是你的熱巧克力,比爾斯特。」他的手放在比利的肩膀上:「你很棒。」

當比利咧嘴大笑時,那奇妙的張開嘴巴、眼睛閃閃發光的笑容,那是他慣常的笑容,我看到沃勒克先生的表情,我們倆都記得比利是多麼接近——「媽咪!」比利打斷我的想像:「妳的外套怎麼了?哦,看,比克拉姆來了!妳帶我的包包來了嗎?我可以走了嗎?」

「我也要去!,我也要去!」美寶說。

「去哪裡?」沃勒克先生問。

「去同學家過夜!」比利說。

「我也要去!」美寶自豪地說:「去柯斯瑪塔家過夜!」

「嗯,聽起來很有趣,」沃勒克先生說:「媽媽也去誰家過夜嗎?」

PART 4／大樹頂天 | 439

「沒有，」美寶說：「她自己一人過夜。」

「像平常一樣，」比利說。

「滿有趣的。」

「沃勒克先生。」學校祕書瓦萊麗過來說：「教堂裡還剩下一把低音管。我們要怎麼辦？不能留在教堂裡吧，它一定是很巨大的——」

「哦，天啊。對不起，」我說：「那是比利的。我會去拿回來。」

「我去拿，」沃勒克先生說：「待會兒再過來。」

「不用了！沒關係！我自己——」

沃勒克先生緊緊拉著我手臂：「我去拿。」

我眨眨眼睛，腦子裡在混亂的思緒和情緒中旋轉，看著他走去拿低音管。我把美寶和比利的行李收拾好，站在火盆邊看著他們和比克拉姆、柯斯瑪塔以及他們的爸媽一起離開。幾分鐘後，大家都紛紛走了，我開始覺得自己有點傻。

沃勒克先生也許根本沒有要回來的意思。我四處張望都看不到他在哪裡。我的意思是，也許「待會再過來」只是大家在社交場合走來走去時常說的客套話，雖然他會去拿低音管沒錯，但只是要把它鎖在樂器櫃裡，準備好活動結束後去見米蘭達。也許他只是在教堂裡給了我一個很友善的表情，為我感到難過，因為我在〈曾在大衛王之城〉的歌聲中哭了。他只是帶來熱巧克力，安慰

我這個悲慘的寡婦，還有失去父親的悲慘孩子……

我喝下最後一口熱紅酒，把杯子丟進垃圾桶，現在外套上不但有巧克力還有紅酒了，我跟著最後一批較晚離去的人走向廣場。

「妳等我一下！」

他手裡拿著巨大的低音管，大步走向我。前頭走路的那些人也回頭來看。「沒事、沒事！我要帶著她去唱聖誕頌歌，」他說道，然後走到我身邊低聲說：「我們去酒吧吧？」

酒吧充滿了舒適、古老的聖誕節氣息，石板地板、劈啪作響的爐火和裝飾著冬青樹枝的古老橫梁：這裡也擠滿了學校家長，他們都饒有興味地看著我們。沃勒克先生興高采烈不理會眾人的目光，在後面找了一個大家看不見的卡座，為我拉開椅子，把低音管放在我的椅子旁邊，說道：「盡量別搞丟了。」然後過去吧檯拿飲料。

「來了，」他說著，坐在對面，把眼鏡放在桌上。

「沃勒克先生！」一位六年級的媽媽從邊邊看進卡座說：「我只是想說這是最奇妙的——」

「謝謝妳！帕夫利奇科夫人，」他站起來說：「我非常感謝妳的讚賞。我真的希望妳有一個美好的聖誕節。再見！」然後她轉身就走，禮貌地告退。

「如何，」他說著又坐下。

「沒有啦，」我說：「我只是想再次感謝你——」

「妳那個青春小男友怎麼了？是我在漢普斯特德荒野看到的，和妳一起的那個人嗎？」

「那你的米蘭達又怎麼了？」我回問，輕鬆地忽略他的無禮。

「米蘭達？米蘭達？」他不可思議地看著我：「布莉琪，她才22歲！是我哥的繼女。」

我眼睛往下看，快速地眨眼睛，想把這一切理清楚：「所以你跟你的繼姪女在一起？」

「才沒有！是她去買鞋時剛好碰見我。妳才是那個想跟小孩訂婚的人吧。」

「我不是！」
「妳是！」他笑著說。
「我不是！」
「所以別再吵了，快點菜吧。」

我告訴他關於羅克斯特的整個故事。好吧，不是整個故事：是經過編輯的重點。

「他到底幾歲？」
「29歲。喔，不對，後來就30歲了——」

「哦，好吧，這麼說來——」他的眼角微微皺起：「他簡直就是個安慰寂寞芳心的小朋友嘛。」

「這麼說你一直都孤家寡人？」

「哎呀，我也不是說我一直過著修道士的生活啦……」

他搖晃著杯子裡蘇格蘭威士忌。天啊，那對眼睛。

「但問題是，妳知道的——」他神秘兮兮地傾身向前：「你是不可能和別人在一起的，對吧？當你正在愛——」

「沃勒克先生！」這次是安婕麗卡・珊思・索淇。她張嘴看著我們：「抱歉啊！」說完就閃。

我盯著他，試著相信他即將說的話。

「好吧，看夠學校的媽媽們了吧？」他說：「如果我送妳回家，妳會跟著『殺手女王』的歌跳舞嗎？」

當我們穿過眾多家長和讚美聲時，我仍然處於發呆狀態——「精彩的表演」、「偉大的成就」、「太厲害了！令人印象深刻」，然後我們看到學校祕書瓦萊麗：「祝你們兩位晚安！」她眨眨眼說道。

外面還在下雪。我渴望地看了沃勒克先生一眼。他是如此高大，如此俊美：圍巾上方是粗獷英俊的下巴，襯衫領子下微微瞥見毛茸茸的胸膛，修長的雙腿在深色——

「啊！低音管。」不知為何，我突然想起來，便開始往回走。

他再次阻止我，溫柔地抓住我的手臂說：「我去拿。」

我氣喘吁吁地等待著，感受臉頰上的雪花，然後他再次出現，手裡拿著低音管和一袋香腸。

「妳的香腸，」他說，把它們遞給我。

「是的！香腸！好國王溫切斯拉斯！屠夫！」我緊張地喊著。

我們站得很近。

「看！」他指著上面說。「那不是槲寄生[3]嗎？」

「我想你會發現這是一棵沒有葉子的榆樹，」我頭也不抬地繼續嘟噥：「我是說，它可能只是因為下雪，才看起來像槲寄生，而且——」

「布莉琪。」他伸出手，用手指輕輕撫摸我的顴骨，那雙冷靜的藍眼睛熱切地注視著我的雙眼，飽含逗弄、溫柔又飢渴。「這可不是生物課。」他抬起我的下巴，輕輕吻了我一下，然後又更急切地吻了我一下，接著補充道：「⋯⋯至少現在還不是。」

天啊，他是如此強勢，充滿男子氣概！然後我們就好好地接了吻，感覺我內心再一次陷入瘋狂、閃爍，脈搏怦怦跳，就像我再次穿著一雙細高跟鞋駕駛一輛超快的汽車，但這一次一切都很好，因為實際操控駕駛的人是⋯⋯

「沃勒克先生，」我喘著氣說。

「真抱歉，」他低聲說道。「低音管壓著妳是吧？」

我們都同意應該先把低音管安全地帶回他家，那是在商業街附近

---

[3] 人們會在聖誕樹或門框上懸掛槲寄生，並且在槲寄生下相遇時會接吻。

一條小巷中的一間大公寓。他家鋪著舊木地板，爐火熊熊燃燒，壁爐旁鋪著毛皮地毯，點著蠟燭，還飄來烹煮飯菜的香味。一位面帶微笑的菲律賓女士在廚房裡忙碌著。

「瑪莎！」他說：「謝謝妳。看起來很棒。妳現在可以走了。謝謝妳。」

「哦，沃勒克先生有點著急喔。」她微笑著：「我正要離開。演唱會進行得怎麼樣？」

「太棒了，」我說。

「是啊，太好了，」他說著，催促她趕緊出門，又親吻她的額頭：「銅管樂隊雖然有點差勁，但整個說來還是不錯。」

「換妳照顧他，」她離開時說：「他是最好的，沃勒克先生，最好的人。」

「我知道，」我說。

大門關上時，我們像獨自留在糖果店裡的孩子一樣站著。

「看看這件外套，」他低聲說：「真是搞得一團糟。這就是為什麼我……」

他開始慢慢解開外套的釦子，從我的肩膀上脫下來。這時我想這也許是一種慣例——也許這就是瑪莎這麼快離開的原因——但後來他說：「部分原因是因為……」他把我拉近，伸手到我背後，開始慢慢解開我的拉鍊：「我已經……陷進……陷進……」

我感覺自己的眼睛裡充滿淚水，有那麼一瞬間我可以發誓他的眼睛裡也充滿淚水。然後他又回到情緒穩定的狀態，抱著我的頭靠在他肩膀上。「我要吻掉妳所有的眼淚。妳所有的眼淚，」他大聲說道：「等我跟妳做完之後。」

然後他繼續拉拉鍊，拉鍊直直地拉下來，衣服整件掉在地板上，我只穿著靴子和──聖誕快樂，塔莉莎──黑色的襯衣。

當我們都赤身裸體時，我簡直不敢相信，那個我所熟悉、英俊、站在校門口的沃勒克先生，赤裸的身體是多麼健壯，實在是淘氣又完美的組合。

「沃勒克先生！」我再次喘息著。

「妳能別再叫我沃勒克先生了嗎？」

「是的，沃勒克先生。」

「好的。這個簡單的警告之後，必定要帶來⋯⋯」他把我抱在懷裡，好像我像羽毛那麼輕。不過我不是啊，除非那是一根非常重的羽毛，也許來自一隻巨大的史前恐龍鳥。「不可避免的小小懲罰。」他邊說邊把我輕輕地放在壁爐邊。

他親吻我的脖子，緩慢而細心地向下移動。「哦，哦，」我喘著氣：「他們在特勤隊也教過你這個嗎？」

「當然，」他最後說道，他昂起身子，又低下頭，臉上帶著有趣的表情：「英國特種部隊擁有世界上最好的訓練。但最後⋯⋯」

他現在壓著我,一開始是輕輕地、美妙地,然後越來越沉重,直到我像融化一樣⋯⋯就像一個──「⋯⋯但最後,總是要⋯⋯」──我喘著氣──「⋯⋯開槍。」

那時一切都亂了。這就像在天堂,或像是天堂的什麼地方。我來了,我來了,我來了,一次又一次,向女王陛下和她的軍隊訓練致敬,直到最後他說:「我想我也忍不住了。」

「來吧,快來,」我斷斷續續地說。最後我們倆──在校門口幾個月的慾望完美而奇蹟般地同時爆發──一起到達頂點。

後來我們躺下來,氣喘吁吁,精疲力盡。然後安睡在彼此的懷抱裡,然後又醒來,一遍又一遍地重複,整個晚上。

凌晨五點,我們喝了一些瑪莎煮的湯。圍坐在火爐邊聊天。他告訴我在阿富汗發生的事:一場事故,一次錯誤的攻擊,婦女和兒童傷亡,以及之後的事情。於是決定他已經盡了自己的職責,他就退伍了。這次是我用雙臂摟住他,撫摸他的頭。

「我確實同意妳的看法,」他低聲說道。

「什麼?」

「有人抱抱真好!」

他又從學校開始談起,說他想要遠離那些暴力任務,讓生活變得簡單一點,只跟孩子們在一起,做一些好事。不過他可沒有做好準備要面對學生的媽媽們,因為大家相互競爭,又帶來很多複雜的事情。「但後來其中有一位,很友善地在樹上展示她的丁字褲。

我開始認為生活也許會變得更有趣一點。」

「你現在喜歡它了嗎？」我低聲問。

「是的。」他又開始吻我：「哦，是的。」他邊說邊吻著我身上的不同部位：「我……真的……絕對肯定……結論是……現在非常喜歡。」

可以這麼說，那天晚些時候，當我從比克拉姆和柯斯瑪塔那裡接比利和美寶時，簡直快腿軟走不動了。

「妳為什麼還穿著巧克力外套？」美寶問。

「等妳長大了再告訴妳。」我說。

貓頭鷹

2013 年 12 月 12 日星期四

9 p.m. 要讓孩子們上床睡覺了。美寶盯著窗外：「月亮仍然跟著我們。」

「嗯，事情是這樣的。月亮她──」我開始解釋說明。

「還有那隻貓頭鷹，」美寶打斷說。

我看著窗外皚皚白雪的花園。月色亮白，圓圓高掛。花園牆上，那隻貓頭鷹又回來了。牠平靜地看著我，眼睛一眨也不眨。然後這一次在最後一刻，牠張開翅膀，向上飛去，牠的翅膀拍打著，幾乎與我心跳同步，飛進了冬夜的黑暗與神祕。

年度進展

2013 年 12 月 31 日星期二

* 減掉 7.7 公斤
* 又增加 8.1 公斤
* 推特追蹤者曾達 797 人
* 推特追蹤者流失 793 人
* 推特追蹤者曾增加 794 人
* 工作獲得 1 個
* 失去工作 1 個
* 發送簡訊 24,383 則
* 收到簡訊 24,284 則（不錯）
* 劇本字數 18,000 字
* 改寫劇本字數 17,984 字
* 改寫劇本，又改回原來版本 16,822 字
* 撰寫簡訊字數 104,569 字
* 感染頭蝨人數 5 人
* 抓到頭蝨與蟲卵總數 152 個
* 專業清除頭蝨與蟲卵每個價格 8.59 英鎊
* 男友失去 1 個
* 男友獲得 2 個
* 屋子發生火災 4 次
* 現有兒童完好無傷 2 位
* 兒童迷路 7 次（包括各種場合合計）
* 找回孩子們 7 次
* 兒童總數 4 人

結局
OUTCOME

沃勒克先生——我偶爾叫他史考特——和我沒有舉行婚禮，因為我們都不想再結婚。但我們確實意識到，我們倆都沒有給孩子受洗禮，因此決定以此為藉口，在鄉間別墅舉辦聚會。沃勒克先生和我都有點相信佛教，但還是決定給孩子們受洗禮，就像買個保險，萬一基督教的上帝才是唯一真神，那就派上用場了。

儀式在教堂舉行，學校唱詩班擔任頌歌，史考特的兒子馬特和佛瑞德——他們不去寄宿學校了，改讀普通高中——用單簧管和鋼琴演奏〈有人看顧我〉（Someone to Watch Over Me）。我大部分時間都感動得淚眼汪汪。

綠光製片送來一個大花束，簡直跟隻羊一樣；麗百佳把頭髮梳成爆炸頭，上面插著發光牌子「汽車旅館」，還附一個箭頭指向腦袋；丹尼爾在派對上喝醉了，還想跟塔莉莎一起下車，讓賽吉醋勁大發地憤然離去；茱德顯然已經厭倦野生動物攝影師的奉獻精神，她和皮特洛赫里-霍華德先生突然來了一段情，結果後來經歷一段糟糕的時光。湯姆和阿基斯悶悶不樂，因為我們沒有邀請葛妮絲‧派特洛——雖然傑克曾經跟克利斯‧馬汀（Chris Martin）一起演奏——而且他們兩個還大膽地跟大樂隊裡的高中男生調情。媽對於我沒有穿顏色更鮮豔的衣服還是覺得有點生氣，不過後來也還好，因為她的外套和連身裙套裝看起來比尤娜更漂亮，而沃勒克先生也很樂意縱容她，跟她沒大沒小地調情說笑，在她出格越界又假裝斥責，逗得她很是開心。羅克斯特之前也發來一則溫馨簡訊，說他的心因為失去那隻嘔吐的美洲獅而心碎，但顯然約會之神又賜給他一位新女友，最近有孕吐現象。

不過他當天又傳簡訊跟我說她不是懷孕，而是羅克斯特逼她吃太多，讓她很火大！看起來相處得很好。

最重要的是，我心裡知道馬克會很高興。他真的、真的不希望我們一家孤孤單單的，一直處在一種惶惶困惑的狀態。要說如果一定要找個人來陪伴的話，他會很高興是沃勒克先生。

現在我有四個孩子，不再只是兩個。比利有大哥哥可以和他一起玩 Xbox，並且非常高興可以挑戰難關，如果沃勒克先生在旁看著，他毫無困難就可以直接挑戰下一關。我們週末常和傑克、麗百佳帶著孩子們一起出去玩，每個人都有自己的玩伴。而美寶從她還是小嬰兒以來，第一次有了一個在這個世界，而非另一個世界的爸爸，他也像對待公主那般，對她非常疼愛，甚至到了我不得不常常警告她不要恃寵而驕的地步。我現在感到安全，再也不會覺得孤獨，而是受到家人與朋友的關懷。週末我們偶而會去卡爾索普豪宅，在孩子們都去睡覺之後，我會和他重演灌木叢裡那一景，而且這時的結局比那一次好太多了。

現在我們住在一起，住在漢普斯特德荒野附近一棟又大又舊、髒髒的老房子。因為從這裡去學校走路就到了，所以我們決定只開一輛車即可完成每天任務，這讓我們更容易獲得停車許可證，雖然我們每天早上還是會遲到。哦，對了，大家請留意《他頭髮上的葉子》，現在改名《你鄰居的遊艇》，馬上直接以 DVD 形式發行，在你家附近上片！孩子們也終於去看了牙醫，牙齒沒有任何問題。順便說一句，目前我們六個人都有頭蝨。

致 謝
Acknowledgments

原本我構想的致謝,好像應該按照階層順序來排列,有幾位重要的啟發者,如果沒有他們,我永遠不會開始寫這本書;或者也有一些人為我提供大量素材,這些點點滴滴的幫助與合作,從只為我貢獻一行到編輯整理整本書都有。但要如此分門別類的感謝很可能掛一漏萬,不免有所疏漏,就像為多次再婚的家庭安排婚禮座位一樣讓人傷透腦筋。

我後來試著採用一個複雜的星級評定系統,但這個做法不知道為什麼看起來……就是怪怪的。

再後來我覺得這就像頒獎典禮上,雖然被感謝的人都覺得溫馨,但大家其實覺得無感很無聊吧。所以,最後,我決定就按照字母順序排列,希望這種形式也可以。

不過各位都知道自己是誰,以及你實際上應該排在什麼位置(當然是第一位)。我真的很感謝大家的幫助,慷慨分享有趣的經驗、軼事和加油打氣的支持。而我真的……我真的……(哭出來)……謝謝大家。

以下感謝:

Gillon Aitken, Sunetra Atkinson, Simon Bell, Maria Benitez, Grazina Bilunskiene, Paul Bogaards, Helena Bonham Carter, Bob Bookman, Alex Bowler, Billy Burton, Nell Burton, Susan Campos, Paulina Castelli, Beth Coates, Richard Coles, Dash Curran, Kevin Curran, Romy Curran,

Scarlett Curtis, Kevin Douglas, Eric Fellner and all at Working Title, Richard, Sal, Freddie and Billie Fielding, my mum Nellie Fielding(not like Bridget's), the entire Fielding family, Colin Firth, Carrie Fisher, Paula Fletcher, Dan Franklin, Mariella Frostrup, the Glazer family, Hugh Grant, the Hallatt Wells family, Lisa Halpern, James Hoff, Jenny Jackson, Tina Jenkins, Christian Lewis, Jonathan Lonner, Tracey MacLeod, Karon Maskill, Amy Matthews, Jason McCue, Sonny Mehta, Maile Meloy, Daphne Merkin, Lucasta Miller, Leslee Newman, Catherine Olim, Imogen Pelham, Rachel Penfold, Iain Pickles, Gail Rebuck, Bethan Rees, Sally Riley, Renata Rokicki, Mike Rudell, Darryl Samaraweera, Brian Siberell, Steve Vincent, Andrew Walliker, Jane Wellesley, Kate Williamson, Daniel Wood.

BJ單身日記3——為愛痴狂／海倫・費爾汀（Helen Fielding）著；陳重亨譯. -- 初版. -- 台北市：時報文化，
2025.2；456 面；14.8 × 21 公分．（藍小說；363）
譯自：Bridget Jones: Mad About the Boy
ISBN 978-626-419-216-3（平裝）

873.57   114000479

BRIDGET JONES: MAD ABOUT THE BOY by HELEN FIELDING
Copyright © Helen Fielding 2013
This edition arranged with Aitken Alexander Associates Limited
through BIG APPLE AGENCY, INC. LABUAN, MALAYSIA.
Traditional Chinese edition copyright:
2025 China Times Publishing Company
All rights reserved.

藍小說 363

BJ 單身日記 3——為愛痴狂
Bridget Jones: Mad About the Boy

作者　海倫・費爾汀 Helen Fielding ｜譯者　陳重亨｜主編　陳盈華｜行銷企劃　石璦寧｜封面設計　張
閔涵｜校對　簡淑媛｜董事長　趙政岷｜出版者　時報文化出版企業股份有限公司／108019 台北市和平
西路三段 240 號｜發行專線—(02)2306-6842｜讀者服務專線—0800-231-705, (02)2304-7103｜讀者服務傳
真—(02)2304-6858｜郵撥—19344724 時報文化出版公司｜信箱—10899 台北華江橋郵局第 99 信箱｜時
報悅讀網—www.readingtimes.com.tw｜創造線 FB—www.facebook.com/fromZerotoHero22｜法律顧問　理律
法律事務所　陳長文律師、李念祖律師｜印刷　勁達印刷有限公司｜初版一刷　2025 年 2 月 28 日｜定價
新台幣 580 元｜版權所有　翻印必究（缺頁或破損書，請寄回更換）

時報文化出版公司成立於 1975 年，並於 1999 年股票上櫃公開發行，於 2008 年脫離中時集團非屬
旺中，以「尊重智慧與創意的文化事業」為信念。